KB251318

# 한국 한문산문 설說 연구

지은이

**이미진** 李美珍, Lee Mi-jin
고려대학교 한문학과를 졸업하고, 동 대학원에서 한문산문 說의 제재와 주제 구현 양상 연구로 박사학위를 받았다. 현재 고려대 한자한문연구소에서 연구교수로 재직 중이다. 주요 논저로 「17세기 이후 실존 인물을 제재로 한 說의 특징」, 「雪峯 姜栢年의 表를 통해 본 조선시대 月課 창작의 일단면」 등이 있다.

**한국 한문산문 설(說) 연구**

초판발행  2026년 3월 25일

지은이  이미진

펴낸이  박성모
펴낸곳  소명출판
출판등록  제1998-000017호
주소  서울시 서초구 사임당로14길 15 서광빌딩 2층
전화  02-585-7840
팩스  02-585-7848
이메일  somyoungbooks@daum.net
홈페이지  www.somyong.co.kr

ISBN  979-11-7549-044-4
정가  27,000원



(재)한국연구원은 학술지원사업의 일환으로 연구비를 지급, 그 성과를 신진한국학연구총서로 출간하고 있음.

신진한국학
연구총서
007

# 한국 한문산문 설說 연구

이미진
지음

*SEOL* (說) IN KOREAN SINITIC PROSE

## 일러두기

1. 본문에서 처음 등장하는 인명은 한자 표기와 함께 생몰연대를 병기하였다.

2. 서명·작품명·개념어 등은 본문에서 한자를 병기하되, 주석이나 표에서는 경우에 따라 한자만을 제시하였다.

3. 앞에서 한자를 병기한 경우에는 이후 한글 표기를 원칙으로 하였으나, '설(說)', '주(主)', '객(客)' 등과 같이 한 음절로 이루어진 용어는 혼동의 우려가 있어 가급적 한자를 병기하였다.

4. 저자가 본문에서 특히 강조하고자 한 부분은 고딕체의 진한 글씨로 표시하였다.

5. 본고는 초기 연구의 이론보다 실제 작품을 통해 한문산문 설의 특징을 도출했다. 제2장 2절부터 제5장에서 구체적인 분석을 시도한 작품은 아래와 같다.(가나다순)

강박(姜樸)「장설(牆說)」, 강재항(姜再恒)「재설(梓說)」·「의설(醫說)」, 권구(權榘)「지곡폐지설(枝谷廢池說)」, 권근(權近)「김공경험설(金公經驗說)」, 권두인(權斗寅)「석이설(石茸說)」, 권재운(權載運)「의학설경학자(醫學說警學者)」, 권헌(權攇)「반세기설(潘世紀說)」·「어마설(御馬說)」, 김덕겸(金德謙)「삼출설(蔘朮說)」, 김도수(金道洙)「기설(驥說)」, 김득신(金得臣)「웅압위구소서설(雄鴨爲狗所噬說)」, 김종직(金宗直)「죽락설(鬻駱說)」, 김춘택(金春澤)「잠녀설(潛女說)」, 남구명(南九明)「신산설(神山說)」, 남한기(南漢紀)「유생자장엄해설(兪生子章掩骸說)」, 민재남(閔在南)「약설(藥說)」, 박전(朴全)「절비자설(折臂者說)」, 변종운(卞鍾運)「지기설(知己說)」, 서명응(徐命膺)「잡설(雜說)」, 성간(成侃)「병중잡설(病中雜說)」, 성해응(成海應)「풍악설(楓嶽說)」, 심정진(沈定鎭)「가협설(嘉峽說)」·「유금강설(遊金剛說)」, 양헌수(梁憲洙)「측기아설(惻棄兒說)」, 어유봉(魚有鳳)「양저설(養樗說)」, 유의건(柳宜健)「한거잡설(閒居雜說)」, 윤기(尹愭)「잡설(雜說)」, 윤현(尹鉉)「목안설(木雁說)」, 이구(李榘)「유사불산설(遊四佛山說)」, 이민구(李敏求)「병설(病說)」, 이산해(李山海)「울릉도설(蔚陵島說)」, 이유원(李裕元)「양마설(養馬說)」, 이의숙(李義肅)「잡설(雜說)」, 임창택(林昌澤)「백락설(伯樂說)」, 정창주(鄭昌胄)「유선설(遊仙說)」, 채팽윤(蔡彭胤)「과백로주설(過白鷺洲說)」, 한경의(韓敬儀)「무급제주현도복수설(武及第朱覭道復讎說)」·「서민한천득반장설(庶民韓天得反葬說)」

　웅장한 서사에 매력적인 인물이 등장하는 이야기를 좋아한다고 오랫동안 생각해 왔다. 설에 관심을 가진 이유도, 짧은 편폭 속에 다양한 인물과 배경이 나오고, 흥미롭고 특이한 사건이 펼쳐지기 때문이었다. 그러나 석사 논문을 쓸 때부터 지금까지 내가 읽은 설은 이야기보다는 작가가 하고 싶은 얘기를 풀어놓는 '썰'에 더 가까웠고, 그 형태는 매우 정제되어 오늘날 논설문이나 설명문과 비슷했다. 많은 시간이 흐른 뒤에야 설이 내가 생각한 문체와 다르다는 걸 알았지만, 오히려 좋았다. 짧은 글에 담긴 작가의 분명한 의견, 그리고 그것을 강조하기 위해 동원하는 수많은 사건과 제재 덕분에 설을 읽고 분석하는 재미가 있었다.

　설 작품 말미에 작가는 보통 '희噫' 혹은 '오嗚'라는 감탄사를 시작으로 진짜 말하려는 바를 꺼낸다. 감탄사 하나에 시선이 집중되고, 작가의 속내를 비로소 파악할 수 있다는 것이 때로는 안정감을, 때로는 경쾌감을 주었기에 박사 논문도, 또 그 이후에도 설을 계속해서 공부할 수 있었다. 정확한 글이 주는 힘이 무엇인지 깨달을 수 있었다.

　설에 나타난 작가의 생각은 결국 유가의 사상을 강조하는 것으로 대부분 귀결되곤 한다. 그런 관점에서 보면 설은 뻔하고 재미없는 글로 치부될 수 있다. 하지만 나는 작가의 메시지보다는 그 메시지를 전달하기 위해 사용한 방법들에 더 주목했다. 동물이나 식물, 혹은 일상의 작은 사건을 제시해 작가는 메시지를 효과적으로 전달하려고 한다. 메시지는 정해져 있어도, 그 전달 방식은 각기 다르다. 나는 그들이 수단에서 포착한 것들에 집중했고, 그들의 관찰력과 통찰력을 흥미롭게 여겼다. 그래서 이 책은 설의 주제보다는 그 주제를 구현하는 방식에 더 초점을 맞췄다.

이 책은 박사 논문과 그 이후의 설 연구를 결합한 것이다. 2016년 석사 논문을 시작으로 설에 집중했으므로, 거의 8년간의 연구를 집약한 결과라고 할 수 있다. 설이라는 문체를 기존의 이론으로 바라보는 대신, 가능한 많은 작품을 읽고 결론을 도출하려 했다. 이 책이 앞으로 더 풍성한 연구로 나아가는 첫걸음이 되기를 바란다.

2026년 2월
이미진

# 차례

# 제1장

# 설說을 바라보는 시선

설은 논설류論說類 한문산문 문체의 일종이다. 위魏나라 조식曹植, 192~232이 처음으로 설을 지은 뒤, 한동안 지어지지 않다가 당唐나라 한유韓愈, 768~824와 유종원柳宗元, 773~819부터 비로소 설이 활발하게 창작되기 시작했다.

설은 다양한 주제를 다루며, 그것을 구현하는 방식 또한 다채롭다. 한유의 「사설師說」은 논설문 형태의 글로, 스승을 섬기는 도가 사라지는 세태를 비판했고, 「잡설雜說」의 네 번째 기사는 우언의 서술 방식을 이용해 인재를 등용하려면 인재를 알아보는 뛰어난 위정자가 있어야 한다고 말했다. 유종원의 「포사자설捕蛇者說」은 문답식 기사記事를 통해 가혹한 부세로 백성이 고통을 받는 현실을 보여주었다.

설이 다양한 형태로 꾸준히 창작된 것은 한국의 경우도 마찬가지다. 한국의 설은 고려 후기부터 구한말까지 지어졌으며, 설명과 논증을 본령으로 삼으면서 구체적인 묘사와 서사가 나타나기도 한다. 또, 특정 시기나 작가에 따라 새로운 양상을 보이는 작품들도 존재한다.

이처럼 제목에 '설說'이라는 이름이 붙은 한국의 한문산문은 주제와 목적, 구성과 제재 면에서 하나로 규정할 수 없을 만큼 다기한 양상을 보인다. 이것이 바로 한국 설의 가장 큰 특징이자 본고에서 설에 주목하려는 이유다. 많은 작품이 설이라는 이름으로 남아있다면 그 이유는 무엇일까? 지금도 이러한 설을 읽음으로써 얻을 수 있는 효과는 무엇일까? 이 두 가지 의문은 곧 한국 한문산문의 문체로서 설의 범위를 정하고 설을 작가별·시기별·제재별로 살펴보는 작업과, 문학 작품으로서 설을 읽는 재미와 그 효과를 고찰하는 작업으로 이어졌다.

이 작업을 수행하기 전에, 지금까지 설과 관련하여 제출된 연구 성과를 정리하자면 다음과 같다. 그 내용은 크게 세 가지로 나눌 수 있다.

첫째, 설을 서사 및 우언 영역의 일부로 본 경우다.[1] 이는 설의 초기 연구에서 영향을 받았다. 이종찬1985은 설에 나타난 우언의 성격을 강조했고, 민병수1996도 설을 직서적 설과 우언적 설로 나누어 설명했다.[2] 그리하여 이후 제출된 이강엽1994 · 양승민1997 · 양현승2001은 한문산문 문체의 일종으로서 설을 탐색했다기보다, 서사와 우언의 한 영역으로서 설을 조명했다. 한국의 설에 우언의 성격을 지닌 경우가 많은 것은 사실이지만, 우언은 설에서 주제를 부각하기 위한 전략으로 사용될 뿐 그것 자체가 설의 본령은 아니다.

둘째, 한문산문으로서 설의 문학성을 재고하는 데에 초점을 둔 경우다.[3] 이는 설을 서사 및 우언 영역의 일부로 본 기존 연구의 단점을 보완했다. 홍성욱2001은 '잡설雜說'이라는 표제를 단 작품을 중심으로 한국 설에 나타난 우언의 성격 뿐 아니라 촉물기흥적觸物起興的 · 잡문적雜文的 성격을 밝혔다.[4] 유이경2004도 설을 우언의 일종으로 인식했던 초기 연구에 문제를 제기하고, 설의 문체적 특징을 밝히기 위한 연구 방법을 제안했다.[5] 예를 들면, 설을 근대 이후의 '문학' 개념으로 바라보지 않고, 고전의 문집 분류 속에 나타난 설의 특성을 다양하게 고찰하기를 권고했고, 시대 문풍과 당대 문인들의 인식을 함께 고려하여 설을 바라보고자 했다. 송

---

1    이강엽(1994), 양승민(1997), 양현승(2001).

2    이종찬(1985), 235면; 민병수(1996), 349~351면.

3    이는 한문산문 문체의 발생과 발전, 문예적 특징을 소개한 진필상, 심경호 역(1995)의 역서를 필두로 연구 범위가 확장된 경우다. 이후에 동방한문학회(2007)도 한문산문의 문체별 양상을 포괄하는 연구서를 간행했다.

4    홍성욱(2001).

5    유이경(2004).

혁기2006는 설의 본령은 설리說理이고, 서사와 우언은 설리를 뒷받침하는 수단으로 보았다.[6] 그리하여 작품을 분석할 때 이 보조 수단이 주제를 위해 얼마나 효과적으로 복무하는지 살폈다. 또한, 실용적이거나 의례적 목적으로 창작되는 산문과 달리, 설은 창작 계기가 비교적 사적私的이고 자발적이라는 점에서 그 문학성이 있다고 했다. 이러한 접근들은 설 연구에 유효한 시사점을 제공해 다양한 후속 연구를 낳았다.

그중 하나가, 설의 제재에 주목한 연구다. 설은 다양한 제재를 이용해 주제를 전달한다. 그 제재는 대개 작품의 제목에 표시되어 있다. 제재는 주제를 부각하기 위해 동원한 보조 수단이면서, 동시에 주제를 구성하는 모티프다.[7] 설의 제재가 주제와 어떻게 연결되는지 분석한다면 설의 문체적 특성을 고구하는 데에 도움이 된다.[8] 이미진2016·2019·2020은 인물과 동물을 제재로 한 설의 특징과 작품 양상을 살폈고, 김경2017은 고양이를 제재로 한 설의 주제 구현 방식을 고찰했다.[9] 이를 통해 설의 연구 방법을 확장할 수 있었다.

셋째, 개별 작가의 설을 망라하여 내용과 서술 방식을 분석하고, 이를 통해 작가의 문학관을 구명한 경우다. 신연우1997와 윤인현2015은 이규보李奎報, 1168~1241의 설 15편에 나타난 중층적 의미를 밝혔다.[10] 홍성욱2002은 강희맹姜希孟, 1424~1483의 「훈자오설訓子五說」을 분석하고 이를 조선시대 계자설戒子說 유형의 작품과 비교했다.[11] 그밖에 박철완2000·유

---

6    송혁기(2006).

7    이재선(2012), 25면.

8    이러한 시도는 윤승준(1997)과 양현승(2001)이 했다. 윤승준(1997)은 동물을 제재로 한 설을 '동물설'이라 명명하며 그 특성을 최초로 밝혔으며, 양현승(2001)은 제재별로 설을 분류하여 그 특징과 작품 양상을 서술했다.

9    이미진(2016), 김경(2017), 이미진(2019), 이미진(2020).

10    신연우(1997), 윤인현(2015).

이경2002 • 안득용2009 • 김경2019은 각각 정약용丁若鏞, 1762~1836 • 이곡李穀, 1298~1351 • 김창흡金昌翕, 1653~1722 • 남구명南九明, 1661~1719이 지은 설의 주제 및 수사법과 창작 경향을 분석했다.[12] 이는 특정 시기의 설 창작 경향과 개별 작가의 문학관을 밝혔다는 점에서 의의가 있다.

선행 연구의 성과와 미처 연구되지 못한 부분을 고려한다면, 다음과 같이 연구의 필요성을 제기할 수 있다.

첫째, 설의 연구 범위를 재고해야 한다. 설은 서사와 우언의 성격만 있는 것이 아니라 논증과 설명이라는 큰 특징이 있다. 오히려 논증과 설명을 위해 서사와 우언을 서술 방식으로 동원한다. 초기 연구의 분석 틀로 설을 연구한다면, 오히려 논증과 설명에 치중한 수많은 설은 연구 대상에서 제외될 것이며, 한국 설의 전반적인 특징과 창작 양상을 조명하는 본고의 취지에도 어긋날 것이다. 따라서 본고에서는 설을 서사 및 우언 영역의 일부로 보지 않고, 한문산문 그 자체로 보기로 한다.

이에 관한 유용한 방법은, 설을 기존 이론에 맞춰 판단하지 않고 구체적인 작품을 통해 설의 특성을 도출하는 것이다. 이를 위해서는 최대한 많은 설을 읽고, 또 작품끼리 비교해 봐야 한다. 본고에서는 고려 후기부터 구한말까지 지어진 한국 설 작품을 읽은 뒤에 그것들의 특성과 주제 구현 방식을 이론화하는 방식을 따랐다.

둘째, 좀 더 다양한 분석틀을 가지고 설을 보아야 한다. 기존 연구에서는 설이 기사를 통해 설리를 부각하며, 사물을 관찰함으로써 얻은 깨달음과 흥미를 서술하며, 특정한 주제에 대해 치밀한 논리를 세워 설명하기도 한다고 말했다.[13] 이러한 언급은 설의 서술 방식을 통해 주제를 잘 구현했

---

11    홍성욱(2002).
12    박철완(2000), 유이경(2002), 안득용(2009), 김경(2019).

는지 따져보는 작업이다. 그러나 특정한 작품·시기·작가에 한정하여 설을 살피다 보니,[14] 고려 후기부터 구한말까지 지속적으로 지어진 설을 전체적으로 조명할 수 있는 분석 틀이 부족하다. 본고에서는 설을 분석하는 다양한 틀을 제안하여 설을 접근하는 여러 가지 가능성을 열어두었다.

위 두 가지 작업을 수행한다면, 고전을 통해서 옛 사람들의 의식과 문예관을 재구하는 것을 넘어서 오늘날 설을 읽는 재미와 의미도 함께 찾을 수 있을 것이다.


임종욱2000에 따르면, 현존하는 설은 4,560편이다.[15] 이 목록은 방대한 문집에 산일되어 있는 설을 한곳에 모았기 때문에 한국 설 전반을 구명할 수 있는 자료다. 그러나 이 목록의 절반 이상은 작가와 서지가 자세하지 않다. 특히 '『한국문집총간』 소재 설'이라고 표시한 목록은 누락된 작품이 많아 완정한 형태의 목록이라고 볼 수 없다.[16] 따라서 본고에서는 『동문선東文選』, 『속동문선續東文選』, 『한국문집총간』 1~350집과 속1~150집에 실린 설을 연구 대상으로 삼기로 했다.

『동문선』과 『속동문선』 및 『한국문집총간』은 현존하는 한국 한문학 자료를 총합한 것은 아니기 때문에 한국 설 전반을 조명하기에 한계가 있

---

13  홍성욱(2001), 송혁기(2006).

14  예를 들면, 홍성욱(2001)은 '雜說'이라는 표제어를 단 작품을 위주로 살폈고, 송혁기(2006)는 17~18세기 설을 위주로 살폈다.

15  임종욱(2000)에 따르면 '『한국문집총간』 소재 설'은 총 1,123편이며, 기타 문집에 실린 설은 3,437편이다.

16  당시 『한국문집총간』이 완간되기 전이었기 때문이다. 『한국문집총간』은 1988년부터 꾸준히 간행되어 2005년에는 『한국문집총간』 정편 350책을, 2012년에는 속편 150책을 완간했다. 임종욱(2000)이 제시한 목록은 2000년에 나왔기 때문에 많은 설 작품을 아우를 수 없었다.

다. 그러나 자료의 1차 개괄로서 대표성을 지닌다.

『동문선』은 성종 9년1478에 승문원 관료들을 포함한 찬집관 23명이 왕명을 받아 삼국시대부터 조선 성종 초기에 이르는 문인들의 시문을 선발하여 편찬한 130권 45책의 시문선집이다. 『동문선』은 편찬 이후 국가의 중요한 문헌 자료로 평가받으며 조선조 시문선집체제의 전범이 되었다.[17] 『속동문선』은 정편이 성립된 후 40여 년 동안 저술된 시문을 추가 선발한 것으로, 중종 13년1518에 찬집청당상撰集廳堂上 신용개申用漑, 1463~1519 등이 총 23권 11책으로 편찬했다. 이처럼 『동문선』과 『속동문선』은 양적으로 방대하며 질적으로도 다양한 문예미를 갖춘 작품이 실려 있다.

민족문화추진회는 한국문집 7,500여 종을 수집하고 조사하여 1988년부터 2005년까지 663종의 문집을 실은 『한국문집총간』 정편 350책과, 2005년부터 2012년까지 596종의 문집을 실은 『한국문집총간』 속편 150책을 간행했다. 이 총간에 실린 문집은 학술 가치가 높은 문집이라고 할 수 있다.[18] 따라서 『동문선』과 『속동문선』 및 『한국문집총간』은 한국 한문학 자료에 실린 설을 살피기에 적합하다.[19]

설은 대개 각 문집에서 논설류 산문의 하위분류인 '설說' 혹은 '잡저雜著'에 분속해 있고, 제목도 '설說'로 끝난다. 제목은 작가의 의식을 반영했지만, 체제는 후대 편집자가 정한 경우가 많다. 예를 들면, 정도전鄭道傳,

---

17 『선조실록』32권, 선조 25년 11월 11일 丁卯, 첫 번째 기사; 『선조실록』40권, 선조 26년 7월 10일 壬戌, 네 번째 기사; 김종철(2003), 125면 참조.

18 박재영(2013).

19 『동문선』과 『속동문선』에 실린 설은 대부분 『한국문집총간』과 중복되어 있다. 『한국문집총간』에 실리지 않은 작품은 『동문선』에 있는 息影庵 淵鑑(1280?~1360?)의 「劍說」·「檟庵禪翁木芥木杖說」, 李詹(1345~1405)의 「鷹鷄說」·「蜜蜂說」, 鄭以吾(1347~1434)의 「阻風說」이다. 『속동문선』에 있는 鄭希良(1469~1502)의 「散隱說」은 정희량의 문집 『虛庵續集』 권1 '설' 체에 「散隱」이라는 제목으로 실려 있다.

1342~1398의『삼봉집三峯集』권4 '설說'체에는 총 6편이 들어 있다. 그중「답전부答田父」·「금남야인錦南野人」·「가난家難」은 제목이 '~설說'로 되어 있지 않다.「답전부」는 문답 형식의 문체인 '문대問對'이며,「가난」은 두 사람이 등장해 어떤 문제를 가지고 힐난과 변명을 주고받는 문체인 '난難'이라는 점에서 설로 보기 어렵다. 오히려 문집 체제를 정하는 과정에서 편집자가 잡다한 문체의 글을 '설'로 묶었을 가능성이 있다.[20] 따라서 본고에서는 체제를 떠나 제목에 '설'이라고 명시된 작품만을 연구 대상으로 삼기로 한다.

또한, 명자설名字說·경설經說·성리설性理說·예설禮說·강설講說·경연설慶筵說·시문설詩文說은 연구 대상에서 제외했다.[21] 그 결과, 총 682편의 설을 연구 대상으로 삼을 수 있었다.[22]

위와 같은 연구 필요성과 연구 대상을 토대로, 본고는 한국 설을 총망라하여 그것의 개념과 범주를 정하고, 이를 작가별·시기별·제재별로 분석하고자 한다.

---

20  정도전의 이 세 작품은 모두『동문선』에서 '설'로 분류되지 않고 '雜著'로 분류되어 있다.

21  제외한 이유는 제2장 2절에 자세하다. '名字說·經說·性理說·禮說·講說·慶筵說·詩文說'이라는 용어는 양현승(2001), 앞의 책, 25~28면.

22  부록 참조.

# 설說의 개념과 범주

# 1. 설의 연원과 정의

문체의 일종으로서 설說의 연원을 살피기 위해서는 위진魏晉 시대로 거슬러 올라가야 한다.

현존하는 가장 이른 시기의 산문 연구서는 양梁나라 임방任昉, 460~508의 『문장연기文章緣起』, 유협劉勰, 465~521의 『문심조룡文心雕龍』, 소통蕭統, 501~531의 『문선文選』이다.

임방의 『문장연기』는 유협보다 산문을 자세하게 문체별로 나눴다.[1] 설에 대한 설명은 소략하지만 설의 어원과 문체로서의 특징을 간명하게 제시했다.[2] 유협의 『문심조룡』은 문체를 35가지로 나누고, 각 부류의 연원과 의미를 설명했다. 원류를 고찰하면서 득실까지 논평한 이 책은 문체이론 중 가장 이르면서 또 상당히 완비된 것이었다.[3] 다만, 『문심조룡』은 설을 한문산문의 일종으로 보지 않고 유세가들의 '유세遊說'로 인식했다.[4] 소통의 『문선』은 중국의 시문총집으로 주진周秦 이래 양梁에 이르기까지 각 부류의 문장을 선별하여 30권으로 묶었다.[5] 그중에 설은 없다.

---

1 임방은 문장을 84가지로 나누었는데 운문을 제외하고 넓은 의미의 산문 범주에 속하는 것이 모두 74가지다. 각 부류마다 한 편씩 가장 이른 시기의 문장을 예로 삼았다. 내용은 자세하지만 중복되고 온당치 못한 부분이 있다. 진필상, 심경호 역(1995), 앞의 책, 41면.

2 임방, 『문장연기』, 「說辨附此」, "按字書, 說, 解也, 述也. 解釋義理而以己意述之也. 說起於「說卦」, 漢許愼作『說文』, 亦祖其名以命篇, 而魏晉以來作者少, 獨曹植集中有二首, 而文選不載. 故其體闕焉. 要之傅於經義, 而更出己見, 縱橫抑揚, 以詳贍爲上, 與論亦無大異. 此外又有名說字說, 名雖同而所施實異."

3 진필상, 심경호 역(1995), 앞의 책, 43면.

4 유협, 『문심조룡』, 권4, "夫說貴撫會, 弛張相隨. 不專緩頰, 亦在刀筆. (…중략…) 凡說之樞要, 必使時利而義貞, 進有契於成務, 退無阻於榮身. 自非譎敵, 則唯忠與信. 披肝膽以獻主, 飛文敏以濟辭. 此說之本也. 而陸氏直稱, 說煒曄以譎誑何哉?"

5 심경호(2013), 197면.

명明나라 오눌吳訥, 1372~1457의 『문장변체文章辨體』와 서사증徐師曾, 1517~1580의 『문체명변文體明辯』에서 언급한 설이 한문산문의 문체인 설에 가장 가깝다. 오눌은 한문산문을 54가지로, 서사증은 127가지로 나눠 각종 체제의 특징과 원류, 창작 요건을 고찰했다.[6] 각각의 내용을 보자.

설說은 해석하고 서술한다는 뜻이니, 의리를 해석하여 자기의 뜻으로 서술하는 것이다. 설이라는 명칭은 우리 부자夫子의 「설괘전說卦傳」에서 시작한다. 그 뒤로 한漢나라 허신許愼이 『설문說文』을 지은 것은 또한 그 명칭을 조술祖述하여 말로 만든 것이다. 위진육조魏晉六朝 시대의 글은 『문선文選』에 실려 있지만 설이라는 문체는 없었는데 오직 육기陸機만이 「문부文賦」에서 작문의 뜻을 상세히 논하면서 "설은 화려하면서도 남을 속인다"라고 말했으니 어찌 말을 아는 자이겠는가? 창려昌黎 한유韓愈에 이르러서는 사문斯文이 날로 피폐해지는 것을 걱정하여 「사설師說」을 짓고 낯빛을 엄하게 하여 배우는 자의 스승이 되었으며, 유종원柳宗元과 송宋나라의 여러 대로大老가 나옴에 이르러서는 각각 일과 이치에 나아가 설을 지었기 때문에 당세를 깨우치고 후학을 열어주셨으니, 이로부터 육조 시대의 누습陋習을 남김없이 한 번에 씻을 수 있었다. 노학사盧學士는 "설은 모름지기 자기의 뜻에서 나와 다양한 방법으로 논지를 펴니, 어조를 높이고 낮추며 내용을 상세하고 풍부하게 하는 것을 으뜸으로 삼는다"고 했다. 해解의 경우에도 강론하고 해석하는 것을 뜻으로 삼으니, 설과 또한 크게 다르지 않다.[7]

---

6    위의 책, 198면.
7    오눌, 『문장변체』 권37, 「說」(『續修四庫全書』 권1602, 상해고적출판사, 1995), "按說者, 釋也, 述也, 解釋義理而以己意述之也. 說之名, 起自吾夫子之「說卦」, 厥後漢許愼著『說文』, 蓋亦祖述其名而爲之辭也. 魏晉六朝文載『文選』, 而無其體, 獨陸機「文賦」備論作文之義, 有曰 : '說, 煒曄而譎誑', 是豈知言者哉? 至昌黎韓子, 憫斯文日弊, 作「師說」, 抗顔爲學

자서字書에 설說은 해석하고 서술한다는 뜻이라고 되어 있으니, 의리를 해석하여 자기의 뜻으로 서술하는 것이다. 설이라는 명칭은 「설괘전」에서 시작하니 한나라 허신이 『설문』을 지은 것은 또한 그 명칭을 조술하여 책의 이름으로 삼은 것이다. 위진 시대 이후로 설을 짓는 사람이 매우 드물었다. 오직 조식曹植의 문집에 두 편이 있었으나 『문선』에는 실리지 않았기 때문에 그 문체가 빠졌다. 요컨대 설은 경전의 뜻을 펴되 다시 자기 견해를 내어 다양한 방법으로 논지를 펴고 어조를 높이고 낮추며 내용을 상세하고 풍부하게 하는 것을 으뜸으로 삼을 뿐이니 논論과 큰 차이가 없다. 여기에서는 유명한 작가의 몇 편을 뽑아 하나의 문체로 갖춰 놓았다. 이외에 또 명설名說과 자설字說이 있는데, 그 명칭은 같지만 용도에는 차이가 있다. 그러므로 별도로 한 종류로 만들고, 여기서는 다시 덧붙이지 않았다.[8]

위 두 인용문에서는 설의 어원과, 문체로서 설의 발전 양상을 언급했다. 내용을 종합하여 설의 연원과 의미를 정립하면 다음과 같다.

첫째, 문체로서 설의 정의다. 설은 의리를 해석하여 자기 견해로 다시 서술하는 것을 말한다. 여기서 '의리'는 유가 경전을 뜻한다.[9]

---

者師, 迨柳子厚及宋室諸大老出, 因各卽事卽理而爲之說, 以曉當世, 以開悟後學, 繇是六朝陋習, 一洗而無餘矣. 盧學士云 : '說須自出己意, 橫說豎說, 以抑揚詳贍爲上.' 若夫解者, 亦以講釋解剝爲義, 其與說亦無大相遠焉."

8  서사증, 『문체명변』 권42, 「說」(영인본, 오성사, 1994), "按字書, 說, 解也, 述也, 解釋義理而以己意述之也. 說之名, 起於「說卦」, 漢許愼作『說文』, 亦祖其名以命篇. 而魏晉以來, 作者絶少. 獨曹植集中有二首, 而『文選』不載, 故其體闕焉. 要之傅於經義, 而更出己見, 縱橫抑揚, 以詳贍爲上而已, 與論無大異也. 今取名家數篇, 以備一體. 此外又有名說字說, 其名雖同, 而所施則異. 故別爲一類, 不復附於此云."

9  설이 기본적으로 유가 경전의 의미를 재해석한다고 해서, 유가의 교리만 다루는 것은 아니다. 예를 들면, 중국의 초기 설인 조식의 「촉루설」은 『莊子』의 「至樂」편과 내용과 구성이 비슷하며, 마지막에 공자의 말을 인용하면서 귀신을 부정한다. 많은 설은 전반

둘째, 설의 발전 양상이다. 위나라 조식이 지은 「촉루설觸髏說」과 「적전설籍田說」이 최초의 설이다. 이후 설은 한동안 지어지지 않다가, 당나라 한유의 「사설」을 시작으로 유종원, 송宋나라 소순蘇洵과 주돈이周敦頤의 설이 등장하면서 활발하게 창작되었다.

셋째, 설의 서술 방식이다. 설은 경전의 내용을 자기만의 논리로 풀이하되, 다양하게 논지를 펴고 어조를 높이고 낮추어 의미를 상세하고 풍부하게 하는 것을 모범으로 여긴다.

넷째, 다른 논설류 산문과의 친연성이다. 논論은 주장을 논술하는 문체고, 해解는 의혹을 따져보고 논란을 분석하는 문체다. 이는 설과 함께 모두 논설류 산문에 속한다.

다섯째, 설과 명자설名字說의 분리다. 명자설은 다른 사람의 이름이나 자字를 지은 경위와 의미를 적어 그 사람에게 주는 글이다. 오랜 전통과 일정한 틀이 있어 논설류 산문의 일종인 설과 분리해서 보아야 한다.

이상은 중국 문헌을 바탕으로 설의 연원과 정의를 살펴본 것이다. 이 중에서 설의 정의와 서술 방식, 명자설과의 관계는 한국의 설에도 동일하게 적용된다. 다만, 고려 후기 이후 설이 꾸준히 창작되었다는 점, 조선 후기로 갈수록 설이 여타 문체와 친연성을 보인다는 것은 한국만의 독특한 점이다.

현존하는 자료로 보자면 한국의 설은 고려 후기 이규보에 의해 처음 지어졌다. 위나라 조식이 설을 처음 짓고 나서 600여 년의 공백 뒤에 한유와 유종원의 설이 등장한 것에 비하면, 한국의 설은 이규보의 설이 등장한 뒤에 비교적 빨리 많은 작가에 의해서 창작되었다.

---

적인 주제가 유가의 교리이지만, 이를 부각하기 위해 많은 제자백가의 사상을 활용한다. 양현승(2001), 앞의 책, 55~57면.

특히 이규보 다음으로는 이곡·권근權近, 1352~1409 등 신흥사대부를 중심으로 설이 지어졌다. 이는 구체적인 일상의 사물과 경험을 중시하고 현실을 올바로 파악하고자 했던 신흥사대부의 사상적 특질 때문이다.[10] 설은 대개 주변의 사물과 일상의 경험 등을 제재로 하여 자기가 깨달은 내용을 논리적으로 서술하는 문체이기 때문에 신흥사대부의 관심을 끌기 쉬웠을 것이다.[11]

또한, 중국의 경우에는 당나라 한유와 유종원 때부터 비로소 설이 번성했다. 반면에 한국의 경우에는 오히려 초기 작가인 이규보가 구성과 내용 면에서 다양한 실험을 하며 다수의 설을 지었다. 그는 주변의 사소한 제재를 활용하여 특정 이념에 얽매이지 않는 다채로운 주제를 설에 담으려고 했다.

한국의 설은 이후 공백기 없이 수많은 문인들에 의해서 창작되면서 논論이나 해解와 같은 논설류 산문뿐 아니라 전傳·기記·증서贈序·서발序跋 등 다양한 한문산문과도 접점이 생겼다. 설리說理가 본령이 아닌 문체들과도 이러한 접점이 보인다는 것은, 그만큼 설의 기능과 활용도가 매우 넓었다는 것을 말해준다. 그렇다면 한국의 설을 다른 문체와 비교해서 그 외연과 범위를 규명해 보자.

---

10  김동욱(1986), 71면.

11  양현승(2001)은 설이 주희가 말한 '격물치지'의 과정과 흡사하여 설의 창작 배경이 되는 이론이 될 수 있다고 말했다. 격물치지란, 사물을 접하고 이미 알고 있는 내용에 근거하여 이치를 궁구해서 사물 배후에 있는 커다란 원리를 터득하는 것이다. 성리학을 사상적 근간으로 삼았던 신흥사대부는 앞의 과정과 유사한 설이라는 문체에 흥미를 가졌을 것이다. 양현승(2001), 앞의 책, 95면;『大學章句』傳 5장 참조.

## 2. 설의 외연과 범위

한국의 설은 중국 산문 문체의 일종인 설에 기원하지만, 그 주제와 형식은 이후에 다채롭게 바뀌었다. 특히 한국의 설은 논설류 산문뿐 아니라 다양한 문체와 접점이 있다. 설이 가진 고유한 특성은 적은 대신, 다른 문체와 친연성이 많다면 이들과의 연관성을 검토하여 경계선을 명확히 할 필요가 있다. 이 절에서는 구체적인 작품을 예시로 들면서 본고에서 대상으로 삼은 설의 범주를 하나씩 정립해 가고자 한다.

설은 크게 논論·문대問對·전傳·기記·증서贈序·서발序跋체 산문 및 유설類說과 접점이 있다. 일일이 살펴보자.


### 1) 논論

논論은 설과 같은 논설류 산문의 하위분류로, 설과 친연성이 가장 높다. 사리를 분석하고 시비를 변별하는 것을 위주로 한다.

논설류 산문들은 주제를 명확하게 파악하여 논리적으로 전개하는 것을 목표로 한다.[12] 이들이 모두 설리를 본령으로 하기 때문에 서사증의 『문체명변』에서도 설은 논과 크게 다르지 않다고 말했다. 간혹 논과 설을 구별하려는 시도도 있었으나 그 주장은 그리 온당하지 못했다.[13] 그러므로 제목으로 논과 설을 구별할 수밖에 없다.

이곡의 「조포충효론趙苞忠孝論」과 「배갱설杯羹說」은 변론 대상이 각각 조

---

12  심경호(2013), 앞의 책, 391면.

13  예를 들면, 褚斌杰(1991)은 유종원의 「捕蛇者說」이 傳이나 論이 아닌 설로 지어진 이유는 감정을 나타내기 때문이라고 말했고, 설은 다른 문체에 비해 생활 체험을 주로 쓰기 때문에 '雜說'로 불린다고 했다. 褚斌杰(1991), 350~351면. 그러나 감정을 나타내고 생활 체험을 제재로 한 설은 수많은 설의 일부일 뿐이다.

포趙苞와 유방劉邦이라는 점을 제외하면 그 서술 방식이나 주제가 거의 같다. 후한 시대 장수였던 조포는 적에게 인질로 잡힌 어머니를 구하지 않고 적을 무찌른 뒤, 충忠과 효孝 모두 지키지 못했다며 자살했다.[14] 한漢 고조高祖 유방은 항우가 자기 아버지 태공을 인질로 잡았는데도 아버지의 목숨을 구하지 않고 "나에게도 국 한 그릇을 나눠 주면 좋겠다[幸分我一杯羹]"고 말했다.[15] 조포와 유방 모두 부모의 목숨보다 나라의 존폐를 우선시한 것이다. 「조포충효론」에서는 효보다 충을 선택한 조포의 행동을 비판하면서, 그가 어머니보다 왕을 선택할 만큼 요직에 있던 신하였는지를 따진다. 유방은 한나라의 왕으로서 천하를 위해 아버지를 포기했지만, 조포는 변방 장수였기 때문에 그가 효보다 충을 우선시할 이유는 없다는 것이다. 그래서 이곡은 조포의 행동을 '충'이라고 하지 않고 "구구한 절의[區區節義]"라고 말했다. 이 작품에서 유방의 "배갱杯羹" 언급은 조포의 선택을 비판하기 위한 비교군으로 활용됐다.

반면에 「배갱설」에서는 오로지 유방이 "배갱"이라고 언급한 것을 비판하며, 유방이 "너그럽고 도량이 크다"는 옛말은 틀렸다는 것을 논증한다.[16] 두 작품 모두 역사 인물을 통해 의견을 제시하고, 옳고 그름을 따지는 방식인데, 「조포충효론」은 「배갱설」에 비해 한 인물을 불효자로 보는 근거를 다양하게 서술했다.

이외에도 논이라고 봐도 무방한 설이 많다. 이러한 작품들은 기사記

---

14 『後漢書』 권81, 「獨行列傳」.

15 『史記』 권7, 「項羽本紀」.

16 『史記』 권8, 「高祖本紀」에 "고조는 사람됨이 어질어서 다른 사람을 사랑하고 남에게 베풀기를 좋아했으며 마음은 탁 트였다. 평소 큰 뜻을 품어서 일반 백성들의 생산 작업에는 종사하지 않았다[仁而愛人, 喜施, 意豁如也. 常有大度, 不事家人生産作業]"라고 했다. 너그럽고 인자하다는 "寬仁"이라는 말은 『書經』, 「仲虺之誥」의 "너그럽고 인자하여 그 덕이 밝게 드러나 많은 백성에게 믿음을 받았다[克寬克仁, 彰信兆民]"에 보인다.

事가 적고, 작가가 처음부터 끝까지 자기주장을 관철한다. 이곡의 「신설臣說」과 「사설師說」, 김주신金柱臣, 1661~1721의 「장설葬說」, 변종운卞鍾運, 1790~1866의 「지기설知己說」이 그 예다.


### 2) 문대問對

문대問對는 가상 인물 간의 대화를 통해 주제를 전달하는 수사법이었는데 나중에 한문산문의 문체로 발전했다.[17] 문답식 기사가 삽입된 설이 많다. 그 기원은 유종원의 「포사자설」에서 찾을 수 있다. 「포사자설」은 기사가 대부분이다. 설리보다 기사가 압도적인 설은 '설의 변격'이라고 할 수 있다.[18] 이 설은 한국 설에 큰 영향을 미쳤다. 이규보의 「슬견설蝨犬說」과 권근의 「주옹설舟翁說」, 성현成俔, 1439~1504의 「타농설惰農說」에서 문대의 전형적인 서술 방식을 엿볼 수 있다.

정도전의 「답전부答田夫」와 정호鄭澔, 1648~1736의 「농자대農者對」는 제목이 '~설說'로 끝나지 않지만 문집 체제상 설에 분속되어 있다. 이른 시기부터 설에 문답식 서술 방식이 많이 쓰였기 때문에 편집자가 이 작품들을 설에 분속했을 것이다. 그러나 문대로 표시된 작품을 설로 보기는 어렵다. 이 두 작품을 제외하면 '~대對'라고 표시된 작품들은 대부분 '잡저雜著'에 분속되어 있다.

내용상으로도 설과 문대의 차이점은 명확하지 않다. 다만, 동일 작가의 설과 문대를 비교해 볼 수 있다. 홍성민洪聖民, 1536~1594의 「마환우설馬換牛說」과 「무염판속설貿鹽販粟說」은 유배지에서 교환 및 장사를 할 수밖에 없었던 사대부의 자괴감과 부끄러움을 그렸다. 그러나 그의 또 다른 작품

---

17  문대의 기원과 발전 양상은 우지영(2013) 참조.
18  馮書耕(1979), 789면.

인 「매어옹문답서賣魚翁問答敍」에서는 사대부가 아닌 어부와 농부의 발언과 이들의 갈등 양상을 그렸다. 이 작품은 어부와 농부가 각각 한 자 남짓 되는 물고기와 곡식 한 되를 교환하면서 그 값어치를 흥정하는 내용이다. 어부와 농부는 서로 자기네 노동과 재화가 더 값지다고 주장한다. 두 사람의 주장을 듣고 '나'는 어부 편에 선다. 작품 말미에 어부가 생계 때문에 어쩔 수 없이 이 일을 한다고 하자, '나'도 비슷한 경험이 있기 때문에 부끄러워한다.

홍성민은 생업의 중요성과 유자儒者로서 상업에 종사하는 자괴감을 설과 문대에 모두 표현했다. 다만 설에서는 교환 및 장사를 하게 된 이유와 그 과정을 자신의 시각에서 서술했고, 문대에서는 가상 인물의 갈등을 그리면서 자신의 심정을 그들에게 의탁했다.

그러나 이러한 차이를 설과 문대의 차이라고 하기에는 아직 이르다. 등장인물의 발언과 갈등 구조가 중점인 설도 있기 때문이다. 설과 문대의 관계는 차이점을 규정하기보다, 동일 작가가 쓴 작품들을 실제로 비교해 보아야 한다.

### 3) 전傳

전傳은 특정 인물을 후대에 전하기 위해 그의 평생 사적을 기록하는 문체다. 사실성을 바탕으로 한다. 설에도 이러한 성격의 작품이 있다. 권헌權攇, 1713~1770의 「반세기설潘世紀說」은 의원 반세기潘世紀의 행적을 전의 형식에 따라 서술했다.

일반적인 전은 입전 인물의 가계와 성장 환경 등을 자세히 기술하는 데에 비해, 「반세기설」은 반세기가 26년간 연주淵州에서 유배 생활을 했고, 결혼하여 딸 하나를 두었고, 69세에 죽었다는 사실만 간략하게 기술했으며, 의원으로서 칭송할 만한 행적을 위주로 기록했다. 반세기가 치료한 인물들의 직책과 이름, 소재지까지 기술한 것을 보면 사실에 입각해서 쓰인 것으로 보인다.

설은 전傳에 비해 실존 인물의 인정기술人定記述과 행적을 긴 분량으로 자세하게 기록하지 않았다.[19] 대신 실존 인물의 특이한 행적이나 가치관을 관찰이나 대화로 보여주는 설은 초기부터 있었다. 권근의 「김공경험설金公經驗說」은 고려 후기 김희선金希善, 1341~1407의 향약 경험을 통해 애민 의식을 보여주고, 허균許筠, 1569~1618의 「임노인양생설任老人養生說」은 113세 임세적任世績의 행적을 통해 진정한 양생법을 보여준다. 인물을 제재로 한 설은 실존 인물의 인정기술과 전체 행적보다 주제를 가탁할 수 있는 일부 행적이나 경험, 특이한 면모에 집중한다.

16세기 후반부터 18세기 전반까지는 실존했던 중인이나 하층민을 제재로 한 설이 집중적으로 지어졌다. 이러한 설은 인물의 특이한 행적과 면모에 관심을 두기보다는, 이를 통해 유가적 규범을 공고히 하려는 의도가 들어 있다.[20]

한편, 이광정李光庭, 1674~1756의 「복수설復讐說」은 아버지 원수의 딸과 결혼한 서생이 부인의 지혜와 희생으로 복수의 명분을 이루는 내용이다. 작품 말미에 이광정은 이 내용이 신빙할 만한 기록이 없기 때문에 전으로 지을 수 없었다고 말한다.[21] 이를 통해, 사실 여부가 파악되지 않았을 때

---

19  인정기술이란, 입전 인물의 가계·신분·성명·거주지 등에 대한 서술이다. 전에서 이러한 기술이 중요한 이유는 전의 본령이 바로 실존 인물을 다루기 때문이다. 박희병 (1993), 21면.

20  구체적인 사례는 제4장 2절에 자세하다.

21  이광정, 「復讐說」, 『訥隱集』 권6, 『한국문집총간』 187, 234면, "但其事出於傳聞, 不知其 是與否, 而傳之者愈多愈久而無異口, 豈虛也哉? 惟不知其姓與名, 無文字可据而信者, 不

전을 대체할 만한 문체로 설을 활용한 사례가 있다는 것을 알 수 있다.

### 4) 기記

기記는 기억과 기념을 위한 기록이다. 산수유기·기행문·누정기 등이 있다. 산수유기나 기행문은 여행 경로를 따라 견문을 기록하고 산천 경물을 묘사하는 산문이다.[22] 조선 전기에 이미 산수유기는 주요한 문체로 자리 잡아, 도학파들이 은일 세계를 동경하거나 산수에 노닐며 와유臥遊를 즐기는 내용을 담았다.[23]

설에도 특정 지역을 유람한 과정과 그 느낌을 서술한 작품들이 있다. 대개 제목이 '유遊+지역+설說' 혹은 '지역+설說'로 되어 있다. 심정진沈定鎭, 1725~1786의 「가협설嘉峽說」 1~4편은 동일한 제목을 가진 연작 형태의 설이다. 심정진이 회덕 현감으로 재직할 때인 1780년에 공무에서 벗어나 산중에 은거하고픈 마음을 담은 작품이다. 특히 「가협설」 1~2편은 가협 안의 승경인 조종朝宗으로 가는 과정을 묘사했다. 거리를 수치로 기재하고 주변 풍경뿐 아니라 마을 주민들의 모습과 그들의 생업을 기술했다는 점에서 산수유기의 내용 및 형식과 비슷하다.

누정기는 건물을 지은 일정과 공력 등을 처음부터 끝까지 기술하는 것이 정격이고, 의론이 많으면 변격이다. 설에는 '누정 이름'에 '설說'이 붙은 작품이 많다. 신흠申欽, 1566~1628의 「귀래재설歸來齋說」, 정구鄭逑, 1543~1620의 「졸재설拙齋說」이 대표적이다. 이러한 설은 건물 이름의 의미를 설명하면서 건물 주인의 인품과 행적을 칭송한다는 점에서 의론을 위주로 한다.

---

得序次爲傳."
22　심경호(2013), 앞의 책, 312면.
23　위의 책, 313면.

누정기는 원래 기사를 위주로 서술하는 것이 기본 속성이지만, 고려 후기 이후로 논설이 크게 확대되었다.[24] 이달충李達衷, 1309~1384의 「동재설動齋說」, 백문보白文寶, 1303~1374의 「율정설栗亭說」과 「척약재설惕若齋說」은 누정명에 대한 논설이 주를 이룬다. 즉, 누정을 기사 중심으로 서술할 때는 제목에 '기記'를 붙이고, 누정명에 대한 논설일 경우에는 '설說'을 붙였다.

그러나 고려 말 이곡과 이색李穡, 1328~1394을 시작으로 누정기에 논설 경향이 일반화되면서 제목에 굳이 '설說'을 붙이지 않는 경우가 많아졌다.[25] 조선 이후에는 누정기에서 논설 위주의 서술이 당연시되면서 누정기와 설은 구분하기가 어려워졌다.


## 5) 증서贈序

증서贈序는 이별에 임하여 상대에게 바치는 글이다. 서신체에서 파생됐다. 많은 설들은 제목에 '증贈~'이나 '송送~'이라는 말을 붙여 수신자를 명시했다.

제목에 '증贈~'이나 '송送~'을 붙이지 않아도, 작품 말미에 증여 대상을 표시한 경우도 많다. 대표적으로 한유의 「사설」에서는 스승을 삼는 도를 설명한 뒤, 시속에 구애되지 않고 자신에게 배움을 청한 이반李蟠에게 이 글을 준다고 작품 말미에 말했다.[26] 이처럼 수신자의 정보가 작품에 나오는 경우는 설의 창작 동기와 목적을 쉽게 파악할 수 있다.

간혹 제목이 '증贈+인명+설說'로 되어 있는 경우가 있다. 대개 글을 받

---

24  안세현(2009), 18면.

25  위의 책, 25면.

26  한유, 「사설」, "李氏子蟠, 年十七, 好古文, 六藝經傳, 皆通習之, 不拘於時, 請學於余, 余嘉其能行古道, 作師說以貽之."

는 사람에게 이치를 설명하여 권면하는 경우다. 유즙柳楫, 1585~1651의 「증제동자설贈諸童子說」은 자신에게 배움을 청한 동자들을 깨우치기 위한 목적으로 썼다. 이 작품은 당대에 효제충신孝弟忠信을 실천하지 않고 과거 급제와 부역 면제만을 위해 공부하는 학생들을 비판하는 내용이다. 이 설은 제목만 보았을 때 내용을 쉽게 연상할 수 없지만, 내용을 읽어보면 막 배우기 시작한 동자들에게 학문하는 도를 권면했다는 것을 알 수 있다.

어유봉魚有鳳, 1672~1744의 「증심자위설贈沈子威說」은 아내와 자식을 잃은 심자위沈子威를 위로하는 내용이다. 슬퍼하는 심자위의 모습과, 그에게 무슨 말을 해야 할지 고민하고 주저하는 어유봉의 심정이 잘 드러난다. 이러한 설은 창작 목적과 주제가 뚜렷한 편이지만 특정 제재를 활용해 주제를 전달한 설과는 다른 양상을 보인다.

### 6) 서발序跋

서발序跋은 서적 간행 경위를 기록하면서 문학론이나 예술비평론을 함께 드러내는 문체다. 발문跋文은 후서後序라고도 한다. 타인의 문집 간행 경위를 기록한 설이 있다. 제목은 보통 '~서설序說'로 되어 있다. 권극중權克中, 1585~1659의 「청하집서설靑霞集序說」은 자서自序로, 본인의 이름과 자字, 생년과 문집 완성 경위를 간략하게 적어놓았다. 허목許穆, 1595~1682의 「자서속편설自序續編說」 또한 자서 속편을 지은 경위를 간단히 적었다.

최립崔岦, 1539~1612이 쓴 「정옥봉고죽집합간불가설訂玉峯孤竹集合刊不可說」은 최경창崔慶昌, 1539~1583의 문집인 『고죽유고孤竹遺稿』에 부록으로 실려 있다. 이 작품은 백광훈白光勳, 1537~1582의 시집과 최경창의 시집을 합간하려는 고경명高敬命, 1533~1592의 주장에 최립이 반대하는 내용이다. 이 작품은 최립의 문집인 『간이집簡易集』에 「정옥봉고죽이고합간지의불시소서訂</p>

玉峯孤竹二稿合刊之議不是小序」라는 제목으로 실려 있다. 백광훈과 최경창의 자제들이 최립에게 두 합간본에 대한 서발문을 써달라고 요청했고, 최립은 이 글로써 합간본을 반대한 것이다. 이 작품 말미에는 "우선 이 설로써 돌려준다[姑以是說復焉]"라고 되어 있다. 아마도 이후 최경창의 문집을 편집할 때, 편집자가 이 언급을 토대로 제목에 '설說'을 붙인 것 같다.

이처럼 설은 서발문처럼 서적의 간행 경위를 사실대로 기록하는 문체이기도 하며, 정식으로 글을 발표하기 전에 임시로 의견을 적어두는 역할도 했다는 것을 알 수 있다.

### 7) 유설類說

한문산문 문체의 일종은 아니지만 설과 유사한 내용과 서술 방식이 보이는 편찬물인 '유설類說'이 있다.

조선 후기에는 어휘 개념·문헌 지식·경험 사실 등 지식 정보를 휘집하는 방식이 발달하여 단순 초록에서 경험적 분류 체계의 고안으로 발전해 나갔다. 따라서 문헌 지식과 경험 지식을 대조하고 종합하는 유설이 발달하게 되었다.[27] 유설은 출전 표시가 불명확하고 내용이 잡박하다는 한계가 있지만, 조선시대 지식인들의 지식과 경험이 성리학적 분류 체계에서 경험적 분류 체계로 변화했다는 의의가 있다.[28]

설도 다양한 제재에 대해 기존 문헌의 지식과 견문, 작가의 견해를 곁들였다는 점에서 유설과 비슷하다. 예를 들면, 이익李瀷, 1579~1624의 『성호사설星湖僿說』 중 「천리마千里馬」는 한유의 「잡설雜說」에 나오는 "천리마는 늘 있어도 백락은 늘 있지 않다[千里馬常有, 而伯樂不常有]"는 구절을 제시하고

---

27 심경호(2018), 105면.
28 위의 책, 126면.

인재를 쉽게 알아볼 수 없는 세태를 비판했다. 이러한 내용과 서술 방식은 하나의 제재를 통해 주제를 전달하는 설과 비슷해 보인다. 또 다른 기사인 「지기知己」에서는 포숙아와 관중의 고사를 제시하고 진정한 지기를 찾기 힘든 현실을 비판했다. 이 기사는 내용과 서술 방식 면에서 변종운의 「지기설」과 유사하다.

이처럼 설은 논·문대·전·기·증서·서발체 산문과 유설의 특징을 지녔다. 이는 설의 창작 목적과 서술 방식이 다양하다는 증거다.

설은 내용과 서술 방식이 다양하기 때문에 모두 같은 선상에서 분석하는 것보다 일정한 범위를 정해서 논의할 필요가 있다. 이를 위해서는 본고에서 다루려고 하는 대상을 분명히 해야 할 것이다. 앞에서 설명한 오눌과 서사증의 정의를 수용하되, 고려 후기부터 구한말까지 창작된 설의 경향을 고려하여 연구 범위를 정하고자 한다.

설은 경전의 내용을 자기 논리에 맞게 풀이하면서, 다양하게 논지를 펴고, 어조의 억양에 변화를 주어 의미를 더욱 풍부하게 하는 문체다. 작가가 자신의 논리를 세워서 말하고자 하는 바를 전달하는 것에 끝나지 않고, 다양한 방법을 동원하여 의미를 풍성하게 하는 것이 바로 설이다. 방법을 동원하는 데에는 많은 수단이 있겠지만, 한국 설에서 단연 돋보이는 작품들은 구체적인 제재를 통해 작가가 말하려는 바를 강조한다. 그 제재는 대체로 제목에 표시되는데, 일화나 만물이 대부분이며 경험이나 관찰, 대화를 통해 주제를 설득력 있게 전달한다.

제목이 '~설說'이라고 되어 있으면서 구체적인 제재를 사용하지 않는 작품도 있다. 이러한 작품들은 대개 공적이고 실용적인 의도로 창작되었다. 기존 학술적 의견을 종합하여 정리하거나, 특정 행위를 수행하기 위한 매뉴얼로서 기능한다거나, 단순한 정보와 경위를 기록한 작품들이 종종 '~설說'이라는 제목을 달고 있다. 이러한 설은 설이라는 문체의 외연을 넓히고 있지만, 문학 작품으로서 설로 보기는 어렵다.

물론 한문산문이란 본래 서사 및 서정의 산문뿐 아니라 실용적이고 공적인 문서도 포함하며, 여러 양식과 체제가 중복된다. 그렇다고 해서 '~설說'이라 이름 붙여진 작품을 한데 모아 같은 기준으로 분류하고 내용을 분석한다면 오히려 설을 읽는 재미나 가치를 느끼지 못할 것이다. 따라서 본고에서는 제목이 '~설說'로 되어 있으면서 구체적인 제재를 동원해서 주제에 접근하여 정서적 효과와 사회적 효용을 기대하는 작품들을 연구 대상으로 삼았다. 아래와 같은 작품들은 연구 대상에 적합하지 않으므로 제외하기로 한다.

첫째, 명자설은 특정 인물의 자字나 호號를 지은 경위를 밝힌 설이다. 한두 글자에서 의미를 끌어내 조리 있게 풀어낸다는 점, 도덕규범을 일상의 동작이나 태도와 관계된 단어로 함축하여 제시한다는 점에서 설의 하위 분류로 볼 수 있다. 그러나 그 작법이 일정한 규칙에 맞게 오랫동안 지어졌다는 점, 작가의 의견이나 감정을 표출하는 문학 작품을 넘어 집단 가치와 규범을 밝히는 '공공성'을 띤다는 점에서 독립된 산문 문체로 보아야 한다. 서사증의 『문체명변』에서도 '자설字說'을 '제명題名'과 '행장行狀' 항목 사이에 배열하여 설과 다른 문체로 파악했다. 이 때문에 명자설은 연구 대상에서 제외했다.[29]

---

29　명자설에 주목한 연구는 다음과 같다. 유이경(1997)은 이색의 명자설 20편을 망라하여 내용으로 분류하고, 작가의 사상을 추론했다. 명자설의 최초 연구라는 점에서 의의가 있다. 이은영(2006)은 관례 의식의 추이에 따라 명자설의 성격이 어떻게 변모했는

아울러 누정명을 풀이한 설 또한 고려 후기부터 구한말까지 꾸준히 지어졌다. 이것은 대상이 '사람 이름'에서 '건물 이름'으로 바뀔 뿐 그 양상이나 가치가 명자설과 유사하므로 연구 대상에서 제외했다.

둘째, 경설經說과 성리설性理說이다. 경설은 경전의 뜻을 풀이하고 해석하는 설을 말한다. 주로 경서 안의 특정 어휘나 구절을 풀이하고, 한 편 및 한 권의 뜻을 설명한다. 성리설은 송명宋明 시대 이후의 유학으로, '이理'와 '심心'에 치중하여 쓰인 것을 말한다. 경설은 고려 후기부터 구한말까지 꾸준히 지어졌다. 성리설은 하륜河崙, 1347~1416의 「심설心說」과 「성설性說」을 시작으로 조금씩 창작되다가[30] 16세기 서경덕徐敬德, 1489~1546의 이기理氣 철학이 학자들의 중심 과제로 떠오르면서 많이 지어지기 시작했다.[31] 경설 및 성리설은 오로지 이론 설명에 치중했기 때문에 학술 이론에 가까운 글로 보아야 한다.[32]

셋째, 예설禮說이다. 예설은 예禮의 이론적 주장을 펼친 글이다. 예설을 가장 많이 남긴 작가는 이익이다. 그의 설 52편 중에서 32편이 제례祭禮와 상례喪禮에 관한 것이다. 특히 상례에 관한 설은 임종 후의 염·반함·운구법·음식·복식 등 절차에 따라 자세하게 설명했다. 이러한 설은 특정 지식을 안내하는 매뉴얼에 가깝다.

---

지 그 양상을 설명했다. 권진옥(2019)은 앞선 두 연구를 바탕으로 명자설의 글쓰기 형태를 살펴보았다. 이들 모두 오랜 전통을 가지고 있는 명자설의 문화적 의의와 작품 양상을 보여준다. 유이경(1997), 이은영(2006), 권진옥(2019).

30 하륜의 두 설은 성리학 개념을 풀어쓴 것으로, 당시 유일하게 성리학의 本然之性과 氣質之性의 문제를 직접 언급했다는 점에서 주목할 만하다. 김홍경(1996), 127~128면.

31 양현승(2001), 앞의 책, 200면.

32 주석을 가리키는 명칭 가운데 說도 있다. 경설 및 성리설에 해당하는 작품은 작가가 한 문산문 문체로서 의식하고 쓴 것이 아니라, 경서에 대한 주석이라고 봐야 한다. 왕요남 저, 신승운 외 역(2014), 104면 참조.

넷째, 강설講說과 경연설經筵說이다. 강설은 유생들이 경전을 강학한 내용을 적은 글이며, 경연설은 학자들이 임금 앞에서 유학의 경서나 고전을 강론한 것을 적은 글이다. 이러한 설은 강독 내용을 기록한 강의록에 가깝다.

이상 경설·성리설·예설·강설·경연설은 제목이 '~설說'로 되어 있지만 작가가 한문산문의 설이라는 문체 의식을 가지고 작품을 서술했다기보다, 특수한 목적을 지니고 연작 형태로 다량의 작품을 지은 경우다. 그러므로 시기별·작가별로 연구한다면 경학이나 예학 분야에 큰 도움이 될 것이다.

다섯째, 시문설詩文說이다. 시문설은 시詩나 문文에 관한 근본정신과 원리를 바탕으로 자기 견해를 곁들인 설을 말한다. 예를 들면, 이규보의 「논시설論詩說」은 고인들의 시를 음미한 뒤, 간단한 감상평을 나열했다. 홍성민의 「이학위시설以學爲詩說」은 학문에 근본을 둔 문학과, 문학만을 위한 문학을 비교하며 문학의 한계를 인식했다. 시문설은 작가의 문학적 취향이나 본격적인 문학 비평을 보여준다는 점에서 가치 있는 자료다. 그러나 주로 중국 및 한국의 시문을 그대로 나열하고, 경서를 기반으로 시문의 정의와 효용성 등을 설명한다는 점에서 학술적 논고로 보아야 할 것이다.

그밖에 특정 제재를 활용해 주제를 전달하지 않고, 상대에게 하고 싶은 말을 편지 형태로 서술한 증서체 설이나, 특정 서적의 간행 경위를 기록한 서발체 설은 본고의 연구 대상에서 제외했다. 『동문선』 및 『속동문선』과 『한국문집총간』에서 위와 같은 설을 제외한 결과, 총 682편을 연구 대상으로 삼을 수 있었다.

이 682편은 모두 다양한 제재를 통해 주제에 접근하는 설이다. 본고는 설 682편에 대한 작가별·제재별·시대별 변화 양상을 알아보고, 주제 및 표현 방식이 우수한 작품을 실제로 감상할 수 있도록 제시할 것이다.

## 3. 설의 구성과 조직

이 절에서는 앞에서 말한 설 682편을 설리說理와 기사記事의 조합으로 살피려고 한다.

설에서는 설리가 가장 중요하다. 그러나 작가의 견해를 완곡하게 표현할 때, 사건이나 사물에 주제를 의탁하여 논리를 전개하기도 한다.[33] 이미 유종원의 「포사자설」에서 기사가 등장했고, 한유의 「잡설」네 번째 기사는 설리가 없는 우언으로 쓰였다. 이후에 수많은 설에서 설리와 기사의 조합이 보인다. 이 절에서는 그 조합 양상을 살핌으로써 설의 양식적 특징을 알아볼 것이다.

설의 구성은 명明나라 귀유광歸有光, 1506~1571이 정리한 주객법主客法을 바탕으로 살핀다. 주객법은 예술의 다양한 방면에 두루 사용되는 예술 운용 방법 중 하나로, 문학 작품을 분석할 때 편장篇章 단위로 보는 것이다. 이것은 작품을 자구字句 단위의 수사법에 한정하여 보는 것이 아니라 주제와 연관하여 글 전체의 통일성과 긴밀성을 중심으로 보는 것이다.

주객법에서 주主와 객客의 함의는 다채롭다. 주主는 작가가 말하고자 하는 바이고, 객客은 이를 부각하기 위해 동원되는 제재 및 사건이다. 또는 주요한 인물을 주主, 보조적 인물을 객客으로 보기도 한다.[34] 다만, 주객의 관계는 상대적이기 때문에 주主와 객客 안에서 '주중객主中客', '객중주客中主'와 같이 주객이 다시 나눠지기도 한다. 귀유광이 주객법의 활용 양상을 몇 가지로 세분하여 예시와 함께 설명한 글을 보자.

---

33  주재우(2011)는 기사를 '근거 영역', 설리를 '목표 영역'으로 보았다. 따라서 설은 기사를 통해 설리로 나아가는 문체라고 할 수 있다. 주재우(2011), 68면.
34  정우봉(2004), 65~66면.

시에 비比와 흥興이 있으니, 비比는 저것으로써 이것을 비유하는 것이며, 흥興은 저것으로써 이것을 일으키는 것이다. 체體가 비록 두 개이지만 비유를 취하는 뜻은 같으니, 맹자의 문장법은 대개 이것에 근본했다. 그래서 후세의 문장들이 모두 으레 그것을 사용했다. 때로는 ① 정의正意를 말하지 않고 오로지 저것으로써 표현한 것이 있는데, 한유의 「잡설」 상하편이 그것이다. 때로는 ② 오로지 저것으로만 표현하되 마지막에 한 구의 정의를 함유하는 것이 있는데 한유의 「응과목시여인서應科目時與人書」가 그것이다. 때로는 ③ 오로지 저것으로써 표현하되 작품 끝에서 몇 구의 정의로 맺은 것이 있는데, 유종원의 「포사자설」이 그것이다. 때로는 ④ 저것과 정의를 반반씩 표현한 것이 있는데 한유의 「후십구일복상재상서後十九日復上宰相書」, 유종원의 「종수곽탁타전種樹郭槖駝傳」과 「재인전梓人傳」, 그리고 소식의 「가설稼說」이 그것이다. 때로는 ⑤ 저것을 가볍게 표현하고 정의를 중요하게 한 것이 있는데, 한유의 「송온처사부하양군서送溫處士赴河陽軍序」가 그것이다. 때로는 ⑥ 처음과 끝에서 정의를 표현하고 중간에 저것으로써 형용한 것이 있는데 소순의 「명론明論」이 그것이다. 때로는 ⑦ 저것을 가볍게 말함으로써 정의를 일으켜 표현한 것이 있는데 소식의 「이씨산방장서기李氏山房藏書記」가 그것이다. 한유의 「진학해進學解」에서는 중간에 장인과 의원으로서 재상의 뜻을 이끌어 냈는데, 또한 이러한 법이니 참고할 만하다.[35]

---

35  귀유광(1985), 「譬喩則」, 『文章指南』, 광문서국, 6~7면, "詩有比有興, 比者, 以彼物比此物也, 興者, 以彼物興起此物也. 體雖有二, 而取論之意則同, 孟子文法, 多本於此. 故後世文章皆例用之. ① 或不說出正意, 專以彼物發揮者, 如韓退之「雜說」上下篇是也. ② 或專以彼物發揮, 而末含一句正意者, 如韓退之「應科目時與人書」是也. ③ 或專以彼物發揮, 而末繳數句正意者, 如柳子厚「捕蛇者說」是也. ④ 或以彼物正意相半發揮者, 如韓退之「後十九日復上宰相書」, 柳子厚「種樹郭槖駝傳」, 「梓人傳」, 蘇子瞻「稼說」是也. ⑤ 或以彼物輕輕發揮, 而歸重正意者, 如韓退之「送溫處士赴河陽軍序」是也. ⑥ 或首尾發揮正意, 而中間以彼物形容者, 如蘇明允「明論」是也. ⑦ 或以彼物輕說, 引起正意發揮者, 蘇子瞻「李氏山房藏書記」是也. 韓退之「進學解」, 中以匠氏醫師引起宰相意, 亦是此法, 可以參看. (강조—인용자)

위 인용문은 귀유광이 비比와 흥興의 문제를 편장 단위의 수사법으로 이해하여 서술한 것이다. 윗글에서 '차물此物'은 주主이고, '피물彼物'은 객客이다. 귀유광은 작품에 객客만 있는 경우①부터 주主의 점유율이 점점 증가하는 경우를 차례대로 언급했다.<sup>인용문에 강조 표시</sup> 이해하기 쉽도록 수치를 이용해서 정리하면 다음과 같다.

①: 객客만 있는 경우 (객 100%)

②, ③: 객客이 길고 주主는 1구句 이상 서술된 경우 (객 80~90%, 주 10~20%)

④: 객客과 주主가 반반인 경우 (객 50%, 주 50%)

⑤, ⑥, ⑦: 객客이 가볍게 제시되고 주主가 긴 경우 (객 10~20%, 주 80~90%)

주主를 설리로, 객客을 기사로 환원하여 이를 분석 틀로 활용하면 다음과 같이 설의 구성을 구분할 수 있다.

첫째, 설리 위주의 설이다. 기사가 간단하게 제시되고 설리의 분량이 많은 경우다. 아예 기사가 없는 경우도 있다. 주제를 설명하기 위해 고사나 역사 인물을 활용할 수 있다. 오늘날의 논설문·설명문과 비슷한 형태다.

둘째, 기사 위주의 설이다. 기사만 있고 설리는 드러나지 않은 경우, 기사를 통해 설리를 말하되 설리의 비중이 적은 경우가 있다. 일단, 기사만 있는 설은 작가가 본래 말하고자 하는 주제가 겉으로 드러나지 않는다. 우언체 산문에서 주로 발견된다. 기사를 통해 설리를 말하되 설리의 비중이 적은 설은 작가의 의도를 직접적으로 드러내면서 구체적인 사건이 객客으로 동원된다. 이로써 독자가 쉽게 주제를 파악할 수 있다. 주로 앞에 기사를 배치하여 그로부터 유추된 결론을 후반부에 언급한다. 단, 설리는 기사보다 길지 않아 1~2구句로 강렬하게 보여주거나 한두 단락 정도로 설명한다. 그렇다면 이 두 가지 구성에 따라 작품을 보자.

### 1) 설리 위주의 설

설리 위주의 설은 기사를 요약해서 서술한 뒤에 설리를 길게 설명하거나, 기사 없이 처음부터 끝까지 주제를 직접 설명하고 논증하는 작품을 말한다. 오늘날의 논설문에 가깝다. 양헌수梁憲洙, 1816~1888의 「측기아설惻棄兒說」을 보자.

「측기아설」은 흉년과 가혹한 부세로 한 아이가 버려지게 된 '기사'와, 그 현상의 근본적인 문제와 해결책을 설명하는 '설리'로 구성됐다. 작품 전체의 개요를 보자.

> ① 기사 : 기아棄兒의 발견
>
> ② 설리 : 문제의 원인과 해결
>
>   ②-1 가족들이 서로 버리는 일을 방지했던 이유와 주공
>
>   ②-2 이윤·주공과 다르게 행동하는 현재 위정자들
>
>   ②-3 위정자들에게 책임을 묻고, 해결책을 제시함

①에서는 '나'가 우연히 기아를 발견하고 측은해한다. 또한 아이를 불쌍히 여기면서도 구체적인 도움을 주지 않는 사람들을 비판한다. ②에서는 이윤과 주공의 경우를 들어 현재 위정자들을 비판하고, 실질적인 구제책을 마련해야 함을 주장한다. 전체적으로 '이객위주以客爲主'의 구성이다. 기사가 압축적으로 제시되고, 설리에서는 역사적 인물과 고사를 활용하고 있다. 작품을 보자.

① 내가 용암龍巖에서 활쏘기를 마치고 저녁에 돌아올 적에 날이 매우 추웠는데, 네 살 정도 된 한 아이가 길에서 엄마를 부르며 방황하고 있었다. 몸에는 솜옷조차 걸치지 않았고 발은 짚신조차 신지 않았으며 열 번 자빠지고 아홉 번 넘어져 갈 곳을 잃은 채 거의 죽을 지경에 이르렀으니, 몇몇 사람들이 발걸음을 멈추고 불쌍하게 여겼다. 내가 그 사연을 물어보니, 유리걸식하던 아낙이 자기 목숨을 위해 그 아이를 버렸다는 것이다. 내가 그 말을 듣고서 그 모습을 보니, 나도 모르게 모골이 송연해지고 마음이 아파서 우물에 들어가는 아이보다 더 측은하게 여겨졌다. 혹 아이가 남의 집에 들어가 도움을 요청하면 사람들은 그때마다 아이를 안아다가 길로 돌려보냈고, 혹 아이가 남의 옷자락을 붙잡고서 눈물을 흘리며 올려다보면 사람들은 그때마다 뿌리치고 멀리했다. 혹 아이를 가여워하는 기색을 보이는 사람이 있으면 아이는 그때마다 닫힌 문을 가리키며 하소연하는데 몸이 얼어 제대로 말을 하지 못하고, 말을 하더라도 다른 사람들이 알아듣지도 못하는데 대체로 문을 열어 들여보내달라고 애걸하는 말이었다. 어떤 이는 "나쁘도다! 그 어미는 어찌하여 이 어린아이를 버려두고 떠났단 말인가?"라고 하고, 어떤 이는 "추위와 굶주림에 대한 절박함이 이 지경에까지 이르렀구나!"라고 하고, 어떤 이는 "가엾구나, 그 불우한 모습이여"라고 하지만 모두 길게 한탄할 뿐이지 역시 구제해 주는 자는 없었다.[36]

---

36 양헌수, 「惻棄兒說」, 『荷居集』 권2, 『한국문집총간』 속131, 618~619면, "① 余罷鵠於龍巖, 及夕而還, 時天大寒, 有一孺子可四歲者, 呼母彷徨於道. 身未綿而足不屨, 十顚九僵, 莫適所向, 其去死隔尺寸也已, 有數人止路而憐之者. 余問其由, 乃流丐之婦爲自己而棄其兒也. 余聞其言觀其狀, 不覺骨冷而心酸, 惻惻然浮於入井之兒也. 或入門而呼救則輒抱而還諸路, 或挽人衣而啼仰則輒拂而遠之. 人或憗然有憐渠之色, 則輒指其閉門而有所訴, 蓋凍不能容舌, 其所言不能使人曉, 蓋乞使之開門而納渠也. 或曰 : '惡哉! 其母何忍捨此襁褓而去之?' 或曰 : '飢寒切身, 以至如是哉!' 或曰 : '惜呼, 其容貌之奇也.' 皆永歎而已, 亦莫有救之者."

①에서 '나'는 네 살 정도 된 아이가 겨울에 옷도 제대로 걸치지 못하고 거의 죽을 지경에 이른 모습을 본다. 아이의 처지를 자세히 묘사하여 독자에게 동정심을 유발한다. 사람들은 기아를 보고 측은해하지만 기아에게 실질적인 도움을 주지는 않는다. '나'는 이 점에 문제를 제기한다. 아이가 "남의 옷자락을 붙잡고서 눈물을 흘리며 올려다보면 사람들은 그때마다 뿌리치고 멀리하는[挽人衣而啼仰則輒拂而遠之]" 장면과, "아이를 가여워하는 기색을 보이는 사람이 있으면 아이가 번번이 그 닫힌 문을 가리키며 그들에게 하소연하는데 몸이 얼어 제대로 말을 하지 못했고, 말을 하더라도 다른 사람들이 알아들을 수 없었다[或愍然有憐渠之色則輒指其閉門而有所訴, 蓋凍不能容舌, 其所言不能使人曉]"는 장면이 대표적이다.

또, 아이를 가엾게 여기는 사람들의 말을 삽입하여, 아이의 엄마를 비난하거나 한숨을 쉬기만 할 뿐 아이와 엄마에게 실질적인 도움을 주는 사람은 없다고 작가는 말한다. 즉, 이 작품에서 작가가 초점을 둔 인물은 '버려진 아이'이며, 문제시되는 대상은 '마음과 행동에 모순을 보이는 사람들'이다.

②-1 아! 이것은 진태구陳太邱가 들보 위에 올라탄 도둑을 회유하여 가르친 이유이며, 가신식賈新息이 아이를 유기한 죄를 살인죄와 같은 것으로 여겼던 이유이다. 그러나 남들은 그들이 이 지경에 이르게 된 이유가 그 어미의 불인不仁함 때문이라는 것만 알고, 그 어미의 불인함이 실제로 이유가 있어서라는 점을 알지 못하며, 굶주림과 추위가 사람을 이렇게 만든다는 것은 알면서 굶주리고 추위에 떨게 하는 것 역시 그렇게 만든 자가 있음은 알지 못하니, 어째서인가? 이윤이 상商나라를 다스릴 때, 한 사람이라도 살 곳을 잃으면 마치 자기가 밀어서 구덩이에

들어가게 한 것처럼 여겼다. 그러므로 『서경書經』에서 "한 사내라도 살 곳을 얻지 못하면 이것은 내 죄다"라고 말한 것이다. 주공이 백성의 생업을 제정해 줄 적에 밭을 정전의 모양으로 구획하여 균등하게 나눠주니, 사람들이 위로는 부모를 섬기고 아래로는 처자를 기를 수 있었으며 연로한 자들은 비단옷을 입고 고기를 먹으며 백성들은 굶주리거나 춥지 않았다. 그러므로 『시경詩經』에서 "주나라가 만방을 편안하게 하니, 여러 해가 풍년이로다"라고 한 것이다. 이 당시에 아비가 그 자식을 버리고 자식이 그 아비를 버렸다는 말은 듣지 못했다.[37]

불쌍한 백성을 구제해야 할 사람은 위정자다. 그러나 위정자가 문제의 근본을 알지 못하고 표면적인 문제만 제거하는 데에 급급하다면 기아 문제를 해결하지 못할 것이다. 작가는 진식진태구이 도둑을 훈계하고,[38] 가표 가신식가 아이를 버린 죄를 살인죄와 같이 여겼던 것[39]을 실질적인 해결책

---

37　양헌수, 「惻棄兒說」, 『荷居集』 권2, 『한국문집총간』 속131, 618~619면, "②-1 嗚呼! 此陳太邱之所以回治盜之駕者也, 賈新息之所以與殺人同罪者也. 然人知使渠至此者, 由其母不仁, 不知其母不仁, 實有所由之者, 知飢寒之使人如是, 而不知其飢之寒之者, 亦有所使之者, 何者? 伊尹之治商也, 一夫失所, 若己推而納溝. 故『書』曰: '一夫不獲, 則曰是余之辜.' 周公之制民産也, 畵井以均之, 人得以仰足事父母, 俯足育妻子, 老者帛肉, 黎不飢寒. 故『詩』曰: '周綏萬邦, 屢豊年.' 當此時也, 未聞有父棄其子, 子棄其父者也."

38　이는 梁上君子의 고사와 관련이 있다. 後漢 靈帝 때 사람 陳寔은 태구라는 지명의 長이어서 진태구라고 불렸다. 『後漢書』 「陳寔傳」에 이러한 고사가 전해진다. 어떤 도둑이 밤에 진식의 집에 들어가 들보 위에 숨었다. 진식을 슬쩍 그를 보고 마침 일어나 스스로 의관을 정제하고 자손을 불러서 정색하며 훈계하기를 "무릇 사람은 스스로 힘쓰지 않으면 안 된다. 선하지 않은 사람도 본래 악한 것이 아니니, 버릇이 어느새 습성이 되어 나쁜 짓을 저지르게 된다. 대들보 위에 있는 저 군자도 그렇다"라고 하니 도둑이 크게 놀라 스스로 땅에 떨어져서 머리를 조아리며 사죄했다[有盜夜入其室, 止於梁上. 寔陰見, 乃起自整拂, 呼命子孫, 正色訓之曰: "夫人不可不自勉. 不善之人未必本惡, 習以性成, 遂至於此. 梁上君子者是矣!" 盜大驚, 自投於地, 稽顙歸罪].

39　賈彪는 신식의 수령이어서 '가신식'이라고도 칭한다. 가표는 빈곤한 백성들이 자식을

이라고 보지 않는다. 왜냐하면 기아 문제는 한 사람의 잘못이 아니라 사회의 구조적 모순 속에서 벌어진 일이기 때문이다. 그러므로 '아이의 엄마가 이기적이었기 때문에 아이를 버렸다'는 것은 문제의 근본을 모르는 사람들의 대답이다. 또, 기아가 발생하지 않기 위해 법을 엄격하게 하는 것도 백성들을 힘들게 할 뿐이다. 작가는 엄마가 아이를 버릴 수밖에 없었던 이유가 따로 있을 것이라고 생각한다.

②-2 아! 잎 하나가 떨어지면 천하에 가을이 왔음을 알 수 있고, 병 속의 물이 얼면 천하가 추워졌음을 알 수 있다. 지금 이 한 아이를 보면 도탄에 빠진 백성들의 사정을 알 수 있다. 이윤과 주공은 성인이니 어찌 견주어 논하고 쉽게 말할 수 있겠는가? 그러나 사람이 진실로 이윤이 뜻한 바에 뜻을 두고 주공이 세운 업을 기약하여, 안에서는 수신修身에 힘쓰고 나가서는 나라를 위해 쓰여서 백성의 굶주림과 추위를 살피기를 마치 자기에게 달려 있어 구제할 생각을 한다면 백성 중에 그 살 곳을 잃은 자가 어찌 지금처럼 많기야 하겠는가? 관직을 세우고 지위를 설치하는 것은 본래 백성을 잘 다스리고자 해서이다. 그러나 지금은 관직에 자리하고 지위에 있는 사람 중 붉은 슬갑을 찬 이가 삼백 명이나 되는 데에 그치지 않고, 우리 백성 중 골짜기에 나뒹굴고 떠돌아다니는 자들이 몇천 명일뿐만이 아니다. 혹 지위에 있는 자들이 자리만 차지하고 있어서 그러한 것이 아닌가? 백성을 다스리는 자들이 백성을

---

낳아 기르지 못하고 버려서 인구가 감소하자, 영아를 유기할 경우에 살인죄를 적용하도록 엄하게 법령을 정했다. 그 결과, 몇 년 사이에 기르는 아이들이 1,000명에 이르렀는데, 가표 덕분에 기르게 된 아이라고 하여, 아들을 낳으면 賈子라고 하고 딸을 낳으면 賈女라고 불렀다고 한다. 『後漢書』권67 「賈彪列傳」 참조.

좀먹어서 그러한 것이 아닌가? 아니면 이윤의 뜻과 주공의 업을 스스로 기약한 자가 없어서 그러한 것인가? 아니면 또한 그런 사람이 있는데도 낮은 지위에 머물러 품은 뜻을 펼치지 못하여 그러한 것인가? 지위는 있는데 그에 걸맞은 사람은 없으며, 사람은 있는데 그에 걸맞은 지위는 없으니 이 사이에 있는 백성들은 무슨 죄인가? 그렇다면 관직을 세운 근본에 어찌 그 실제가 있겠는가? 자리만 차지하고있기 때문에 하늘이 홍수와 가뭄을 내려 재앙이 일어났으며, 백성을 좀먹고있기 때문에 백성들이 부역에 과도하게 시달려 힘이 다한 것이니, 홍수가 나고 가뭄이 들면 한 해의 곡식이 여물지 않고, 부역을 과중하게 하여 힘을 다하게 하면 백성이 항산恒産을 보전할 수가 없다. 이미 항산을 보전할 수 없는데 또 어찌 항성恒性을 보전할 수 있겠는가? 만일 항성이 없다면 아비가 그 자식을 버리고 형이 그 아우를 버리는 일이 어찌 어렵겠는가?[40]


②-2에서는 기아를 통해 민심의 도탄을 알 수 있고, 곧 위정자들이 지志와 업業을 갖추지 못했다는 것을 알 수 있다고 한다. 이윤과 주공의 경우는 이상적이기 때문에 쉽게 따라 할 수 없지만, 이윤의 지志와 주공의

---

40  양헌수, 「惻棄兒說」, 『荷居集』 권2, 『한국문집총간』 속131, 618~619면, "②-2 噫! 一葉落知天下秋, 瓶水凍知天下寒. 今見此一孺, 知民情之塗炭也. 夫伊尹周公聖人也, 豈可擬議而易言之? 然人苟能志伊尹之所志, 期周公之所業, 居而修之於身, 出而用之於國, 視民之飢寒, 若在己而思救, 則黎元之失其生者, 豈至如今日之甚哉? 夫立官設位, 本欲治民也. 顧今居官在位者, 不止於三百赤芾之多, 惟我蒼生之塡壑流離者, 亦不止幾千計之. 其在位者無或尸乎? 其治民者無或蠹乎? 抑無人以伊周之志業自期之者乎? 抑亦有之而滯下, 不得展底蘊乎? 有其位而無其人, 有其人而無其位, 于斯之間, 民何辜焉? 然則立官之本, 烏有其實哉? 以其尸位也, 故天降水暵以災之, 以其蠹民也, 故民重賦役而竭焉, 水之旱之, 歲不得熟, 重之竭之, 民不保恒産. 旣不保恒産, 又安得保恒性哉? 苟無恒性, 則父棄其子, 兄棄其弟者, 曷有所難之哉?"

업業을 목표로 해서 위정자가 백성을 위한다면 적어도 백성이 생업을 잃고 아이를 버리는 일은 일어나지 않을 것이다. 그러나 지금의 위정자들은 이윤과 주공의 지志와 업業에 목표를 두지 않고 자리만 차지하고, 제대로 된 사람을 등용하지 않기 때문에 그 피해는 고스란히 백성에게 간다. 흉년과 부역에 시달리는 백성들은 항성恒性을 보전할 수 없어 결국 가족을 버리게 되는 것이다.

②-3 한마디로 말하면, 지위가 있는 자는 그 책임을 사양할 수 없다. 그래서 앞에서 '이유가 있고 그렇게 만든 자가 있다'고 말한 것이니 내 어찌 사람들을 속이겠는가? 소는 인간과 다른 종류인데도 사람들은 오히려 소가 죽으러 가는 것을 차마 보지 못한다. 하물며 이 동족인 아이에 있어서랴? 다만 나는 식량을 구걸하는[呼粟] 근심을 스스로 어찌해 볼 겨를이 없고 팔꿈치가 드러난 옷을 스스로 대줄 수 없으며, 저와 같이 굶주린 자를 보고도 먹여줄 수 없고 저와 같이 추위에 떠는 자를 보고도 옷을 입혀줄 수 없으니, 집에 들어온 아이를 내쫓고 붙잡은 소매를 뿌리치는 저 사람들과 무엇이 다르겠는가? 그러나 예상翳桑⁴¹의 밥으로는 천하의 굶주림을 구제할 수 없고 치수의 갖옷⁴²으로는 천하의 추위

---

41  예상(翳桑) : 굶주린 사람이 사는 곳을 의미한다. 『春秋左氏傳』宣公 2년에 "처음에 晉나라 趙宣子가 수산에서 사냥하면서 예상에 머물렀는데 굶주린 영첩을 보고 무슨 병이 있느냐고 묻자, 대답하기를 '사흘간 먹지 못해서 그렇습니다'라고 하였다[初, 宣子田于首山, 舍于翳桑, 見靈輒餓, 問其病, 曰 : '不食三日矣']"는 말이 있다.

42  치수의 갖옷 : 춘추 시대 齊나라 襄王의 정승인 田單이 치수를 지나다가 추위 때문에 주저앉은 노인을 보고 자신의 갖옷을 벗어 입혀 준 일이 있었다. 양왕은 이것을 백성에게 은혜를 베풀어 나라를 취하려는 의도가 있다고 여겨서 전단을 죽이려고 했다. 『資治通鑑』권4 참조. 여기서 치수의 갖옷은 불쌍한 백성을 도와주기 위한 위정자들의 일시적인 도움을 뜻한다.

를 덮어주지 못하니, 그렇다면 사람을 수레에 태워 물을 건너게 해주
는 행동이 비난받지 않을 수 있겠는가? 내 뜻을 세우고 내 업을 닦아서
널리 구제할 방도를 마련하고 널리 구제할 시기를 얻는다면 이 또한
다행일 것이다.[43]


②-3에서는 '나'가 앞의 논리를 정리하고, 문제를 위정자들에게 돌린
다. '나' 또한 백성을 위해 구제책을 마련해야 하는 위정자임을 자각한다.
위정자들이 식량과 옷이 없는 백성에게 일일이 필요한 것을 주는 것은 결
국 몇몇 사람에게만 은혜를 베푸는 것과 같다. 이는 일일이 모든 사람을
수레에 태워 물을 건너게 하는 것보다, 다리를 세워 백성들이 물을 건너는
것을 근심하지 않게 하는 것이 제대로 된 정치라고 맹자가 말한 것과 같다
『孟子』, 「離婁 下」. 근본적인 해결책을 세워 고통스러운 백성 전체를 살리려
면 결국 구조적 모순을 해결해야 한다. 그리하여 '나'는 이윤과 주공처럼
뜻을 닦고 업을 이루어 백성을 위한 구제책을 마련하리라고 다짐한다.

양헌수는 조선 말기의 대표적 무인으로, 백성을 위해 실질적인 구제책
을 마련하는 일에 심혈을 기울였다. 갑인년1854에는 평안도 희천熙川 군수
로 나가 구제책을 써서, 요역에 시달려 도망간 백성들을 돌아오게 하고,[44]

---

43  양헌수, 「惻棄兒說」, 『荷居集』 권2, 『한국문집총간』 속131, 618~619면, "②-3 一言蔽
    之, 有位者不得辭其責, 則向所謂'有所由有所使者', 余豈欺人乎哉? 夫牛異類也, 猶有不忍
    其就死. 況此同胞之赤子乎? 顧余呼癸之憂, 不暇以自謀, 見肘之襟, 不能以自資, 見如彼之
    飢, 不能食之, 見如彼之寒, 不能衣之, 與彼出其入拂其挽者, 亦何別焉? 然翳桑之飯, 不能
    救天下之飢, 淄水之裘, 不能庇天下之寒, 則涉人之車, 得無見譏乎? 立吾志修吾業, 備普濟
    之術而得普濟之時, 則斯亦可幸也夫."

44  김윤식, 「正憲大夫刑曹判書禁衛大將知三軍府事梁公墓誌」, 『荷居集』 부록, 『한국문집총
    간』 속131, 690면, "甲寅出守熙川郡, 熙川素稱劇邑, 民苦徭役, 多空宅而逃者, 公下車, 以
    二十事與民約, 招徠安集."

갑자년1864에 제주목사로 임용됐을 때에는 제주도에 재해와 흉년이 들자 쌀 2천 석을 덜어 백성 9만 6백여 명을 구제했다.[45] 양헌수가 백성을 구제하는 대책을 적극적으로 마련했던 것은, 나라의 폐단을 바로잡고 백성을 보호하는 것이 문제의 근본적인 해결책이라고 보았기 때문이다.

임술년1862 봄에 삼남지방 백성들이 환곡의 폐단을 감당하지 못하여, 그곳에서 떼를 지어 일어나 이서吏胥들을 불태워 죽이고 수령을 몰아내었다. 조정에서 근심하여 이정청厘正廳을 설치하여 그 폐단을 의논하여 고치려 했다. 임금께서 전시殿試에 나아가 책문을 친히 내려 시험을 치르게 하고, 중외의 여러 신하에게도 물으셨다. 공이 교지에 응하여 대책문을 올렸는데, 대략은 다음과 같다. "지금 온 나라가 삼정三政으로 모발까지 모두 병이 들어 죽기 직전에 있습니다. 폐단을 고치는 방안은 마땅히 그 근본을 우선 잡아서 그 요령을 얻는 데 있으니, 무엇을 근본이라 하겠습니까? 과거급제자가 지나치게 많아서 벼슬을 구하려 쫓아다니는 것이 풍속을 이루어 뇌물이 공공연히 행해지고, 수탈을 멋대로 행하며 씀씀이를 절약하고 백성을 사랑하는 것을 알지 못한 채 오직 사치에 힘써서 나라를 병들게 하니 이것이 폐단의 근본입니다. 무엇을 요령이라 하겠습니까? 번곤藩梱과 자목字牧의 일을 맡길 때는 오직 어진 이를 가려 뽑아 그들이 백성들을 갓난아이 보살피듯 하게 하고, 나라의 근본을 확고하게 하는 데 힘쓰도록 하면 삼정은 저절로 그 마땅함을 각각 얻게 될 것이니, 이것이 폐단을 구하는 요령입니다."[46]

---

45  김윤식, 「正憲大夫刑曹判書禁衛大將知三軍府事梁公墓誌」, 『荷居集』 부록, 『한국문집총간』 속131, 691면, "拜濟州牧使, 七月大風雨, 全島失稔. 公損俸米二千石, 又竭力籌財, 所賑活爲九萬六百餘人."

46  김윤식, 「正憲大夫刑曹判書禁衛大將知三軍府事梁公墓誌」, 『荷居集』 부록, 『한국문집총간』 속131, 691면, "壬戌春, 三南民不堪還穀之弊, 所在群起, 燒殺吏胥, 驅逐長吏. 朝廷憂

위 인용문은 임술년1862에 삼남三南의 백성들이 환곡의 폐단을 견디지 못하고 난을 일으켰을 때 양헌수가 임금에게 낸 구제책의 일부다. 이를 보면, 양헌수는 삼정의 폐단을 해결하기 위해서 그 문제의 근본을 잡아 요령을 얻어야 한다고 말한다. 근본적인 문제란, 바로 관료들이 자기 직무를 제대로 수행하지 않고, 싸우거나 뇌물을 주고받고, 또 고을원이 백성의 재물을 빼앗아 부정한 짓을 저지르며, 백성들이 사치하기 때문이다. 양헌수는 백성의 잘못을 말하기에 앞서 관료들이 자기 지위에서 제 역할을 하지 못하는 것을 큰 문제로 삼았다. 그렇기 때문에 나라에서 제 역할을 할 인재를 등용하여 백성을 보호하는 것이 근원적인 해결책인 것이다. 결국 양헌수는 환곡의 폐단을 해결하기 위해서는 위정자의 각성을 촉구하고, 더 나아가 이들이 백성들을 위해 실질적인 구제책을 마련해야 함을 역설한 것이다.

「측기아설」은 짧지만 강렬한 기사를 앞에 배치하여 작품의 주제를 자연스럽게 꺼냈고, 이후 역사적 인물과 일화를 활용하여 문제의 원인과 해결을 논리적으로 제시하는 글이라고 할 수 있다.

다음으로 설리만 있는 설인 변종운의 「지기설」을 보자.[47]

① 지기知己의 진정한 의미

② 지기의 어려움

②-1 마음은 수시로 바뀌고 방향이 일정치 않음

---

之, 設厘正廳, 議捄其弊. 上臨軒親策發問于中外臣庶. 公應旨對, 略曰 : '今擧國三政, 毫髮俱病, 死在呼吸. 捄弊之道, 宜先執其本而得其要領耳, 何謂本也? 科宦淆濫, 奔兢成風, 苞苴公行, 剝割恣意, 不知節用之爲愛民, 專務奢侈而病國, 此弊之本也. 何謂要領? 藩梱字牧之任, 惟賢是擇, 使之懷保赤子, 務固邦本, 則三政自當各得其宜, 此捄弊之要領也.'"

47　작품의 번역은 송혁기(2018), 136~138면을 참고하여 필자가 수정 및 보완했다.

　②-2 사람마다 마음이 다름

③ 내가 나를 아는 것의 중요성

　③-1 관중과 포숙아, 백아와 종자기의 고사

　③-2 내가 나를 알면 걱정이 없음

　③-3 장자莊子와 혜자惠子 고사


이 작품은 '지기知己'의 진정한 의미를 되새겨보고, 자기를 알아줄 누군가가 있기란 매우 힘든 일이라고 말한다. 작품을 보자.


① 내 이름을 알면 나를 안다고 할 수 있는가? 그렇지 않다. 내 얼굴을 알면 나를 안다고 할 수 있는가? 그렇지 않다. 내 마음을 안 뒤에야 나를 아는 것이다.[48]


①에서는 "나를 알아봐준다[知己]"라는 말에서 목적어를 무엇으로 봐야 하는지 의문을 제기한다. 내 '이름'이나 '얼굴'을 안다고 진정 '나'를 안다고 할 수 없다. 내 '마음'을 잘 알아야 '나를 안다'고 말할 수 있다.


②-1 그러나 출입이 일정치 않고 향하는 바를 알 수 없는 것이 마음이다. 그러니 내 마음을 남이 알아주기를 구하는 것이 얼마나 어려운 일인가? 나보다 뛰어난 이는 나를 알려고 하지 않을 것이요, 나보다 못난 이는 또 나를 알기에 부족할 것이다. 나와 마음이 같은 자만이 내 마음을 알 것이다.[49]

---

48　변종운, 「知己說」, 『歠齋文鈔』 권2, 『한국문집총간』 303, 49면, "① 知我名者, 謂之知己可乎? 未可也. 知我面者, 謂之知己可乎? 未可也. 知我心然後知己也."

②-1에서는 '나'의 마음을 알아주는 것이 진정한 지기이지만, 남의 마음은 쉽게 파악할 수 없다고 반론한다. 마음이란 때때로 변하고 방향을 알 수 없기 때문이다. 이는 『맹자孟子』「고자告子 상上」편에 나오는 "잡으면 보존되고 놓으면 잃어서 나가고 들어옴이 일정한 때가 없으며 그 방향을 알 수 없는 것은 오직 사람의 마음을 말하는 것이다[操則存, 舍則亡, 出入無時, 莫知其鄕, 惟心之謂與]"는 구절에서 인용했다. 내 마음도 정확히 알지 못하는데, 남이 내 마음을 알아주길 바랄 수 있을까? 나와 마음이 같은 자만이 나를 알아볼 수 있다.

②-2 그러나 사람 마음이 같지 않음은 얼굴이 제각각인 것과 같다. 지금 큰 거리에 서서 날마다 수많은 사람을 살펴서 내 얼굴과 같은 한 명을 구하려고 해도 얻을 수가 없는데 하물며 내 마음과 같은 이를 구할 수 있겠는가? 사해의 억만 명 중에서 은미한 속마음이 같은 이를 구하는 것은 일찍이 사람 마음이 수레바퀴 자국과 같고 인판과 같은 점이 있다고 말하는 것인가?[50]

②-2에서는 '나와 마음이 같은 자' 또한 만나기가 어렵다고 반론한다. 서두에서 지기란 나의 마음을 아는 자라고 규정하고, 두 단락에 걸쳐 나의 마음을 아는 자를 만나기 어려운 이유를 설명했다. 마음은 수시로 변

---

49  변종운, 「知己說」, 『歗齋文鈔』 권2, 『한국문집총간』 303, 49면, "②-1 雖然出入無時, 莫知其向者心也. 以我之心, 求知於人, 不其難乎? 人之賢於我者, 固不屑知我, 愚於我者, 又不足知我. 惟與我同, 方我心知矣."

50  변종운, 「知己說」, 『歗齋文鈔』 권2, 『한국문집총간』 303, 49면, "②-2 然人心之不同, 如其面焉. 今立於通衢之中, 日閱數千百人, 求一同我面者, 尙不可得矣, 況同我心者乎? 一心之微而求同於四海億萬人之中, 曾謂人心有若車軌然印板然耶?"

해서 파악하기가 힘들고, 모두 제각각이다. 얼굴이 같은 사람도 찾기 어려운데 마음이 같은 사람을 찾기란 더 어렵다. 그렇다면 지기를 찾지 말아야 할까? 변종운은 ③에서 주제를 말한다.

> ③-1 예로부터 지금까지 요란스럽게 '지기'를 일컫는 이들은 관중과 포숙아를 말하고, '지음知音'을 일컫는 이들은 종자기와 백아를 말한다. 그러나 전쟁을 겪지 않았다면 관중의 패주가 비겁함 때문이 아니라는 사실을 포숙아가 어찌 알았겠으며, 연주하지 않았다면 백아의 뜻이 어디에 있는지 종자기가 어떻게 알았겠는가? 관중과 백아 스스로 자신을 아는 것은 포숙아와 종자기가 그들을 알아준 것과 별반 차이가 없었을 수 있다. 그러나 전쟁과 연주가 없었더라면 포숙아와 종자기라 한들 그것을 알지 못했을 것이니, 어찌 지기를 말할 수 있겠는가?[51]

변종운은 주제를 뒷받침하기 위해 첫 번째 객客을 ③-1에서 언급한다. 바로 지기지우知己之友와 관련한 관중과 포숙아, 종자기와 백아의 고사다.

포숙아와 관중은 어릴 때부터 친구였다. 춘추시대 때 제나라에 내란이 일어나자, 포숙아는 공자 소백을 받들어 거나라로 망명하고, 관중은 공자 규를 받들어 노나라로 망명했다. 나중에 소백이 제나라로 돌아와 왕이 되고, 노나라로 하여금 공자 규를 죽이고 관중을 돌려보내게 했다. 그때, 포숙아는 왕에게 관중을 재상으로 추천한다. 이에 관중은 포숙아가 자신의 유능함과 불우함을 알아봐 주었다며 "나를 낳아 준 분은 부모요, 나를 알

---

51  변종운, 「知己說」, 『歡齋文鈔』 권2, 『한국문집총간』 303, 49면, "③-1 自古及今, 嘐嘐稱知己者必管鮑焉, 知音者必期牙焉. 豈非以戰而知其敗之非怯也, 彈而知其意之所在也歟? 雖使管與牙自知, 固無以有加於鮑與期矣. 然不戰不彈之前, 彼亦未嘗知也, 是何足知己道也?"

아준 이는 포숙아였다[生我者父母, 知我者鮑子也]"고 말했다. 이후 '관포지교管鮑之交'는 지기지우를 대표하는 고사로 전해졌다.[52]

춘추시대 백아는 거문고를 잘 탔다. 그런데 종자기만 백아의 거문고 소리를 알아들었다. 백아가 '높은 산[高山]'에 뜻을 두고 거문고를 타면, 종자기는 이를 알아듣고 "훌륭하다. 드높음이 마치 태산과도 같구나[善哉! 峨峨兮若泰山]"라고 했고, '흐르는 물[流水]'에 뜻을 두고 거문고를 타면, 종자기는 이를 알아듣고 "훌륭하다. 광대함이 마치 강하와도 같구나[善哉! 洋洋兮若江河]"라고 했다. 나중에 종자기가 죽자 백아는 거문고 소리를 알아들을 사람이 없다며 거문고 줄을 모두 끊어버리고 거문고를 타지 않았다고 한다.[53]

이 두 고사는 지금까지도 지기지우를 대표하는 사례로 일컬어진다. 변종운은 이 두 관계가 모두 특정 상황에서 비롯되었다고 말한다. 관중은 세 번 전투에 나가 세 번 도망쳤지만 포숙아는 관중에게 늙은 어머니가 있다는 것을 알았기에 그를 겁쟁이로 보지 않았다.[54] 또한 종자기도 백아의 연주가 아니었다면 그의 뜻이 어디에 있는지 알 길이 없었을 것이다. 관중과 백아가 지기지우를 만난 것은 다행이었지만, 그렇다고 남의 알아줌을 기다리기만 할 수 없다. 누군가의 알아줌은 상황에 따라 변할 수 있다. 만약 전쟁이 없었고, 백아가 거문고를 연주하지 않았다면 관중과 백아의 불우함과 유능함을 알아볼 사람이 없었을 것이다.

그러나 내가 스스로 어떤 사람인지 정확히 알고 있으면, 그 사실만큼은 변함이 없어서 어떠한 상황에서도 현명하게 행동할 수 있다.

---

52 『史記』 권32 「齊太公世家」; 권62 「管晏列傳」.

53 『列子』 권5 「湯問」.

54 『史記』 권62 「管晏列傳」, "吾嘗三戰三走, 鮑叔不以我怯, 知我有老母也."

③-2 남이 알아주기를 구하는 것은 내가 나를 아는 것만 못하다. 발현하기 전에 중절中節하고 말하지 않아도 깨달아서 남이 보지 않는 곳에서 근신하고 남이 듣지 않는 곳에서 조심하여 남이 알기 전에 자기 혼자 안다면, 남이 나를 알아주는 것이 과연 내가 나를 아는 것만 같을 수 있겠는가? 내가 스스로 나를 알지 못하기 때문에 남도 나를 알아주지 못하는 것이다. 내가 나를 안다면 남이 나를 알아주지 않는다 한들 또 무슨 걱정이 있겠는가?[55]

③-2에서는 남이 나를 아는 것보다 내가 나를 아는 것이 더 중요하다고 말한다. 희로애락이 발현하기 전부터 중도에 맞고,[56] 말하지 않아도 스스로 깨닫는 경지는[57] 내면의 수양을 통해 이룰 수 있다. 남의 눈에 잘 보이기 위해서 행동하지 않는 대신, 남이 보지 않아도 조심하고, 남이 듣지 않아도 경계한다면 도를 깨우칠 수 있다.[58] 그렇다면 남이 자기를 알아주기를 기다릴 필요도 없다.

---

55 변종운, 「知己說」, 『歔齋文鈔』 권2, 『한국문집총간』 303, 49면, "③-2 夫求人之知, 莫若我之自知. 未發而中, 不言而喩, 戒愼乎所不睹, 恐懼乎所不聞, 人不及知, 而己獨知之, 則人之知己, 果有如己之自知者乎? 惟其不能自知, 所以不能知夫人也. 苟其自知, 亦何患乎人不知也?"

56 『中庸章句』 제1장에서 "희로애락이 발현되지 않은 것을 중이라고 하고 발현되어 모두 절도에 맞는 것을 화라고 하니, 중은 천하의 대본이며 화는 천하의 달도이다[喜怒哀樂之未發, 謂之中, 發而皆中節 謂之和, 中也者, 天下之大本也, 和也者, 天下之達道也]"라고 말했다.

57 『孟子』 「盡心 上」편에서 "군자의 본성은 인의예지가 마음속에 뿌리를 두어 그 얼굴빛에 나타남이 수연히 얼굴에 나타나고 등에 가득 넘치며, 사체에 베풀어져 사체가 굳이 말하지 않아도 저절로 깨달아 행해진다[君子所性, 仁義禮智根於心, 其生色也, 睟然見於面, 盎於背, 施於四體, 四體不言而喩]"라고 말했다.

58 『中庸章句』 제1장에서 "도라는 것은 잠시도 떨어질 수 없으니 떨어질 수 있으면 도가 아니다. 그러므로 군자는 보이지 않는 것을 조심하고 들리지 않는 것을 두려워한다[道也者, 不可須臾離也, 可離非道也. 是故君子, 戒愼乎其所不睹, 恐懼乎其所不聞]"라고 말했다.

③-3 혜자惠子가 "자네는 물고기가 아닌데 어찌 물고기의 즐거움을 아는 가?"라고 하자, 장자莊子가 "자네는 내가 아닌데 어찌 내가 물고기의 즐 거움을 모른다는 것을 아는가?"라고 했다.[59] 나 또한 말한다. "남이 내 가 아닌데 어찌 내 마음을 아는가?"[60]

변종운은 작품 말미에 또 다른 고사를 삽입한다. 『장자』의 「추수秋水」편 에 나오는 장자와 혜자의 대화가 바로 그것이다. 장자가 그의 친구 혜자 와 호수濠水에서 노닐 때, "피라미가 나와서 조용히 노니, 이것이 물고기 의 즐거움일세[儵魚出游從容, 是魚樂也]"라고 하자, ③-3에 삽입된 대화가 이 어진다. 이 고사를 통해 변종운은 남의 마음을 아는 것이 어려운 일이라 는 것을 다시 강조한다.

변종운은 역대 역과 합격자를 106명이나 배출한 밀양 변씨 집안의 사 람으로, 기사년1809 20살의 나이로 증광시 역과에 합격하여 본격적으로 역관으로서 활동했다. 이후 사역원 교회敎誨, 오위장五衛將을 역임했다.[61] 그는 역관으로서 활발하게 활동했지만, 중인이자 문인으로서 신분적 한 계를 느꼈을 것이라 추측된다. 그의 문집에서도 변종운이 "한인恨人"이고 "불우不遇"한 자라는 평이 있기 때문이다.[62] 이 점이 바로 변종운이 「지기 설」을 짓게 된 동인이라고 짐작할 수 있다.

---

59  『莊子』「秋水」.

60  변종운, 「知己說」, 『歗齋文鈔』 권2, 『한국문집총간』 303, 49면, "③-3 惠子曰 : '子非魚, 安 知魚之樂乎?' 莊子曰 : '子非我, 安知我之不知魚之樂也?' 吾亦曰 : '人非我, 安知我之心也?'"

61  변종운의 생애는 이대형(2006), 339~366면에 자세하다.

62  이유원, 『歗齋集』 서문, 『한국문집총간』 303, 3면, "歗齋少而學, 老不沽衒, 窮而堅, 死不 介悔. (…중략…) 盖歗齋恨人也, 筆端自然有流出之氣."; 홍현보, 『歗齋集』 서문, 『한국문 집총간』 303, 4면, "慷慨鬱怫之氣, 尋常隱映於楮墨間. 嗚呼! 公之不遇於時, 殆與方干共 命也."

이 점은 그의 또 다른 작품인「안현황유수기鞍峴黃楡樹記」에도 나타난다.
「안현황유수기」는 신분적 한계로 인해 이름[名]을 날릴 수 없는 한 노비의
사연이 실려 있다.[63] 그 노비에 작가 의식이 투영되어 있다고 본다면, 이
작품은 자신을 알아봐 주지 못하는 세상에 대한 비판을 토로한 것이다.
그러나 변종운은 이를 세상에 대한 분노로 표출하기보다,「지기설」에서
처럼 내면을 돌아보고 자기 자신을 스스로 알아봐 주는 것이 더 중요하
다고 결론을 내린 것이다.

### 2) 기사 위주의 설

기사만 있고 설리는 감춰진 설이 있다. 이러한 경우는 작가가 주제를
직접 말하지 않고 기사만 제시하여 주제를 암시한다. 주제가 모호한 경우
도 있다. 우언체 산문에서 많이 발견된다. 김득신金得臣, 1604~1684의「웅압
위구소서설雄鴨爲狗所噬說」을 보자.

십 년 전에 나는 오리 두 마리를 네모난 연못에 띄워 놓았는데, 떴다가 잠긴
모습을 구경하기를 좋아해서였다. 거처를 한양으로 옮기면서 큰아들에게 오리
를 잃어버리지 말라고 당부했는데 얼마 안 되어 한 마리는 살쾡이가 잡아갔고,
다른 한 마리는 이웃집의 못된 아이가 활을 쏘아서 죽였다고 했다. 나는 그 소
식을 듣고 매우 황망했다. 지난번에 나는 한양에서 돌아왔는데 두 마리의 오리
가 연못에 떠 있는 것이 완연히 십년 전과 다름이 없었다. 기뻐하면서 그 까닭
을 물으니 큰아들이 말했다. "오리를 구해서 연못에 띄워 놓았습니다." 오리가
연못에서 목욕하는 것을 보면 매우 사랑스러웠다. 그런데 지금 사나운 개가 연

---

63    변종운,「鞍峴黃楡樹記」,『歗齋文鈔』권1,『한국문집총간』303, 45면.

못 위로 오리가 나오는 것을 엿보다가 물어서 수컷은 죽고 암컷만 살아남았다. 암컷이 짝을 찾아 부르짖는 것이 매우 슬퍼 그 소리를 차마 들을 수가 없었다. 나는 분개하여 종놈에게 오리를 물은 개를 죽이게 하고 또 다른 수컷 오리를 얻어서 암컷 오리와 짝을 짓게 했다. 비단 무늬의 목과 아름다운 빛깔의 날개가 연못 수면에 떠 있는 것을 보기 위해서이지 속된 사람처럼 그 알을 먹기 위해 기르는 것은 아니었다.[64]


「웅압위구소서설」은 개가 수오리를 죽여 암오리 혼자 남겨진 상황을 제시한다. 오리에게 일어난 사건과 변화를 제대로 파악하기 위해서는, '나'가 오리를 키우게 된 시기와 오리에게 변화가 일어난 시기를 정리할 필요가 있다. 김득신이 본거지인 청안지금의 증평에서 서울로 거처를 옮긴 것은 아마도 1642년 39세에 진사과에 합격해 숙녕전 참봉직을 맡았을 때나, 1662년 59세에 대과에 급제했을 때로 추측된다.[65] 그렇다면 김득신이 서울로 거처를 옮겼을 때를 기점으로 10년 전[十年前]에, 김득신은 애완의 목적으로 오리 한 쌍을 길렀고, 거처를 옮기고 나서 얼마 안 되어[未久] 오리 한 쌍이 동물[狸狌]과 사람[比隣惡少]에게 해를 입은 것이다.

김득신은 1642년이나 1662년 모두 관직을 얻었지만 일찍 사직하고 낙향한다. 1642년에는 숙녕전 참봉에 제수된 지 3년 만에 사직하고 본거지로 돌아와 학업에 열중했다. 1662년에는 예조 좌랑, 장악원정 겸 지제

---

64 김득신, 「雄鴨爲狗所噬說」, 『柏谷集』 6책, 『한국문집총간』 104, 183면, "十年前, 余有兩鴨泛之于方塘, 蓋喜觀其或浮或沈. 移居漢京也, 戒家督勿失, 未久, 一者爲狸狌之攫去, 一者比隣惡少射殺之. 余聞之甚悵悵. 昨者余自京旋歸, 兩鴨之泛于池, 宛然如十年之前. 喜之問其故, 家督曰: '求而得之, 泛于池矣.' 觀其浴於池, 心焉愛之. 乃今猛狗窺鴨之出池上而噬之, 則雄死雌存. 叫侶甚哀, 聲不忍聞. 余憤慨, 命蒼童殺噬鴨狗, 且得雄鴨, 以配雌鴨. 要見其繡頸彩翮之泛泛於池面, 非爲俗人之喫其卵而養也夫." (강조—인용자)
65 임동철(2004), 5~9면 참조.

교에 제수되었는데 노년에 급제한 터라 탄핵을 받기도 하면서 순탄치 못한 시간을 보낸다. 결국 얼마 안 되어 낙향한다. 즉, 서울에 있을 때 김득신은 10년 전부터 키워 오던 오리가 모두 해를 입었다는 소식을 접했고, 일찍 사직하고 낙향했을 때[昨者]는 큰아들이 새로 구해온 오리 한 쌍을 본 것이다.

이 작품은 짧은 글이지만, 세 차례의 큰 변화가 있었다. 첫째, '나'는 10년 전부터 키우던 오리 한 쌍이 없어지거나 죽은 것이다. 둘째, 큰아들 김천주金天柱, ?~?가 구해온 오리 한 쌍 중에 수오리를 어느 개가 물어 죽이는 바람에 암오리만 남게 된 것이다. 셋째, '나'는 수오리를 해친 개를 죽이고 또 다른 수오리를 구해 암오리와 짝을 이루게 한 것이다. 아들이 이 오리를 애완의 목적으로 기르는 것임을 강조하면서 작품은 끝난다.

이 작품은 설리가 무엇인지 파악하기 힘들다. 특정 주제를 전달하기보다 오리에게 생긴 변화와 작가의 감정에 주목하여 서술했기 때문이다. 이처럼 기사를 요약 및 나열하고, 이치를 설명하거나 논증하기보다 특정 사건 및 사물을 애호하는 작가의 감정을 부각하여 서술한 것은 김득신 설의 주요 특징이다. 「사배설沙杯說」·「의설醫說」·「죽통설竹筒說」은 모두 기사를 시기별로 짧게 요약해서 나열했다. 특히 「사배설」과 「죽통설」에서는 사기그릇과 죽통에 대한 작가의 애호가 강하게 느껴진다. 김득신은 보편적인 설리나 기사의 완결성보다 사물 자체에 대한 관심과 애호를 표출하는 데 설 문체를 활용했던 것이다.

김득신의 또 다른 작품인 「맥병설麥餠說」을 보자.

서종 아우인 김득지金得樀, ?~?는 내가 배고플 것이라고 생각하여 여름날 한낮에 보리떡을 보내주었다. 받아서 먹어보니 그 맛이 매우 달아서, 배고플 때 먹었기 때문에 그 맛이 달다고 생각했다. 나머지는 종에게 조금 먹게 하고 맛이 어떤가 물어 보았다. 대답하기를 "맛이 아주 답니다" 하니 또 이 종 역시 굶주린 녀석이라 주렸다가 먹으니 어찌 그 맛이 달지 않겠는가? 하고 생각했다. 밖에서 온 어떤 손님에게 그 떡을 대접하자 그 손님이 "맛이 아주 답니다" 했다. 그래서 내가 "시장할 때 먹으니 맛이 어찌 달지 않겠소?" 하니 손님이 "굶주리지 않은 자에게 먹게 하여도 틀림없이 달다고 할 것이니 내 말은 거짓이 아닙니다"고 했다. 옛사람의 시에 "한 번 강요주살<sub>조개 관자</sub>를 먹으면 다른 고기 맛은 금방 잊어버린다" 했으니 생각건대 그 맛을 깊이 얻은 것이다. 나도 지금 이 떡을 먹으니 다른 맛은 잊을 수 있었다. 계집종에게 이 떡을 만들게 하여 다시 그 맛을 보고자 했으나 농가에 엉뚱한 일이 종종 있어 내 입을 위하여 떡을 만들게 하는 것이 불가하다고 생각하여 그만두게 했다. 또다시 서종 아우가 보내주기를 기다린다. 계묘년<sup>1663</sup> 여름 5월에 백곡 병든 노부가 쓰다.[66]

이 작품은 김득신이 63세였던 1663년에 있던 일화를 쓴 것이다. 기사가 매우 단조롭다. 서종 아우 김득지가 보내준 보리떡이 맛있어서 '나'는 그것을 종과 손님에게 차례로 먹게 하고 의견을 듣는다. '나'는 처음에 배고픈 상태에서 떡을 먹었기 때문에 음식의 맛을 제대로 느끼지 못했다고 의심한다. 그러나 다른 사람들이 이 떡은 원래 맛있는 떡이라고 말해주어서 '나'는 그 떡의 진가를 알 수 있었다. '나→종→손님'으로 넘어갈수록

---

66 김득신, 「麥餅說」, 『柏谷集』 6책, 『한국문집총간』 104, 182면, "擘從弟金得楷以余爲楞腹, 當夏日之晌, 贈麥餅. 受而咀嚼, 其味甚甘, 以爲顧頷時喫故味甘. 遣小蒼童喫, 問味何如? 曰: '味最甘.' 又以爲此蒼童亦餒者, 餒而喫, 豈伊味不甘? 有客自外徠饁, 客曰: '其味最甘.' 余曰: '乘飢餓而喫, 味豈不甘?' 客曰: '雖使不饑者喫, 必曰甘, 吾言不妄矣.' 古人詩曰: '一食江鰩柱, 他味便卽忘.' 意者深得其味也. 余乃今喫是餅, 他味可忘. 欲使媛作是餅, 更嘗其味, 而田家虛幻種種, 爲吾口作餅不可故止之. 又待從弟之餽. 癸卯夏五月, 柏谷病夫題."

맛이 점차 신뢰를 얻도록 설정한 것이 흥미롭다.

'나'는 종을 시켜 이 떡을 만들어보려고 했지만 끝내 이루지 못한다. 이 작품은 이치를 설명하거나 논증하려는 글이 아니고, 맛있는 보리떡에 대한 짧은 품평에 가깝다. 보리떡을 맛있게 먹던 추억에서 작가의 견해가 더 나아가지 못한다. 이는 김득신이 보리떡을 가지고 인간의 보편적인 윤리를 설명하고 강조하는 데 목적을 두지 않고, 보리떡이라는 사물 자체에 대한 관심과 애호를 표출하는 것에 목적을 두었기 때문이다.

기사를 통해 설리를 부각하는 경우는, 특정 사건을 서두에 제시하고 말미에 작가가 주제를 비교적 짧게 언급한다. 사건은 다양한 방식으로 제시한다. 경험한 사건을 여러 개 나열하거나, 두 사람 이상이 대화하여 논쟁하고 설복하는 장면을 보여줄 수도 있다. 또는, 관찰한 내용을 서술할 수도 있다. 나열과 대화, 관찰이 섞여서 나올 수도 있다.[67]

권근의 「김공경험설」은 전前 판사判事 김공金公이 백성을 치료한 사례 두 가지를 차례로 제시하여 김공의 애민 정신을 부각했다.[68] 개요를 보자.

 ① 기사 : 전 판사 김공의 향약 경험

  ①-1 고독蠱毒에 걸린 환자에게 소주를 먹임

  ①-2 외신外腎이 뱃속에 감춰진 환자를 뜨거운 물속에 잠기게 함

 ② 설리 : 김공과 당대 의원을 대조함


①은 김공의 향약 경험을 나열한 기사에 해당한다. ②는 '나'가 김공의 향약 경험을 듣고 깨달은 점을 서술한 설리에 해당한다. 작품을 보자.

---

67 설에 나타난 서술 방식은 이미진(2016), 앞의 책, 11~14면 참조.

68 작품의 번역은 권근, 장순범 역(1979)을 참고하여 필자가 수정 및 보완했다.

①-1 전前 판사判事 김공金公이 나에게 와서 말했다. "예전에 박주博州, 평안북도 박천의 옛 이름에 부임하였을 때, 저를 따라온 어떤 객이 고독蠱毒에 걸려 한 해가 지나도록 낫지 않았습니다. 목구멍은 바늘 끝처럼 좁아지고 배는 북통처럼 부어 먹고 마실 수 없어서 거의 죽을 지경이었습니다. 하루는 너무 답답하여 저를 보려고 기어 왔는데 숨이 곧 넘어갈 것 같았습니다. 제가 불쌍히 여겨 먹고 싶은 것을 물었더니 '먹고 싶은 것이 없다'고 하기에, 저는 망령되이 '소주는 가슴 속의 체기를 내리게 한다'고 말하고서 한 잔을 마시게 했더니 그 객은 곧 거절했습니다. 제가 다시 억지로 권하여 연거푸 두 잔을 마시게 했더니, 그 객은 곧 취하여 기어서 밖으로 나가며 구역질을 매우 심하게 했습니다. 저는 그가 죽을까 염려되어 사람을 시켜 가 보게 했더니, 조금 뒤에 와서 말하기를 '고기 주머니를 토했기에 헤쳐 보니 그 속에 가득한 것이 모두 살아있는 벌레였습니다. 또 한참 구역질하더니 다시 한 덩어리를 토했는데, 앞서 토한 것보다 조금 크고 모두 죽은 벌레로 전의 것에 비해 그 수가 배나 됩니다'고 했습니다. 그 객은 심신이 씻은 듯이 나아 아픈 곳을 느끼지 못하며 즉시 일어나서 뜰아래에서 절하며 사례했는데, 그 병이 아주 나았습니다."[69]

①-1에서는 전 평안북도 판사 김공이 고독蠱毒에 걸린 백성을 자기만

69  권근, 「金公經驗說」, 『陽村集』 권21, 『한국문집총간』 7, 214면, "①-1 前判事金公來語予曰 : '嘗任博州, 有客從我者中蠱毒, 彌年不瘳. 咽針細腹皷大, 不能食飮, 殆將死矣. 一日, 甚悶欲見我, 匍匐而至, 氣息奄奄然. 予憫之, 問所欲食, 答曰無可欲, 予妄謂燒酒能下胷中滯氣, 使飮一爵, 其人便辭. 予復強之, 連進二爵, 其人便醉, 匍匐出外, 發嗽甚劇. 予懼其死也, 使人往視之, 俄報云吐肉帒, 發視之, 滿盛皆生虫也. 又嗽良久, 復吐一塊差大, 皆死虫倍前數. 其人身心便洒然, 不覺痛處, 卽起立, 至庭下拜謝, 其患永除.'"

의 의술로 치료한 첫 번째 사례가 제시된다. 김공은 권근과 함께 『향약제생집성방鄕藥濟生集成方』 편찬에 가담한 김희선일 가능성이 높다.[70] 그는 1395년에 판사로, 1402년에는 서북면 도순문찰리사로 임명됐다.[71] 김희선은 백성의 질병을 고쳐 그들을 구제하려고 1393년에 각 도에 의학 교수와 의원을 두어 백성의 질병을 치료하도록 왕에게 청했다.[72] 만약 김공이 김희선이 맞다면, 「김공경험설」은 김희선이 평안도에서 관직에 임명된 1402년과 권근이 졸한 1409년 사이에 지었을 것이다.

고독은 뱀·지네·두꺼비 등 독기가 있는 동물을 먹어서 복통 및 구토를 하는 병이다. 김공은 소주가 체기를 가라앉힌다는 민간요법을 떠올려 객에게 소주를 먹였다.[73] 객은 구토하고 나서 문제의 원인인 고기 주머니를 뱉었고, 이로 인해 나을 수 있었다.


①-2 또 가노가 갑자기 중풍에 걸려 외신外腎이 모두 뱃속에 감춰지고 입술과 손발이 이미 시꺼멓게 되어 거의 죽을 것 같았습니다. 저는 치료하는 방법을 알지 못하여 망령되이 '기운을 아래로 밀면 외신을 나오게 할 수 있을 것이다'고 생각하여 물에 소금을 타고 비마자蓖麻子를 섞어 말 구유통에 가득 담아 놓고 종에게 들어가 누워 몸을 잠기게 했더니, 한참 만에 외신이 비로소 조금 나왔습니다. 다시 더운물을 부어 몸을 더 잠기게 하니 한참 만에 외신이 다 나오고 병이 드디어 차도가 있

---

70 　권근, 「鄕藥濟生集成方序」, 『陽村集』 권17, 『한국문집총간』 7, 182면, "請於中國置濟生院, 給之奴婢, 採取鄕藥, 劑和廣施, 以便於民, 中樞金公【希善】悉掌其事."

71 　『태조실록』 8권, 태조 4년 12월 15일 갑진, 첫 번째 기사; 『태조실록』 9권, 태조 5년 5월 7일 계해, 첫 번째 기사 참조.

72 　『태조실록』 3권, 태조 2년 1월 29일 을해, 다섯 번째 기사 참조.

73 　소주로 고독을 치료하는 것은 『芝峯類說』 권19, 「食物部」와 『醫林撮要』 권9 「諸毒咬傷門附毒蟲咬毒禽獸」에도 나온다.

었습니다. 이 두 가지 일은 모두 전에 들은 것이 아니요, 내가 망령되이 짐작해서 한 것인데 모두 요행히 들어맞았습니다. 그 방술이 매우 쉽고 효과가 아주 빨라서 저는 모든 사람에게 널리 알려 다 알게 하려고 항상 사람들에게 이야기했으나, 또 이를 글로 쓰는 것이 더욱 널리, 그리고 오래간다고 여겼기에 감히 그대에게 말합니다.[74]

또 다른 일화가 제시된다. 어떤 가노가 중풍에 걸려 성기가 뱃속에 감춰지고 입술과 손발이 검게 변했다. 김공은 치료 방법을 알지 못했지만, 뜨거운 물의 성질을 이용하면 압력 때문에 감춰진 성기가 드러날 것이라고 생각했다. 바로 시행했더니 효과가 있었다.[75] 두 개의 기사에서 병에 걸려 고통스러워하는 환자와, 의학 지식과 과학 원리를 이용해 환자를 치료하려는 김공의 노력이 서술되어 있다. 그런데 중요한 것은, 기사의 생동감이 아니라 김공이 자기 향약 경험을 '나'에게 말하는 이유다. 그는 자기 향약 경험이 효험을 보았기에 이를 많은 사람들에게 알리고자 했다.

② 내가 말했다. "의[醫]는 의[意]라는 뜻입니다. 뜻으로써 헤아려 약을 쓴 뒤에야 병을 치료할 수 있으니, 어찌 옛날 방법에만 온통 얽매이겠습니까? 공은 의술에 능하다고 할 만합니다. 내가 일찍이 들으니, 최근에 고기를 먹고 중독된 자를 잘 치료하는 사람이 그 약을 감추고 사람들에게 알리지

---

74　권근, 「金公經驗說」, 『陽村集』 권21, 『한국문집총간』 7, 214면, "①-2 '又有家奴忽中風, 外腎皆藏腹中, 唇吻手足已緇黑將死矣. 予不知療治之術, 妄意降氣可令腎出, 和塩水中, 著蓽麻子滿盛馬槽, 使其奴入臥浸, 良久腎始微出. 更添熱水復浸, 良久腎卽盡出, 病遂差. 此二事皆非前聞, 予妄意而爲之, 皆幸中焉. 其術甚易, 其效甚速, 予欲人人廣聞而盡知之也, 故常以語人, 又謂不若托之書之愈廣且久也, 故敢告子.'"
75　『醫林撮要』 권6, 「疝證門附脫陽陰縮」에는 성기가 쭈그러들고 얼굴빛이 검게 변하는 증상에 葱白 몇 줄기를 뜨겁게 볶아 배꼽 아래를 찜질하라고 되어 있다.

않는다고 하며, 말을 잘 치료하는 자도 또한 그렇다고 하니, 그 방술을 신비하게 하여 이익을 독점하려고 하기 때문입니다. 그 마음이 좁아 너그럽지 못함이 이와 같습니다. 지금 공은 사람을 사랑하고 구제하려는 간절한 마음이 지극한 정성에서 생겨났기 때문에 병의 증세에 따라 뜻을 잘 써서 사람들의 목숨을 살렸고, 또 널리 알리고 오래전하려고 이미 사람들에게 알리고 또 글로 쓰기를 부탁하니, 인심仁心의 넓음과 음덕陰德의 후함을 어찌 쉽게 헤아릴 수 있겠습니까?"[76]

두 개의 기사 이후에 덧붙여진 '나'의 발언은 설리에 해당한다. 권근이 김공을 칭찬하는 이유는 두 가지다. 첫째, 옛 의방에만 집착하지 않고 증세에 따라 소견대로 처방했다는 점이다. 둘째, 자기 향약 경험을 최대한 많은 사람에게 알리고자 한 점이다. 그래서 김공은 자기보다 더 공신력이 있는 권근에게 글을 써달라고 부탁했을 것이다.[77] 당대 다른 의원들은 효과가 검증된 처방이 있어도 이익을 독점하려고 일부러 알리지 않았다. 권근은 김공과 다른 의원들을 대조하며 김공의 의술과 애민 정신을 강조했다. 그가 쓴 『향약제생집성방』의 서문에서도 그 점이 잘 드러난다.

오방五方은 모두 제각기 타고난 성질이 다르고 천리를 넘어서면 풍속이 같지 않은 법이다. 그러므로 평소에 음식을 좋아하는 것이 시고 짜고 차고 더운 것

---

76  권근, 「金公經驗說」, 『陽村集』 권21, 『한국문집총간』 7, 214면, "② 予曰 : '醫者意也. 能以意料度而用藥, 然後可以治病, 豈盡拘於舊方哉? 公可謂善醫矣. 予嘗聞近日有善治食肉毒者, 秘其藥不敢告人, 善醫馬者亦然, 盖欲神其術而獨專其利. 其心之隘而不弘如此. 今公愛人之心, 救人之切, 發於至誠, 故能隨病善意, 以活人命, 又欲廣其聞而傳之久, 既告之於人, 又托之於書, 仁心之廣, 陰德之厚, 豈易量哉?'"

77  1402~1409년에 권근은 集賢殿大提學·議政府贊成事를 지냈으므로 당시 평안도 판사인 김희선보다 관직이 높았다.

이 모두 각각이니, 병이 나서 약을 쓰는 것도 다 다를 것이고, 반드시 중국의 처방과 꼭 같아야 하는 것은 아니다. 하물며 먼 곳의 물건을 구하지 못한 채 병은 벌써 깊이 들었는데 혹시 많은 값을 주고 구했다 하여도 그 물건이 오래되어 썩고 좀이 나서 약기운은 다 나갔으니, 그 지방에서 산출하는 물건의 기운이 그대로 있는 것만큼 좋지 못하기 때문에, 향약을 가지고 병을 고치는 것이 반드시 힘은 적게 들고 효력은 빠른 것이다. 이 방문이 생김으로써 백성에게 혜택이 돌아가는 것이 어떠하겠는가? (…중략…) 지금 밝은 임금과 어진 정승이 서로 만나 처음으로 큰 운수가 열렸으니, 생민을 도탄의 고통에서 건지고 만세를 반석 위에 세우려고 밤낮없이 애써서 정치에 전념한 나머지 더욱 백성을 활발하게 하여 나라의 맥박을 튼튼하게 할 것을 생각하니, 백성을 사랑하는 정사와 나라를 풍족하게 하는 도가 본말이 아울러 시행되고 대소가 모두 구비되어 의약으로 질병을 치료하는 일까지도 정성을 다했다. 원기를 보호하고 백성을 배양하기를 이토록 지극하게 하니, 그 나라를 고치는 일이 크도다.[78]


권근은 당대 의학의 문제점과 향약 의방의 필요성을 알고 있었다. 그래서 『향약제생집성방』의 서문과 발문을 지으면서 우리나라에 전해 내려오는 수많은 처방과 소견을 정리하여 독자적인 의학을 만들고자 했다. 주목할 것은, 향약 의술의 애민과 위민 측면이다. 위 인용문을 보면, 『향약제생집성방』을 저술하는 목적은 바로 백성을 돕기 위해서다. 권근은 백

---

78  권근, 「鄕藥濟生集成方序」, 『陽村集』 권17, 『한국문집총간』 7, 182면, "五方皆有性, 千里不同風. 平居之時, 食飮嗜慾, 酸醶寒暖之異宜, 則對病之藥, 亦應異劑, 不必苟同於中國也. 況遠土之物, 求之未得, 而病已深, 或用價而得之, 陳腐蠹敗, 其氣已泄, 不若土物氣完而可貴也, 故用鄕藥而治病, 必力省而效速矣. 此方之成, 其惠斯民, 爲如何哉? (…중략…) 方今明良相逢, 肇開景運, 以拯生民塗炭之苦, 以建萬世盤石之基, 夙夜孜孜, 盡心於治, 益圖所以活民生而壽國脉者, 仁民之政, 裕國之道, 本末兼擧, 大小畢備, 以至醫藥療疾之事, 亦拳拳焉. 調護元氣, 培養邦本, 如此其至, 其醫國也大矣."

성을 위해 조선의 독자적인 의학서 편찬을 주장했고, 이는 곧 치국을 위한 길로 보았다. 이러한 시각을 가졌기에, 권근은 효험이 있는 향약방을 독차지하지 않고 많은 사람에게 알리려고 한 김공을 칭찬한 것이다.

기사를 충분히 서술한 뒤, 설리에서 반론과 재반론을 서술하여 논지를 강화한 경우도 있다. 강박姜樸, 1690~1742의 「장설牆說」을 보자.

① 기사 : '나'가 자운·사경과 함께 담장을 수리함

　　①-1 '나'가 담장을 수리하게 된 경위

　　①-2 '나'·사경과 달리 담장 수리에 심혈을 기울이는 자운

　　①-3 큰비가 내리자 자운의 담장만 무너지지 않음

② 설리 : 모든 일에는 노력하는 만큼 공이 있음

　　②-1 자운처럼 행동하지 못한 '나'의 반성

　　②-2 혹자의 반박과 '나'의 재반박. 후대 사람을 경계


이 작품은 남의 시선이나 말에 흔들리지 않고 규범대로 최선을 다했을 때, 그만큼의 공이 있다고 말한다. 기사와 설리가 비슷한 분량으로 서술되었다. 내용을 보자.

①-1 나는 자운형과 사경과 함께 한 마을에 살면서 아침저녁으로 붙어 지내어 모든 집안의 대소사를 다 알아서 서로 모르는 일이 없었다. 올 봄여름에는 가뭄이 오래되어 세 집안이 모두 담장을 수리했다.[79]

---

[79]　강박, 「牆說」, 『菊圃集』 권8, 『한국문집총간』 속70, 173~174면, "①-1 余與子雲兄及思卿, 同居一巷, 密邇晨夕, 凡家中大小功務, 無不通知而互得. 今年春夏久乾, 三家皆修垣墻."

①-1은 사건이 일어난 경위다. 자운은 강박의 종형인 강취姜橇, 1686~?이고, 사경은 강박의 조카인 강필신姜必愼, 1687~1756이다. 이 세 명은 '한[一]' 마을에 살고, 늘 '함께[密邇]' 지냈으며, '동시에[皆]' 담장을 수리했다. 모든 것을 공유하며 친하게 지냈던 이들은 동시에 담장을 수리했지만 그 과정은 달랐다.

①-2 나는 종에게 담장을 수리하라고 명하고 한 번도 직접 가본 적이 없었고, 며칠 후에 일을 마쳤다. 사경은 나에 비해 약간 더 애쓰기는 했으나 또한 그런 식으로 처리했다. 다만 자운형은 날마다 담이 있는 곳에 앉아서 규와 승으로 터를 다지는 일부터 돌 하나를 두고 흙 한 무더기를 쌓는 일까지 모두 직접 지시하고 가르쳤다. 밤에 조용히 내일 할 일을 살펴보고는 번번이 동트기도 전에 일어나서 동복을 불러 일에 나아가게 했다. 부족하면 한가한 사람들을 부르고 동네 아이들을 모아서 그 힘을 동원했고, 일한 것이 조금이라도 마음에 들지 않으면 비록 몇 척이 되었더라도 반드시 허물어 고치기를 아까워하지 않았다. 하루의 작업량이 척촌에 불과하여 태만한 것처럼 하는 것과, 중간에 반드시 작업을 정지하여 며칠간 일을 버려둔 것처럼 하는 것과, 진흙과 모래, 기와와 돌이 굳어지기를 기다렸다가 다시 작업하여 오다가다 하기를 이처럼 거의 한 달 동안 했다. 정신과 생각을 다 한 뒤에야 완성할 수 있었기 때문이다.[80]

---

80 강박, 「牆說」, 『菊圃集』 권8, 『한국문집총간』 속70, 173~174면, "①-2 余則命奴治之, 一未嘗身莅, 數日而役訖. 思卿視余稍力, 而亦苟然也. 顧雲兄則日坐牆所, 自槼繩治基, 至厝一石粲一土, 皆親自指授. 夜則隱槼明日之所爲, 輒未明而起, 呼號童僕以赴事. 不足則釀閑手收里兒以用其力, 所工微有不中意, 則雖至累尺, 必毁而改之無惜也. 日作不過咫寸, 類若怠焉者, 間必停作, 屢日若棄焉者, 須泥沙瓦石之堅凝而復役, 若往而復焉者, 如是幾一

'나'는 담장을 쌓는 일을 종에게 맡기고, 한 번도 그 작업 현장을 살피지 않았다. 그러나 자운은 담장을 처음 쌓을 때부터 일이 마무리될 때까지 모두 직접 관리했다. 다음 날에 해야 할 일을 전날에 미리 살피고, 인력이 부족하면 충원했다. 설사 담장을 잘못 쌓더라도 허물기를 아까워하지 않았다. 자운은 유종원의 「재인전梓人傳」에 나오는 '도목수'와 유사하다. 자운은 도목수처럼 작업의 전체를 가늠하고 계산하여 최상의 결과물을 만들 수 있도록 노력했다. 이 때문에 며칠 만에 담장 쌓기가 끝난 '나'와 사경과는 달리, 자운은 한 달이 지나서야 수리를 마친다.

①-3 우리 동네에는 평소에 친구들이 많았는데, 가끔 투호를 하고 술을 마시기 위해 모이곤 했다. 올여름에 더욱 자주 모였고, 자운형도 즐기던 것이었는데 담장을 수리하면서부터는 발길을 끊고 한 번도 오지 않았고, 초청을 받아도 일이 있다며 사양했다. 나와 사경이 속으로 이상하게 여기며 웃고 또 부끄럽게 여기며 말했다. "나는 종에게 시켜 이미 그럭저럭 완성했는데 그는 어찌 저렇게까지 사서 고생을 한단 말인가?" 그런데 큰 비가 내리자 내 담장이 먼저 무너졌고, 사경의 담장도 그다음으로 무너졌는데 오직 자운형의 집만 멀쩡했다. 그 차곡차곡 쌓은 담장은 진실로 그대로였다.[81]

①-3에서 자운은 담장을 수리하느라 모임에도 나오지 않는다. '나'와

---

月. 蓋竭精神志慮而後成."

81  강박, 「牆說」, 『菊圃集』 권8, 『한국문집총간』 속70, 173~174면, "①-3 吾洞素多人友, 往往以投壺罇酒相會. 當夏尤數會, 雲兄之所嘗樂也, 而自爲墻, 斂跡不一至, 見邀則謝以有事. 余與思卿心怪而笑之, 且憋之曰 : '我使奴爲之, 亦已苟完矣, 何自苦乃爾也?' 及大雨水, 余墻先圮, 思卿次之, 獨雲兄家得全. 其陜陜而甓甓者固自如也."

사경은 자운을 이해하지 못한다. 그러나 큰 비가 내리자 '나'와 사경의 담장은 금방 무너지고, 자운의 담장은 피해를 보지 않는다.

②-1 나는 그 후에 탄식하며 말했다. "일이 이루어지지 못할까 걱정하지 말고, 쉽게 무너질 것을 걱정해야 하니, 만드는 사람이 처음에 그것을 오랫동안 보전하려고 하는데도 항상 무너지게 되는 것은 잠깐의 유희와 나태에 빠져 그 초심에 힘을 쓰지 않기 때문이다. 그러므로 수고롭게 하여 얻은 것은 공이 길고, 마음을 써서 이룬 것은 긴 효과를 거두니, 어찌 담장 쌓는 것만 그러하겠는가? 또 인정상 같은 것을 좋아하고 다른 것을 싫어하니, 술에 취한 자는 술을 깬 사람을 비난하고, 누워있는 사람은 앉아있는 사람을 책망하지만 취한 것은 술을 깨는 것보다 나은 것이 아니요, 누워있는 것은 앉아있는 것보다 나은 것이 아니라 그저 자기와 다를 뿐이다. 자운형이 담장을 쌓을 때, 나와 사경이 그를 구구하다며 소홀히 여기지 말고 그 방법을 써서 한결같이 그가 계획한 대로 했다면 나타난 공이 어찌 대번에 그의 아래에 있겠는가? 다만 그렇게 하지 않았을 뿐만이 아니라 더 나아가서는 몰래 비웃고 심지어 화내고 욕하기까지 하면서 그가 나와 같지 않음을 걱정했으니 어찌 그리도 어리석었던가?[82]

---

[82] 강박, 「牆說」, 『菊圃集』 권8, 『한국문집총간』 속70, 173~174면, "②-1 余然後嘆曰：'夫事不患於不成而患於易壞, 蓋作者未始不欲其久全, 而常至於壞廢者, 以狃於姑息嫚惰, 不用力於其始也. 故勤力而得者, 見功長, 用心而成者, 收效遠, 豈惟墻爲然哉? 且人情莫不喜同而惡異, 醉者譏醒, 卧者咎坐, 非醉愈於醒而卧賢於坐也, 惟其異於己也. 方雲兄之從事於墻也, 爲吾與思卿者, 勿以區區而忽之, 用其術一如其所規爲, 則見功何遽在其下? 而不但不能然, 從而竊竊然笑之, 至怒而訾之, 惟恐其不己若, 何其惑哉?'"

②-1부터는 앞의 일화를 통해 주제를 드러내는 부분으로, 전형적인 '이객위주以客爲主' 구성이다. 그런데 설리의 분량이 길다. '나'는 자운의 경우를 통해 노력한 만큼 결과를 얻는다는 것을 깨닫고, 자운을 업신여겼던 자신을 반성한다.

②-2 혹자가 말했다. "예전에 홍수가 났을 때 담장이 온전했던 자가 어찌 자운뿐이겠는가? 두 사람의 담장이 무너진 것도 단지 우연일 뿐이다." 내가 대답했다. "안평의 전투에서 온전했던 자가 어찌 아무도 없었겠는가? 그러나 반드시 전단田單을 들어 말한 것은, 그가 철롱을 써서 공을 거두었기 때문이다. 주선자周單子가 살았던 시대에서 패배한 제후들을 어느 겨를에 하나둘로 헤아릴 수 있겠는가? 그러나 반드시 진陳나라를 들어 말하는 것은, 길이 더러우며 내와 못에는 방죽과 교량이 설치되지 않아서 그 정치가 위태로웠기 때문이다. 지금 그대의 말대로라면 진나라의 멸망이 우연이고, 전단이 온전할 수 있던 것도 그의 공 때문이 아니니 어째서 그것을 권하는가? 마침내 글로 써서 후대의 경계로 삼노라."[83]

②-2는 혹자의 반박과 '나'의 재반론이 서술되어 주제를 강화한다. '나'는 두 가지 고사를 인용하여 자운의 경우를 쉽게 여기지 말라고 말한다. 첫째는 전단에 대한 고사다. 전단은 전국 시대 제齊나라의 장수다. 연燕나

---

83  강박, 「牆說」, 『菊圃集』 권8, 『한국문집총간』 속70, 173~174면, "②-2 或曰 : '疇昔之水, 廬壁之全者, 豈獨子雲哉? 若二子之見圮, 特偶然耳.' 余對曰 : '安平之戰, 得全者豈無人哉? 而必擧田單爲言者, 以其鐵籠收功也. 周單子之世, 諸侯之當敗者, 奚暇一二數? 而必擧陳爲言者, 以道穢而川澤不陂梁, 其政怠故也. 今若子之言, 陳之敗爲適然, 而田單之得全, 不爲功也, 何以勸之哉? 遂書之以爲後戒.'"

라가 제나라를 침략했을 때, 전단은 안평安平에서 그의 종인宗人들을 시켜 수레의 축軸을 잘라 작은 수레를 만들었고, 여기에 철롱鐵籠을 씌워 그것을 타고 빠져나와 연나라 군사를 물리치고 70여 성을 도로 빼앗았다.[84] 안평의 전투에서 살아남은 사람은 전단 이외에도 많았지만, 유독 전단을 대표로 말한 것은 그가 위급한 상황에서도 지혜를 발휘했기 때문이다.

둘째는 주선자에 대한 고사다. 주선자가 예전에 진陳나라에서 초楚나라로 떠날 때, 그 길이 더럽고 내와 못에는 방죽과 교량이 설치되지 않았다. 객사도 없었다. 그리하여 주선자는 이 나라가 반드시 망할 것이라고 생각했다.[85] 성곽·도로·여사旅舍·기우寄寓는 정치와 외교에서 기본적으로 갖춰야 하는 것이기 때문이다. 패배한 제후가 진나라만 있는 것은 아니지만, 주선자가 유독 진나라를 대표로 말한 것은 실제로 진나라의 위태로운 모습을 보았기 때문이다. 그러므로 '나'도 자운의 사례를 들어 교훈을 전달하려는 것이다.

강박은 당쟁이 격화되던 숙종 말부터, 탕평이 자리를 잡아가던 영조 연간을 살았던 남인 계열의 대표적 문인이다. 갑신환국 때 남인이 정권에서 소외되면서, 강박도 정치에서 물러나 시 창작과 여행으로 말년을 보냈다. 그는 정치에서는 불우한 시절을 보냈지만 문학에서는 세간의 인정을 받았다.[86] 또한, 남인인 강박에게 노론 인사가 글에 대한 질정을 구한 적도 있었다.[87] 강박은 작품에서 민간의 사소한 제재를 시재로 삼아서 소박하면서도 진실한[質文眞朴] 미적 특질을 이루려고 했다.[88] 「장설」은 그의 시론

---

84 『史記』 권82 「田單列傳」.

85 潘季馴, 『河防一覽』 권6, 「宋歐陽脩泗州先春亭記」.

86 채제공, 『樊巖集』 권32, 「菊圃集序」, 『한국문집총간』 236, 57면, "近世文章之立幟詞苑, 雄跨前代者, 聽之輿人之誦, 莫不一辭歸之於菊圃姜公."

87 강준흠, 민족문학사연구소 한문학분과 역(2006), 234면.

과 연관되는 특징적인 산문이다.

설리가 기사만큼 길게 제시된 설은, 완결성을 갖춘 기사를 통해 주제의 설득력을 높이며, 반론과 재반론을 서술하여 주제를 분명하게 전달한다. 그러므로 이야기를 읽는 재미와 교훈적인 기능 모두 충족한다고 할 수 있다.

이상으로 설의 구성을 주객법에 의해 '설리를 위주로 한 설'과 '기사를 위주로 한 설'로 나누어 살폈다. 이는 다시 '기사보다 설리가 많은 설', '설리로만 이뤄진 설', '기사로만 이뤄진 설', '설리보다 기사가 많은 설'로 나눌 수 있다.

양헌수의 「측기아설」은 서두에서 버려진 아이의 처량한 모습을 곡진하면서 섬세하게 묘사하고, 버려진 아이를 아무도 도와주지 않는 세태를 비판했다. 이를 기반으로 위정자가 빈민을 구제할 구체적인 지志와 업業을 세우고 실천할 것을 권면했다. 서두에 강렬하게 제시한 버려진 아이와 관련된 기사는, 뒤에 위정자가 해야 할 일을 설명하는 데에 효과적인 근거로 활용되었다.

변종운의 「지기설」은 지기지우의 일반적 개념을 격파하여, 남이 나를 알아주는 것보다 내가 나를 알아주는 것의 중요성을 역설했다. 처음부터 끝까지 자신의 의견을 논증하는 글로서, 주제 의식을 점차 강조하는 방식으로 서술되었다. 기사가 없어도 작가가 기존 개념에 반론을 제기하고, 본인의 주장을 강화하는 방식으로 충분히 주제가 전달되는 설이라고 볼 수 있다.

김득신의 「옹압위구소서설」·「사배설」·「의설」·「죽통설」은 모두 기사

---

를 짧게 요약해서 나열했다. 김득신은 보편적인 설리나 기사의 완결성보다 사물 자체에 대한 관심과 애호를 표출하는 데 설 문체를 활용했다. 김득신의 설은 다른 설에 비해, 보편적 유가 교리를 설리에서 내세우기보다 그 물物 자체에 집중하거나 그 물과 관련된 자기 경험과 감정에 초점을 둔다.

권근의 「김공경험설」은 전 판사 김희선이 향약 경험을 통해 백성을 치료한 사례 2건을 나열한 뒤에 설리에서 김희선의 애민 정신을 설명했다.

강박의 「장설」에서는 '나'가 친척들과 담장을 수리한 기사를 길게 서술한 뒤, '노력한 만큼 결과를 얻는다'는 주제를 전달하기 위해 전고를 사용하고, 반론 및 재반론의 서술 방법을 써서 구체적인 설리를 보여주었다.

이처럼 설은 설리와 기사의 다양한 조합으로 작품의 흥미를 유발하며 작가의 주제 의식을 효과적으로 전달한다. 비록 설리가 설의 본령이고, 기사가 설의 변격이라고 하지만 둘의 비중에 따라 다채로운 작품이 나오는 것이지, 어떤 형태의 설이 가장 그것답다고 얘기할 수 없다. 설리만 있는 설은 특정 주제에 대한 참신한 시각을 보여주고, 빈틈없는 논리로서 주제를 강화한다. 이에 반해, 기사만 있는 설은 주제를 직접적으로 말하기보다는 특정 인물과 사건을 통해 흥미를 유발하고 작가의 주제 의식을 간접적으로 보여준다. 설리와 기사가 다양한 비중으로 결합된 설은 기사성이 가지는 흥미로움과, 설리성이 가지는 명확한 주제 전달이라는 특장점을 모두 살리고 있다.

# 제3장

# 작가 및 시기별 설說 개관

# 1. 작가별 설 개관

이 절에서는 한국의 설 682편을 작가별로 조명한다.

설은 고려 후기부터 구한말까지 꾸준히 창작되었다. 그중에서 주목할 만한 작품을 지은 작가를 시기 순으로 살핀 후, 특정 작가의 설이 왜 주목할 만한지 설명하고자 한다.

고려 후기에 설을 지은 작가는 이규보·이곡·식영암 연감息影庵 淵鑑, 1280?~1360?·이첨李詹, 1345~1405·정이오鄭以吾, 1347~1434·권근 등이 있다. 이들은 사물과 동물에 주제를 가탁하여 인생의 보편적 가치를 강조하거나 통념을 전복하는 설을 지었다. 그중에서도 **이규보**는 현전하는 한국 최초의 설을 지었을 뿐 아니라, 설의 초기 작가임에도 불구하고 내용과 제재, 표현과 형식 면에서 설의 본격 궤도에 오른 모습을 보인다.[1]

이규보는 지금의 여주驪州인 황려현黃驪縣에서 호부낭중戶部郎中 이윤수李允綏와 금양 군수金壤郡人 이씨金氏 사이에서 태어났다. 명종 19년1189 22세에 과거에 급제했다. 이후 태복소경太僕少卿·보문각대제寶文閣待制·국자감좨주國子監祭酒·한림시강학사翰林侍講學士·판위위사判衛尉事 등을 역임했다. 26세1193에 「동명왕편東明王篇」을 지어 외부 침략에 맞서 민족의 자긍심을 회복하려고 했다. 또, 그가 지은 「백운소설白雲小說」은 조선조 시화에 큰 영향을 주었다.

이규보는 다양한 문체의 산문을 실험했다. 그중에서도 설은 일상 체험에서 교훈을 찾아내는 내용을 독특한 구성으로 지어 일찍부터 연구사에서 주목받았다. 처음에 이규보의 설은 수필로 귀속되어 연구되었다가[2]

---

1    양현승(2001), 앞의 책, 193면.
2    정진권(1987), 391~404면.

이후 그의 설을 분석 대상으로 삼은 연구가 나왔다. 신연우1997와 윤인현 2015은 이규보의 설 15편에 나타난 중층 의미를 밝혔고, 서정화2008는 이규보의 산문을 살피면서 그중 설을 논설류 산문의 하위분류로 보고 일부 작품을 자세하게 분석했다.[3]

이규보의 설은 총 11편이다. 주제 면에서는 유가 이념으로 설명할 수 없는 다양한 사고를 담아냈으며「경설(鏡說)」·「슬견설(蝨犬說)」·「괴토실설(壞土室說)」·「주뢰설(舟賂說)」·「뇌설(雷說)」, 형식 면에서는 논리적 비약을 통해 통념을 과감히 전복하고 설리를 감추어 양면적인 해석이 가능하게 서술했다.「기명설(忌名說)」·「완격탐신설(琬擊貪臣說)」·「칠현설(七賢說)」

이곡의 「차마설借馬說」은 말을 빌려 타면서 느낀 점을 『맹자』의 「진심盡心 상上」편에 나오는 '빌리다[假]'의 개념과 연결하여 설명했다.[4] 사람들은 말을 빌려 타면서도 그 말이 건강하고 능력이 좋으면 마치 제 말인 양 의기양양해진다는 것이다. 말 뿐만 아니라 사람은 살면서 많은 것들을 빌리며 사는데 돌려줘야 한다고 생각하지 않는다. 이 작품은 신흥사대부로서 자기 검열과 정치적 윤리 의식을 일상 경험에 비춰본 작품이다.[5]

권근의 「주옹설」은 배 위에서 생활하는 '주옹'과, 작가로 대변되는 '객客' 간의 대화로 이뤄져 있다. '객'은 불안정하게 사는 주옹을 의아해하지만, 주옹은 위태로운 곳에서 긴장감을 안고 사는 것이 오히려 큰 환란에 빠지지 않는 방법이라고 말한다. '세상'과 '인심'을 거대한 '물결'과 '바람'에 빗대었고, 예기치 못한 상황에 대처하며 조심스럽게 사는 것이야말로 삶을

---

3    서정화(2008), 24~49면.
4    『孟子』「盡心 上」편에 "요순은 본성대로 한 분들이고 탕무는 몸으로 실천했고 오패는 빌린 것이다. 오래 빌려서 돌려보내지 않으니 어찌 본래 가진 것이 아님을 알겠는가[堯舜性之也, 湯武身之也, 五霸假之也. 久假而不歸, 惡知其非有也]?"라고 되어 있다.
5    이곡의 설 주제와 서술 방식에 대한 설명은 유이경(2001)에 자세하다.

안정시킬 수 있다는 역설을 제시했다.

사물과 동물에 주제를 의탁하는 경우가 많았던 고려 후기의 설 경향은
조선 초기 박팽년朴彭年, 1417~1456·강희맹·김종직金宗直, 1431~1492·성현 등
의 설로 이어진다. 그중에서 단연 눈에 띄는 작가는 **강희맹**이다.

강희맹은 대대로 영달한 집안에 태어나 18세에 사마시에 합격하고 24
세부터 벼슬에 제수되어 이후 요직을 두루 역임했다. 1474년 『국조오례
의國朝五禮儀』·1478년 『동문선』·1481년 『동국여지승람東國輿地勝覽』 등 국
가 편찬 사업에 참여하기도 했다.[6]

강희맹에 대한 연구는 문학·정치·회화·조경학 등에서 많이 이뤄졌
다. 특히 그의 산문 연구에서 설에 대한 언급은 자주 보인다.[7] 강희맹은
명자설 2편과 경설 3편 외에도 총 7편의 설을 지었다. 특히 「훈자오설訓
子五說」은 하나의 제목 아래에 독립된 설 5편이 실려 있다. 영달한 가문의
자제인 아들에게 주의할 점을 설이라는 문체를 이용해 완곡하게 전하고
있다. 설이라는 전통적 문체를 우언 글쓰기 양식으로 전환하는 데 적극적
이었다고 평가받는다.[8]

**성현**은 총 5편의 설을 지었다. 「타농설」은 가뭄에 대처하는 부지런한
농부와 게으른 농부를 대조하여, 과거 공부를 쉽게 포기해 버리는 젊은
학자를 경계했다. 「정료설庭蓼說」은 뜰에 난 여뀌가 번성하여 다른 식물에
피해를 주는 일화를 제시했다. '여뀌'를 '소인', '감국'을 '군자'에 비유하
여 세상에 영합하는 소인으로 인해 군자가 불우해지는 상황을 비판했다.
두 작품 모두 우언을 통해 교훈적인 내용을 전달하고 있다. 이외에 「신당

---

6 　강희맹의 가문과 생애는 안장리(2003), 107~108면에 자세하다.
7 　정용수(1990), 홍성욱(2002), 안장리(2003), 김백희(2008), 39~64면.
8 　윤주필(2019), 344면.

퇴우설神堂退牛說」과 「작소설鵲巢說」은 잘못된 풍속과 속설을 비판하여 헛된 믿음에 의지하기보다 인의를 잘 실천하는 노력이 필요함을 역설했다. 「흑우설黑牛說」은 전생서에 희생으로 쓸 소를 사들이는 관리가 뇌물을 받아 공정성을 잃은 세태를 비판했다.

기준奇遵, 1492~1521은 동물을 이용해 자신이 처한 상황을 완곡하게 표현했다. 그는 기묘사화로 인해 1519년에 아산牙山으로 유배를 갔고, 그 이듬해에 함경도 온성穩城으로 이배되었다. 그의 2편의 설은 모두 온성에 있을 때 쓴 것이다. 「축장설畜獐說」은 노루가 이웃 개에게 장난을 치다가 물려 죽은 일화를 다뤘다. '나'는 군자들이 노루처럼 자기 심중을 남에게 보여주다가 피해를 보게 된다며, 뜻을 함께할 동료를 신중히 가려야 한다고 말했다. 「양어설養魚說」은 '나'가 어느 날 갑자기 얻은 물고기를 관찰하며 쓴 것이다. 물고기는 물이 없어서 죽어가다가, '나'가 물을 부어주니 다시 살아나서 생기를 되찾았다. '나'는 물고기를 연민하면서 척박한 곳에 유배된 자신을 물고기에 투영했다.

홍성민은 29세1564 때 관직에 나간 이후로 40세1575에 대명사행對明使行을 가고, 45세1580와 55세1590 때 경상도에서 외직을 지내고, 56세1591 때 함경도 부령富寧으로 유배를 갔다. 이 경험들은 그가 5편의 설을 짓는 중요한 계기가 되었다.

「망설忘說」은 대명사행 때의 걱정과 두려움을, 「석전설石戰說」은 경상도 관찰사로 부임했을 때 본 괴이한 풍속을, 「촉견폐일설蜀犬吠日說」·「마환우설」·「무염판속설」은 부령으로 유배 가는 전후에 생긴 심경을 서술한 것이다. 그는 체험을 통해 기존의 의식을 전환하고, 부조리한 세태와 풍속을 목도하여 이를 극복하려는 적극적인 자세를 설에서 보여준다.

특히 「마환우설」과 「무염판속설」은 유배지에서 교환 및 장사를 할 수

밖에 없던 홍성민의 체험을 실감 있게 그렸다. 그러나 그 어조는 사대부로서 수치심이 묻어난다. 당시 척박한 변방에서 가족과 함께 귀양살이를 시작한 홍성민은, 음식이 없어서 굶어 죽을지도 모르는 상황에 처했다. 그는 자산이 많지 않았고, 함경도 부령은 두만강 변에 있는 고을로 극심한 추위가 봄에도 지속되는 곳이었다. 대부분 산간에다가 맹수도 많았다. 그의 시 「영성寧城」을 보면, 고을 이름은 '편안하다[寧]'고 되어 있는데 정작 그곳 생활은 편안하지 않다고 말한다.[9] 이러한 상황에서 교환 및 장사만이 주린 배를 채우고 가족을 살릴 수 있었다. 엄격하게 신분이 구별된 조선 사회에서, 사대부가 경제 활동을 한 과정과 통찰을 적극적으로 기술한 작품은 거의 드물다.[10] 그런 점에서 홍성민의 두 설은 주목할 만하다.

**조경**趙絅, 1586~1669은 동식물이나 사물에 설리를 의탁하기보다, 전쟁·사행·표류 경험에서 보고 들은 것을 자세히 기록한 뒤에 그로부터 얻은 유교적 교훈을 전달했다. 「병자난온양유교생구모설丙子難溫陽有校生救母說」은 병자난 때 오랑캐에게 잡힌 교생이 어머니를 살리기 위해 오랑캐를 죽인 일화를 제시한다. 전쟁이 끝나고, 마을에서 그 교생을 장사壯士로 추천했는데 교생은 궁지에 몰려 순간의 지혜를 발휘한 것일 뿐, 자신에게는 용력이 없다며 물러난다. 이에 조경은 교생이 어머니를 살리려고 한 효심과 오랑캐에 맞서 싸운 충렬이 내면에서 격동하면 용력이 되는 것이지, 용력이 애초에 있어서 적을 무찌른 것은 아니라고 말했다. 「화루선설畫樓船說」은 1643년 계미 통신사에 조경이 참여하여 그림 장식과 이층 다락이 있는 배를 탄 일화를 서술했다. 조경은 배의 내부를 샅샅이 묘사하고,

---

9    홍성민, 「寧城」, 『拙翁集』 권2, 『한국문집총간』 46, 444면.

10   김대중(2014)은 홍성민이 경제생활을 작품화한 것이 이채로우면서도 문제적이라고
     말했다. 정치적 기저 집단인 사대부가 농업도 아닌 상업에 종사한다는 점은 사농공상
     의 조직 원리에 균열을 내는 일일 수 있기 때문이다. 김대중(2014), 214~215면.

이 혜택은 임금의 은혜라고 말했다. 또, 배가 키 하나에 좌지우지되는 것처럼 사람도 인의예지仁義禮智로 인해 수신修身·제가齊家·치국治國·평천하平天下를 이룰 수 있다고 말했다.

한편, 「통천해척표풍설通川海尺飄風說」은 어느 해척의 표류기에 가깝다. 대구 잡는 일을 업으로 했던 해척 5명이 파도에 휩쓸려 어느 부락에 표류하게 되었고, 목숨이 위태로운 일을 경험하고 다시 고향으로 돌아온 이야기다. 이 작품은 당시 부락의 문화와 이민족의 생김새도 자세히 묘사하여 흥미를 일으킬 뿐 아니라 역사적 자료로도 가치가 있다.

**김득신**은 동물과 사물을 이용한 설을 많이 지었는데 그 서술 방식이 특이하다. 「와설猧說」은 작은 발바리가 자기 힘을 생각하지 않고 큰 발바리와 뼈다귀를 놓고 싸워서 크게 다치고, 뼈다귀는 또 다른 발바리가 가져간다는 내용이다. 짧은 글이지만 발바리들이 서로 욕심을 내 결국 원하는 것을 모두 놓친다는 교훈이 담겨 있다. 김득신은 이 내용을, 공과 명예를 놓고 싸우는 사람들의 어리석음으로 확장한다. 이 설은 동물을 이용해 설리를 작품 말미에 전달하는, 전형적인 기사 위주의 설이다.

이외에 5편의 작품은 설리가 없거나, 혹은 일화가 요약 및 나열되고, 결말도 불분명하다. 「웅압위구소서설」에서는 오리 한 쌍이 김득신의 연못에서 잘 지냈는데, 그중 수오리가 개에게 물려 죽는 상황이 제시된다. '나'는 그 개가 괘씸해서 개를 죽이고, 다시 수오리를 사다가 암오리와 지내게 했다. 작품은 이 오리를 실용적인 목적이 아니라, 단순히 애완의 목적으로 기르는 것임을 강조하며 끝난다. 이 설은 설리가 직접적으로 제시되지 않아서 작가의 창작 의도를 알기 힘들다.

다른 작품도 마찬가지다. 「사배설」은 작가가 아끼는 사기잔에 대한 내용이다. 9년 전, 한 친구가 선물한 사기잔을 작가는 소중히 다뤘지만 깨뜨렸고, 이후 또 사기잔을 얻었지만 깨뜨리고 만다. 세 번째로 얻은 사기잔은 다행히 깨지지 않았다. 작가는 사기잔으로 술을 마시면 맛이 변하지 않기 때문에 사기잔을 소중히 다루게 되었다고 말했다. 그리고 바로 어제, 본인의 생일에도 이 사기잔으로 술을 마셔서 술맛이 좋았다고 말했다. 사기잔은 9년 전부터 바로 어제까지, 깨지고 새로 얻는 과정을 통해 작가에게 소중한 물건으로 인식된다. 이 작품은 사기잔에 대한 추억과 생각을 시간 순서대로 서술하고 있다. 그 일화가 긴밀하게 연결된다기보다 간략하고 파편적으로 나열되고 있다. 그리하여 작가가 말하려는 바가, 사기잔의 장점과 사기잔에 대한 추억에서 크게 벗어나지 않는다. 이러한 구성은 「의설」·「맥병설」·「죽통설」도 마찬가지다.

김득신의 설은 동물이나 사물, 인물을 보조관념으로 삼아 유가적 윤리 규범을 말하지 않고, 오히려 그 물物 자체에 집중하거나 그 물과 관련된 자기 경험과 감정에 초점을 둔다는 것이 특징이다.

**남구명**은 1712년부터 1715년까지 제주에서 판관을 지냈고, 이때 보고 들었던 제주의 생태 풍속과 감회를 문집 전편에 남겼다.[11] 그의 설 5편은 모두 제주의 자연환경 및 풍속과 관련되어 있다. 「신산설神山說」은 제주도 주민들이 한라산을 삼신산 중에 하나로 알고 있는 것에 대해 진위를 분별한 글이다. 그 외에 「의아설義鴉說」·「묘설猫說」·「마설馬說」·「사설蛇說」은 모두 동물을 이용하여 제주 생태를 반영하고, 나아가 인간 사회를 권계하기도 한다. 남구명은 관리로서 제주도의 생태와 풍속을 돌아보고, 이를 통해 백성을 교화하고자 했다.[12]

---

11    남구명 설의 개관과 주제 의식 및 서술 방식은 김경(2019)에 자세하다.

12    柳台佐, 「寓庵先生文集序」, 『寓庵集』, 『한국문집총간』 53, 359면, "在濟時所著天文, 地紀, 星經, 山水, 草木, 蟲魚, 鳥獸, 謠俗之異, 方言之訛, 無不究極其所以然, 辨明其所當然, 皆所

유의건柳宜健, 1687~1760은 관직에 진출하지 않고 화계에 서당을 지어 강학을 업으로 삼았으며, 경사자집經史子集을 두루 섭렵했다.[13] 특히 성력星曆 및 역학易學에 밝았다. 제자가 많아지자 그 집을 문회실文會室·난실蘭室이라고 짓고 교육과 저술에만 전념했다.

그는 총 13편의 설을 지었다. 그 제재와 서술 방식이 매우 다양하다.[14] 「몽설夢說」·「자시설子時說」·「나릉진안설羅陵眞贋說」·「삼재설三才說」은 특정 사실을 논증하는 글이며, 「승설蠅說」·「보응설報應說」·「인과설因果說」은 일상에서 발견한 일화를 통해 교훈을 전달하는 글이다. 「우중설寓中說」과 「오학상송설烏鶴相訟說」은 설에서 흔히 볼 수 없는 '의인화'를 통해 주제를 전달했다.

「우중설」은 5편의 단상을 묶어놓은 작품으로, 한 편이 끝날 때마다 '우설憂說·병설病說·갈설蝎說·산막설山幕說·삼물설三物說'이라는 제목과, 글을 쓴 시기를 간략하게 부기했다. 짤막한 기사를 하나의 제목으로 묶어놓은 설 중에서 이처럼 제목과 시기를 정확하게 표시한 설은 드물다. 특히 마지막 기사인 '삼물설'은 개구리와 제비, 꿩을 의인화하여 동물들이 서로 다른 소리로 우는 이유에 대해 문답하는 장면을 설정했다. 이를 통해, 다름을 인정하는 태도가 중요하다고 말했다. 「오학상송설」도 까마귀와 학을 의인화한 작품으로 전형적인 송사형 이야기다. 까마귀와 학이 서

---

以納民於軌物也."
13  유의건은 1735년 49세에 진사시에 합격했으나 대과에는 응시하지 않았다.
14  보통 문집에서 설은 '說'이나 '雜著'로 분류되는데, 유의건의 문집 『花溪集』에서는 '雜著' 이외에 '雜說'이라는 체제를 두어 설을 배치했다. '雜說'이라는 체제를 둔 경우는 유의건 이외에도 김시습이 있다. 김시습은 '說'과 '雜說'이라는 체제를 동시에 두어 설을 분류했다. 두 체제 안의 작품을 비교해 보면, '잡설'로 분류된 작품은 대개 고인들의 말이나, 학문을 하면서 느낀 바를 메모 형태로 적어둔 것이다. 아마도 '說'이라는 정식 산문으로 발표하기 어려운 글을 '雜說'로 분류한 것 같다.

로 자기 몸의 색깔흑/백이 옳다고 주장하며 다투는데, 판결자가 까마귀의 '흑'이 우열하다고 결론을 내린다. 세상이 혼탁하면 시비를 제대로 분별하지 못하는 점을 비판한 것이다.

윤기尹愭, 1741~1826는 근기 남인 가문에서 태어나 부친 윤광보尹光普와 이익에게 가르침을 받았다. 33세에 생원시에 합격했지만 51세 늦은 나이에 대과에 급제했다. 53세에 승정원정자로 관직을 시작했고, 부당한 현실을 고발하는 시문을 다수 지었다.

연구 대상에 해당하는 그의 설은 총 18편이다. 현실의 부조리를 고발하고 비판하는 설「관시설(觀市說)」·「매도설(買刀說)」·「잡설(雜說)」·「병설(病說)」·「전설(錢說)」·「첨설(諂說)」·「삼설(蔘說)」·「이설(利說)」·「서측자설(抒厠者說)」과 생활 주변 소재에 대한 성찰이 담긴 설「관주설(觀舟說)」·「음설(飲說)」·「종호설(種瓠說)」·「강유설(剛柔說)」·「소일설(消日說)」·「서채설(鋤菜說)」·「빈부설(貧富說)」·「몽설(夢說)」·「관인설(觀人說)」로 크게 나눌 수 있다.

「관시설」은 시장 사람들이 맹목적으로 다수의 행동을 따라 하는 모습을 통해 유언비어에 쉽게 선동되는 세태를 비판했다. 「매도설」은 겉모습을 중시하는 세태를 비판하며 사물은 화려한 외형보다 용도에 알맞은 것이 중요하다고 역설했다. 「잡설」은 거미·벌·아이·고양이·강아지 일화에 인간사를 빗대어 풍자했다. 「병설」은 병을 빌미로 책임을 회피하려는 사대부를 지적했다. 「전설」은 돈의 유래와 속성, 폐해를 서술한 뒤, 금전이득만 취하려는 관리와 성균관 유생을 비판했다. 「첨설」은 위아래 사람할 것 없이 서로에게 아첨하는 세태를 비판했다. 「삼설」은 인삼을 함부로 조제해서 쓰는 현실을 비판했다. 「이설」은 오직 군자만이 의리로 이익을 제어할 수 있고 겉과 속이 같다고 말했다. 「서측자설」은 똥을 푸는 자와 무덤을 도굴하는 사람의 대화를 통해 이익을 위해서 잘못된 행동을 합리

화하는 세태를 비판했다.

「관주설」은 탁영정에 우거하면서 한강을 오르내리는 돛단배에 학문 수양을 비유했다. 배의 튼튼함과 조수에 따라 배가 오가는 것, 가운데를 비워 외물을 받아들이고 무거운 것을 멀리까지 싣고 가는 것이 학문을 닦는 점과 비슷하다고 말했다. 「음설」은 '나'가 음주와 금주를 반복하다가 어느 날 술을 천천히 마시면서 음주의 이치를 터득하게 된 내용이다. 「종호설」은 덤불이 시든 뒤에야 모습을 드러내는 호박을 보며, 나라가 혼란할 때 드러나는 인재에 주목했다. 「강유설」은 늘 경계하여 외면은 부드럽게 하고 내면은 강하게 해야 함을 강조했다. 「소일설」은 노인이 된 '나'가 남을 가르치지 않는 대신, 공부를 하며 시간을 보내겠다고 다짐하는 내용이다. 「서채설」은 잡초를 방치하면 채소가 자라지 못하는 것을 보며 유비무환有備無患을 피력했다. 「빈부설」은 가난보다 부유함이 나은 이유를 설명했다. 「몽설」은 꿈이 허황하지 않았다는 증거를 성현들의 기록에서 찾고, 꿈이란 정확히 알 수 없는 것이라고 결론을 내렸다. 「관인설」은 남의 집 자제를, 집안을 보존한 부류와 집안을 무너뜨린 부류로 나눈 뒤에 그 이유로 행실과 학문 등을 들었다.

**성해응**成海應, 1760~1839은 1788년 29세에 규장각 검서관에 등용되어 최신 문헌과 귀중본을 두루 열람했고, 같이 근무했던 이덕무李德懋, 1741~1793, 유득공柳得恭, 1748~1807 등과 교유하면서 학문적 역량을 키웠다. 정조 사후에는 음성 현감 등을 역임하다 물러난 뒤, 고향 포천에서 저술에 몰두하여 방대한 분량의『연경재전집研經齋全集』을 썼다. 총 13편의 설이 있다.

성해응의 설은 동식물과 사물에 감정을 이입하고 이에 인간사를 빗댄 내용도 많지만「종련설(種蓮說)」·「조설(棗說)」·「국설(菊說)」·「옥당학설(玉堂鶴說)」·「송지설(松芝說)」, 특정 제재의 연원과 역사를 고구하여 정확한 정보를 전달하거나 이를 통해 세태를 비판하는 설이 주목할 만하다. 「풍악설楓嶽說」은 금강산의 이름이 계절별로 다른 이유를 설명했고, 「위서설緯書說」은 위서의 발생과 성립을 살펴보고 지금 사대부들이 괴력난신을 추종하는 세태를 비판했다. 「대명홍설大明紅說」은 대명홍의 유래와 각종 서적에 기재된 사실을 서술했고, 「공자묘시설孔子墓蓍說」은 유득공이 연경에서 공자의 후손에게서 점대를 얻은 일화를 바탕으로 공자의 점대가 보존된 이유를 고구했다.

이외에도 「저설藷說」은 고구마를 직접 재배한 경험을 통해 구황작물로서 고구마의 이점이 널리 퍼지기를 바랐다. 이러한 작품들은 박학자로서 면모가 잘 드러난다고 할 수 있다.

**김윤식**金允植, 1835~1922은 30세인 1864년에 진사시에 합격했고, 10년 뒤 문과에 급제하여 요직을 거쳤다. 그러나 53세였던 1887년 이후에는 유배와 복직을 여러 차례 겪었다.

그가 쓴 8편의 설은 동물 및 사물과 관련된 일화에 인간사를 빗댄 작품이 많다. 「전채자설剪綵者說」은 비단으로 매화를 만들어 일 년 내내 보려고 하는 객에 대해 천심天心을 계속 간직하려는 어진 사람이라고 말했다. 「승해주설乘海舟說」은 사람들이 배를 타면 심적으로 뱃사공에게 의지하는 것처럼 백성들도 위정자의 위엄[威]과 미더움[信], 공[功]과 다스림[治]을 보고 복종한다고 말했다. 「고문설苦蚊說」은 사슴피를 마시러 순천 금오도를 찾은 사람들이 그 지역 모기에게 잘 물린다는 일화를 통해, 천하의 만물이란 완전한 복이 없고 화복은 돌기 마련이라는 주제를 설명했다. 이외에 당대의 그릇된 풍속과 학설의 문제를 제기하는 「시무설時務說」·「궁혜설弓鞋說」이 있고, 외세의 침략과 영향 아래 한국이 처해야 할 교육을 논하는 「신학육예설新學六藝說」도 있다.

**변종운**은 대대로 역관을 배출한 밀양 변씨 가문에서 태어나 순조 때 역과에 급제했다. 젊은 시절부터 문재가 뛰어나서 사대부들과 교유했다. 그는 설 5편에서 통념을 전복하는 사유를 보여준다. 「담명설談命說」은 점술가와의 대화를 통해 운명이란 정해져 있어서 점술가가 그 사람의 화복을 말하거나 말하지 않을 뿐이니, 굳이 사람의 운명을 점칠 필요가 없다고 주장했다. 「질광설質狂說」과 「지기설」은 '광狂'과 '지기知己'의 진정한 의미를 고찰했다. 「질광설」에서는 '광狂'이 술에 취해 오만에 떠는 것이 아니라, 뜻이 행동보다 큰 사람에게 붙이는 말임을 강조했다. 「지기설」에서는 자기를 알아주는 이를 만나는 일이 얼마나 어려운 일인지 설명하고, 자기를 알면 타인의 알아줌을 구할 필요가 없다고 말했다. 겉모습이 아니라 진정한 내면을 알아야 한다는 것은, 역사 사건의 진실을 상상해 보고 재구하려는 관심과 연결된다. 「장성설長城說」은 만리장성을 쌓은 진시황제에 대한 비판을 전복했다. 「호타하설滹沱河說」은 한나라 광무제와 그의 신하 왕패에 대한 고사를 통해 군주와 신하의 마음이 일치하는 이상적인 관계를 설명했다.

이상으로 주요 설 작가와 작품을 개관했다. 이를 통해 고려 후기부터 구한말까지 작가마다 다양한 제재와 서술 방식을 도입해서 설을 창작했다는 것을 알 수 있다. 한국에서 처음 설을 지었던 이규보는 설에서 다양한 제재와 표현 방식을 실험하며, 그 주제 또한 유가의 규범에 얽매이지 않았다. 한국의 설이 지어지기 시작한 초기부터 설의 본격적인 궤도에 올랐다는 것은 한국 설의 특이한 점이다. 이후에 강희맹의 설은 이규보의 설처럼 다양한 제재와 표현 방식을 보여줄 뿐 아니라, 이전의 설보다 더 완결성 있는 우언을 보여준다는 점에서 주목할 만하다.

조경은 우언이 아닌, 견문과 경험을 충실히 기록하여 필기잡록에 가까운 설을 창작했다. 그중에서는 사행이나 표류를 통해 이국의 백성과 접촉한 내용도 있다. 이러한 설은 역사 자료로도 유용할 것이다. 김득신은 사소한 일화와 물건에 얽힌 일화를 간략하게 제시하고 이를 통해 특정 규범을 말하기보다 그 물物에 대한 애호와 관심을 보여준다.

성해응은 설에서 특정 제재의 연원과 역사를 고구하거나, 구체적인 경험을 통해 실용 지식을 전달하는 등 다양한 분야의 식견을 제시한다는 점에서 조선 후기 설에 나타난 박학적 면모를 확인할 수 있다. 김윤식은 외세의 침략과 영향 아래 한국이 처해야 할 태도와 교육을 논했다. 구한말이라는 당대 특수한 사회상을 반영한 설의 등장도 눈여겨 볼만하다.


## 2. 17세기 이후 설 개관

이 절에서는 한국의 설 682편을 대상으로 17세기 이후 설이 어떻게 변모했는지 개관한다. '17세기'로 특정한 이유는, 이 시기에 설 제재의 쓰임과 서술 방식이 크게 변모하기 때문이다.

17세기에는 산문이 많이 지어지기 시작했다.[15] 그 원인과 결과를 요약하자면 크게 두 가지다. 첫째, 생태적 측면이다. 조선 조정에서는 계속되는 기근으로 농업 권장 정책을 펼쳤고, 이에 따라 농업 서적 등 실용서가 대거 등장하게 되었다. 이는 문제의 현상과 사실을 직접적으로 서술하는 산문의 발달을 가져왔다. 둘째, 역사적 측면이다. 1592년 임진왜란부터 1636년 병자호란까지 짧은 기간 안에 4차례 전쟁이 일어나 국가와 민생이 불안해지면서 생생한 경험과 현실적 대안의 탐색이 들어간 기록문학

---

15　17세기 산문 발달의 원인과 결과는 임영길(2009), 62~72면을 참고하여 요약했다.

이 발달하게 되었다.

이러한 요인으로 17세기 산문은 복잡한 체험과 변모된 시대상을 담기 위해 장편화된 소설이 등장하기도 했다. 윤두수尹斗壽, 1533~1601나 최립과 같은 인물이 전후칠자前後七子의 문장을 전범으로 내세우면서 17세기 산문에서 고문古文은 화두가 되었고, 이로 인해 산문 작가들이 출현하면서 이전 시기에 비해 자유로운 글쓰기가 나타났다. 또, 비지류와 같은 실용적 산문이 활발하게 쓰였다. 이러한 경향은 17세기 이후 설에 변화를 가져왔다. 그 특징을 두 가지로 나누어 개관하면 다음과 같다.

### 1) 객客의 서술 비중 증가

앞서 설의 구성을 '설리 위주의 설'과 '기사 위주의 설'로 나눴다. 이렇게 나눈 이론적 근거는 바로 귀유광이 정리한 '주객법'이다. 주객법은 예술의 다양한 방면에 두루 사용되는 예술 운용 방법 중 하나로, 문학 작품을 분석할 때 편장 단위로 보는 것이다. 이것은 작품을 자구 단위의 수사법에 한정하여 보는 것이 아니라 주제와 연관하여 글 전체의 통일성과 긴밀성을 중심으로 보는 것이다.

주객법에서 주主와 객客의 함의는 다채롭다. 주主는 작가가 말하고자 하는 바이고, 객客은 이를 부각하기 위해 동원되는 제재 및 사건이다. 또는 주요한 인물을 주主, 보조적 인물을 객客으로 보기도 한다. 다만, 주객의 관계는 상대적이기 때문에 작품에서 말하려는 바가 무엇인지, 또 그것을 전달하기 위해 수단으로 삼는 것이 무엇인지 잘 살펴야 한다.

설의 주된 목적은 작가가 말하고자 하는 바를 전달하는 것이고, 객은 주를 잘 전달하기 위한 하나의 수단으로 동원된다. 이는 고려 후기부터 구한말까지 설의 전반적인 특징이다. 다만 17세기 이후에는 단지 '객'으로서 동원되어야 할 제재 및 사건들이 필요 이상으로 구체적으로 제시된다. '실존 인물'을 제재로 한 설을 중심으로 살펴보자.

설 682편에서 다룬 인물은 크게 실존 인물과 허구 인물로 나눌 수 있다. 실존 인물은 실제로 존재했거나 실제로 존재했다고 믿어지도록 작품에 동원한 인물을 말한다.[16] 예를 들면, 남한기南漢紀, 1675~1748의 「유생자장엄해설俞生子章掩骸說」에서 유욱기俞郁基, 1701~?, 강박의 「장설」에서 강취, 조관빈趙觀彬, 1691~1757의 「추억남충장설追憶南忠壯說」에서 남연년南延年, 1653~1728 등은 실존 인물이다.

설에 나타난 인물이 '허구'라고 보는 경우는, 작품에 등장한 인물이 실제로 존재했다고 믿을 만한 정보가 없는 경우다. 이러한 설에서는 인물의 직업이나, 특정 행동과 모습을 연상하는 말로 인물을 지칭한다. 예를 들면, 권근의 「주옹설」에서 '주옹'은 바다에 배를 띄워놓고 사는 사람, 유즙의 「매두옹설賣斗翁說」에서 '매두옹'은 두斗를 파는 사람, 김진규金鎭圭, 1658~1716의 「몰인설沒人說」에서 '몰인'은 잠수부다. 이러한 설에서 작가는 인물과 만나 대화하고, 그들의 행적과 삶의 태도 및 가치관을 알게 된다. 그러나 그 인물이 실존했다는 정보가 따로 없고, 주제를 부각하기 위해 작가가 의도적으로 설정한 인물일 가능성이 높기 때문에 '허구 인물'로 본다.[17]

---

16  역사책에 기록된 '역사 인물(historical figure)'은 실재했던 인물이지만 역사 인물을 제재로 한 설은 역사 논평의 일부로 보고, 따로 분석할 필요가 있다고 판단되어 이 절의 연구 대상에서는 제외했다. 역사 인물을 제재로 한 論은 많지만, 그 說은 論에 비해 작품 수가 적다. 趙纘韓(1572~1631)의 「伯夷死名說」, 李敏求(1589~1670)의 「伊尹說」·「周公說」·「屈原說」, 林昌澤(1682~1723)의 「伯樂說」, 高裕(1722~1779)의 「伯牙說」 등이 있다. 이러한 작품들은 역사 기록을 바탕으로 역사 인물의 말이나 功過를 작가의 시각에서 논평하거나, 기존의 논평을 반박하는 방식으로 내용이 전개된다.

17  설에서 실존 및 허구 인물이 엄격하게 구분되는 것은 아니다. 실존과 허구 인물을 나누는 기준은 작품에서 인물의 이름을 비롯한 구체적인 정보가 제시되어 있느냐는 것이다. 이는 작가가 허구 인물을 실존 인물처럼, 실존 인물을 허구 인물처럼 그릴 수 있다

17세기 이전에 실존 인물을 제재로 한 설은 이규보의 「기명설」·「완격 탐신설」, 권근의 「김공경험설」, 정경세의 「단지자설」, 허균의 「임노인양 생설」이다. 이규보·권근·정경세의 설은 세태를 고발하며 사회를 비판하는 작품으로, 허균의 설은 독특한 인물을 제시하여 특정 주제를 강조하는 작품이라고 할 수 있다. 이러한 작품에서는 실존 인물이 주제를 강조하기 위해 동원한 대상이기 때문에, 그들의 구체적인 행적을 재구하려는 노력이 나타나지 않는다. 그러나 17세기 이후에는 실존 인물이 특정 사건을 일으키는 주체로 등장하면서 그 서사가 개연성 있게 제시되고 있다.

한경의韓敬儀, 1739~1821의 「무급제주현도복수설武及第朱顯道復讎說」은 주현도朱顯道, ?~?라는 인물의 행적을 생생하게 조명하면서 여성의 정절, 자식으로서 도리 등 유가의 절대적 가치를 강조하며 세태를 경계하고 있다. 이 작품에서 주요 사건은 주현도가 어머니의 원수를 갚은 과정이다. 주현도의 어머니는 어느 거지에게 겁탈을 당해 자결했고, 포도청에서는 범인을 체포한다. 주현도는 감옥에 몰래 들어가 그 범인을 죽이고 자수한다. 이 작품의 주제는 의열義烈과 효孝를 강조함으로써 윤리적 승리를 부각하는 것이다. 그런데 이 작품에서는 용의자를 특정하는 과정, 포도청에서 범인을 수색하는 과정, 주현도가 범인에게 복수하는 잔인한 장면들이 구체적으로 묘사되어 있다. 17세기 이전의 설에서 서사의 핍진성이나 기승전결의 완성도가 그리 중요하지 않았는데, 17세기 이후에는 사건과 배경 등을 현실감 있게 재현하고, 사건의 개연성이 중요시되고 있다. 이는 '주'

는 문제가 있다. 다만, 17세기 이후에는 주제와 크게 상관없는 인물의 구체적 정보를 제시하거나, 인물의 행적을 재구하는 것 자체가 주제인 설이 나타난다. 이러한 경향은 인물을 직업이나 특정 행동으로 지칭했던 이전 설과 다르므로, 일정한 기준에 의해 실존과 허구 인물을 구분하는 작업은 필요해 보인다.

보다는 '객'의 비중이 늘어난 경우라고 볼 수 있다.

같은 작가의 「서민한천득반장설庶民韓天得反葬說」은 객지에서 돌아가신 아버지를 고향에 돌아가 다시 장례하기 위해 고군분투하는 서민 한천득韓天得, ?~?의 이야기다. 이 작품에서 하고자 하는 말은, 그의 어진 성품을 부각함으로써 당대 유가적 가치를 강조하기 위함이다. 그런데 이 작품에서는 한천득이 아버지의 무덤을 알아내기까지 서사를 계속 연장하고 있으며, 한천득의 나이를 제시해 그가 어려서부터 성인이 되어서까지 아버지를 반장하기 위한 길고 긴 우여곡절을 서술하고 있다. 이 또한 17세기 이후 주제와 상관없이, 서사의 그 서사가 개연성과 그로 인한 흥미가 중요시된 경우라고 할 수 있다. 이는 즉 '주'보다는 '객'의 서술이 증가한 것이다.

이러한 경향은 '지명 및 지역'을 제재로 한 설에도 나타난다. 지명 및 지역을 제재로 한 설은 크게 '객관적 정보', '작가의 정서', 작품 속 '궁극적 주제'로 나눌 수 있다. 이는 유기의 구성을 '경景'·'정情'·'의議'의 유기적有機的 통일체로 보는 것에서 착안했다.[18] 설은 궁극적 주제를 전하기 위해 다양한 제재를 동원하는 문체이기 때문에, '객관적 정보'와 '작가의 정서'는 '객客'이 되고, '궁극적 주제'는 '주主'가 된다.

'객관적 정보'란 지명의 유래, 지리적 특성, 생활에 대한 주민의 생생한 증언 등을 말한다. 이는 바로 지명 및 지역을 제재로 한 설이 여타의 설과 차별화할 수 있는 부분이다. 설은 여러 수단을 동원해 주제를 드러내는 것이 목적이기 때문에, 지명 및 지역에 대한 객관적 정보와 작가의 정서를 서술하는 것은 설의 본령이 아니다. 설에서 가장 중요한 것은 결국 작품 속 궁극적 주제다. 일반적으로 설에서 주제를 드러내기 위해 자주 동

---

18 진필상, 심경호 역(1995), 123면.

원하는 것은 인물과 사건을 중심으로 한 서사, 인물 간의 대화, 특정 대상에 대한 묘사 등이다. 그러나 지명 및 지역을 제재로 한 설은 이러한 서사·대화·묘사 등이 등장할 뿐 아니라, 지역과 관련한 객관적 정보를 상당 부분 많이 서술하고 있다. 17세기 이후에는 이 부분의 비중이 훨씬 늘어난다. 정창주鄭昌胄, 1606~1664의 「유선설遊仙說」, 채팽윤蔡彭胤, 1669~1731의 「과백로주설過白鷺洲說」, 심정진의 「가협설」 1~2, 「유금강설遊金剛說」은 유람의 과정과 그 속에서의 소회가 자세히 서술되어 있다.

「유선설」에서 정창주는 1648년 봄에 접위관이 되어 동래지금의 부산의 영남루와 포구 등을 유람하면서 이곳이 신선의 자취임을 깨닫는다.[19] 이 글의 궁극적 주제는 임금의 은혜에 감사하는 것인데, 그 주제를 보여주기까지 동래를 여행하는 과정이 자세하다.

채팽윤의 「과백로주설」은 개인적 경험을 통해 자신의 성찰과 내면을 토로하는 내용이다. 채팽윤은 영평 금수정에 가는 길을 묘사하면서, 백로주에 가지 못한 아쉬움과 이를 인생사에 비유했다. 이 글은 여정에 대한 자세한 서술뿐 아니라 미처 가지 못한 지역에 대한 설명도 있다는 것이 독특하다. 나아가 우리의 삶은 가본 곳과 가보지 못한 곳으로 이루어진다는 삶의 통찰도 보여준다.

심정진의 「가협설」은 그가 회덕 현감으로 재직할 때인 1780년에 지어졌다. '가협'은 현재 경기도 가평에 해당하며, 아직도 그곳 조종암에는 송시열이 쓴 글씨가 새겨져 있다. 이 작품은 가협과 그곳 조종암으로 가는 여정을 통해, 보고 느낀 바를 사실적으로 서술했다. 뛰어난 산수와 어지러운 환로를 비교하며 본인이 처한 상황을 개탄하기도 하고, 극복 의지를

---

19  당시 정창주는 동래로 가서 차왜 평성춘을 접대하는 임무를 맡았다. 『인조실록』 권49, 인조 26년 3월 16일(1648) 辛亥 첫 번째 기사, "遣鄭昌胄往東萊, 接慰差倭平成春."

보이기도 한다. 그것이 이 작품의 주제다. 그렇다면 가협으로 가는 여정을 필요 이상으로 길게 서술할 필요는 없을 것이다. 이 또한 17세기 이후에 볼 수 있는, 객의 서술 비중을 높임으로써 더욱 주제를 강조한 경우다.

같은 작가의 「유금강설」에서는 이정인李廷仁, 1734~?, 字는 善長이 금강산을 유람한 여정이 드러나 있다. 그러나 이정인의 여정은 유람에 목적이 있는 것이 아니라, 돌아가신 스승인 김원행의 도를 구하기 위해서였다.[20] 이 작품에서 중요한 것은, 금강산을 유람했다는 사실보다 이정인이 금강산을 유람한 이유와 목적에 있다. 금강산의 명소를 나열하는 것이 이 작품에서 중요한 것은 아니지만, 17~18세기 지명 및 지역을 제재로 한 설에서는 유람하는 과정을 보여줌으로써 사실성을 높이고, 공간을 통해 느낀 소회와 정서를 토로하는 경향이 있다는 것을 확인할 수 있다. 이는 아마도 정사를 보완하려는 의미가 희석되고, 오히려 개별적 삶 자체를 기록 대상으로 삼은 일기류나 잡록류, 유기나 행장 등이 활발하게 창작되던 조선 후기의 경향 때문일 것이다.[21]

## 2) 사실에 근거한 정보 서술 증가

17세기 이후 실존 인물을 제재로 한 설은 그 인물의 자호·나이·본관 및 가계를 기술하여 인물의 전체 삶을 재구하려고 한다. 이전의 설에서는 실존 인물이 등장하더라도, 그 인물은 주제를 강조하기 위한 수단으로만 등장했다. 어떤 출신과 생애를 가졌는지 그리 중요하지 않았다. 주제와 관련된 뚜렷한 특징이 더 중요했고, 설은 그것을 위주로 서술했다. 그런

---

20  김원행은 1732년 이후 금강산을 유람한 적이 있는데, 그의 문집 권1에 금강산의 명소를 다니며 지은 시가 다수 실려 있다. 김원행, 『渼湖集』 권1, 『한국문집총간』 220 참조.
21  심경호(2001), 앞의 책, 161면.

데 17세기에는 주제와 관련되지 않아도, 실존 인물의 전기적 서술을 시도하는데 이것은 '사실'에 근거한 정보 서술로 볼 수 있다.

남한기의 「유생자장엄해설」은 길가의 시체를 흙으로 덮어준 유욱기의 일화를 통해 그의 어진 품성을 부각한다. 유욱기는 길가의 시체를 보고서 흙을 덮어주고, 술을 올리고 애도문을 지었다. 이에 '나'는 길가에 버려진 시체를 묻어주는 것은 당연한 일이지만, 실제로 그 일을 행한 유욱기는 칭찬받아 마땅하다고 여긴다.

그런데 작품 말미에 갑자기 유욱기의 인정기술과 그의 아버지를 언급하고 있다. 유욱기의 자는 자장子章이며, 그의 아버지 유명웅兪命雄, 1653~1721과 작가인 남한기의 아버지 남정중南正重, 1653~1704이 절친한 사이라는 점, 또한 인후함으로 유명했던 유명웅의 아들로서 유욱기가 선풍을 욕보이지 않음을 축하한다는 언급은 인물을 제재로 한 이전 설에서는 보기 드문 서술이다. 입전한 인물의 공과를 평가하고, 그의 가계를 부각하는 것은 유욱기의 측은지심을 강조하는 주제와 크게 상관이 없다. 이러한 서술은 그의 행적을 재구하는 전傳에 들어갈 만한 정보다. 그렇다면 남한기는 이 설을 지으면서 그의 인정기술을 일부러 삽입한 것이라고 볼 수 있다.

이러한 경향은 권헌의 「반세기설」에도 나타난다. 이 작품은 침술에 도통했던 반세기의 특정 면모를 부각하고, 훌륭한 재주에 비해 지우를 입지 못하고 후사를 세우지 못한 그의 일생을 안타까워하는 내용이다. 「반세기설」은 반세기만의 특별한 방술을 서술하기보다, 의술과 관련한 그의 생애를 시간 순서대로 적었다. 「반세기설」은 특정한 주제를 전달하기보다, 반세기라는 불우한 인물의 성격과 재주를 드러내는 데에 초점을 두었다. 그 과정에서 작가는 그의 행적에 신빙성을 주기 위해서 그의 가족과 스승, 환자의 실명을 거론했다. 이러한 점은 17세기 이전의 설에서는 쉽게 찾을 수 없는 부분이다.

한편, 인물의 행적을 자세하게 서술하지 않은 조선 후기 설에서도, 인물의 인정기술을 굳이 부기하려는 경우가 있다. 이기李沂, 1848~1909의 「조어자설釣魚者說」은 서두에 낚시꾼의 성姓과 자字가 제시되어 있다.[22] 그러나 이는 주제에 큰 영향을 미치지 못한다. 이러한 경향은 설의 제명題名 방식의 변화와도 연관 지어 생각해 볼 수 있다. 이전에 인물을 제재로 한 설은 주요 제재가 인물임에도 제목에 인물의 이름을 드러내는 경우가 거의 없었고, 인물의 직업이나 특징적인 부분을 제목에 드러내었다. 그런데 17세기 이후에는 전傳의 제명 방식처럼 제목에 인물의 성명을 직접적으로 기재한 설이 등장한다.[23]

이처럼 17세기 인물을 제재로 한 설에서는 이전의 설에서 보기 어려운, 숭상과 추모를 목적으로 그들의 인정기술을 적극적으로 기재하는 경향을 보인다. 이는 정사正史에 입전되기 어려운 불우한 인물의 인생 사적을 발굴하여 산문으로 남기는 일이 번성한 '조선 후기'라는 시대적 배경에 따른 결과라고 할 수 있다.[24]

17세기 이후 지명 및 지역을 제재로 한 설에서도 사실에 근거한 정보가 가미되었다. 지명 및 지역을 제재로 한 설은, 제재의 특성상 공간의 사실적 정보가 글에 나타날 수밖에 없다. 이는 지명 및 지역을 제재로 한 설에서 공통적으로 드러나는 특징인데, 17세기 이후에는 지명의 어원과 유래를 사실적으로 밝히려는 언급이 점점 가미되고 있다.

---

22  이기, 「釣魚者說」, 『李海鶴遺書』 권9, 『한국문집총간』 347, 101면, "縣之南浦, 有累世業釣, 張其姓, 子微其字."

23  『한국문집총간』을 대상으로 했을 때, 제목에서 성명 전체를 드러낸 설은 「무급제주현도복수설」·「서민한천득반장설」·「유생자장엄해설」·「반세기설」이다.

24  심경호(2001), 앞의 책, 171면.

심정진의 「가협설」에서는 저자가 가협 안의 조종암으로 가는 여정이
자세히 묘사되어 있는데, 그 사이에 위와 같이 조종이라는 이름의 유래
를 따지는 서술이 등장한다. 남구명의 「신산설」에서는 제주도의 한라산
이 왜 '신산'이라는 이름을 지니게 되었는지 나름의 논리로 설명하고 있
다. 19세기 성해응의 「풍악설」에서는 앞선 작품과 달리 직접적으로 기존
지식을 인용하여 지명의 유래를 설명하고 있다. 물론 작품에서 지명에 대
한 해설과 실증적 태도가 부분적으로 등장하고 있긴 하지만, 고증적 학문
의 태도가 유행한 '조선 후기'라는 시대적 배경을 감안한다면, 세 작품 모
두 같은 학문적 흐름의 자장 안에서 해석할 필요가 있다.

이상으로 17세기 이후 설의 경향을 개관했다. 첫째, '객'의 서술 비중이
증가했다는 것이다. 설에서 주객의 함의는 다채로운데, 설의 주된 목적이
작가가 말하고자 하는 주제라면, 객은 그 주제를 전달하기 위한 다양한
수단이다. 실존 인물을 제재로 한 설에서는 대체로 인물을 통해 작가가
전달하고 싶은 바를 말한다. 실존 인물의 행적 자체를 재구하거나, 그 인
물이 어떤 흥미로운 사건을 일으키는 주체로 활약하지 않는다. 반면, 17
세기 이후에는 실존 인물이 특정 사건을 일으키는 주체로 등장하며, 주제
와 큰 관련이 없는 장면도 지연시켜서 서사의 흥미성과 개연성을 높이고
있다. 이러한 경향은 지명 및 지역을 제재로 한 설에도 나타난다. 지명 및
지역을 제재로 한 설은 작품 속 궁극적 주제가 주가 되며, 객은 객관적 정
보나 작가의 정서가 된다. 17세기 이후 지명 및 지역을 제재로 한 설에서
는 유람의 과정을 필요 이상으로 상세하게 서술하면서 작가의 정서를 보
여준다. 이는 아마도 정사를 보완하려는 의미가 희석되고, 오히려 개별적
삶 자체를 기록 대상으로 삼은 일기류나 잡록류, 유기나 행장 등이 활발

하게 창작되던 조선 후기의 경향 때문일 것이다.

둘째, 사실에 근거한 정보 서술이 증가한다는 것이다. 17세기 실존 인물을 제재로 한 설에서는 꼭 필요하지 않더라도 그 인물의 자호, 나이, 본관 및 가계를 기술하는 경향이 보인다. 즉, 실존 인물의 전기적 서술을 시도하는 것인데, 이는 사실에 근거한 정보 서술로 볼 수 있다. 이는 정사正史에 입전되기 어려운 불우한 인물의 인생 사적을 발굴하여 산문으로 남기는 일이 번성한 '조선 후기'라는 시대적 배경에 따른 결과라고 할 수 있다. 17세기 지명 및 지역을 제재로 한 설에서도 공간의 사실적 정보뿐 아니라, 지명의 어원과 유래를 사실적으로 밝히려는 언급이 부분적으로 나타난다. 이는 고증적 학문의 태도가 유행한 '조선 후기'라는 시대적 배경을 감안하여 작품을 해석할 필요가 있다.

# 제4장

# 설說의 제재와 변모 양상

# 1. 설의 제재 분류

설을 제재별로 개관하기에 앞서, 당대 지식인들의 지식 분류 기준을 살펴보고 이를 한국 설 작품을 분류하는 데에 활용하고자 한다.

당대 지식인들의 분류 체계는 유설을 통해 그 전말을 추측할 수 있다. 유설은 조선 후기 지식인들의 어휘·지식·경험 등을 일정 기준에 따라 분류한 것이기 때문에, 설을 제재별로 분류할 때 참고가 된다. 대표적인 유설은 이수광李睟光, 1563~1628의『지봉유설芝峯類說』과 이익의『성호사설』이다.『지봉유설』은 25개 부문으로 지식이 분류되어 있다. 내용은 아래와 같다.[1]

천문天文 · 시령時令 · 재이災異 · 지리地理 · 제국諸國 · 군도君道 · 병정兵政 · 관직官職 · 유도儒道 · 경서經書 · 문자文字 · 문장文章 · 인물人物 · 성행性行 · 신형身形 · 언어語言 · 인사人事 · 잡사雜事 · 기예技藝 · 외도外道 · 궁실宮室 · 복용服用 · 식물食物 · 훼목卉木 · 금충禽蟲

『지봉유설』의 분류 체계는 고실故實과 물명物名을 혼재해 놓았기 때문에 그대로 설을 분류하는 기준으로 삼기에 한계가 있다. 따라서『성호사설』의 분류 기준도 고려해 보고자 한다. 이익의 조카 이병휴李秉休, 1710~1776는『성호사설』을 내용에 따라 5개의 부문천지·인사·경사·만물·시문으로 분류했다. 이후에 안정복安鼎福, 1712~1791은『성호사설』의 3,008개의 항목을 1,368개의 항목으로 줄여서 대항목 아래 중항목과 소항목을 설정하고, 기존에 잘못 분류된 것을 수정하여『성호사설유선星湖僿說類選』을

---

1    『지봉유설』의 25개 항목은 이수광 저,『지봉유설』(국립중앙도서관 소장 목판본, 한古朝 91-50)을 보고 정리했다.

편찬했다. 항목을 제시하면 다음과 같다.[2]

〈표 1〉『성호사설유선』의 항목

| 대항목 | 중항목 | 소항목 |
|---|---|---|
| 天地篇 | 天文門 | 天·日月·星·雨露霜雷風·雲漢·災異·節序·曆象·干支 |
| | 地理門 | 地·江河海潮汐泉·鹽·中國地勢·東國地勢·女眞日本地理 |
| | 鬼神門(附) | |
| 人事篇 | 人事門 | 身形·性行·姓名·稱號附尊號諡號·壽夭·貧富·疾病·禍福·治生勤儉·接物 |
| | 論學門 | 心性·爲學·命·警戒·敎人 |
| | 論禮門 | 婚禮·喪禮·弔禮·服制·葬禮·禫服·祭禮宗法立後·雜禮·邦禮 |
| | 親屬門 | 父子·夫婦·兄弟·朋友·宗族師弟·附奴婢 |
| | 君臣門上下 | 君道·經筵·納諫·臣道·仕宦·奸臣 |
| | 治道門 | 總論·侈儉附賄遺廉貪·求賢附薦擧·用人附尙閥戚里之弊·朋黨·官職·銓注·考課·選擧·禮樂·養老·學校附祀典·田制·勸農·水利·賦役·奴婢法·戶籍·貨幣·理財·糶糴·賑恤·漕運·市·武備·擇將·兵制·戰守·交隣·馬政·治盜附捕虎·刑法·赦·獄訟 |
| | 服食門 | 冠服·婦人服·布帛·飮食·宮室 |
| | 器用門 | 度量·雜器·兵器 |
| | 技藝門 | 算數·醫藥·書法·卜筮附陰陽·堪輿·雜戲 |
| 經史篇 | 經書門 | 總論·易·詩·書·儀禮·周禮·禮記·春秋·左傳·論語·孟子·中庸·大學·小學·家禮·諸子·雜書 |
| | 論史門 | 總論·綱目·馬史·雜史·小說·歷代一自上古至秦楚·歷代二自漢至唐·歷代三自宋至淸附夷狄·東史記事上下·事大·法制·風俗·人物 |
| | 聖賢門 | 聖賢諸儒 |
| | 異端門 | |
| 萬物篇 | 禽獸門 | |
| | 草木門 | |
| 詩文篇 | 論文門 | |
| | 論詩門 | |

2　　표에 있는 항목은 이익, 안정복 편, 『성호사설유선』(국립중앙도서관 소장 필사본, 한고朝91-1)을 보고 정리했다.

안정복이 설정한 중항목과 소항목은 이수광의 『지봉유설』에서 제시한 25개의 부문을 모두 포함하고 있다. 따라서 『지봉유설』 25개 항목과 『성호사설유선』의 중항목을 참고하여, 본고에서 한국의 설을 분류하는 체계를 아래와 같이 제안하고자 한다.

〈표 2〉 본고의 분류 체계

| 『지봉유설』 | 『성호사설유선』 | 본고의 설 분류 체계 |
|---|---|---|
| 君道·兵政·官職·儒道·人物·性行·身形·人事·雜事·技藝·外道·宮室·服用·食物 | 服食門·器用門·技藝門·人事門·親屬門·君臣門上下·治道門 | 人事와 器物 |
| 卉木·禽蟲 | 禽獸門·草木門 | 動物과 植物 |
| 天文·時令·災異·地理·諸國 | 天文門·地理門·鬼神門(附) | 天文과 地理 |
|  | 論史門 | 歷史와 風俗 |
| 經書 | 聖賢門·異端門 |  |
| 語言·文字·文章 | 論文門·論詩門·論學門 |  |
|  | 論禮門 |  |

위 표를 보면, "經書·聖賢門·異端門"은 경설에, "語言·文字·文章·論文門·論詩門·論學門"은 시문설에, "論禮門"은 예설에 가까우므로 본고의 분류 체계에서 제외했다. 이 기준으로 설 682편을 분류한 결과, 인사와 기물347, 이하 첨자는 작품 수이 작품 수가 가장 많았고, 그다음으로 동물과 식물250, 천문과 지리64, 역사와 풍속29 순이었다.[3] 그렇다면 제재별로 설을 개관해 보자.

---

3     첨자 안의 수를 총합한 값과 전체 작품 수가 다른 이유는, 「잡설」 등과 같이 한 작품 안에 독립된 기사를 여러 개 실은 경우는 제재의 성격이 다양해지기 때문이다. 예를 들면, 尹光啓(1559~1619)의 「잡설」은 첫 번째 기사의 제재가 '개', 두 번째 기사의 제재가 '효자', 세 번째 기사의 제재가 '닭'이다. 따라서 이 작품은 동물과 인사의 성격을 동시에 지닌 것이다.

## 1) 인사人事와 기물器物

'인사와 기물' 부문은 인간의 생사生死·화복禍福·질병疾病과 관련된 제재부터 예절·인간관계·정치·기물·기예 등의 제재까지 범위가 넓기 때문에 많은 설을 포함한다.

유즙의 「귀천쟁우설貴賤爭優說」은 천자賤者와 귀자貴者가 귀천의 장단을 따지는 대화로 이뤄져 있다. 이를 통해 작가는 천명을 따르는 안분지족의 삶을 지지한다. 허균의 「임노인양생설」은 113세 노인 임세적의 생애를 통해, 사람이 장수하기 위해서는 정精·기氣·신神을 잘 보전해야 한다고 주장했다. 이현석李玄錫, 1647~1703의 「지기노인대설知己老人對說」은 '나'와 80세 노인의 대화를 통해 눈앞에 보이는 화가 오히려 복이 되는 경우도 있음을 설명했다. 김창흡과 김이안金履安, 1722~1791은 각각 「낙치설落齒說」이라는 동명의 작품을 지었다. 이가 빠진 일화를 가지고 김창흡은 현실을 받아들이고 낙치의 좋은 점을 나열했다면, 김이안은 이가 빠진 것보다 마음을 잃지 않는 것이 더 중요하다고 강조했다.

**인사** 부문에는 당대 인물을 제재로 한 설도 해당한다.[4] 몇몇의 설은 다양한 군상의 인물이 등장해서 주제가 효과적으로 부각된다.[5] 그런데 인물이 직업이나 특정한 행위에 따라 이름이 정해지는 경우는, 실존 인물의 행적을 재구하는 데에 그 인물이 필요한 것이 아니라, 특수한 상황에 처한 인물을 형상화하고, 그것을 통해 작가가 말하려는 주제를 전달하기 위해서다. 이와 달리, 설에서 실명이 거론된 경우는 작가가 말하려는 가치를 전달하려는 목적도 있지만, 실존 인물의 행적과 특색을 재구하려는 경

---

4    본고에서 주공이나 이윤, 굴원 등 역사적 인물을 제재로 한 설은 '역사와 풍속' 부문에 분류했다.

5    이러한 설의 특징과 작품 양상은 이미진(2016), 18~56면에 자세하다.

향도 동시에 지니고 있다. 이러한 설은 한국 설 전체에서 다양한 계급의 실존 인물을 제재로 썼다는 점에서 새로운 양상이라고 볼 수도 있지만, 그 주제는 특정 규범의 공고화를 보여준다는 점에서 한계라고도 볼 수 있다. 이 양상은 이 장의 2절에서 자세히 다루기로 한다.

**기물** 부문에서는 문방구·칼·빗·지팡이·부채·주전자 등을 제재로 한 설이 포함된다. 붓을 제재로 한 설 중에서 장유張維, 1587~1638의 「필설筆說」은 족제비털에 개털을 섞어서 만든 붓을 두고 개탄하면서 당시 사대부들을 빗대어 비판하고, 이러한 사대부를 등용한 위정자들도 더불어 비판했다. 김조순金祖淳, 1765~1832의 「호모필설虎毛筆說」은 사람들이 살아있는 호랑이는 미워하면서 죽은 호랑이로 만든 가죽옷과 붓은 좋아하는 모순된 마음을 지적했다. 주세붕周世鵬, 1495~1554의 「필묵가설筆墨家說」은 붓과 먹, 벼루와 종이를 의인화한 작품으로, 사물의 속성을 묘사하여 임금에 대한 충성을 강조했다.

먹을 제재로 한 설 중에서 송치규宋穉圭, 1759~1838의 「이묵증금가이동자설二墨贈琴家二童子說」은 금영수琴永叟, ?~?의 아들 금길琴吉과 그의 벗 서석길庶晳吉을 칭찬하고 면려하기 위해 각각 먹을 선물했다는 내용이다. 이상수李象秀, 1820~1882의 「묵설墨說」은 방정했던 먹이 사용할수록 닳는 것처럼 사람의 방정한 마음도 보존하기 어렵다고 말했다.

벼루를 제재로 한 설 중에서 신익상申翼相, 1634~1697의 「석설硯說」은 선조의 유품인 벼루를 예찬하며, 문형연文衡硯을 전수할 자를 기다린다는 내용이다. 강지덕姜至德, 1772~1832의 「석설硯說」은 벼루의 세 가지 덕인 정貞·정靜·중重을 이경현李敬鉉에게 권면하는 내용이다.

칼을 제재로 한 설 중에서 식영암 연감의 「검설劍說」은 도자道者와 유사儒士가 검의 종류와 경지를 토론하는 내용이다. 하수일河受一, 1553~1612의

「검설劍說」은 검이 가진 "굳세면서 밝은[剛而明]" 체體와 "단호하면서 과감한[斷而果]" 용用을 설명하면서, 검을 착용할 때에는 이 체용體用을 기억해야 한다고 당부했다. 이헌경李獻慶, 1719~1791의 「이검설二劍說」은 작가가 예전에 짧고 긴 검을 착용하고 요새를 이리저리 떠돌았던 날을 추억하며 물건이 제 주인을 만나는 것은 운명이라고 말했다.

'인사와 기물'에 해당하는 설은 제재가 다양해서 창작 양상을 한두 가지로 정리하기 어렵다. 다만, 인간의 생사와 질병, 화복에 대한 고찰과, 기물을 통해 인간사를 엿보는 관물觀物 의식이 두드러진다.

### 2) 동물動物과 식물植物

한국 설은 '인사와 기물' 다음으로 '동물과 식물'을 제재로 한 설이 큰 비중을 차지한다. 이중 동물을 제재로 한 설은 총 147편이고, 총 51종의 동물이 나온다. 동물의 종류와 그에 따른 작품 수는 다음과 같다.

개17 · 말16 · 고양이14 · 벌8 · 뱀7 · 닭6 · 제비6 · 학6 · 까마귀5 · 까치5 · 매5 · 소5 · 개구리4 · 거미4 · 기러기4 · 호랑이4 · 꿩3 · 이3 · 쥐3 · 거북이2 · 매미2 · 모기2 · 벼룩2 · 병아리2 · 용2 · 전갈2 · 표범2 · 거위1 · 경1 · 나비1 · 노루1 · 당나귀1 · 도하1 · 돼지1 · 두견1 · 두꺼비1 · 백로1 · 부엉이1 · 불가사리1 · 비둘기1 · 솔개1 · 양1 · 여우1 · 오리1 · 올빼미1 · 이무기1 · 지네1 · 청장1 · 토끼1 · 파리1 · 황새1

위 통계를 통해, 동물을 제재로 한 설은 집에서 기를 수 있고 일상에서 흔히 볼 수 있는 개·말·고양이·벌을 주요 제재로 썼다는 것을 알 수 있다. 상상의 동물을 제재로 삼은 경우는 동물을 제재로 한 설에서 2%를 차지한다. 설은 일상 소재를 끌어와 보편적인 이치를 일깨워주는 경우가 많기 때문에, 상상력을 자극하는 신령하고 신비한 동물을 굳이 제재로 쓸 필요가 없다. 그렇다면 **동물**을 제재로 한 설을 개관해 보자.

개[犬·狗]는 강아지[狗兒]와 발바리[獢]를 포함해 총 17편에서 설의 제재로 쓰였다. 개는 사람과 가까이 길러진 동물이기 때문에 관찰 대상이 되기도 하고, 사건의 실마리를 푸는 단서를 제공하기도 한다.

개를 제재로 한 설은 다수와의 관계에서 개의 행동이 인륜을 구현하는 상징으로 쓰인 경우와, 다른 동물이나 인간에게 해를 가하는 경우로 나눌 수 있다. 인륜을 구현하는 설은 윤광계의 「잡설」, 권두인權斗寅, 1643~1719의 「의구설義狗說」, 김낙행金樂行, 1708~1766의 「효구설孝狗說」, 이시원李是遠, 1789~1866의 「예구설瘞狗說」, 남공수南公壽, 1793~1875의 「구상유설狗相乳說」, 허전許傳, 1797~1886의 「잡설」, 기우만奇宇萬, 1846~1916의 「구유설狗乳說」이 있다.

윤광계의 「잡설」과 권두인의 「의구설」에서 개는 주인의 죽음을 사람들에게 알려 의리와 충성을 지킨다. 두 작품 모두 개와 인간을 비교하면서, 부귀영화에 빠져 임금에 대한 도리를 지키지 못하는 벼슬아치를 비판했다. 김낙행의 「효구설」과 이시원의 「예구설」은 주인에 대한 충성뿐 아니라, 인륜의 또 다른 도리인 효와 우애도 강조한다. 남공수의 「구상유설」과 기우만의 「구유설」은 다른 개가 낳은 강아지도 수용해서 젖을 먹인 개의 일화를 통해 측은지심이 생물의 보편적 감정임을 강조했다.

개는 다른 동물이나 인간에게 해를 가하는 악한 존재로 묘사되기도 한다. 이수광의 「축묘구설畜貓狗說」에서는, 개는 고양이와 마찬가지로 사람 앞에서만 직무에 충실하고, 사람이 없을 때에는 간사하게 행동한다고 말했다. 개와 고양이가 함께 악한 존재로 그려졌다는 점이 독특하다. 김득신의 「와설」에서는 욕심을 부리다가 뼈다귀를 놓친 발바리를 통해 욕심을 부려 공명을 다투는 사람을 비판했다. 「옹압위구소서설」에서는 오리를 잡아먹고 죽임을 당한 개를 통해 사필귀정事必歸正을 말했다. 윤기의 「잡설」
에서는 어린 개를 질투하는 늙은 개의 교활함에 인간사를 빗대었다.

말[馬]은 망아지[兒駒]・가리온마[駱]・천리마[驥]까지 포함해 총 16편에서
설의 제재로 쓰였다. 말을 제재로 한 설은 말을 인재人材에 비유하여 인재
를 기르는 방법과 인재를 통해 나라를 잘 다스리기 위한 방법을 논한다.
이는 말을 잘 감별했던 진秦나라 백락伯樂이 천리마를 알아보면 그 값어
치가 올라가고, 그렇지 않으면 아무도 천리마인지 모르는 고사에 영향을
받았다.[6]

인재를 기르고 등용하는 방법은, 말을 잘 고르고 기르는 방법에 비유한
다. 말을 잘 기르지 못해 한탄하며, 바람직한 사육 방법을 제시하기도 한
다. 말을 잘 기르지 못해 한탄하는 설은 박팽년의 「수마설瘦馬說」, 권호문
權好文, 1532~1587의 「수마설瘦馬說」, 윤선도尹善道, 1587~1671의 「마천견설馬踐犬
說」, 홍우원洪宇遠, 1605~1687의 「노마설老馬說」, 남경희南景羲, 1748~1812의 「전
창위상마설全昌尉相馬說」, 이유원李裕元, 1814~1888의 「양마설養馬說」, 김영수金
永壽, 1829~1899의 「마설馬說」이 있다.

특히 홍우원의 「노마설」은 말을 의인화하여 뛰어난 자질을 가진 인재
가 때를 만나지 못해 버려지는 상황을 보여주었다. 남경희의 「전창위상
마설」에서 전창위 유정량柳廷亮, 1591~1663[7]이 준마를 알아보았지만 광해군
에게 이를 빼앗겨 유배를 간 사연은, 암울한 시기에 인재가 제대로 쓰이
지 못하는 상황을 비유했다. 윤선도의 「마천견설」은 말이 개를 밟아 죽인

---

6    천리마・백락과 관련된 설은 제5장 4절에 자세하다.
7    본관은 全州, 자는 子龍, 호는 素閒堂이다. 1604년에 선조의 딸 貞徽翁主와 혼인하여 全
昌尉에 봉해졌으나 1612년(광해군 4) 할아버지 유영경의 사건으로 일가가 멸족될 때
전라도 고부에 유배되었다. 1623년 인조반정으로 해배되어 작위를 회복했다.

사건에서, 말을 조종한 사람을 질책했다. 동물은 인간에 의해 행동이 조절되기 때문이다. 윤선도는 말의 상태와 변화에 주목하기보다 말을 키운 관리자에게 책임을 돌려 인재 운용 능력에 따라 공功이 드러날 수도, 과過가 생길 수도 있다고 말했다.

바람직한 사육 방법을 제시한 작품은 남구명의 「마설馬說」, 김도수金道洙, 1699~1733의 「기설驥說」, 권헌의 「어마설御馬說」, 정원용鄭元容, 1783~1873의 「오류설烏騮說」이 있다. 이 설들은 말을 기를 때 필요한 특정 요소를 강조했다. 남구명의 「마설」은 말의 지휘력을, 김도수의 「기설」은 말의 정신을, 권헌의 「어마설」은 법도와 규범을, 정원용의 「오류설」은 말의 온순한 성질을 강조했다.

고양이[猫]는 총 14편에서 설의 제재로 쓰였다. 고양이를 제재로 한 설에서 고양이는 대개 쥐와 적대 관계가 되어 쥐를 물리치는 역할을 맡는다. 최연崔演, 1503~1549의 「묘포서설猫捕鼠說」, 권호문의 「축묘설畜猫說」, 이수광의 「축묘구설」, 김중청金中淸, 1566~1629의 「서묘설鼠猫說」, 박인朴絪, 1583~1640의 「책묘설責猫說」, 남유용南有容, 1698~1773의 「묘설猫說」, 윤기의 「잡설」은 고양이가 제 역할을 다하면 사악함을 물리치는 위정자 및 해결사로, 제 역할을 하지 못하면 이익을 탐하거나 무력한 자로 비유해 세태를 비판했다. 남고南皐, 1807~1879의 「축묘설」에서 고양이는 쥐를 잡는 역할로 등장하지만 살생보다 위엄으로 쥐를 다스린다. 이를 통해 위엄과 법도로 소인을 다스리는 군자가 필요하다고 말했다.

그밖에 고양이를 보편적인 인간 본성에 비유한 경우가 있다. 이륙李陸, 1438~1498의 「묘상저설猫相舐說」은 고양이 모자母子가 서로 핥아주는 모습을, 이수광의 「이묘설二猫說」은 두 고양이가 서로 배려하는 모습을, 권헌의 「견묘유설犬猫乳說」은 고양이가 남의 새끼 고양이에게 젖을 물려주는 모습을 통해 인간을 경계한다. 세 작품 모두 고양이의 선한 본성을 부각했다. 남구명의 「묘설猫說」은 외부 환경에 따라 선한 모습을 잃고 인간에게 피해를 주는 고양이를, 이재의李載毅, 1772~1839의 「착묘설捉猫說」과 이유원의 「축묘자설畜猫者說」은 남의 물건을 훔쳐 인간을 괴롭히는 고양이를 경계했다.[8]

벌[蜂·螺蠃]은 총 8편의 설에서 제재로 쓰였다. 주로 군신 간의 충의忠義를 강조했다. 일벌은 여왕벌을 위해 일사불란하게 움직이며, 여왕벌이 죽으면 따라 죽는다. 이를 통해 신하의 의리를 역설한다. 이 양상은 이첨의 「밀봉설蜜蜂說」, 하수일의 「밀봉설」, 정범조丁範祖, 1723~1801의 「도봉설悼蜂說」, 이의숙李義肅, 1733~1805의 「범밀설范蜜說」, 권연하權璉夏, 1813~1896의 「양봉설養蜂說」에 보인다.

강유선康惟善, 1520~1549의 「주봉설酒蜂說」은 술에 빠져 죽은 벌을 통해 절제를 모르는 인간을 경계했다. 윤기의 「잡설」은 상대를 가리지 않고 침을 쏘다가 죽은 벌을 통해 즉흥적이고 경솔한 판단으로 위험에 빠지는 인간을 경계했다.

한편, 신광한申光漢, 1484~1555의 「과라화명령설蜾蠃化螟蛉說」은 배추벌레를 잡아서 자신이 파 놓은 굴속에 넣은 뒤 그 벌레에 자기 알을 낳는 '나나니벌[蜾蠃]'을 제재로 했다. 나나니벌이 배추벌레를 변화시키는 것을 인간사로 확장하여, 사람이 사람을 더 이상 변화시키지 못하는 시대를 비판했다.

다음으로, **식물**을 제재로 한 설을 살펴보자. 이러한 설은 총 106편이며, 총 39종의 식물이 제재로 쓰였다. 식물의 종류와 그에 따른 작품 수는

---

8    고양이를 제재로 한 설의 작품 양상과 주제 구현 방식은 김경(2017)에 더 자세하다.

다음과 같다.


　　국화11 · 대나무10 · 매화10 · 소나무10 · 연꽃6 · 난초4 · 파초3 · 남령초2 · 모란2 · 버들2 · 부추2 · 오이2 · 창포2 · 가래나무1 · 가죽나무1 · 감자1 · 남초1 · 대명홍1 · 대추나무1 · 보리1 · 살구나무1 · 석류1 · 석이1 · 송이1 · 수박1 · 순무1 · 앵두1 · 양하1 · 여뀌1 · 인삼1 · 전나무1 · 종려나무1 · 쪽1 · 참외1 · 철쭉1 · 측백나무1 · 포도나무1 · 해바라기1 · 호박1


위 통계를 통해, 국화·대나무·매화·소나무·연꽃이 설에 자주 등장했다는 것을 알 수 있다. 그렇다면 식물을 제재로 한 설을 개관해 보자.

국화[菊]는 총 11편의 작품에 제재로 쓰였다. 국화는 가을 서리 속에 늦게 꽃피운다. 이 성질 때문에 국화는 세속을 멀리하여 전원으로 돌아간 '은일隱逸'과, 지조와 절개를 지키는 '군자君子'로 상징되었다. 진晉나라 도잠陶潛이 특별히 국화를 애호하여 국화를 제재로 한 다수의 작품을 남겼고, 송나라 주돈이는 「애련설愛蓮說」에서 "국화는 꽃 중의 은자이고, 모란은 꽃 중의 부귀한 자이고, 연꽃은 꽃 중의 군자다[菊, 花之隱逸者也, 牡丹, 花之富貴者也, 蓮, 花之君子者也]"라고 하여 국화가 은일을 상징하는 것에 결정적인 역할을 했다.[9]

작품은 국화의 장점을 밝히며 애호를 드러낸 것과, 국화를 기르는 과정에서 깨달은 점을 논설한 것으로 나눌 수 있다.

황호黃㦿, 1604~1656의 「애련설」은 '나'와 객의 대화를 통해 국화를 애호하는 자부심을 표현했다. 채지홍蔡之洪, 1683~1741의 「국설菊說」은 국화가 고

---

9　이동재(2013), 248면.

귀한 이유를 설명했으며, 박영석朴永錫, 1735~1801의 「국화설菊花說」은 도연명이 국화를 좋아한 이유와 국화가 은일隱逸의 호를 얻은 이유를 밝혔다. 성해응의 「국설」은 국화가 고귀한 이유를 주역의 음양으로 풀었고, 「단심국설丹心菊說」은 어떤 승려가 김상헌金尙憲, 1570~1652에게 단심국을 그려서 바친 일화를 제재로 하여 국화가 절개를 상징한다는 것을 강조했다. 정칙鄭栻, 1601~1663의 「애국설愛菊說」은 국화의 지조와 절개를 예찬하면서, 국화의 도를 알고 잘 길러 자신에게 주려고 한 벗의 마음을 말한다. 정재경鄭在褧, 1781~1858의 「애국설」은 모란·연꽃·국화의 우열을 따지며 국화의 군자답고 절사節士다운 가치를 부각했다.

박인의 「종국설種菊說」은 국화가 가뭄과 홍수로 시든 것을 한탄하며 만나는 때에 따라 행불행幸不幸이 갈라지는 운명을 논했다. 홍주세洪柱世, 1612~1661의 「분국설盆菊說」은 화분에 심은 국화가 주인의 정성으로 튼튼하게 자라는 것을 통해 어리석은 사람도 노력하면 성스러워질 수 있다고 말했다.

대나무[竹]는 총 10편의 작품에 제재로 쓰였다. 대나무를 제재로 한 설은, 대나무를 기르는 과정을 인재 등용이나 치인治人에 확장하여 논한다. 백거이白居易, 772~846의 「양죽기養竹記」에 나오는 대나무의 성질과, 대나무를 기르는 과정이 후대 대나무를 제재로 한 설에 영향을 미친 것이다. 이 작품에서는 대나무의 뿌리가 견고하며[本固], 성질이 곧고[性直], 가운데가 비어 있고[心空], 마디가 바르다[節貞]는 이유로 대나무를 현자賢者에 비유하지만, 대나무는 방치하면 시들고 본성을 잃는다고 말했다. 가꾸는 사람에 따라서 대나무는 제 본성을 잃기도 하고 보존하기도 한다. 이것은 사람이 아무리 훌륭한 재주가 있어도 이를 알아보고 길러주는 사람에 따라서 재주를 드러낼 수도, 재주가 묻힐 수도 있다고 말한 것이다.

하수일의 「병죽설病竹說」은 벌레 때문에 썩은 대나무를 통해 사람도 욕심 때문에 본연의 성질을 잃을 수 있다고 말한다. 곽진郭䞭, 1568~1633의 「고죽설枯竹說」은 대나무는 주인에 의해 생사가 결정되지만 사람은 스스로 처신을 잘해야 함을 강조했다. 김도수의 「죽설竹說」은 옮겨 심은 대나무가 잘 자랄 수 있는 이유는, 주인이 그 성질을 제대로 파악하여 길렀기 때문이며, 이를 치인治人에도 적용할 수 있다고 말한다. 남고의 「고죽설」은 지리를 고려하지 않고 대나무를 심었다가 시들게 만든 일화를 통해 주인의 책임을 물었다. 「양죽설養竹說」은 대나무를 군자에, 칡덩굴을 소인에 비유하여 위정자는 잘 판단해서 인재를 등용해야 한다고 말했다.

특이하게도 채지홍의 「죽설」은 주인이 대나무에 적합한 환경을 제공해 주지 못해 자책하기보다, 환경에 따라 성질이 달라지는 대나무를 질책했다. 대나무는 보편적으로 현자賢者로 비유된다. 현자라면 장소를 가리기보다 어디서든 자신의 본성을 지킬 줄 알아야 한다는 것이다. 이 작품은 대나무가 송백의 한결같음을 강조하기 위한 대조군으로 쓰였다.

반면, 유원지柳元之, 1598~1674와 김조순, 노상직은 대나무가 가진 성질을 예찬하는 데 집중했다. 유원지의 「애죽설愛竹說」은 대나무의 "고결정특孤潔挺特"을 부각하고 김조순의 「죽설」은 대나무와 군자의 공통된 덕을 들며 대나무를 애호했다. 노상직의 「애죽설哀竹說」은 지인의 아들과 그가 키운 대나무가 지닌 덕을 예찬하며 그 아들의 죽음을 추모했다. 이들은 모두 관습적으로 전해지는 대나무의 덕성을 계승했다.

매화[梅]는 총 10편의 작품에 제재로 쓰였다. 조익趙翼, 1579~1655의 「애매설愛梅說」은 매화의 "정결향원貞潔香遠"을 들어 매화를 애호했다. 오시수吳始壽, 1632~1681의 「분매설盆梅說」은 추위를 견디고 빼어난 지조와 자태를 보여주는 매화를 예찬했다. 박성양朴性陽, 1809~1890의 「분매설」은 자연의 아름다움을 가지고 있는 국화와, 인력의 공교로움을 보여주는 분매를 비교했다. 안명하安命夏, 1682~1752의 「납매설臘梅說」은 추운 납일에도 꽃을 피운 매화를 애호했다. 박치복朴致馥, 1824~1894의 「납매설」은 납일에 핀 매화를 통해 사람도 태어날 때부터 가지고 있는 선한 본성을 지켜야 한다고 말했다. 박장원朴長遠, 1612~1671의 「관분매설灌盆梅說」은 분매에 물을 주어 잘 기른 일화를 통해 사람도 충신忠信을 근본으로 삼고 의리義理를 자양분으로 삼아야 한다고 말했다. 유식柳栻, 1755~1822의 「참매설斬梅說」은 제대로 된 거처를 얻지 못해 베인 매화에, 제자리를 잡지 못한 사람을 비유했다. 조면호趙冕鎬, 1803~1887의 「매설梅說」은 천천히 피고 추위에도 살아남는 매화의 성질을 자신의 성질과 동일시했다.

소나무[松]를 제재로 한 설은 총 10편이다. 이들은 크게 소나무에 인간사를 비유한 경우와, 소나무 자체를 애호하는 내용으로 나뉜다.

조우인曹友仁, 1561~1625의 「반송설蟠松說」에서는 조정에서 제대로 쓰이지 못해 은거한 친구 이군을, 구불구불하고 낮게 드리워져 적절한 재목으로 쓰일 수 없는 반송에 비유했다. 박태무朴泰茂, 1677~1756의 「반송설」에서 반송 또한 벼슬의 뜻을 잃은 선군과 동일시된다. 이유원의 「배송설培松說」에서 소나무는 다른 자연물에 의해 변질된다. 그러나 소나무 스스로 극복하면서 원래 모습을 회복한다. 작가는 이 점에 감동한다. 이와 달리 이식李植, 1584~1647은 「왜송설矮松說」에서 외물을 따르며 아첨하는 자와 왜소하고 뒤틀린 소나무를 동일시했다. 이 작품은 아무리 뛰어난 자질을 지녔더라도 외부 시선에 집착하여 자신을 변하게 한다면 그 모습은 추해질 것이라고 말한다.

위 4편은 모두 변질된 소나무의 모습에서 인간사의 단면을 엿본다. 조우인과 박태무는 소나무의 자연스러운 변질을 아름답게 생각했고, 이유원은 변질된 소나무가 스스로 회복한 모습을 높이 평가했다. 반면에 이식은 소나무를 통해 외부에 눈치를 보며 스스로 변한 줄도 모르는 인간을 비판했다.

이밖에 소나무를 인간사에 빗대지 않고, 잎부터 가지, 줄기 등을 있는 그대로 묘사하고 그 아름다움을 감상할 줄 아는 심정진의 「송설松說」이 있다. 이이의 「호송설護松說」에서 소나무는 속성이 부각되기보다, 조상이 남긴 가업을 비유하는 대상으로 쓰였다.

연꽃[蓮]은 총 6편의 작품에 제재로 쓰였다. 연꽃은 주로 군자를 상징하는데, 이는 주돈이의 「애련설」의 영향이 크다. 주돈이는 연꽃이 세속의 더러움 속에서도 홀로 깨끗함을 간직하기 때문에 "꽃 중의 군자[蓮, 花之君子也]"라고 평했다.

채지홍의 「애련설」은 주돈이가 묘사한 연꽃을 계승하여 연꽃의 군자다운 면을 강조했다. 김종후金鍾厚, 1721~1780의 「경련설敬蓮說」은 연꽃이 애호를 넘어서 공경할 만한 자연 대상이라고 강조했다. 성해응의 「종련설種蓮說」은 제자리를 잡은 연꽃을 보며 위안을 삼았다. 조덕린趙德鄰, 1658~1737의 「정원분련설政院盆蓮說」은 정원政院에 핀 곧고 향기로운 연꽃을 보며 공무에 지친 마음을 달래는 내용이다. 민재남閔在南, 1802~1873의 「연소설蓮沼說」은 족인 민장혁閔章爀의 지취가 "연못을 파고 연꽃을 심어 본성을 기르는 것"에 있다고 한 것을 듣고 작가가 이를 가상히 여긴 내용이다.

### 3) 천문天文과 지리地理

'천문과 지리' 부문에 해당하는 설은 총 64편이다. 이것은 일월성신日月星辰과 기후, 계절과 관련된 '천문天文', 바다와 강, 지리 및 지세와 관련된 '지리地理'를 말한다. 아울러 인력이 개입할 수 없는 초자연적인 영역인

'귀신鬼神'도 포함한다. 작품 수를 따져보면 천문은 15편, 지리는 42편, 귀신은 7편이 있다.

**천문** 부문은 천둥[雷]·비바람[風雨]·일월성신日月星辰 등을 제재로 했다. 이규보의 「뇌설」은 천둥이 울릴 때 사람들이 모두 두려워하는 것을 보고, 스스로 떳떳해야 함을 강조하고 있다. 정이오의 「조풍설阻風說」은 바다에서 수군을 지휘하는 장군의 정성스러운 기도로 인해 해풍이 잔잔해져 피해를 막은 일화를 전했다. 정창주의 「장무설瘴霧說」은 장기가 서린 아득한 모습을 묘사하며 왕사王事 때문에 어쩔 수 없이 타지에 기거하고 있는 쓸쓸하고 고독한 심정을 담았다.

지리 부문에서 바다[海]를 제재로 한 설이 총 6편이다. '바다를 본[觀海]' 일화는 동아시아 문학에서 오랜 전통을 가진 모티프다. 맹자는 큰 바다를 보고 나면 그때부터는 어지간한 물은 물처럼 보이지 않는다고 말하며 광대한 바다를 칭송했다.[10] 이후 '관해'를 모티프로 한 한문산문은 바다의 무한함과 인간의 유한함을 비교하며 자연을 숭배하고, 이를 학문 연마의 계기나 개인적 양기養氣의 기회로 삼았다.[11]

바다를 제재로 한 설 중에서 '관해 모티프'가 보이는 것은 3편이다. 권재운權載運, 1701~1778의 「관해설觀海說」은 작가가 1740년에 셋째 아우인 권계운權啓運, ?~1767과 동해를 보고 그 광활함에 사로잡혔던 일화를 서술한 것이다. 장현광張顯光, 1554~1637의 「관해설」도 저자가 1600년에 동해를 방문한 내용이다. 이 작품에서 장현광은 바다의 넓고 깊은 모습에 감탄한다.

---

10  『孟子』,「盡心 上」에 "공자가 동산에 올라가서는 노나라를 작게 여겼고, 태산에 올라가서는 천하를 작게 여겼다. 그러므로 바다를 본 사람에게는 다른 물은 물이 되기 어렵고, 성인의 문하에 종유한 사람 앞에서는 다른 사람의 말은 말이 되기 어려운 것이다[孔子登東山而小魯, 登太山而小天下. 故觀於海者難爲水, 遊於聖人之門者難爲言]"라고 되어 있다.

11  김광년(2019), 57면.

한편, 장현광은 이 작품을 쓰기 전에 「해설海說」에서 명성과 실제가 부합하는 것은 바다이지만 사람 또한 대단하고 웅장한 속성을 가진다고 말했다. 이 작품은 자연보다 인간을 긍정적 가능성으로 인식했다는 점에서 바다를 제재로 한 설 중에서 특이한 작품이라고 볼 수 있다.

이원조李源祚, 1792~1871의 「해설」은 바다와 관련된 내용을 자문자답하는 글이며, 신석우申錫愚, 1805~1865의 「해설」은 크고 끝없는 바다이지만 가까운 사물을 통해 그 이치를 헤아릴 수 있다고 말했다. 기우만의 「부해설浮海說」은 예측할 수 없는 험난한 인생을 바다에 떠 있는 처지에 비유했다.

**지리** 부문에서 실존 지역 및 지명을 제재로 한 설도 15편이 있다. 이산해李山海, 1539~1609의 「울릉도설蔚陵島說」은 울릉도에 대한 상상과 소문을, 허균의 「관동불가피난설關東不可避亂說」은 관동의 지리 및 기후를, 정창주의 「유선설」은 부산의 경관을, 이구李榘, 1613~1654의 「유사불산설遊四佛山說」은 경상도 문경의 사불산을, 남구명의 「신산설」은 한라산을, 채팽윤의 「과백로주설」은 영평의 백로주를, 심정진의 「가협설」 1~4편은 가협을 제재로 했다. 이 중에서 정창주의 「유선설」, 이구의 「유사불산설」, 채팽윤의 「과백로주설」, 심정진의 「가협설」 1~4편은 모두 17세기에서 18세기 전반까지만 지어진 유기 형식의 설이다. 한국 설에서 특정 지역을 유람하는 내용은 거의 드물지만, 특정 시기에 이러한 설이 창작되었다는 사실은 주목할 만하다. 게다가 경관을 묘사하거나 유람하는 과정을 서술한 것을 넘어서, 「유사불산설」은 사불산의 이름을 고구해보고, 「과백로주설」은 금수정金水亭을 갈 때 반드시 볼 수 있는 백로주를 지나쳐버린 일화를 통해 인생을 여정에 비유했다.

## 4) 역사歷史와 풍속風俗

‘역사와 풍속’ 부문은 총 29편이다. 역사 사실과 인물을 논한 글이 대부분이며, 지역의 오래된 풍습이나 특정 사상을 다룬 것도 포함한다.

역사 사실과 인물을 논한 설은 총 25편이다. 백이·이윤·주공·굴원·조포 등 역사 인물의 행적을 논하거나, 유방의 ‘배갱杯羹’ 언급이나 원담의 ‘삼출지계參朮芝桂’ 언급을 모티프로 삼은 작품이 이에 해당한다.

하나의 고사를 가지고 여러 작가가 쓴 설도 있다. 홍성민과 구봉령具鳳齡, 1526~1586은 ‘촉 땅의 개는 흐린 날씨에 익숙해서 해가 뜨면 짖는다’는 고사를 가지고 동일한 제목의 「촉견폐일설蜀犬吠日說」을 지었다.[12] 구봉령과 홍성민 모두 촉견폐일의 고사를 사람의 경우로 확장한다. 구봉령은 ‘소인’을 ‘개’, ‘군자’를 ‘해’, 소인들의 ‘참소와 아첨’을 ‘비’로 비유했다. 구봉령은 소인이 군주에게 아첨과 참소를 해서 군자를 내쫓고 비방한다면 나라가 패망한다고 말한다. 이러한 상황에서 가장 중요한 역할은 군주다. 군주야말로 군자와 소인을 구별하고, 군자를 높여 등용하여 치국을 실현하는 자이기 때문이다.

반면, 홍성민은 촉견폐일의 고사를 인간의 심성론으로 확장했다. 홍성민은 ‘세속의 사람들’을 ‘개’, 누구나 가지고 있는 ‘순선한 마음’을 ‘해’, ‘물욕의 가려짐’을 ‘구름’, ‘세상의 어둠과 더러움’을 ‘비’로 비유했다. 그는 순선한 마음이 물욕에 가려지면 세속의 사람들은 시비를 판별하지 못하여 나라가 망할 것이라고 말했다.

---

12  촉 땅에는 원래 비가 자주 내리고 해가 뜨는 날이 적었는데, 오랜만에 해가 뜨자 촉 땅에 살던 개가 짖었다. 이 고사는, 당연하고 정상적인 일을 이상하게 여기는 세태를 풍자할 때 쓰인다. 유종원의 「答韋中立書」에서도 이 고사가 등장한다. 구봉령과 홍성민은 「答韋中立書」에 나오는 蜀犬吠日 고사 활용 방식을 참고했던 것으로 보인다.

오래된 **풍속**을 제재로 한 설은 총 4편이다. 성현의 「신당퇴우설」은 태백산에 신당을 만들어 소를 바치는 '퇴우退牛' 풍속을 음사淫祠로 규정하고, 이 악습을 중지해야 한다고 주장했다. 홍성민의 「석전설」은 사람들이 '석전石戰' 풍속을 통해 손익을 따지기 때문에 정작 시비를 판단하지 못한다고 비판했다. 조극선趙克善, 1595~1658의 「경신수야설庚申守夜說」은 섣달그믐의 풍속인 '수야守夜'의 진정한 의미를 설명했다. 김하구金夏九, 1676~1762의 「개화설改火說」은 절기가 바뀔 때마다 각기 다른 나무로 불을 태우는 풍습의 효용성에 의문을 제기했다.

이상으로 『지봉유설』과 『성호사설유선』에 나온 지식 분류 체계를 활용하여 설을 4개의 체계로 분류하고, 각 체계에 해당하는 작품을 개관했다. 설은 주요 제재를 제목에 명시하고, 작품의 분량도 대부분 짧기 때문에 한두 가지 제재에 집중하여 서술하고 있다. 이를 통해 한국 설에 등장하는 지식을 체계적으로 살펴보고, 그 속에서 반복되는 당대 인식과 사상을 엿볼 수 있었다.

설의 제재 분류에 따라 다음 절에서는 17세기 이후 '실존 인물'과 '지명 및 지역'을 제재로 한 설의 변모 양상과 그 특징을 밝히고자 한다.


## 2. 17세기 이후 실존 인물을 제재로 한 설

이 절에서는 앞에서 설명한 설의 제재 분류를 바탕으로, '실존 인물'을 제재로 한 설을 살펴보고자 한다.

서사문학에서 '인물'이란, 특정 성격을 지녀 사건을 주도적으로 이끌거나 작품의 주제를 말과 행동으로 보여주는 사람으로서, 필수적 요소다.[13] 그런데 한문산문 설에서 '인물'은 주제를 드러내기 위한 제재로 쓰인다. 즉, 인물이 없어도 설에서 주제를 전달하는 데에는 큰 무리가 없다. 그럼에도 논설류 산문 중에서 유독 설은 인물을 제재로 하는 작품이 많다. 예를 들면, 논설류 산문인 논은 역사 인물의 행적을 재구하고 그들의 공과功過를 논평한 작품이 많은 반면, 설은 역사 인물을 비롯하여 실존 및 허구 인물 등 다양한 유형의 인물을 제재로 한다. 문체의 특성상 인물을 제재로 삼을 수밖에 없는 전장류傳狀類·비지류碑誌類·애제류哀祭類를 제외하면 다양한 인물을 제재로 삼는 한문산문은 설이 압도적으로 많다.[14]

그 이유는 두 가지로 추측된다. 첫 번째, 설은 다양한 문체와 접점이 많기 때문이다. 한국의 설은 중국 산문 문체의 일종인 설에 기원하지만, 그 주제와 형식은 이후에 다채롭게 바뀌어 논·문대·전·기·증서·서발체 산문과 비슷한 특징을 지닌다. 이 중에서 문대·전·증서체 산문은 인물을 제재로 삼는 경우가 대다수이기 때문에 이와 접점이 있는 설에서도 인물 제재를 많이 발견할 수 있다.

두 번째, 설에서 주제를 드러내기 위해 동원하는 '기사' 때문이다.[15] 기

---

13  인물(character)은 작품에서 행위나 사건을 수행하는 주체이자 그 인물이 지닌 기질과 속성을 포괄한다. 한용환(2009), 359면.

14  대표적으로 傳과 說을 비교할 수 있다. 傳은 입전 인물의 행적을 후세에 전하기 위해 짓는다. 그러므로 인물이 필수적이다. 傳은 사실을 중시하는 장르이기 때문에 대개 실존 인물을 입전하지만 假傳이나 托傳처럼 허구 인물을 대상으로 하기도 한다. 또, 傳은 대개 '人定記述-事蹟記述-論評'의 서술 구조를 지닌다. 반면에, 說은 의리를 해석하여 자기의 뜻으로 서술하는 문체다. 그리하여 설에서 인물은 필수 요소가 아닌 제재로 활용되며, 인물의 인정기술이 서술되지 않은 경우가 많다.

15  '記事'는 '일을 기록한다'는 광의의 의미와, '○○記事'나 '記○○事'의 형식을 취한 산문 문체를 뜻하는 협의의 의미로 쓰인다. 정난영(2020), 1면. 본고에서는 일을 기록한 하나의 완결된 글을 '기사'라고 칭했다.

사에서는 사건의 주체자로 인물이 등장한다. 설에는 처음부터 끝까지 하나의 주제를 논리적으로 설명하는 의론 위주의 설도 있지만, 구체적 인물과 사건을 통해 주제를 암시하는 기사 위주의 설도 큰 비중을 차지한다. 이 때문에 인물을 제재로 한 설이 많이 쓰인 것이다.

설의 서술 구조는 하나로 요약할 순 없지만, 간혹 전傳의 서술 방식과 비슷한 작품이 있다. 설은 종종 '인정기술'-'사적기술-논평'의 구조로 서술하되, 본론에 해당하는 '사적기술'은 주제와 긴밀하게 연관되는 부분만 집중적으로 서술한다. 그래서 인물을 제재로 한 설의 분량은 전傳에 비해 소략한 편이다. 그러나 조선 후기 설 중에는 반드시 주제와 연관되지 않아도 사적기술을 생생하게 전달하는 작품이 있다.

또한, 설에서 '나'는 대개 인물을 직접 관찰하거나 인물과의 문답을 통해 주제를 표출하는 것에 더 집중한다. 이는 '나'가 보거나 들은 인물의 이름이나 가계, 행적 등 실재한 기록을 최대한 자세히 기록하여 한 사람의 일생을 충실히 조망하려는 전傳과 구별된다. 특히 전은 탁전과 같이 작가가 자신을 허구 인물에 빗대어 서술하는 경우가 있지만, 설은 자신을 타자화하기보다는 타인인 인물을 통해 작가가 변화를 겪고 깨달음을 얻는 내용이 주를 이룬다.

이처럼 설에서 인물은 필수 요소가 아님에도 많이 다뤄지며, 그 특징 또한 다른 문체와 구별된다. 그렇다면 인물을 제재로 한 설의 양상을 살펴보는 것은 설 작품을 이해하는 데 도움이 될 것이다. 작품에 나타난 인물의 태도와 행적, 가치관은 특정 시기의 역사적 삶을 보여주며, 이를 선택하고 묘출描出한 작가의 가치와 태도를 대변하기 때문이다.[16]

---

16 박희병(1992), 99면.

설에 나타난 인물의 형상과 작품 양상을 살펴본 연구로 이미진2016을 들 수 있다.[17] 이 연구는『한국문집총간』에 실린 설 중에서 인물을 제재로 한 설을 개괄하고 그것의 창작 목적과 내용상의 특징을 살폈다. 그러나 인물을 제재로 한 설에서 발견할 수 있는 시대별 변모 양상은 간과했다. 설은 고려 후기부터 조선 후기까지 꾸준히 지어졌지만, 그 시대적 변화 양상은 연구되지 못했다. 이 절에서는 이 점을 고려하여 한국 설의 역사적 전개 양상 속에서 인물을 제재로 한 설의 주제, 서술 방식, 문체의 특징을 구명하도록 한다.

## 1) 설說에 나타난 실존 인물의 특징

『한국문집총간』에는 인물을 제재로 한 설이 40여 편이 있다. 이 중에서 실존 인물이 제재로 쓰인 작품은 13편이다. 작품은 아래와 같다.

〈표 3〉 실존 인물을 제재로 한 설

| 연번 | 작가 | 작품명 | 인물 제재 | 특성 |
|---|---|---|---|---|
| 1 | 李奎報 (1168~1241) | 忌名說 | 吳世才 (1133~?) | 학자 |
| 2 | | 塊擊貪臣說 | 崔洪烈 (?~?) | 관료 |
| 3 | 權近 (1352~1409) | 金公經驗說 | 金希善 (1341~1407) | 관료 |
| 4 | 鄭經世 (1563~1633) | 斷指者說 | 盧應元 (?~?) | 12세 아이 |
| 5 | 許筠 (1569~1618) | 任老人養生說 | 任世績 (?~?) | 113세 노인 |
| 6 | 金得臣 (1604~1684) | 醫說 | 柳後聖 (?~?) | 의원 |

---

17   이미진(2016), 앞의 책.

| 연번 | 작가 | 작품명 | 인물 제재 | 특성 |
|---|---|---|---|---|
| 7 | 南漢紀<br>(1675~1748) | 俞生子章掩骸說 | 俞郁基<br>(1701~?) | 문인 |
| 8 | 姜樸<br>(1690~1742) | 牆說 | 姜橋<br>(1686~?) | 문인 |
| 9 | 趙觀彬<br>(1691~1757) | 追憶南忠壯說 | 南延年<br>(1653~1728) | 무관 |
| 10 | 權攄<br>(1713~1770) | 潘世紀說 | 潘世紀<br>(?~?) | 의원 |
| 11 | 韓敬儀<br>(1739~1821) | 武及第朱顯道復讎說 | 朱顯道<br>(?~?) | 무관 |
| 12 | | 庶民韓天得反葬說 | 韓天得<br>(?~?) | 평민 |
| 13 | 李沂<br>(1848~1909) | 釣魚者說 | 張子微<br>(?~?) | 평민 |

〈표 3〉에서 실존 인물임을 증명할 수 있는 사람은 오세재·김희선·유후성·유욱기·강취·남연년이며, 설 외에 다른 기록이 없는 사람은 최홍렬·노응원·임세적·반세기·주현도·한천득·장자미다.

실존 인물을 제재로 한 설은 독특한 인물을 발견하여 특정 주제를 강조하는 경우와, 인물을 통해 세태를 고발하고 사회를 비판하는 설로 나눌 수 있다.[18] 두 가지 경우가 모두 나타나기도 하지만, 작품의 주제와 창작 의도를 고려하여 구분하자면 아래와 같다.

첫째, 독특한 인물을 발견하여 특정 주제를 강조하는 작품은 허균의 「임노인양생설」, 강박의 「장설」, 남한기의 「유생자장엄해설」, 권헌의 「반세기설」, 한경의의 「서민한천득반장설」이다. 허균의 「임노인양생설」은

---

18　이미진(2016)은 인물을 제재로 한 설을 서술상의 특징과 목적을 중심으로 '독특한 인물의 발견과 제시', '인물을 통한 작가의 인식 변화', '사회 부조리 고발과 세태 비판'으로 분류하여 작품 분석을 시도한 바 있다. 이미진(2016), 앞의 책, 18~56면.

'나'가 113세 임세적을 만나 그에게 장수 비결을 듣는 내용이다. '나'가 임세적에게 장수 비결을 묻자, 임세적은 ① 사별 후 새 아내를 들이지 않았으며[精], ② 육식을 하지 않고 소식小食을 하며[氣], ③ 자식이 잘 봉양해줘서 심신이 편안했던 것[神], 3가지를 장수 비결로 꼽았다.[19] '나'는 임세적의 말을 듣고, 양생養生을 위해서는 광물질을 통해 장생불사를 꾀하는 '외단外丹'이 아닌 '정精·기氣·신神'이라는 '내단內丹'이 더 중요하다는 것을 깨닫는다.[20]

강박의 「장설」은 남의 시선이나 말에 흔들리지 않고 규범대로 최선을 다했을 때 그만큼의 공이 있다는 점을 강조한다. '나'는 종형인 자운과 조카인 사경과 같은 시기에 각자 담장을 쌓는다. '나'와 사경은 담장 쌓는 일을 종에게 맡기고, 한 번도 작업을 살피지 않은 반면, 자운은 담장을 처음 쌓을 때부터 일이 마무리될 때까지 모두 직접 관리했다. '나'와 사경은 그러한 자운을 처음에는 이해하지 못한다. 그러나 큰 비가 내려 '나'와 사경의 담장은 금방 무너진 반면 자운의 담장은 무사했을 때, '나'와 사경은 비로소 자운을 이해한다. 자운은 규범에 맞게 차근차근 일을 착수해서 큰 공을 얻었고, '나'는 이를 통해 기존의 인식을 바꾸게 된다.

남한기의 「유생자장엄해설」은 길가의 시체를 흙으로 덮어준 유욱기의 일화를 통해 그의 어진 품성을 부각한다. 유욱기는 길가의 시체를 보고서 흙을 덮어주고, 술을 올리고 애도문을 지었다. 이에 '나'는 길가에 버려

---

19    허균, 「任老人養生說」, 『惺所覆瓿稿』 권11, 『한국문집총간』 74, 238면, "叟曰 : '吾少日多病早衰, 若少飽則必痞. ② 因日食五合陳, 不食肥膩生冷物. 積十餘年, 病稍减. ① 四十而婦逝, 以二子長足以養, 不畜媵, 分田產於二子, 令輪日饋. 而冬夏遞供裘褐, 擇深室不見風者處焉. ③ 吾二子能養, 不嗔怒, 不煎念營爲, 無事靜坐, 飢而食, 困而睡者, 于今六十餘年.'"(강조-인용자)

20    외단과 내단의 차이는 김수일(2009), 282~284면 참조.

진 시체를 묻어주는 것은 당연한 일이지만, 실제로 그 일을 행한 유욱기는 칭찬받아 마땅하다고 여긴다. 권헌의 「반세기설」은 침술에 도통했던 반세기의 특정 면모를 부각하고, 훌륭한 재주에 비해 지우를 입지 못하고 후사를 세우지 못한 그의 일생을 안타까워한다. 한경의의 「서민한천득반장설」은 아버지의 반장을 위해 고군분투하는 서민 한천득의 어진 성품을 부각하며 유가적 가치를 강조한다.

둘째, 세태 고발과 사회 비판에 해당하는 작품은 이규보의 「기명설」, 「완격탐신설」, 권근의 「김공경험설」, 정경세의 「단지자설」, 김득신의 「의설」, 이기의 「조어자설」이다.

이규보의 「기명설」은 불우하다는 명성을 얻은 오세재와의 대화를 삽입하여, 오세재의 겸손함을 부각하고 헛된 소문만 듣고 남을 평가하는 사람들을 비판했다. 「완격탐신설」은 용감하고 강직한 최홍렬의 일화를 통해 탐욕스러운 신하를 경계했다. 권근의 「김공경험설」은 전 판사 김공이 소신껏 의술을 발휘해 백성을 치료한 사례를 제시하며, 사익을 위해 효과가 있는 처방을 알리지 않는 당대 의원을 비판한다.

정경세의 「단지자설」은 부모를 위해 신체를 훼손한 한 아이를 동원하여 효의 중요성을 부각하고 유가적 가치를 실현하지 않는 사람들을 비판했다. 실제로 정경세는 1594년 1월에 모친 상중에 기복起復하라는 명을 받고 "집[家]이라는 것은 나라의 본보기이고, 충忠이라는 것은 효孝를 미루어 나간 것입니다[家者國之刑也, 忠者孝之推也]"라며 왕명을 사양하는 소차를 올리기도 했다.[21] 정경세는 공적인 임무를 수행하기에 앞서 부모에게 효도하는 것이 인륜의 기본이라고 생각했던 것이다. 그리하여 노응원의 경우를 굳이

---

기록하여, 자식의 도리를 행하지 않는 이들을 고발하고 경계하고자 했다.

김득신의 「의설」은 의원이라면 환자의 귀천을 따지지 않아야 하는데, 과거와 달리 현재의 의원은 환자의 귀천을 따지느라 가벼운 병을 앓던 사람도 죽게 한다고 말한다. 지위가 없어서 제대로 병을 치료받지 못한 자기 경험을 고백하고, 당대 의원인 유후성을 비판하고 있다. 조관빈의 「추억남충장설」은 뛰어난 성품을 지닌 남충장을 추모하고 애도하면서 그처럼 충의를 보이지 않는 세태를 비판했다. 한경의의 「무급제주현도복수설」은 복수를 하기 위해 물불을 가리지 않는 주현도라는 인물의 행적을 생생하게 조명하면서 여성의 정절, 자식으로서 도리 등 유가의 절대적 가치를 강조하며 세태를 경계하고 있다. 이기의 「조어자설」은 벼슬아치가 봉록을 탐내다가 화를 당해 죽는 것을, 메기가 먹이를 탐하다가 낚시꾼에게 잡혀 죽는 것에 비유한 작품이다.

앞서 말한 두 가지 특징은 실존 인물을 제재로 한 설에서 고루 나타나는 특징이다. 그런데 17세기 이후 작품에서는 그전에 볼 수 없었던 새로운 양상이 나타난다. 그 점을 구명하기 위해 17세기 한문산문의 흐름을 살펴본 뒤에, 구체적으로 작품을 분석해 보기로 하자.


## 2) 17세기 이후 설에 나타난 실존 인물의 변모 양상

### (1) 서사의 연장과 개연성의 추구

인물을 통해 유가적 가치를 실현하는 설은 시대와 상관없이 계속 창작되었지만 한경의의 「무급제주현도복수설」과 「서민한천득반장설」은 이전 설과 다른 양상을 보인다. 우선 「무급제주현도복수설」을 보자.[22]

① 주현도의 복수 과정

　① -1 주현도 어머니의 자살

　① -2 범인 체포

　① -3 주현도의 복수

　① -4 군영의 용서

② '나'의 의견[23]


① 에 해당하는 기사를 간단히 설명하자면 다음과 같다. ① -1에서는 주
현도의 복수 계기가 나온다. 바로 주현도의 어머니가 산에 기도하러 갔다
가 한 거지에게 겁탈을 당해 자결한 것이다. ① -2에서는 포도청에서 인을

---

22　한경의는 字는 伯慄, 號는 蓄墅, 본관은 淸州다. 개성에서 태어나 그곳에서 학문에 정진
　하며 말년까지 지냈다. 향시에 4번 합격했으나 벼슬에는 나아가지 않았다. 馬之溫, 「行
　狀」, 『蓄墅集附錄』, 『한국문집총간』 속97, 115면 참조.

23　한경의, 「武及第朱顯道復讎說」, 『蓄墅集』 권2, 『한국문집총간』 속97, 41면, "① -1 朱顯道
　者武人也. 其母以祈神事, 早朝與十一歲童婢, 往龍岾山頂上行禱. 有一乞人乘其無人, 歐
　逐童婢, 侵暴朱母, 勢甚凶猛. 童婢奔告其家, 家人欒丁奔救, 朱母已縊而死矣. ① -2 旁搜
　乞人, 亦不知去處. 使捕校四出跟探, 而乞人之名姓莫記. 故形跡杳然, 捕捉無路. 捕廳盡捉
　人乙幕所聚者, 問其同伴人出入. 乞人齊聲曰 : '今日早朝, 人乙幕魁首某人, 望見龍山有烟
　氣, 將乞食向南而去, 更不還歸. 其人卽豐德某坊人也.' 捕校眼同其指嗾者往子豊, 捉來厥
　漢. 使其童婢及神堂庫子漢面質, 則果是其時侵暴之乞人也. 鞠問取招後, 嚴囚捕廳矣. ①
　-3 其夜朱持長劒, 直入罪囚處. 守獄者牢拒不許入. 朱以劍欲擊之, 守者走. 朱排門而入,
　以其釰擊碎乞人頭, 爛斫肢體. 刳其腹, 出肝啖之. 歸告柩前, 自首于官. 其時留守李勉膺在
　京未還, 經歷李得休捉入朱, 責以不告官擅殺. 朱曰 : '復母之讎, 人子之至情, 不可一日共
　戴天. 而若告官則使母尸暴露, 同推三檢, 此實人子之所不忍也. 冒死犯罪, 而母讎旣復, 死
　何足惜?' ① -4 本官拘囚朱, 以其狀稟于營門. 營門義之, 援以國典, 不錄其罪, 褒而赦之,
　一府人士莫不快之. 時丙辰三月也, 朱母姓李氏云. ② 噫! 立節死烈, 婦女之至行, 爲親復
　讎, 人子之大節也. 朱母之登山行禱, 雖違不游庭之戒, 而其死則烈也. 朱之復讎, 雖不免違
　公擅殺之責, 而手自刃之, 斫肝以啖, 何其快也? 況其母死未殯, 而能辦大事於哀遑之中. 此
　與春秋不葬親復讎之義, 汤然相合. 而母烈子孝, 同時並耀, 有足爲激勵頹俗者. 故記其實,
　以備觀風者採取."

막스乙幕의 왕초를 용의자로 특정한다. 목격자와 용의자를 대면하게 하니, 과연 그 용의자가 범인이었다. ①-3에서는 주현도가 감옥에 몰래 들어가 범인을 죽이고 자수한다. 그가 범인을 잔인하게 살해한 이유는 자식의 도리 때문이다. 부모를 죽인 자와 같은 하늘을 이며 살아갈 수 없으며, 또한 죄인의 처분을 관청에 맡기면 살해된 시체는 바로 장사 지내지 못하고 3번의 검안을 거쳐야 했다.[24] 주현도는 사건의 처리가 늦어져 어머니의 시신이 계속 드러나게 되는 것을 참을 수 없어서 죄를 무릅쓰고 범인을 죽인 것이다. ①-4에서는 주현도의 사정을 안 군영에서 그를 용서한다.

이 작품은 주현도가 어머니의 원수를 갚는 과정에 해당하는 기사①와, 이에 대한 작가의 의론②으로 구성되었다. 기사 중심의 설에서는, 특정 사건을 둘러싼 주요 인물의 행동이나 말에서 주제를 암시한다. 그런데 설은 기사의 비중이 높더라도, 서사의 핍진성이나 기승전결의 완성도보다 주제를 강조하는 것에 초점을 둔다. 기사는 주제를 부각하기 위한 논리적인 정합성을 갖추기만 하면 된다. 그래서 인물을 제재로 한 이전 설에서는 인물의 성격을 확립하거나 사건과 배경 등을 현실감 있게 재현해 내는 것이 그리 중요하지 않았다. 그리하여 사건을 개연성 있게 그려내기보다, '나'와 인물 간의 문답이나, '나'가 인물을 직접 관찰하는 내용이 주를 이뤘다. 그 속에서 분명하게 주제를 전달할 수 있었기 때문이다.

그런데 ①-2에서는 용의자를 특정하기까지 꽤 길게 서술상의 시간이 연장된다.[25] 그 문단을 보자.

---

24　살인 사건이 났을 때 『無冤錄』에 의거하여 시체를 검안하는데, 첫 번째의 검안인 初檢과 覆檢이 차이가 없으면 이것으로 판결하고, 차이가 있으면 三檢하여 초검·복검·삼검의 결과를 종합하여 처리한다.

25　서사의 '연장(stretch)'이란 서술상의 시간과 이야기가 진행되는 시간과의 관계를 뜻하는 개념으로, 서술의 속도를 늦추어 분해된 시간의 작은 단위까지 세밀한 의미를 부여

①-2 거지를 널리 수색했으나 어디로 갔는지 알 수 없었다. 포교로 하여금 사방으로 나가서 근탐하게 했는데, 거지의 성명을 아는 이가 없었다. 그러므로 행적이 묘연했고 잡을 방법이 없었다. 포도청에서 인을막에 모여 있는 사람을 모두 잡아서 동반자의 출입을 물었다. 거지들이 일제히 소리쳤다. "**오늘 이른 아침**, 인을막의 왕초인 아무개가 용산에 안개가 낀 것을 멀리서 보고 구걸하러 남쪽으로 갔다가 다시 돌아오지 않았습니다. 그 사람은 풍덕 모 동네 사람입니다."[26]

주현도가 어머니의 원수를 갚은 일화를 통해 효孝와 의義의 이념을 강화하려는 것이 작품의 주제라면, 범인을 수색하는 과정까지 낱낱이 서술할 필요가 없다. 게다가 목격자가 포교에게 진술할 때 "오늘 이른 아침[今日早朝]"이라고 한 것을 보면, 어머니가 죽고 포도청에서 용의자를 특정하기까지 하루도 지나지 않았다는 것을 의미한다. 논설류 산문인 설은 여태껏 서사의 개연성과 흥미성보다는 주제 전달에 목적을 두었다. 그러므로 이 짧은 시간의 일까지 자세히 서술했다는 것은 작가가 의도적으로 서사를 연장했다고 봐야 할 것이다.

①-3 그날 밤에 주현도가 긴 검을 차고 감옥에 직접 들어갔다. 감옥을 지키는 자가 가로막고 들어가지 못하게 했다. 주현도가 칼로 그를 치려고 하자 감옥을 지키는 자가 달아났다. 주현도가 문을 밀고 들어가서 그

---

하려는 의도가 들어 있다. 한용환(2009), 앞의 책, 320~322면.

26　한경의, 「武及第朱顯道復讎說」, 『薔墅集』 권2, 『한국문집총간』 속97, 41면, "①-2 旁搜乞人, 亦不知去處. 使捕校四出跟探, 而乞人之名姓莫記. 故形跡杳然, 捕捉無路. 捕廳盡捉人乙幕所聚者, 問其同伴人出入. 乞人齊聲曰 : '今日早朝, 人乙幕魁首某人, 望見龍山有烟氣, 將乞食向南而去, 更不還歸. 其人卽豐德某坊人也.'"(강조-인용자)

칼로 거지의 목을 치고, 사지를 난도질하여 찢어놓았다. 그 배를 갈라 간을 꺼내 씹어 먹었다. 어머니의 관 앞으로 돌아가서 보고하고, 관하에 가서 자수했다. 그때 유수留守 이면응李勉膺, 1746~1812이 서울에 있어 아직 돌아오지 않았고, 경력經歷 이득휴李得休, 1730~?가 주현도를 잡아들였다. 그는 관청에 고하지 않고 함부로 사람을 죽인 주현도를 나무랐다.[27]

①-3에서도 범인을 잡기까지의 시행착오, 주현도가 범인에게 복수하기까지의 과정을 서술하여 서사를 연장한다. 이는 작가가 기사의 개연성에 심혈을 기울였다는 것을 보여준다. 「임노인양생설」과 「단지자설」처럼 작가가 인물과 대화했거나, 「장설」과 「김공경험설」처럼 작가가 인물의 행동을 보고 들은 것이 아니라, 「무급제주현도복수설」은 처음부터 주현도를 3인칭의 관점에서 바라보며 그가 복수를 하게 된 과정을 자세히 서술하고 있다. 이러한 서술은 17세기 이전의 설에서는 찾기 어렵다.

그런데 이러한 서사적 연장은 오히려 의열義烈과 효孝라는 주제를 논리적으로 강조하는 데에 효과적이다. 범인 색출에 난항을 겪는 과정이 삽입되면서, 끝내 주현도가 복수에 성공한다는 서사는 윤리적 승리를 부각하는 교훈적 기능을 배가한다.[28] 게다가 서사의 연장을 통해 범인을 잡지 못하고 주현도의 복수도 실패할 수 있다는 암시를 주면서 긴장감을 일으키는 것은 작가가 기사의 흥미성도 고려했다고 할 수 있다.

---

27  한경의, 「武及第朱顯道復讎說」, 『菑墅集』 권2, 『한국문집총간』 속97, 41면, "①-3 其夜 朱持長劍, 直入罪囚處. 守獄者牢拒不許入. 朱以劍欲擊之, 守者走. 朱排門而入, 以其釖擊 碎乞人頭, 爛斫肢軆. 刳其腹, 出肝啖之. 歸告柩前, 自首于官. 其時留守李勉膺在京未還, 經歷李得休捉入朱, 責以不告官擅殺."

28  조용호(2018), 134~138면에서는 「심청전」을 분석하며 서사의 연장이 작품에서 말하려는 이념과 교훈성을 강화하는 효과를 거둔다고 말했다.

①-3에서는 주현도가 몰래 감옥에 들어가 범인을 죽이려고 한다. 이 장면에서도 주현도와 감옥을 지키는 자가 대치하면서 주현도의 복수는 또 연장된다. 결국 감옥을 지키는 자를 무찌른 주현도는 범인의 목을 치고, 사지를 자르고 그의 간을 꺼내 먹는다. 이는 어려움 속에서도 어머니에 대한 주현도의 의리가 더 두드러지는 효과를 냈다.[29]

주현도를 잡아들이는 과정에서도 작가는 서술을 연장한다. 1796년 당시 개성 유수였던 이면웅이 부재한 상황에서 개성부 경력 이득휴가 주현도를 잡아들였다는 서술은 주제를 전달하는 데 크게 중요하지 않다.[30] 개성에서 태어나 벼슬하지 않고 평생 고향에 머물렀던 한경의의 이력대로라면, 한경의는 당시 개성의 살인 사건에서 주현도의 사정을 듣고 그의 어머니의 절개에 감동하여 이러한 작품을 썼을 것이다. 그런 점에서 ①-3에 나오는 이면웅과 이득휴의 언급은, 주제보다는 서사의 개연성을 부여하려는 작가의 의도가 개입된 것이다.

작가는 산에 기도하러 간 어머니의 행동을 부정적으로 보지만, 어머니가 겁탈당한 뒤 자살한 것에 대해서는 열烈을 지켰다고 본다.[31] 겁탈당하

---

29 주현도가 무인의 신분으로 자신의 생사를 따지지 않고 의리와 과감함으로 문제를 해결하려는 태도와, ①-3에서 "그 칼로 거지의 목을 치고, 사지를 난도질하여 찢어놓았다. 그 배를 갈라 간을 꺼내 씹어 먹었다[以其釖擊碎乞人頭, 爛斫肢體. 刳其腹, 出肝啖之]" 는 서술은 조선 후기 민간에서 유협적 인간상을 숭상하고 그로 인해 유협전이 지어졌던 사회적 배경과 맞닿아 있는 지점이라고 추측된다. 당시 봉건적 사회 질서의 혼란과 동요로 인해 민간에서 공적 질서를 불신하고 이를 대체할 사적 질서와 윤리를 필요로 했기 때문에, 시비를 분별하고 정의를 수호하는 역할로서 유협 혹은 유협적 인간상을 작품에 그려낸 것이라 할 수 있다. 박희병(1992), 앞의 책, 298~299면 참조.

30 『일성록』 정조 19년 을묘(1795) 9월 7일의 기사에 보면, "개성 유수 이면웅"과 "초검관이면서 개성 경력 이득휴"에 대한 내용이 나온다. 해당 기사에서 이득휴는 살인 사건에서 죽은 피해자를 부검해 사인을 밝혀냈고, 이면웅은 이에 장계를 올렸다. 그러나 주현도와 관련된 기록은 찾아볼 수 없었다.

31 여성이 가정 이외의 공간으로 일탈하고 중과의 성관계를 금지하기 위해 『경국대전』에

여 자살한 어머니의 행동은 "입절사열立節死烈", 죄를 무릅쓰고 원한을 갚은 주현도의 행동은 "대절大節"로 평가되었다. 어머니는 겁탈당했지만 자살로서 절개를 지켰고, 주현도는 법을 어겼지만 복수를 이뤘다는 것은 이들이 의열과 효라는 유가적 이념을 목숨이나 어떠한 원칙보다도 더 중요하게 여겼다는 것을 보여준다. 유가적 이념을 주제로 삼은 설은 이전에도 많았지만, 이 작품처럼 여성의 희생이 신체 일부가 아닌 '죽음'으로 귀결된다는 것, 그리고 살인을 저지르면서까지 부모의 원수를 갚아 효를 다한다는 내용은 17세기 이후 극단적이고 맹목적인 유가 가치의 지향을 반영한 것이라고 할 수 있다.[32]

다음으로 한경의의 「서민한천득반장설」을 보자.


① 아버지의 장례를 제대로 치르지 못한 한천득의 집안

   ①-1 집안의 가난함과 아버지의 죽음

   ①-2 집안의 사정을 알게 된 한천득의 슬픔

② 반장反葬 도모

   ②-1 결혼을 미루는 한천득

   ②-2 반장을 하러 떠나는 한천득 형제

③ 반장을 하는 과정

   ③-1 아버지의 무덤가에서 통곡하는 한천득 형제

---

서는 여성의 사찰 출입을 금지하는 법령이 있었다. 강명관(2009), 71면 참조. 「武及第朱顯道復讎說」에서는 주현도의 어머니가 어떠한 목적으로 산에 가서 기도했는지 따지지 않고, 단지 어머니가 아녀자로서 외출하여 함부로 돌아다녔다는 것을 비판했다.

32 이러한 경향은 한경의의 「烈女姜氏行狀」에도 나타난다. 강 씨는 병든 남편을 지극정성으로 보살피다가 남편이 죽자 남편의 형의 아들을 후사로 세우고, 가족들이 외출한 틈을 타 자살한다. 해당 글에서 한경의는 강 씨를 "淑行懿烈"이라고 칭송한다. 한경의, 「烈女姜氏行狀」, 『菑野集』 권5, 『한국문집총간』, 97, 91면.

③-2 꿈속에서 예언을 들은 한천득

③-3 꿈속 예언이 적중하고, 반장을 진행함

④ 장가간 뒤에도 어머니를 극진히 모시는 한천득[33]


「서민한천득반장설」의 주제는 아버지의 시신을 고향으로 옮김으로써

---

[33] 한경의, 「庶民韓天得反葬說」, 『菑墅集』 권2, 『한국문집총간』 속97, 41면, "①-1 崧南郭沙坊, 有韓天得者, 庶民也. 貌龍鍾性拙直, 不甚諧於俗. 其父嘗困於貧, 挈家累流離於兎山地, 販賣爲業. 尙不得支生, 捨其妻子, 就食於咸鏡道北靑地庶弟家. 因病卒, 其庶弟以樺皮, 權葬于東郭外衆塚中. 時天得生纔四歲. 天得之母, 以子子女子, 不得奔其喪, 挈其二孤, 還歸本鄕, 僅延殘命矣. ①-2 天得年至十歲, 泣而語其母曰: '人皆有父, 我獨無.' 其母流涕良久曰: '汝年幼, 汝父客死於某所. 因埋其地, 而吾貧甚迄未返葬, 是吾痛也.' 天得因扶其母痛哭. 自是不與羣兒嬉笑, 常慽慽有哀疚之容, 或北望含涕. 其母愈益慘然. 天得質弱善病, 不堪服力, 然常自奮身勤勞, 或負柴或行傭, 以供其母, 而潛藏若干嬴餘. ②-1 年幾弱冠, 其族人勸其娶妻. 天得嗚咽不能言, 汪汪垂涕. 族人曰: '勸之娶妻, 而汝泣何爲.' 天得泣語曰: '吾父遺骸, 尙在千里客鄕, 不得歸葬. 吾實天地間一罪人也. 吾自十歲以後, 飢不食寒不衣, 日鳩分錢者, 只爲返葬之計, 而氣殘誠淺, 未卽如意. 雖其所得有些小緡錢, 計其葬需, 太半不足. 故荏苒至此, 豈可以返葬其父之需, 先娶其妻乎?' ②-2 族人爲之泣曰: '汝誠孝如是, 何事不做? 吾助其費, 汝卽圖之.' 天得以其所鳩錢, 貿得白木幾許疋, 與其兄擔負而往北靑地. ③-1 訪其庶叔則庶叔已死, 知其墓者惟庶叔之子某一人, 而某亦有事適出十餘日程, 歸期尙遠. 天得尤益哀遑, 問其庶叔之家人, 則但言葬在東郭外云云. 天得與其兄往審其所指處, 則衆塚累累, 星羅棊布, 莫能的知. 周省上下, 推胷號哭, 以終其日. 如是者殆數十日, 觀者莫不感泣. ③-2 一日哭甚哀, 向暮而歸. 兄弟同寢于旅燈下. 天得忽大哭一聲而起, 其兄喚而覺之, 問其故. 天得泣曰: '俄者夢中往審東郭, 有一老人指其塚曰'此實汝父藏魄之宅, 而塚傍團圓一塊石, 是其表也. 壙內可驗者則汝父生時所帶綿絲白帶結在尸腰, 雖已朽腐, 儀樣尙宛如, 以是識之可也.' 因忽不見, 故至其墓痛哭而有此號咷云.' ③-3 因相對悲泣, 坐待天明, 直到其處省視, 則果於一塚傍有一塊石, 如夢中所指, 丁寧無疑. 天得呼父大哭, 直欲以手爬掘開壙, 其兄泣而止之曰: '夢事難諶, 而庶從某歸期不遠, 且待數日亦未晚也.' 挽而歸之. 居數日庶從卽至, 偕往問之, 則果其塚也. 開壙見之, 所帶綿絲亦如夢中所言. 其兄大加驚怪, 以其弟前日夢事, 泣告于庶從而歎異之不已, 聞之者以其孝感所致, 助其葬需者頗多. 天得泣而辭謝, 賣其所持去白木則時價適踊, 幾至倍數. 遂備物力無撓, 返櫬葬于故山. 持其服致其哀如初喪日. ④ 朞年後始娶妻. 事其母至孝, 竭力致養, 甘旨無缺. 得一新味, 雖山果野蔬, 未嘗先入口. 溫凊有節, 務適其意, 使其母忘其貧. 鄕里感歎, 莫不以孝子韓天得稱之. 天得年今二十四." (강조—인용자)

자식의 도리를 다하는 것이다. 그런데 그 주제를 설명하기까지 작가는 여러 차례 서사를 연장한다.

②-1 나이가 거의 **약관**이 되었을 때, 친척들이 장가가라고 권했다. 천득은 목이 메어 말하지 못하고 주룩주룩 눈물만 흘렸다. 친척들이 말했다. "장가가라고 했는데 왜 우느냐?" 천득이 울면서 말했다. "우리 아버지의 유해가 아직도 천리 밖 타향에 있는데 고향으로 모셔 와서 장사 지내지 못했습니다. 저는 실로 천지간의 죄인입니다. 제가 열 살 이후로 굶주려도 먹지 못하고 추워도 입지 못하고 날마다 몇 푼 안 되는 돈을 모은 것은 다만 반장을 할 계획이 있었기 때문인데 기가 다하고 정성이 얕아서 뜻대로 되지 않았습니다. 비록 몇 푼의 민전을 얻었지만 장례에 필요한 것을 계획하기에는 태반이 부족합니다. 그러므로 점점 시간이 흘러 이 지경에 이르렀으니 어찌 아버지의 반장을 하는 데 필요한 것보다 먼저 처를 들이겠습니까?"**34**

②-1에서는 한천득의 결혼 문제가 언급된다. 부모에게 자식의 도리를 다하는 것 중에는 일정한 나이가 되었을 때 결혼하는 것도 포함된다. 그러나 한천득은 결혼하지 않고, 오히려 아버지의 시신을 고향으로 옮기지 못해 울음을 터뜨린다. 한천득은 어렸을 때부터 먹고 입는 것을 아껴가며 돈을 모았지만, 반장할 만큼의 돈은 모으지 못했다. 효라는 가치를 강조

---

34 한경의, 「庶民韓天得反葬說」, 『菑墅集』 권2, 『한국문집총간』 속97, 41면, "②-1 年幾弱冠, 其族人勸其娶妻. 天得嗚咽不能言, 汪汪垂涕. 族人曰: '勸之娶妻, 而汝泣何爲.' 天得泣語曰: '吾父遺骸, 尙在千里客鄕, 不得歸葬. 吾實天地間一罪人也. 吾自十歲以後, 飢不食寒不衣, 日鳩分錢者, 只爲返葬之計, 而氣殘誠淺, 未卽如意. 雖其所得有些小緡錢, 計其葬需, 太半不足. 故荏苒至此, 豈可以返葬其父之需, 先娶其妻乎?'"

하기 위해 작가는 그에 상응하는 결혼의 가치를 들었고, 한천득이 결혼보다 효를 우선시함으로써 한천득의 효성을 더 부각하는 효과를 냈다.

③-1 서숙을 방문하니 서숙은 이미 죽었고, 그 묘를 아는 사람은 오직 서숙의 아들 한 사람이었는데, 그도 일이 있어 마침 십여 일간 일정으로 나가 있던 터라 돌아올 때가 아직 멀었다. 천득이 더욱 애달프고 황망해서 서숙의 집안사람에게 물으니 그들은 천득의 아버지를 동곽 밖에서 장사 지냈다고만 일러주었다. 천득은 형과 함께 서숙의 집안사람이 가리킨 곳에 가서 살피니, 많은 무덤이 겹쳐 있거나 널려 있어서 정확히 알아볼 수 없었다. 위아래를 두루 살피며 가슴을 잡고 통곡하며 그날을 마쳤다. 이와 같이 하기를 거의 수십 일이었는데, 보는 사람도 감동하여 눈물을 흘리지 않을 수 없었다.[35]

③-2 어느 날 매우 애달프게 통곡하다가 저물녘에 돌아갔다. 형제가 여관 등불 아래서 함께 잠들었다. 천득이 갑자기 대성통곡하며 일어나니, 그 형이 놀라 깨서 그 이유를 물었다. 천득이 울며 말했다. "갑자기 꿈에서 동곽으로 가서 살피니, 한 노인이 그 무덤을 가리키며 '이것은 실로 네 아비의 체백이 묻힌 무덤이다. 무덤 옆에 둥근 괴석이 하나 있으니 이것이 표식이다. 구덩이 속에서 징험할 수 있는 것은, 네 아비가 살아있을 때 차고 있던 면사로 된 흰 띠가 시체 허리에 묶여 있을 것이니

---

35　한경의, 「庶民韓天得反葬說」, 『菑墅集』 권2, 『한국문집총간』 속97, 41면, "③-1 訪其庶叔則庶叔已死, 知其墓者惟庶叔之子某一人, 而某亦有事適出十餘日程, 歸期尙遠. 天得尤益哀遑, 問其庶叔之家人, 則但言葬在東郭外云云. 天得與其兄往審其所指處, 則衆塚累累, 星羅棊布, 莫能的知. 周省上下, 推胷號哭, 以終其日. 如是者殆數十日, 觀者莫不感泣."

비록 이미 썩었지만 모양은 그대로일 것이다. 이로써 알아볼 수 있다'
고 했습니다. 노인이 불현듯 보이지 않았기 때문에 제가 묘에 가서 통
곡하느라 이처럼 소리를 지른 것입니다.”[36]

③-3 서로 마주 보며 슬피 울다가 앉아서 하늘이 밝아지기를 기다렸고, 곧
장 그곳에 가서 살피니 과연 무덤 옆에 한 괴석이 꿈에서 가리킨 대로
있었으니 정녕 의심하지 않았다. 천득이 아버지를 부르며 대성통곡하
고, 곧장 손으로 긁고 파내어 구덩이를 열려고 하니 형이 울면서 만류
하기를 “꿈속 일을 믿기 어렵다. 서종 아무개가 돌아오는 날이 머지않
았으니 며칠을 기다린다 해도 늦지 않을 것이다”며 아우를 데리고 돌
아갔다. 며칠 후에 서종이 돌아왔길래 모두 가서 물었더니 과연 그 무
덤이었다. 무덤을 열어 보니, 차고 있는 면사가 또한 꿈에서 말한 대로
였다. 형이 매우 놀라고 이상히 여겨 아우가 전에 꿈꾸었던 일을 서종
에게 울면서 고하며 계속해서 탄식하고 기이하게 여기니, 듣는 자들이
효도의 감응으로 이루어진 것이라고 여겼기에 장례에 필요한 비용을
보태주는 자가 매우 많았다. 천득이 울며 거절하고, 가지고 온 백목을
팔았더니 당시 가격이 마침 뛰어 거의 배가 되었다. 마침내 물건과 힘
을 갖추어 어수선함이 없이 고향에 반장을 했다. 거상을 입고 슬픔을
다하기를 처음 상을 치르는 것처럼 했다.[37]

---

36 한경의, 「庶民韓天得反葬說」, 『菑墅集』 권2, 『한국문집총간』 속97, 41면, “③-2 一日哭
甚哀, 向暮而歸. 兄弟同寢于旅燈下. 天得忽大哭一聲而起, 其兄喚而覺之, 問其故. 天得泣
曰 : ‘俄者夢中往審東郭, 有一老人指其塚曰‘此實汝父藏魄之宅, 而塚傍團圓一塊石, 是其
表也. 壙內可驗者則汝父生時所帶綿絲白帶結在尸腰, 雖已朽腐, 儀樣尚宛如, 以是識之可
也.’ 因忽不見, 故至其墓痛哭而有此號咷云.’”
37 한경의, 「庶民韓天得反葬說」, 『菑墅集』 권2, 『한국문집총간』 속97, 41면, “③-3 因相對

친척들의 도움으로 반장하러 떠난 한천득과 그의 형은 또다시 어려움을 겪는다. ③-1에서 아버지의 무덤을 유일하게 아는 '서숙'이 죽고, 서숙의 아들은 마침 부재중이었던 것이다. 이 때문에 더욱 애달프고 황망한 한천득 형제의 심정을 나타낼 수 있었고, 정확하지 않은 무덤가에 지속적으로 가서 통곡하는 한천득 형제의 모습 또한 그들의 지극한 효성을 보여주기에 적합했다.

그런데 아버지의 무덤을 알아내기까지 또 연장이 일어난다. 그것은 바로 ③-2에 나타난 한천득의 꿈이다. 한천득은 꿈속에서 아버지의 무덤을 가리키는 표식과 아버지임을 나타내는 증거를 알게 된다. 한천득 형제는 꿈속 예언을 확인하기 위해 서종을 기다리기로 하고, 서종이 돌아와서는 마침내 꿈속 예언대로 아버지의 무덤과 아버지의 시신을 찾는다. 이는 반장을 하기까지의 우여곡절을 나타내 극적인 긴장감을 주고, 한천득의 지극한 효성을 극대화하는 효과를 낳는다. 게다가 한천득은 가지고 온 백목의 값이 올라 반장도 무사히 치를 수 있었다.

「서민한천득반장설」에서 꿈은 예언과 암시의 기능도 한다. 조선 후기 야담에서는 꿈을 통해 인물의 욕망을 보여주기도 하고, 인물이 처한 운명을 예시하여 서사에 개연성을 부여한다.[38] 설에도 이러한 점이 반영되었

---

悲泣, 坐待天明, 直到其處省視, 則果於一塚傍有一塊石, 如夢中所指, 丁寧無疑. 天得呼父大哭, 直欲以手爬掘開壙, 其兄泣而止之曰 : '夢事難諶, 而庶從某歸期不遠, 且待數日亦未晩也.' 挽而歸之. 居數日庶從卽至, 偕往問之, 則果其塚也. 開壙見之, 所帶綿絲亦如夢中所言. 其兄大加驚怪, 以其弟前日夢事, 泣告于庶從而歎異之不已, 聞之者以其孝感所致, 助其葬需者頗多. 天得泣而辭謝, 賣其所持去白木則時價適踊, 幾至倍數. 遂備物力無撓, 返櫬葬于故山. 持其服致其哀如初喪日."

38 조선 후기 야담에 나타난 꿈의 성격은 기능이 다양하다. 다만, 야담에서 꿈은 필수적 서사 장치로 활용되어 인물이 시간적, 공간적 한계를 초월한 경험을 하게 해준다는 것이 가장 큰 공통점일 것이다. 이강옥(2013), 63·81면 참조.

다는 것은, 설에 나타난 기사가 단순히 주제를 강조하기 위해서만 동원된 것은 아니라는 점을 보여준다.

작품의 마지막 단락인 ④에서는 한천득이 다른 가치보다도 효를 중요시했다는 점 때문에 그를 "절개가 있다[有節]"고 평가했다. 앞서 살펴보았던 「무급제주현도복수설」과 마찬가지로, 「서민한천득반장설」은 인륜의 가치를 동시에 제시하여 그중에 효를 선택하게 함으로써 유가적 이념의 절대적인 지향을 보여준다.

「서민한천득반장설」이 의도적으로 서사를 연장한 흔적은, 작품 전체에서 한천득이 반장을 하기까지의 과정이 나이로 표시되고 있다는 것이다. 한천득은 4세에 아버지를 여의고, 10세에 아버지의 반장을 도모했으며, 약관의 나이에 장가가라고 친척들의 말을 듣지만 거절한다. 아버지의 반장을 마친 뒤에 한천득이 장가간 때는 24세였다. 작품은 '4세四歲 → 10세 十歲 → 20세[弱冠] → 24세二十四歲'라고 구체적인 숫자를 통해 한천득의 생애를 보여준다.[39] 그러나 작품의 주제가 유가적 이념의 절대적 지향을 보여주는 것이었다면, 한천득의 구체적인 나이와, 이에 따른 생애를 굳이 서술하지 않았을 것이다. 이는 17세기 이후 실존 인물을 제재로 한 설에 나타난 독특한 점이라고 할 수 있다.

「서민한천득반장설」은 인물을 제재로 한 이전 설에 비해 비애감을 자주 표현한다. 한천득의 입장만 정리하자면, 그는 이 작품에서 다섯 번 곡[痛哭, 號哭]하고, 네 번 눈물[泣, 涕]을 흘렸다. 논설류 산문에서 이처럼 극심한 비애감을 표출했다는 것은 주목할 만한 점이다. 이를 통해 내면 감정을 진술하게 토로함으로써 다양한 글쓰기를 시도하는 조선 후기 산문의

---

39　한천득의 나이는 「서민한천득반장설」 원문에 굵게 표시했다.

경향을 알 수 있다.[40]


### (2) 숭상과 추모를 위한 전기傳記적 서술

17세기 이후 실존 인물을 제재로 한 설의 또 다른 특징은 숭상과 추모를 목적으로 특정 인물의 인정기술을 삽입했다는 점이다. 설에서는 주제를 드러내기 위한 수단으로 인물을 활용했기 때문에, 인물의 전체 삶을 재구하거나, 그들의 자호, 나이, 본관 및 가계를 반드시 기술하지는 않았다. 오히려 정확한 인정기술을 할 수 없을 때, 전傳의 대체 양식으로 설을 지은 사례가 있다.[41]

그런데 17세기 후반부터는 인물을 제재로 한 설에서 그 인물의 행적과 공을 재구하여 기억하고자 하는 의도가 보인다. 남한기의 「유생자장엄해설」을 보자.[42]


 ① 유욱기가 길가의 시체를 흙으로 덮어준 사건

 ② '나'의 의견

  ②-1 죽은 사람의 신원 추측

---

40 안득용(2015), 419면.

41 이광정, 「복수설」, 『訥隱集』 권6, 『한국문집총간』 187, 234면, "但其事出於傳聞, 不知其 是與否, 而傳之者愈多愈久而無異口, 豈虛也哉? 惟不知其姓與名, 無文字可据而信者, 不 得序次爲傳."

42 남한기는 字는 國寶, 號는 寄翁, 본관은 宜寧이다. 조부는 壺谷 南龍翼(1628~1692)이 며 부친은 南正重(1653~1704)이다. 남한기는 1712년 현릉 참봉을 시작으로 장례원 판결사 겸 오위도총부부총관을 역임했다. 영풍현령·청풍부사·정선군수를 지냈을 때 는 명승지를 좋아하여 쉬는 날이면 비파와 피리를 들고 노닐고 글을 지었다고 한다. 「유생자장엄해설」는 1733년 남한기가 단양 옆 제천에 청풍부사로 부임했을 때 지은 글이라고 추측된다. 남유용, 「遺事 二十三則」, 『寄翁集』 권6, 『한국문집총간』 속58, 555 면 참조.

②-2 유욱기의 측은지심

②-3 '나'의 반성

③ 유욱기의 인정기술과 그에 대한 숭상[43]


②-2에서 '나'는 유욱기의 측은지심을 예찬한다. 『맹자』에서 어린아이가 아무것도 모른 채 우물로 기어가면 사람들은 대가를 바라지 않고 본능적으로 그 아이를 구한다고 말했다.[44] 이것이 인仁에서 발로된 측은지심이다. 그러나 이 시체를 보고도 다른 사람은 지나가는데, 유욱기만이 그 시체를 흙으로 덮어줄 뿐 아니라, 술도 부어주고 글을 지어 그를 애도했다. 그 사실만으로도 유욱기의 어진 마음을 엿볼 수 있다.

②-3에서는 유욱기의 측은지심을 강조하기 위해 '나'의 경험을 서술했

---

43 남한기, 「兪生子章掩骸說」, 『寄翁集』 권5, 『한국문집총간』 58, 549면, "① 兪子適于野, 見死骸暴於路, 土以掩之, 酒以酹之, 文以哀之. ②-1 余聞而喜甚曰 : '吾黨少年, 誠有兪子之仁也. 彼何人死於路, 幾經年而暴其骸? 不爲塵翳之埋, 水澨之流, 幸得兪子一朝遇, 而歸于土也. 其文中或疑其盜究枉死者, 而余以爲不然. 是果作孽而死, 天必殛之, 烏鳶不食肉, 而犬豕不食其餘, 終復棄擲其餘骸而止爾, 豈能令人見之而興感若是耶? 此必良民如漁樵如行旅, 又如飢餓流丐者, 卒遇狼狽而死. 畢竟仁人遇之而不忍其露骨也, 欨欨悲哉! ②-2 人見孺子入井, 非要譽鄕黨, 而必皆救之. 無是心則是無惻隱之心而非人也. 惟彼窊然一枯骸, 無人收之, 委諸大逵, 一日之間, 踵相接而睨而過者, 復幾人哉? 兪子獨能視之於衆人行過之墟, 而旣瘞旣酹, 又哀以文, 余因兪子事, 誦杜老朱門酒肉臭, 路有凍死骨之語. 深爲肉食者興慨也. ②-3 余於去年秋, 往丹峽, 邂逅永春宰, 偶作舟次話. 人有指鶴棲巖下水邊骸骨而私相語, 余亟命傔人, 埋之淨處, 而余心乃安. 然余適忝民牧, 此則職分之宜. 其與兪子無其責而起義爲之者, 不相同也. 獨恨夫其時, 不與兪子偕, 使之作文哀死, 如其所爲也. ③ 兪子字子章, 是爲聽籟軒主人. 其尊府尙書丈, 卽與余先君子同甲子, 耐久朋也. 以仁厚稱於世, 後承盖有所受之矣. 重以此, 賀子章不忝其先風云爾.'"

44 『孟子』 「公孫丑 上」편에 "지금 사람이 어린아이가 우물에 들어가려는 것을 갑자기 보면, 모두 두렵고 측은한 마음이 생긴다. 그것은 어린아이의 부모와 교제하려는 것이 아니고, 향당의 벗들에게 명예를 얻으려는 것이 아니고, 아이를 구하지 않았다는 오명이 싫어서 그런 것도 아니다[今人乍見孺子將入於井, 皆有怵惕惻隱之心, 非所以內交於孺子之父母也, 非所以要譽於鄕黨朋友也, 非惡其聲而然也]"라고 되어 있다.

다. '나'는 단협丹峽, 지금의 단양에서 지방관과 대화를 나누다 학서암鶴棲巖 아래에 있는 해골을 발견한다. 사람들은 그 해골을 보며 서로 떠들어대지만 '나'는 종을 시켜 그 유골을 묻게 했다. 이 단락에서 '나'는 목민관으로서 해야 할 일을 했다고 한 것으로 보아, 이 일화는 작가 남한기가 1733년 단양 옆 제천에 청풍 부사로 부임했을 무렵의 일이라고 추측된다. 유욱기는 1728년에 서울에서의 삶을 정리하고 청풍으로 이사 왔기 때문에, 아마도 「유생자장엄해설」을 지었던 때는 1728~1733년 사이일 것이다.[45] '나'는 목민관이 길가에 버려진 시체를 묻어주는 것은 당연히 해야 할 일이지만, 관리의 신분도 아닌 유욱기가 시체를 묻어준 일은 칭찬할 만한 일이라고 말한다.

실존 인물의 뛰어난 행적을 부각하는 설은 「김공경험설」, 「단지자설」 등 17세기 이전에도 있었다. 그러나 인물의 행동을 논평하면서 그의 인정기술을 부기하는 것은 17세기 이후 설에 나타난 새로운 경향이다. 「유생자장엄해설」의 마지막 단락을 보자.

③ 유자兪子는 자字는 자장子章이요, 청뢰헌聽籟軒 주인이다. 존부는 상서장尙書丈으로, 우리 선군자와 나이가 같으며 오랫동안 우정을 나눈 사이다. 인후仁厚함으로 세상에 칭해졌기에 후계자는 받을 것이 있으리라. 거듭 이로써 자장이 선풍에 욕을 가하지 않음을 축하하노라.[46]

---

45  유숙기, 「送舍弟子章歸淸峽序」戊申, 『兼山集』 권7, 『한국문집총간』 속74, 308면 참조.

46  남한기, 「兪生子章掩骸說」, 『寄翁集』 권5, 『한국문집총간』 58, 549면, "③兪子字子章, 是爲聽籟軒主人. 其尊府尙書丈, 卽與余先君子同甲子, 耐久朋也. 以仁厚稱於世, 後承盖有所受之矣. 重以此, 賀子章不忝其先風云爾."

이 작품은 말미에 유욱기의 인정기술과 그의 아버지를 언급했다. 유
욱기의 자는 자장子章이며, 그의 아버지 유명웅과 작가인 남한기의 아버
지 남정중이 절친한 사이라는 점, 또한 인후함으로 유명했던 유명웅의
아들로서 유욱기가 선풍을 욕보이지 않음을 축하한다는 언급은 인물을
제재로 한 이전 설에서는 보기 드문 서술이다. 입전한 인물의 공과를 평
가하고, 그의 가계를 부각하는 것은 유욱기의 측은지심을 강조하는 주
제와 크게 상관이 없다. 이러한 서술은 그의 행적을 재구하는 전傳에 들
어갈 만한 정보다. 남한기는 숭상을 목적으로 이 설을 지으면서 그의 인
정기술을 일부러 삽입한 것이다. 이러한 양상은 권헌의 「반세기설」에서
도 드러난다.[47]


    ① 침술에 유능한 반세기

        ①-1 침술을 배우고 요령을 터득함

        ①-2 병자를 살린 경험

    ② '나'의 병을 치료해 준 반세기

    ③ 반세기의 말년[48]

---

47  권헌은 字는 仲約이요, 號는 震溟, 본관은 안동이다. 23세에 생원시에 합격했지만 문과
에는 합격하지 못해 음직으로 5품직을 두루 거쳤다. 51세에 長水 縣監을 지냈다. 이지
양(1993), 305면.

48  권헌, 「潘世紀說」, 『震溟集』 권9, 『한국문집총간』 속80, 592면, "①-1 完南潘世紀謫淵
州廿七年而埸于淵. 年六十九. 君少學醫不成, 學執鍼, 縛紙爲人, 日刺穴數千. 久之脈絡
湊注, 瞭然在目. 出而試人皆立效. 然君自以爲不能. 始君族人司果潘翊在陰城, 以鍼聞名.
從其家得秘訣, 硏究銅人, 素問, 尋度測微, 證據鉤纂, 掐抽要領, 無不意合, 盡取其所得術,
質於帶方鄭山人次翁, 愈益涵融通透. ①-2 惟其大進於技, 而不得盡悅人. 與世不合, 則
曰: '術不可不愼, 吾奚人奴僕爲?' 遂絶跡人門. 西林任倅父子目不視物, 席藁乞百請, 乃起
治療, 三月復視. 海人宋夢淸病羸瘵骨立. 尋穴下鍼, 準三十六宮, 翌日乃療. 我從王父參贊
公肝觸客風, 眼泣冷, 拊摩頂踵, 一鍼病已. 其業精如是. ② 時余素苦眼病, 崇於肧胎, 藥窮

이 작품은 반세기라는 실존 인물의 행적을 재구하여 그가 가진 재주의 탁월함을 부각하려는 목적으로 지어졌다. 인물을 숭상하고 추모하기 위한 목적으로 설을 짓는다고 해도, 그의 인정기술을 밝힐 필요는 없다. 그런데 「반세기설」은 작품 앞뒤로 그의 성명이나 나이, 가계 등을 적어 전기적 서술을 시도한다.

①-1 완남完南 반세기가 연주淵州에 27년간 유배를 가서 그곳에서 죽었다. 나이 69세였다. 군은 어려서 의술을 배웠지만 완성하지 못했고, 침술을 배워 종이를 돌돌 말아 남을 위해 매일 수천 혈을 찔렀다. 오래되자 혈맥의 연결이 모여서 묘연히 눈앞에 있었다. (…중략…) ③ 군이 죄를 저질러 연주에 유배를 갔기에 곤액을 당하고 버려져 그 기술을 팔아 입에 풀칠했지만 끝내 굶주리고 얼어 죽었다. 장 씨와 결혼했는데 자식이 없었고, 후처 이 씨와 결혼해 딸 하나를 낳았지만 키우지 못했다. 군의 아우 세채世彩가 한창 집안의 문제를 관리하고 처리하여 후사를 세우려고 했다고 한다.[49]

앞서 말한 「김공경험설」은 김공이 자신이 알고 있는 방법으로 고통을 겪는 백성을 살리고, 자신의 방술이 많은 사람에게 알려질 수 있도록 권근에게 글을 써달라고 부탁한 경위가 나온다. 「김공경험설」에서 중요한 것은 김공의 방술을 통해 백성들이 고통에서 벗어날 수 있었다는 것이

---

炙竭, 自分廢明, 君至曰 : '不可倉卒, 亦可以治. 刺竅批隙, 仍得小愈.' 至今辨細覰眇, 視力不耗, 殆君之賜. ③ 君以眚橫罹竄于淵, 仍窮厄頓廢, 賣其術糊口, 終飢寒死. 娶張氏無嗣, 後娶李氏擧一女不育. 君弟世彩方經紀于家, 且將立後云."

[49] 권헌, 「潘世紀說」, 『震溟集』 권9, 『한국문집총간』 속80, 592면, "①-1 完南潘世紀謫淵州廿七年而圽于淵. 年六十九. 君少學醫不成, 學執鍼, 縛紙爲人, 日刺穴數千. 久之脈絡湊注, 瞭然在目. (…중략…) ③ 君以眚橫罹竄于淵, 仍窮厄頓廢, 賣其術糊口, 終飢寒死. 娶張氏無嗣, 後娶李氏擧一女不育. 君弟世彩方經紀于家, 且將立後云."

다. 「반세기설」에도 침술에 정통하고 많은 환자를 치료했던 반세기의 행적이 드러난다. 그러나 「반세기설」는 반세기만의 특별한 방술을 서술하기보다, 의술과 관련한 그의 생애를 시간 순서대로 적었다. 「반세기설」은 특정한 주제를 전달하기보다, 반세기라는 불우한 인물의 성격과 재주를 드러내는 데에 초점을 두었다. 그 과정에서 작가는 그의 행적에 신빙성을 주기 위해서 그의 가족과 스승, 환자의 이름인 사과司果 반익潘翊, 군제君弟 세채世彩, 대방帶方 정산인鄭山人 차옹次翁, 해인海人 송몽청宋夢淸, 종왕부從王父 참찬공參贊公 등 구체적 실명을 거론했다.

「반세기설」은 작가의 논평이 따로 없다. 그러나 그의 의술이 신통하고 정밀했다는 점을 밝힌 것으로 보아 작가가 인물의 재주를 확인하고 표창하려는 목적으로 작품을 창작했을 가능성이 있다. 그런 점에서 이 작품은 인물의 상像을 부각하기 위해 필요한 일화와 정보를 서술하여 의미를 부여하는 전傳과 비슷해 보인다. 인물을 제재로 한 설은 인물의 특정 행적이나 가치관을 부각하여 주제를 드러내려고 하는데, 「반세기설」은 인물의 행적을 전체적으로 재구하여 재평가하는 것에 목적을 두었다는 점에서 설의 새로운 경향을 보여준다.

인물의 행적을 자세하게 서술하지 않은 조선 후기 설에서도, 인물의 인정기술을 굳이 부기하려는 경향이 있다. 이기의 「조어자설」은 서두에 낚시꾼의 성姓과 자字가 제시되어 있다. 그러나 이는 주제에 큰 영향을 미치지 못한다. 이러한 경향은 설의 제명 방식의 변화와도 연관 지어 생각해 볼 수 있다. 이전에 인물을 제재로 한 설은 주요 제재가 인물임에도 제목에 인물의 이름을 드러내는 경우가 거의 없었고, 인물의 직업이나 특징적인 부분을 제목에 드러내었다. 그런데 17세기 이후에는 전傳의 제명 방식처럼 제목에 인물의 성명을 직접적으로 기재한 설이 등장한다.

설은 본래 인물의 삶을 논평하는 문체가 아니었다. 그러므로 제목에 인물의 이름을 직접적으로 표시하거나, 인물의 행적을 재구하는 것이 목적인 설이 거의 없다. 그러나 17세기 인물을 제재로 한 설에서는 이전의 설에서 보기 어려운, 숭상과 추모를 목적으로 그들의 인정기술을 적극적으로 기재하는 경향을 보인다. 이는 정사正史에 입전되기 어려운 불우한 인물의 인생 사적을 발굴하여 산문으로 남기는 일이 번성한 '조선 후기'라는 시대적 배경에 따른 결과라고 할 수 있다.[50]

지금까지 실존 인물을 제재로 한 설의 특징과 변모 양상을 살펴보았다. 설은 본래 주제를 드러내기 위한 수단으로 인물 제재를 사용한 것이지, 인물의 행적을 재구하여 그들을 기억하거나, 인물의 기질을 통해 서사를 생동감 있게 표현하려고 하지 않았다. 그럼에도 이러한 경향이 17세기 설에 나타난다.

17세기 이후 실존 인물을 제재로 한 설에서는 서사를 의도적으로 연장해 주제를 효과적으로 전달하고, 인물의 구체적인 행적을 재구하여 개연성을 확보했다. 한경의의 「무급제주현도복수설」과 「서민한천득반장설」은 유교적 가치를 강조하는 것에만 그치지 않고, 인물이 '복수'와 '반장'에 성공하기까지 계속 서사를 연장한다. 이는 작품에 긴장감을 불어넣어 독자의 흥미를 높일 뿐 아니라, 윤리적 승리를 부각하여 교훈적 기능도 배가한다. 17세기에는 전쟁 이후 생생한 체험과 현실적 대안이 담긴 실기 문학이 발달했는데, 이전과 달리 역사에서 소홀하게 취급되는 전경이나 상황 묘사, 인간 중심의 구체적 모습과 인간의 갈등 등이 산문에 드러나

---

50   심경호(2001), 앞의 책, 171면.

기 시작했다. 이는 「무급제주현도복수설」과 「서민한천득반장설」에서 정황 묘사와 서사적 연장을 시도했던 이유와 연관 지을 수 있다.

또한, 17세기 이후 실존 인물을 제재로 한 설에서는 숭상과 추모를 목적으로 인물의 전기적 서술을 시도했다. 「유생자장엄해설」에서는 주제와 상관없는 유욱기의 인정기술과, 유욱기와 작가의 관계를 주목하는 단락을 삽입했다. 「반세기설」은 특별한 성품과 재주를 가진 인물을 표창하고 기억하려는 의도에서 인물의 행적을 재구하는 것 자체가 작품의 주제가 될 수 있다는 것을 보여주었다.

특정 대상이 설에 동원될 때는, 주제를 설명하기 위해 그 대상을 보조관념으로 활용하는 경우다.[51] 그러나 조선 후기에는 인물을 숭상하고 추모하는 목적으로 그 인물의 생애를 조명하는 설이 지어졌다. 이는 실용적 산문의 증가로 '비지류' 창작이 늘어난 것과, 작가의 감정을 솔직하게 토로하는 글쓰기가 증가하기 시작한 조선 후기의 산문 경향과 연결된다.

설은 17세기 조선시대 산문 흐름과 동일하게 목적과 의도, 서술 방식이 확장되고 좀 더 다양해졌다. 그렇다고 설의 본령이 시대적 흐름에 의해 퇴색되거나 매몰되었다는 말은 아니다. 주제를 논리적으로 구현하는 것이 설의 본령이었던 만큼, 주제 구현 방식과 주제 자체의 스펙트럼이 조선 후기로 갈수록 더욱 다채로워졌다고 봐야 할 것이다.

---

[51] 인물 뿐 아니라 '동물'이라는 제재도 마찬가지다. 설에서 동물은 주제를 강조하기 위한 비유 대상으로 동원되곤 했는데, 趙綱의 「瘞鶴說」을 비롯해서 崔天翼(1712~1779)의 「瘞兎子說」은 애도를 목적으로 동물의 외양과 동물이 죽게 된 과정, 또 동물의 죽음으로 인한 작가의 감정 상태에 초점을 맞춘다.

# 3. 17~18세기 지명 및 지역을 제재로 한 설

이 절에서는 1절에서 설명한 설의 제재 분류를 바탕으로 '지명 및 지역'을 제재로 한 설을 살펴보고자 한다.

여기서 말하는 '지명' 및 '지역'은, '울릉도'·'동해'·'부산'과 같은 고유 지역 뿐 아니라 마을·산천 등도 포함한다. 지명 및 지역은 설에서 주요 제재는 아니지만, 설의 특징과 시대적 변모 양상을 살펴보기에 적합한 제재다. 왜냐하면 지명 및 지역을 제재로 한 설은 대부분 제재와 관련한 객관적 정보나 작가의 정서를 통해 주제를 전달하는데, 풍부한 서사와 논리적 의론을 통해 주제를 전달하는 것이야말로 설의 특징이기 때문이다.

지명 및 지역을 제재로 한 설은 설의 보편적 특징도 가지면서 시대별로 변화를 보이기 때문에 조선시대 한문산문사의 변모 양상을 살피는 데에 도움이 된다. 그뿐만 아니라 지명 및 지역을 제재로 한 설은 그것을 제재로 하는 대표적 장르인 기記와 비교 가능하다. 따라서 지명 및 지역을 제재로 한 설을 고찰함으로써 설의 특징을 더 명확히 규정할 수 있다. 이 절에서는 지명 및 지역을 제재로 한 설의 특징을 살펴보고, 시기별 서술 양상의 변화를 한국 한문학사 안에서 재조명하려고 한다.

## 1) 지명 및 지역을 제재로 한 설의 개관

『한국문집총간』을 기준으로 했을 때, 지명 및 지역을 제재로 한 설은 총 14편이다. 한국의 설이 고려 후기에 처음 지어지기 시작했다는 것을 감안하면, 지명 및 지역을 제재로 한 설은 16세기가 되어서야 등장한 것이다. 그만큼 지명 및 지역은 설에서 주요 소재가 아니었다는 것을 알 수 있다. 14편의 목록을 제시하면 다음과 같다.

〈표 4〉 지명 및 지역을 제재로 한 설

| 연번 | 저자(생몰연대) | 제목 | 제재 | 창작 시기 |
|---|---|---|---|---|
| 1 | 李山海<br>(1539~1609) | 蔚陵島說 | 울릉도 | 미상 |
| 2 | 許筠<br>(1569~1618) | 關東不可避亂說 | 관동 | 1593년 이후 |
| 3 | 張顯光<br>(1554~1637) | 觀海說 | 동해<br>(흥해군 바다) | 1600년 |
| 4 | 任叔英<br>(1576~1623) | 東海風波說 | 동해 | 미상 |
| 5 | 李榘<br>(1613~1654) | 遊四佛山說 | 사불산 | 1638년 |
| 6 | 鄭昌冑<br>(1606~1664) | 遊仙說 | 부산 | 1648년 |
| 7 | 南九明<br>(1661~1719) | 神山說 | 한라산 | 미상 |
| 8 | 權榘<br>(1672~1749) | 枝谷廢池說 | 지곡의 연못 | 1721년 |
| 9 | 蔡彭胤<br>(1669~1731) | 過白鷺洲說 | 백로주 | 1729년 |
| 10 | 權載運<br>(1701~1778) | 觀海說 | 동해 | 1740년 |
| 11 | 沈定鎭<br>(1725~1786) | 嘉峽說[一] | 가협 | 1780년 |
| | | 嘉峽說[二] | | |
| | | 嘉峽說[三] | | |
| | | 嘉峽說[四] | | |
| | | 遊金剛說 | 금강산 | 미상 |
| 12 | 朴時源<br>(1764~1842) | 鳳城南塘說 | 봉성의 남당 | 1824년 |
| 13 | 成海應<br>(1760~1839) | 楓嶽說送楓嶽翁 | 금강산 | 1839년 |
| 14 | 金應夏<br>(1783~1830) | 泥谷移居說 | 니곡 | 미상 |

위 14편 중에서 '지명'에 해당하는 것은 울릉도·관동·부산이며, '산천'
에 해당하는 것은 동해·백로주·지곡의 연못·봉성의 남당·니곡·가협·
사불산·한라산·금강산이다.

설에 동원된 지명 및 지역 중 부산·동해·금강산은 다른 장르에서도
제재로 자주 쓰였다. 한문학 작품에서 '부산'은 탈속적인 선경으로 묘사
되었고,[1] '동해'는 동아시아 문학의 오랜 전통을 가진 '바다를 본[觀海]' 모
티프에서 나오는 지역이었다. 특히 동해를 제재로 한 설은 바다의 무한함
과 인간의 유한함을 비교하여 자연을 숭배하고, 이를 학문 연마의 계기나
개인적 양기養氣의 기회로 삼는 내용이 실려 있다.[2] '금강산'은 조선시대
기행 산문 및 와유록 등에서 자주 등장하는 지역이며, 빼어난 자연 경관
으로 문학 창작의 욕구를 불러일으키는 원천으로 인식되었다.[3]

설은 한문 산문에서 자주 등장하는 지명 및 지역을 제재로 썼지만, 전
체적으로 작품 수가 적은 편이다. 지명 및 지역을 여행한 과정과 소회는
주로 유기遊記와 같은 기記에서 다루기 때문일 것이다. 지명 및 지역을 제
재로 한 설은 유기에서 더 나아가, 유람하는 과정 뿐 아니라 지명 및 지역
과 관련한 객관적 정보와 작가의 의견을 복합적으로 설명하기 위해 창작
된 것으로 보인다.

### 2) 지명 및 지역을 제재로 한 설의 구성

지명 및 지역을 제재로 한 설은 크게 '객관적 정보', '작가의 정서', 작
품 속 '궁극적 주제'로 나눌 수 있다. 설은 궁극적 주제를 전하기 위해 다

---

1    정경주(2004), 36면.
2    김광년(2019), 앞의 책, 57면.
3    김혈조(1999), 404면.

양한 제재를 동원하는 문체이기 때문에, '객관적 정보'와 '작가의 정서'는 '객客'이 되고, '궁극적 주제'는 '주主'가 된다.

'객관적 정보'란 지명의 유래, 지리적 특성, 생활에 대한 주민의 생생한 증언 등을 말한다. 이는 바로 지명 및 지역을 제재로 한 설이 여타의 설과 차별화할 수 있는 부분이다. 설은 여러 수단을 동원해 주제를 드러내는 것이 목적이기 때문에, 지명 및 지역에 대한 객관적 정보와 작가의 정서를 서술하는 것은 설의 본령이 아니다. 설에서 가장 중요한 것은 결국 작품 속 궁극적 주제다. 일반적으로 설에서 주제를 드러내기 위해 자주 동원하는 것은 인물과 사건을 중심으로 한 서사, 인물 간의 대화, 특정 대상에 대한 묘사 등이다. 그러나 지명 및 지역을 제재로 한 설은 이러한 서사·대화·묘사 등이 등장할 뿐 아니라, 지역과 관련한 객관적 정보를 상당 부분 많이 서술하고 있다. 이는 지명 및 지역이라는 제재가 가지는 특수성 때문이다. 예시를 들면 아래와 같다.

정산井山 아래 큰 들에 임하여 마을이 된 것이 지곡枝谷인데, 지곡의 들은 처한 형세가 높아서 물을 끌어 오지 못하여 농민이 의지할 곳이 못 된다. 옛날 골짜기 입구에 둑을 쌓아 못을 만들어서 동서의 두 도랑을 끌어다가 여기에 물을 대니 수원이 풍부하고 둑을 굳게 다져 물이 쉽게 모이고 새지 않았다. 또한 물을 보냄에 절약하여 함부로 쓰지 않았기에 멀리까지 물을 대어 밭을 푹 적실 수 있었으니, 지곡의 사람들과 인근에 거주하는 백성들 중 쟁기를 잡고 그 아래에서 경작하는 자가 몇 명인지 알지 못할 정도다. 비록 큰 가뭄이 와도 모가 말라 죽는 재앙을 면할 수 있고, 소라·조개·마름·가시연 같은 물속 생물을 또한 그 속에서 취하여 댈 수 있다.[55]

위 글은 권구가 고향 안동 지곡리에 있었던 연못이 관리 소홀로 인해 폐지됨을 안타까워하며 1721년에 쓴 글이다. 궁극적 주제는 '국가 재용과 제도의 중요성'인데,[5] 이를 위해서 지곡리 연못의 지리적 특성과 주민 생활을 객관적으로 서술한 것이다.

울릉도는 동해 가운데 있는 섬으로, 육지와의 거리가 몇백 리인지 모른다. 매년 가을과 겨울이 교차할 즈음 흐릿한 기운이 말끔히 걷히고 바다가 청명할 때, 영동으로부터 바라보면 마치 한 조각 푸른 이내가 수평선 저편에 가로놓여 있는 것과 같다. 유독 진주부眞珠府가 이 섬과 가장 정면으로 마주 보고 있기 때문에 행인 중 소공대召公臺에 오른 이들은 더러 이 섬의 숲과 묏부리의 형상을 명료하게 볼 수 있으니, 이로써 거리가 그리 멀지 않음을 알 수 있다. 기성 사람들이 말하기를, "노루나 사슴, 갈대, 대나무 따위가 왕왕 바닷가 백사장에 떠밀려 오고, 이름 모를 새들이 날아서 바다를 건너 해변까지 와서는 날갯죽지를 드리운 채 떨어져 아이들에게 잡힌 적도 많다. 그리고 어부나 뱃사공 가운데에는 혹 표류하여 섬 가에 당도했다가, 채소 뿌리와 나물 잎이 물결에 이리저리 떠밀리는 것과 사면이 모두 검푸른 암벽뿐이되 오직 덩굴풀을 더위잡고 들어갈 수 있는 동문洞門 하나가 있는 것을 보았으나, 지키는 사람이 있을까 염려되

---

4   작품의 번역은 권구, 권오근 역(1987), 479~481면을 참고하여 필자가 수정 및 보완했다. 권구, 「枝谷廢池說」, 『屏谷集』 권6, 『한국문집총간』 188, 103면, "井山之下, 臨大野爲村者, 枝谷, 枝谷之野處勢高, 不能引水, 農人無所賴. 古時於谷口, 設堰爲池, 引東西兩渠而注焉, 水源厚杵築固, 水易鍾而亦不滲漏, 且行水有節不妄費, 故灌注遠沾濡足, 枝谷之人及傍近居民, 執耒而耕于其下者, 不知其幾. 雖大旱, 禾苗能免焦枯之災, 水物如螺蛤菱芡之屬, 亦取資其中."

5   이 작품 말미에 주제가 드러나 있다. 권구, 「枝谷廢池說」, 『屏谷集』 권6, 『한국문집총간』 188, 103면, "余因是而竊思之, 有主者不患無財用, 然其不能節以制度, 以至傷財而害民者, 殆亦類此, 故作說以爲戒焉."

어 그냥 주위를 서성댈 뿐 감히 가까이 가지 못하고 노를 저어 돌아온 자도 있었다" 하였으니, 이 섬에 사는 사람들은 대체 어떤 이들이란 말인가?[6]

위 글은 이산해가 1592년에 파천을 주도했다는 혐의로 경상도 기성에 유배 간 후에 쓴 글이다. 그는 기성에 가서 울릉도에 대한 지리적 정보를 서술하고, 기성 사람이 말하는 부분을 적었다. 울릉도 근처 주민들이 직접 본 바를 생생하게 증언함으로써 울릉도에 대한 기이함을 더했다.

'작가의 정서'는 발자취에 따른 경험 및 관찰, 경치에 대한 느낌, 유람에 대한 개인적 소회 등이다. 객관적 정보를 동반하면서, 스스로 여행 경로를 서술하여 극적인 효과를 주기도 한다. 여행 경로는 사실寫實이라는 점에서 '객관적 정보'로 볼 수 있지만, 작가의 구상과 개조를 거쳤으므로 주관적인 경우가 많다. 지명 및 지역을 제재로 한 설 중에서 유람한 경로와 그 과정에서의 정서가 유독 드러나는 작품들은 17~18세기에 창작되었다.

내가 일찍이 가릉의 조종암에 있는 집을 물어서 열두 여울을 거쳐 들어갔다. 산은 높고 물은 돌고 수풀은 울창하니 10리를 가는데 사방에는 아무도 없었으며 길은 겨우 말이 지나갈 수 있을 정도로 좁았다. 여울이 끝나자 작은 언덕을 넘으니 들이 비로소 펼쳐졌다. 너비는 10리 혹은 5리였고, 길이는 30리였다.

---

6 　작품의 번역은 한국고전번역원 고전종합db에 있는 『국역 아계유고』(이상하 역, 1997)를 참고하여 필자가 수정 및 보완했다. 이산해, 「蔚陵島說」, 『鵝溪遺橐』 권3, 『한국문집총간』 47, 493면, "蔚陵島, 在東海之中, 距海濱不知其幾百里也. 每秋冬之交, 陰曀捲盡, 海氣澄朗, 則自嶺東望之, 如一片蒼煙, 橫抹於水天之間, 獨眞珠府與此島最爲相對, 故行人之登召公臺者, 或見其林木岡巒之狀, 了了然可辨, 以此知不甚遠也. 箕城人嘗言, 麋鹿蘆竹, 往往浮出於沙渚之間, 禽鳥之不知名者, 亦翩翩渡海而來, 及至海濱, 垂翅自墮, 爲兒童所捕者數矣. 漁人舟子, 或漂到島傍, 見菜根蔬葉隨水出來, 而四面皆蒼巖鐵壁, 只有一洞門, 可捫蘿而入, 慮有防守者, 彷徨躑躅, 不敢近而回棹者有之, 居是島者, 未知爲何許人?"

북쪽으로 현등산이 구름 겉면을 뚫고 솟아나 있고, 돌의 색은 곱고 하얬다. 그 삼면이 소라고둥 모양의 상투처럼 산을 둘러쌌고, 큰 시내가 가운데를 가로질렀으니 산수가 현등산에서부터 12개의 여울을 합쳐 흘러가 더욱 커진 것이다. 이에 바위가 시내 동쪽으로 삐죽 솟으니 '조종'이라 이름한 것이다. 우암 선생이 조종이라는 두 글자를 그 위에 크게 써서 새겼다. 한 골짜기를 이렇게 부른 것은 이 때문이다.[7]

심정진의 「가협설」은 그가 회덕 현감으로 재직할 때인 1780년에 지은 것이다. '가협'은 현재 경기도 가평이며, 아직도 그곳 조종암에는 송시열이 쓴 글씨가 새겨져 있다.

이 작품은 가협과 그곳 조종암으로 가는 여정을 통해, 보고 느낀 바를 사실적으로 서술했다. 뛰어난 산수와 어지러운 환로를 비교하며 본인이 처한 상황을 개탄하기도 하고, 극복 의지를 보이기도 한다. 특히, 이 작품은 동일 제목의 작품을 연달아 4편씩 지었는데, 당시 가협과 조종암으로부터 발로된 정서가 풍부하다는 것을 알 수 있다.[8]

---

7   심정진, 「嘉峽說 一」, 『霽軒集』 권3, 『한국문집총간』 속89, 68면, "余嘗問舍於嘉陵之朝宗, 由十二灘以入. 山高水回, 林木蒙翳, 行十里四無人, 路才容馬. 灘窮而度小坂, 野始開, 廣可十里或五里, 長可三十里. 其北懸燈之山, 聳拔雲表, 石色鮮白, 其三面則山環如螺髻然, 大川橫其中, 盖山水自懸燈合十二灘而流益大也. 爰有巖斗起川東, 名曰朝宗. 尤庵先生大書朝宗二字刻其上, 一峽之稱以是也."

8   심정진은 「가협설」 4편을 쓴 뒤에 「서가협설후」에서 당시 창작 의도와 상황을 간략히 설명하고 있다. 심정진, 「서가협설후」, 『霽軒集』 권3, 『한국문집총간』 속89, 70면, "余將赴操於公山之鎭, 逐日充塡軍伍之死亡, 整飭服色之渝汚, 修補器械之敗弊, 殆無暇也. 心勞而神耗, 形悴而身憊, 於是極矣. 一日飜然欲投紱, 直入嘉峽而隱, 援筆率爾成嘉峽說一篇. 意猶未足, 又成一篇以至於四篇. 當其時, 不知軍務之鬧庭, 而悠然有象外意, 已又自顧則銅章依舊在身矣, 不覺自笑且愧. 然因此而尙或有以知余心者乎. 遂書其成說之由, 以附諸後. 同月晦日題."

‘궁극적 주제’는 작품을 창작한 근본적인 의도를 말한다. 예를 들면 임금의 은혜에 감사하거나 인생사에 대한 깊은 통찰, 신선 세계에 대한 동경 등이 있다. 주제는 정보와 정서를 먼저 말한 뒤에 등장하기도 하며, 대화 속에서 자연스럽게 부각되기도 한다. 앞에서 언급한 심정진의 「가협설」에서는 조종암으로 가는 경로와 그곳에서 본 바를 서술한 뒤, 작품 말미에 주제를 드러냈다.

> 지금 나는 사방을 떠돌며 벼슬살이하니 머리가 이미 하얘졌다. 그러나 관청 일을 하느라 몹시 바쁜 와중에도 유독 때때로 마음에 남아 잊히지 않는 것은 조종뿐이다. 아! 조종의 승경은 사람들 중에 드러내 밝힌 자가 없고, 그저 ‘험준한 골짜기’로만 일컬어지는 것이 어찌 기다리는 것이 있어서 그러한 것이 아니겠는가? 나는 장차 사직하거든 이곳에 은거하리라. 우선 이 글을 써서 내 뜻을 보이노라. 경자년[1780] 9월 15일 회천현 서재 모퉁이에서 쓰노라.[9]

심정진은 가협설 4편, 또 가협설을 창작한 의도와 경위가 드러난 「서가협설후書嘉峽說後」 1편을 지었다. 심정진은 환로에 몸과 마음이 피로하여 자신이 도피하여 은거할 수 있는 곳으로 ‘가협’을 정했다. 게다가 1편으로 모자라서 4편을 연달아 지어 마음속 결핍을 채우려고 했다. 이는 심정진이 유독 가협을 대상으로 한 작품을 많이 지었다는 점, ‘남들은 알아보지 못했는데 나는 알아봤다’는 식의 자부심에서 비롯되었을 것이다.[朝宗之勝, 人無有闡發者, 只以絕峽稱, 豈非有待歟?] 그 점을 작품 말미에 직접적으로 드러내

---

9    심정진, 「嘉峽說 一」, 『霽軒集』 권3, 『한국문집총간』 속89, 68면, “今余遊宦四方, 髮已皓矣. 然朱墨倥傯之中, 獨時耿耿者朝宗耳. 噫! 朝宗之勝, 人無有闡發者, 只以絕峽稱, 豈非有待歟? 吾且投綬而隱矣. 姑書此以見吾志云爾. 歲庚子九月十五日, 懷川縣齋偶題.”

어 주제를 보여주고 있다.

이외에도 타인과의 대화 속에서 자연스럽게 주제가 녹아 들어간 경우도 있다.

숭정 무인년1638 겨울에 나는 사불산에 놀러 가서 며칠 있었다. 어떤 객이 나에게 들러 물었다. "그대는 이 산의 이름을 아십니까?" 나는 말했다. "네." 그가 말했다. "그렇다면 그대는 어찌 이 산을 취하려고 하십니까? 옛날에 마을 이름이 '승모勝母'라 하여 증자가 들어가지 않았으니,[10] 아마도 군자의 마음에 의롭지 않은 땅을 밟고 싶지 않아서가 아니겠습니까? 지금 그대는 유학에 종사하는 자인데 산이 '사불四佛'이라는 이름을 가지고 있는데도 즐기며 유람하고 꺼린 적이 없으니 이것은 특히 우리 도를 높이고 이단을 배척하려는 마음이 아닙니다. 그대를 위해 이런 일은 하지 않아야 한다고 생각합니다." 내가 말했다. "그대의 말이 옳으나 식견이 좁음을 면치 못했소. 천지에 정기가 쌓여 맺혀서 산이 되니, 험난하고 가파른 것이 우리 도의 물사가 아님이 없는데 혹 이단으로 이름하는 것이 어찌 산과 관련이 있겠습니까? 산은 절로 마음이 없고 사람이 이름 붙인 것이니, 그렇다면 죄가 사람에게 있지 산에 있는 것이 아님이 또한 명확합니다. 일찍이 이 산이 스스로 사불산이라고 말했습니까? 사람 중에는 이름은 묵가이지만 유자의 도를 행하는 자가 있지만, 그럼에도 이런 자와 어울려 노닐 수 있다고 했으니,[11] 지금 이 산은 비록 사불의 이름을 입었지만 그 벽

---

10　옛날에 … 않았으니 : 증자는 효심이 두터웠는데 마을 이름이 '어미를 이긴다'라는 뜻의 '勝母'라 하여 불순하게 여겨 그 마을에 들어가지 않았다 한다. 『淮南子』「說山訓」 참조.
11　사람…했으니 : 한유의 「送浮屠文暢師序」에 "사람 중에는 본디 이름은 유자이지만 묵자의 도를 행하는 자가 있다. 이름을 물어보면 유자이지만 행동을 따져 보면 유자가 아니다. 이런 자와는 어울려 노닐 수가 없다. 반대로 이름은 묵자이지만 유자의 도를 행하는 자가 있다. 이름을 물어보면 유자가 아니지만 행동을 따져 보면 유자이다. 이런 자

이 천 인이나 세워져 확실히 뽑아내기 어려운 기상은 이 때문에 변한 적이 없었습니다. 진실로 어진 자가 즐기는 데에 해롭지 않습니다. 이로 말미암아 말하건대, 저는 비록 어진 자가 아니지만 그 좋아하는 바에 노니는 것은 혹 불가함이 없습니다. 더구나 세상 사람 가운데 유자라는 명색은 모두 가지고 있지만 그 행동을 가만히 고찰하면 그름이 많을 것입니다. 그렇다면 이단은 과연 산에 달린 것입니까? 사람에게 달린 것입니까?" 객이 말했다. "좋다." 결국 함께 노닐며 유람을 마쳤다.[12]

사불산은 경북 문경에 있다. 이구의 「유사불산설」은 정작 사불산을 유람한 내용은 나오지 않고, 처음부터 저자와 어떤 객의 대화로 이뤄져 있다. 객은 사불산의 이름이 불가와 관련됐으므로, 유학에 종사하는 자가 사불산을 유람하는 것은 불순하다고 본다. 그러나 저자는 이름을 지은 자를 탓할 일이지, 사불산 자체에는 죄가 없다고 객의 논리를 격파한다. 이 글의 주제는 이단을 판단하는 올바른 기준이며, 이구는 이를 대화 속에서 녹여냈다. 이 작품은 제목에 '유遊'라고 되어 있지만, 사불산에 대한 객관

---

와는 어울려 노닐 수가 있다[人固有儒名而墨行者, 問其名則是, 校其行則非, 可以與之遊乎. 如有墨名而儒行者, 問其名則非, 校其行則是, 可以與之遊乎]"라는 말이 나온다.

12  이구, 「遊四佛山說」, 『活齋集』 권4, 『한국문집총간』 속32, 481면, "崇禎戊寅冬, 余遊四佛山且有日. 客有過余問者曰: '子知此山之名乎?' 曰: '然.' 曰: '然則子將奚取於此山哉? 昔里名勝母, 曾子不入, 豈非君子之心, 不欲踏非義之地耶? 今子從事儒者, 山以四佛爲名, 樂爲之遊而曾不以爲嫌, 此殊非崇吾道排異端之意也. 竊爲子不取也.' 曰: '子言則正矣, 未免隘也. 夫天地儲精, 結而爲山, 巍然屹然者, 莫非吾道中物事, 而或名之以異端, 此豈有與於山哉? 山自無心而人乃名之, 則罪在人而不在山也亦明矣. 曾謂此山自爲四佛山乎? 人或有墨名而儒行者, 尚云可以與之遊也, 今玆之山, 雖蒙四佛之名, 而其壁立千仞, 確乎難拔底氣像, 則未嘗以此而變焉. 固不害其爲仁者之樂之也. 由此言之, 僕雖非仁者, 其所以樂而遊之則未或不可也, 況世之人儒名者皆是, 而夷考其行則多非矣. 然則爲異端者, 其果山耶人耶?' 客曰: '善.' 遂相與倘佯而罷."

적 정보나 작가의 정서는 나와 있지 않고 오로지 의론으로서 주제를 전달하고 있다.

이 작품은 13세기 중엽에 진정국사가 쓴 「유사불산기」와 문체는 다르지만 제재는 동일하다. 진정국사는 사불산을 유람한 사실, 사불산의 여러 명칭을 불교적으로 풀어냈다면, 이구는 사불산을 통해 이단을 구별하는 방법을 논설했다. 이구는 실제로 사불산을 유람한 기행을 적은 것이 아니기에 일부러 '기'가 아닌 '설'이라는 문체를 활용한 것이다.

이렇듯 지명 및 지역을 제재로 한 설은, '객관적 정보'와 '작가의 정서', 작품의 '궁극적 주제'로 구성되어 있으며, 이 중 한 가지에 치중한 설도 있지만 대부분은 세 가지의 요소가 유기적으로 결합되어 있다. 그렇다면 지명 및 지역을 제재로 한 설 14편을 주객에 따라 정리하면 아래와 같다.

<표 5> 지명 및 지역을 제재로 한 설의 구성

| 연번 | 제목 | 주(主) | 객(客) | |
|---|---|---|---|---|
| | | 주제 | 정보 | 정서 |
| 1 | 蔚陵島說 | 도가적 신선 세계에 대한 동경 | 울릉도의 위치 주거 환경 | - |
| 2 | 關東不可避亂說 | 관동이 피난처가 될 수 없는 이유 | 관동 및 관서가 피난처로 제격이라는 사람들의 말 | - |
| 3 | 觀海說 | 태극 이치의 경이로움 | - | 흥해군 바다의 경이로움 |
| 4 | 東海風波說 | 벼슬길을 극복할 수 있는 지혜가 필요함 | - | 동해 풍파를 겪은 정황 및 느낌 |
| 5 | 遊四佛山說 | 이단을 판별하는 기준 | - | - |
| 6 | 遊仙說 | 임금의 은혜에 감사함 | - | 부산으로 가는 여정 |
| 7 | 神山說 | 한라산이 삼신산 중 하나인 이유 | 제주도와 한라산의 지명 정보 | - |
| 8 | 枝谷廢池說 | 국가 재용과 제도의 중요성 | 지곡의 생성 유래 | - |

| 연번 | 제목 | 주(主) | 객(客) | |
|---|---|---|---|---|
| | | 주제 | 정보 | 정서 |
| 9 | 過白鷺洲說 | 불우한 인생에 대한 아쉬움 | 양사언과 허목이 유람했던 곳 | 영평으로 가는 여정 |
| 10 | 觀海說 | 안분지족 | - | 동해를 보러 간 경위와 느낌 |
| 11 | 嘉峽說[一] | 환로에 대한 아쉬움과 은거하고 싶은 마음 | 조종암의 어원 | 가협 조종암으로 가는 여정 |
| | 嘉峽說[二] | 안분지족 | - | 조종의 경치와 생활 |
| | 嘉峽說[三] | 내 자질에 대한 의문 | - | - |
| | 嘉峽說[四] | 조종에서의 은거 정당화 | - | - |
| | 遊金剛說 | 이정인의 금강산 유람을 예찬 | - | 금강산 여정 |
| 12 | 鳳城南塘說 | 위정자로서 한탄과 기대 | 주민의 언급 | 연못의 묘사 |
| 13 | 楓嶽說送楓嶽翁 | 풍악옹의 유람을 예찬, 풍악옹을 전송 | 금강산의 계절별 이름 고증 | - |
| 14 | 泥谷移居說 | 처세 방법 | - | 니곡의 묘사 |

위 표를 통해, 지명 및 지역을 제재로 한 설은 궁극적 주제가 따로 있으며, 정보와 정서는 이를 보여주기 위해 다양한 객客으로 동원된다는 것을 알 수 있다.

## 3) 지명 및 지역을 제재로 한 설의 서술 양상

지금까지 지명 및 지역을 제재로 한 설을 개관하고 구성을 살펴보았다. 이러한 설은 크게 '객관적 정보'·'작가의 정서'·'궁극적 주제' 이 세 가지 요소로 이루어져 있다. 시기별로 이 세 가지 요소의 비중이 어떻게 달라지는지 분석하여 설의 시대적 변모 양상을 밝힌다면 다음과 같다.

(1) 유람 과정에 대한 서술의 증가

'주제'가 주主라고 한다면, '정보'나 '정서'는 객客에 해당한다. 17~18세기에 이르면 작가의 여정과 그 속에서의 소회를 드러내어 객을 다채롭게 서술한다.

지명 및 지역을 제재로 한 설은 16세기에 처음 등장한다. 이산해·장현광·임숙영·허균의 설은 지역에 대한 객관적 정보와 작가의 정서가 등장하는데, 주로 작가의 의론으로 서술되어 있다. 이산해는 「울릉도설」에서 울릉도의 지리적 특성과 이웃 주민의 생생한 증언을 담긴 했지만 울릉도를 직접 가본 것은 아니며, 미지의 섬에 사는 사람들의 생활을 추측하기만 한다. 이산해는 울릉도를 신선의 세계라고 생각하며 그곳에 대한 동경으로 글을 끝맺는다. 장현광은 「관해설」에서 홍해군 바다를 본 경이로움을 태극의 개념으로 설명하고 있다. 임숙영은 「동해풍파설」에서 동해의 풍파를 보며, 풍파는 바다 안에서 항상 일어나지만 그곳에 있는 사물은 이것에 잘 적응하기 때문에 커다란 변화 없이 계속되어 나간다고 설명했다. 이에 세상의 풍파를 비유하여, 벼슬길에서 만나는 어려움에 익숙한 사람은 변고를 당하지 않고 잘 적응해 갈 수 있으며, 그때마다 지혜가 늘어난다고 했다. 허균의 「관동불가피난설」은 임진왜란 이후에 쓴 글로, 관동 지역이 피난처로 유용하다고 사람들이 말하지만 실제로는 그렇지 않다고 자신의 의견을 설파하는 글이다. 이처럼 16세기 지명 및 지역을 제재로 한 설은 작가의 의론이 중심이 된다.

이후에도 이러한 경향의 설은 꾸준히 등장한다. 그런데 17~18세기 지명 및 지역을 제재로 한 설 중에는 유람의 과정을 자세히 서술하여 작가의 정서를 보여주는 설이 등장하기 시작한다. 정창주의 「유선설」, 채팽윤의 「과백로주설」, 심정진의 「가협설」 1~2, 「유금강설」은 유람의 과정과 그 속에서의 소회가 자세히 서술되어 있다.

「유선설」에서 정창주는 1648년 봄에 접위관이 되어 동래지금의 부산의 영남루와 포구 등을 유람하면서 이곳이 신선의 자취임을 깨닫는다.[13] 이 글의 궁극적 주제는 임금의 은혜에 감사하는 것인데, 그 주제를 보여주기까지 동래를 여행하는 과정이 자세하다.

> 무자년1648 봄, 나는 사간원에 있다가 남쪽으로 명을 받들러 갔는데 남방은 산수가 뛰어난 곳이다. 조령을 넘어 용추를 굽어보고 견탄가여울을 건너 낙파를 지나서 금오산과 마가산의 왼쪽 어깨를 오른쪽으로 끼고 돌아서 이리저리 돌아다니며 달성에 갔다가 곧장 봉현으로 넘어가서 웅천밀양 주변을 돌아다니다 영남루의 장관을 보았다. 강을 따라 내려가서 황산과 양산을 지나 봉산에 이르러 다시 부산의 포구에 이르니 여기가 우리나라 땅끝이었다. 화이가 교접하는 곳이요, 만박이 모여드는 곳이며, 장기가 서린 곳이요, 개구리와 물고기의 고향이어서 수토에 익숙하지 않은 자는 하루도 여기서 편안할 수 없었다. 그러나 이 땅에 신선의 자취가 많은 것은 어째서인가?[14]

정창주는 접위관으로서 동래에 내려가는 여정을 설명하고 있다. 저자는 수많은 산수와 지역을 거쳐 부산의 포구에 이르렀다. 부산은 온갖 문

---

13　당시 정창주는 동래로 가서 차왜 평성춘을 접대하는 임무를 맡았다. 『인조실록』 권49, 인조 26년 3월 16일(1648) 辛亥 첫 번째 기사, "遣鄭昌冑往東萊, 接慰差倭平成春."

14　정창주, 「遊仙說」, 『晚洲集』 권4, 『한국문집총간』 속30, 297면, "戊子春, 余自薇垣奉使于南, 南方山水窟也. 踰鳥嶺俯龍湫, 亂大灘涉洛波, 夾右金烏磨架山之左肩, 橫掠達城, 直跨捧峴, 行跳凝川之上而觀嶺南樓壯麗, 遵江而下, 歷黃山梁山, 抵于蓬山, 轉投于釜山之浦, 是東國地盡頭也. 華夷之所交, 蠻舶之所集, 瘴癘之區, 蛙魚之鄕, 非習於水土者, 不能一日安於此. 然此地多仙人跡, 何也?"

물이 교차하는 곳이요, 장기로 고생스런 곳이지만,[15] 사람들은 이곳을 동
쪽의 봉래, 즉 동래라고 부를 만큼 신선 세계로 여긴다. 정창주는 동래가
신선의 자취인 이유를 설명하면서 작품 말미에 작품을 쓴 궁극적 주제를
드러낸다.

아! 군자의 도는 2가지로, 출出과 처處다. 물러나 스스로 산수 간에 놓여 종
신토록 기쁘게 즐기며 영욕을 잊는 자는 비록 신선이 아니라 하더라도 내 반드
시 신선이라고 하겠다. 만약 부득이 출사하여 이미 나라에 몸을 허락했다면 남
북이든 동서든, 건조하든 습하든 험하든 평평하든, 죽음으로 가든 삶으로 가든
오직 운명에 달릴 뿐이다. 지금 조정에서 벼슬살이하는 자들은 관직에서는 반
드시 영예로운 것을 고르고, 일은 반드시 편안함을 구하여 조금이라도 뜻에 맞
지 않으면 번번이 엿보고 피할 생각만 하니, 영예는 자신이 취하고 고생은 남
에게 돌린다. 나의 이번 여정은 대개 또한 이유가 있었는데 이미 멀리 유람하
는 뜻을 이루었고, 또 선구仙區의 승경을 탐하였으니 진실로 우연이 아니다. 어
딜 가든 은혜가 아니겠는가? 마침내 감동해서 설로 쓴다.[16]

정창주는 유람 자체에 목적을 두지 않고, 공무를 수행하기 위해 동래에

---

15　정창주는 「장무설」에서 공무를 위해 장기가 서린 바닷가 근처에서 지내면서 기이하고
　　고생스런 경험을 했다고 말한다. 이 작품에서 그 바닷가가 동래라고 언급하지 않았지
　　만, 정황상 「유선설」과 비슷한 시기와 장소로 보인다. 정창주, 「장무설」, 『晩洲集』 권4,
　　『한국문집총간』 속30, 297면 참조.
16　정창주, 「遊仙說」, 『晩洲集』 권4, 『한국문집총간』 속30, 297면, "嗚呼! 君子之道二, 出與
　　處也. 處而自放於山水間, 終身欣然樂以忘榮辱者, 雖曰非仙, 吾必謂之仙矣. 若不得已而
　　出, 旣以身許於國則南北東西, 燥濕險夷, 之死之生, 當惟命耳. 今夫仕宦於朝者, 官必擇美,
　　事必求安, 少不稱意, 輒思規避, 榮則自取, 苦以他歸. 余之此行, 盖亦有以, 而旣邃遠遊之
　　志, 又探仙區之勝, 固非偶然. 焉往非恩? 邃感而爲之說."

왔다. 앞에서 동래의 여정을 자세히 서술했지만, 사실상 정창주가 강조하고 싶은 것은 관료로서 출사했으면 공무에 최선을 다하고 임금의 은혜에 감사해야 한다는 것이다. 유람을 통한 정서는 이 주제를 나타내기 위한 수단으로 동원되었다.

정창주는 외직 생활에 지은 누정시에서도 누정을 탈속의 공간으로 인식하여 자신의 정서를 드러내는 경향이 있었다.[17] 유람을 배경으로 한 「유선설」에서도 부산이라는 공간을 전통적으로 여겨져 오던 탈속적인 신선의 공간으로 인식했으며, 출사한 뒤에 세속과 영욕을 잊게 해주는 경험을 긍정적으로 바라보고 있다. 다만 이 작품은 개인적 경험을 국가나 사회적 차원으로 확장하는 등 전통적 한문 산문에서 볼 수 있는 보편적 서술을 했다는 점에서 한계가 있다.

이와 달리 채팽윤의 「과백로주설」은 개인적 경험을 통해 자신의 성찰과 내면을 토로하는 내용이다. 채팽윤은 영평 금수정에 가는 길을 묘사하면서, 백로주에 가지 못한 아쉬움과 이를 인생사에 비유했다. 이 글은 여정에 대한 자세한 서술뿐 아니라 미처 가지 못한 지역에 대한 설명도 있다는 것이 독특하다. 나아가 이를 인생사에 비유하여, 우리의 삶은 가본 곳과 가보지 못한 곳으로 이루어진다는 삶의 통찰도 보여준다.

> 백로주白鷺洲는 영평永平의 승경지다. 봉래蓬萊 양사언楊士彦, 1517~1584이 노닐기를 좋아했던 곳이고, 미로眉老 허선생許穆, 1595~1682도 왕래한 적이 있다고 한다. 나는 예전에 친구를 위해 금수정문金水亭文을 지을 적에 금수정에서 10리 떨어진 곳에 물가가 있다는 것을 알았다. 작년 봄에 금수정에서 노닐고 돌아다니며 그 경치를 다 구경하려고 했는데 마침 병에 걸려서 결국 가지 못했다. 이

---

17　김묘정(2019), 75면.

번에 쌍성雙城에 용무가 있어 만세교萬世橋부터 왼쪽으로 수십 보 걸으니 서쪽
으로 높고 가파른 푸른 절벽이 보였다. 오래된 소나무 10여 그루가 그 앞에 줄
지어 심겨 있고, 물색은 매우 시퍼런 색이어서 왕왕 지는 석양과 남은 눈 사이
에서 뒤집히며 움직이니, 그 중심에 틀림없이 그윽하고 빼어난 경관이 있을 것
이라고 생각했다. 종자에게 물으니, 쌍성에서 온 자가 앞으로 나와 말했다. "이
곳의 이름은 용추입니다. 일찍이 관인을 따라 들어가 본 적이 있는데, 단지 바
위가 굽어 있고 물이 솟아 나올 뿐이며, 또 길이 험하여 갈 수 없습니다." 나는
이에 눈을 크게 뜨고 오래도록 바라만 보았다.[18]


이 글의 정확한 창작 시기를 알 수 없지만, 『쌍성록雙城錄』의 기록과 위
에서 채팽윤이 "쌍성에 용무가 있어[雙城之役]"라고 말한 것을 통해 1729
년에 지어진 것으로 추정된다.[19] 채팽윤은 예전부터 금수정에서 10리 떨
어진 곳에 백로주가 있다는 것을 알고 있었다. 백로주는 영평永平 8경 중
하나로 알려져 있으며, 경기도 포천시 영중면 금주리 포천천 하류에 있
다. 백로주라는 이름은 당나라 이백李白의 시 구절인 "二水中分白鷺洲"에
서 따온 것이다. 채팽윤은 지난날에 가보지 못한 금수정 일대를 가보기

---

**18**　채팽윤, 「過白鷺洲說」, 『希菴集』 권28, 『한국문집총간』 182, 502면, "白鷺洲, 永平之勝地
也. 盖楊蓬萊士彦之所嗜遊, 而眉老許先生亦嘗往來云. 余昔爲友人撰金水亭文, 知洲於金
水亭十里而遠. 去年春, 欲遊金水亭, 轉而窮其勝, 會遇病不果往. 今者有雙城之役, 由萬世
橋左行數十步, 西見靑壁陡絕. 古松十餘株列植其前, 水色正碧, 往往翻動於返景殘雪之間,
意其中必有幽窈絕特之觀. 問諸從者, 有自雙城來者前曰: '是名龍湫. 嘗從官人入焉, 特巖
廻水湧而已, 且路險不可往.' 余爲之瞪目久之."

**19**　채팽윤은 1706년에 조카 채응삼의 영흥부 친영에 함께하면서 추후 '쌍성록'이라는 저
술을 지었는데, 1729년에 쌍성에 머무른 기록이 있다. 1730년에도 쌍성에 머무른 흔
적이 보이는데, 이는 조카의 혼례에 참석하느라 쌍성에 갔다고 되어 있다. 채팽윤, 「留
雙城」, 「奉謝北伯台丈嵩价還答, 申以賻行, 敬疊前韻]」, 『희암집』 권10, 『한국문집총간』
182, 195면 참조.

위해 여정을 시작한다. 나무와 물과 암벽의 경치를 보며 좀 더 멋진 경관이 있을 것이라 기대한다.

위 글에 나타난 백로주에 대한 기본 정보, 백로주로 가는 여정과 주변 묘사 등은 일반적인 유기에서 볼 수 있는 내용이다. 실제로 허목의 「백로주기白鷺洲記」에서도 '백로주의 명성→주변 경관→여정' 순서로 기록하고 있으며,[20] 신석우의 「백로주장기白鷺洲庄記」에서도 백로주의 지리적 특징과 연원, 여정을 묘사한 뒤, 1834년에 저자가 그곳에 별장을 지은 경위를 설명하고 있다. 기문에서는 특정 장소를 향한 여정과 그 속에서의 감회를 드러내는 것이 본령이다. 그러나 채팽윤의 「과백로주설」은 기문이 아니기 때문에, 백로주의 특징과 백로주로 가는 여정에 대한 묘사가 궁극적 주제를 설명하기 위해 동원된 것이다. 저자가 하고 싶은 말은 그다음 단락에 제시된다.

이윽고 양문역梁門驛에 이르렀다. 밤에 주인을 불러 물었다. "그대는 그대가 사는 곳에 금수정이 있는 줄 알았습니까?" 그가 대답했다. "곧장 서쪽으로 가면 영평 일대가 나오고, 또 그 서쪽에 금수정이 있습니다. 한 끼 밥만 가지고 갔다가 돌아와도 배가 아직 부를 정도로 거리가 가깝습니다." 이윽고 "공께서 금수정은 묻고 백로주는 묻지 않으신 것은 왜입니까? 어찌 보신 적이 있나요?" 내가 말했다. "백로주는 어디 있습니까?" 그가 말했다. "지나왔습니다. 뒤로 물러나 만세교에 미치지 못했을 때 오른쪽으로 가면 두 물줄기로 나누어 흐르니, 암벽을 뚫어 생긴 것이 백로주입니다." 이에 놀라며 한탄했다. "지난번에 내가 진실로 기이하게 여겼는데 아! 아깝다. 백로주는 제대로 된 이름이 아니어서

---

20   허목, 「白鷺洲記」, 『記言』 권27, 『한국문집총간』 98, 139면; 신석우, 「白鷺洲庄記」, 『海藏集』 권11, 『한국문집총간』 속127, 437면.

만나지 못한 것이로다." 주인이 웃으며 말했다. "공께서는 탄식하지 마십쇼. 공께서 돌아가면 반드시 이 길을 취할 것인데 그래도 어찌 늦겠습니까? 또 듣건대, 공의 이름이 사람들의 귀에 들어간 지 오래된 것이 백로주만 같을 뿐만 아니요, 이번 여행에서 공을 우연히 만나고도 알아차리지 못하다가 지나간 뒤에야 듣고서 안타깝게 여기는 자가 반드시 많을 것이니, 어찌 백로주만 그러하겠습니까? 공의 행차를 보면 세상에 뜻을 얻은 자는 아니지만 또한 용추와 같은 액운을 만나지는 않지 않았습니까?" 내가 부끄러워 사죄하며 마침내 그 설을 쓰노라.[21]

이 작품은 앞에서 설명한 이구의 「유사불산설」과 마찬가지로, 유람하는 내용이지만 유람한 여정과 소회를 표현하는 것이 목적은 아니다. 채팽윤은 숙종 15년[1689] 21세의 나이로 증광문과에 갑과로 등제하고 독서당에 뽑힐 정도로 우수한 문인이었지만, 남인이었기에 갑술환국 이듬해인 1695년에 관직을 떠나 20년 넘게 야인으로 살았다.[22] 「과백로주설」은 금수정 가는 길에 볼 수 있었던 백로주를 놓친 경험을 통해 자신의 불우한 처지를 토로하는 것이다. 그러나 주인은 채팽윤의 명성이 백로주보다 훨씬 더 잘 알려져 있으니, 당신을 만나고도 못 알아본 사람이 뒤늦게 후회

---

21　채팽윤, 「過白鷺洲說」, 『希菴集』 권28, 『한국문집총간』 182, 502면, "旣到梁門驛. 夜召主人問曰 : '汝知汝土有金水亭乎?' 對曰 : '直西一聚爲永平, 又其西爲金水亭.' 一飡而反, 腹猶果然. 旣而曰 : '公問金水亭, 不問白鷺洲何也? 豈嘗見之乎?' 余曰 : '洲安在?' 曰 : '過之矣. 却行不及萬世橋而右, 二水分流, 攢壁中起者是洲也.' 於是蹙然而作歎曰 : '曩者吾固異之, 嗟乎惜哉! 洲以非其名不遇也.' 主人笑曰 : '公無恨焉. 公之歸必取是路, 尙何晩焉? 抑聞之, 公之名入人之久也, 不啻如白鷺洲, 今之行也, 必有遇之而不省, 過而聞之, 以爲之恨者多矣, 又何獨洲哉? 觀公之行, 非得志於世者, 亡亦遇龍湫之厄矣乎.' 余媿而謝之, 遂書其說."

22　채팽윤의 생애는 여운필(2009), 237면; 『영조실록』 권30, 영조 7년 12월 29일(1731) 戊午 세 번째 기사에 있는 줄기를 참조.

하는 일이 분명 많은 것이라고 말하고 있다. 즉, 채팽윤이 자신의 불우한 처지를 한탄하기만 하는 것이 아니라, 스스로에 대한 자부심을 주인의 발언을 통해 간접적으로 드러나도록 설정한 것이다.

「과백로주설」뿐만 아니라 앞에서 살핀 심정진의 「가협설」 또한 가협 안의 조종암으로 가는 여정을 자세히 묘사한 뒤에 산수에 은거하고픈 마음을 드러냈다. 심정진은 「유금강설」에서도 금강산 안에서의 여정을 자세히 묘사했지만, 궁극적으로는 벗 이정인이 금강산을 유람하는 실제 목적을 밝히기 위한 글이다.

선사께서 돌아가신 지 지금 몇 년째다. 벗 이선장은 배고픔도 참아가면서 경서를 연구하고 밤낮을 부지런히 움직이며 오직 선사의 가르침을 저버릴까 두려워하고 있으니, 선사의 문하에 이른 자가 많지 않았던 것이 아니지만 그 뜻을 독실히 하며 행동을 견고하게 한 것은 우리 선장만한 자가 없었다. 올해 가을에 선장이 금강을 유람하면서 나와 약속했는데 내가 약속을 지키지 못했다. 나에게 말을 좀 써달라고 청하였는데 나는 생각건대 선장의 이 유람은 금강산의 경치 때문에 시작한 것이 아니라 아마도 선사의 도를 구하려는 것이다. 지금 장안사를 지나고 진주담을 거치면서 정양사를 찾고 중향사를 더듬으며 비로봉의 위험을 밟고 구룡계곡의 장엄함을 엿보니 이것이 바로 산의 내부다. 유점산을 지나고 백운대를 거쳐 애오라지 선동에 숨어 삼 일간 물가에서 놀고, 또 동쪽으로는 해산정과 총석정에서 나오니 이것이 바로 산의 외부다. 그 바위와 골짜기와 봉우리와 시내와 폭포수와 강과 바다의 경치는 여기서 다할 수 있다. (…중략…) 산악의 웅장하고 뛰어남을 관찰하여 선사의 뛰어나고 바름을 구하며, 못과 폭포의 맑고 시원함을 관찰하여 선사의 맑고 통함을 구하며, 바다의 깊이를 헤아릴 수 없음을 관찰하여 선사의 드넓음을 구하네.[74]

심정진은 이선장이정인의 부탁으로 위와 같은 글을 써서 그에게 준다. 강조한 부분에서 알 수 있듯이, 「유금강설」에서는 이정인이 금강산을 유람한 여정이 드러나 있다. 그러나 이정인의 여정은 유람에 목적이 있는 것이 아니라, 돌아가신 스승인 김원행의 도를 구하기 위해서였다.[24]

이 작품에서 중요한 것은, 금강산을 유람했다는 사실보다 이정인이 금강산을 유람한 이유와 목적에 있다. 금강산의 명소를 나열하는 것이 이 작품에서 중요한 것은 아니지만, 17~18세기 지명 및 지역을 제재로 한 설에서는 유람하는 과정을 보여줌으로써 사실성을 높이고, 공간을 통해 느낀 소회와 정서를 토로하는 경향이 있다는 것을 확인할 수 있다. 이는 아마도 정사를 보완하려는 의미가 희석되고, 오히려 개별적 삶 자체를 기록 대상으로 삼은 일기류나 잡록류, 유기나 행장 등이 활발하게 창작되던 조선 후기의 경향 때문일 것이다.[25]

지명 및 지역을 제재로 한 설 14편 중에서 공간을 유람하여 그 안에서 느낀 소회와 정서를 보여주는 것 자체가 목적인 작품은 없었다. 그런 점에서, 지명 및 지역을 제재로 한 설은 시대와 상관없이 제재를 통해 주제를 전달하는 설의 본령을 지켰지만, 주제를 동원하는 방식은 17세기 이후로 갈수록 좀 더 다채로워졌다고 할 수 있다.

---

23　심정진, 「遊金剛說」, 『霽軒集』 권3, 『한국문집총간』 속89, 70면, “先師之見背, 今幾年矣. 李友善長忍飢窮經, 夙夜孜孜, 惟恐或負先師之訓, 盖及先師之門者, 不爲不多, 而其篤志堅行, 莫如吾善長也. 今年秋, 善長遊金剛, 與余約而余不果行. 請余贈言, 余惟善長之斯遊, 未始以金剛觀, 而宜若先師之道之是求焉耳. 今夫道長安之寺, 歷眞珠之潭, 搜正陽探衆香, 躡毗盧之危, 窺九龍之壯, 是維山之內也. 踰楡岾度白雲, 聯隱隱仙東, 放乎三日浦, 又東出乎海山叢石, 是維山之外也. 其巖壑峰巒溪潭瀑水, 與夫江海之勝, 於是盡矣. (…중략…) 觀於山嶽之拔削雄傑而求先師之峻正, 觀於潭瀑之淸冷奇爽而求先師之淸通, 觀於海之不測而求先師之淵弘.” (강조-인용자)

24　김원행, 『渼湖集』 권1, 『한국문집총간』 220 참조.

25　심경호(2001), 앞의 책, 161면.

## (2) 지명의 해설과 실증적 태도

앞서 말했듯이, 지명 및 지역을 제재로 한 설에서 주제는 '주主'가 되며, 정보와 정서는 '객客'이 된다. 17~19세기에 이르면 객이 더욱 다채로워진다. 여기서는 객 중에서도 '객관적 정보'가 부각된 설을 살펴보기로 한다.

지명 및 지역을 제재로 한 설이 다른 설과 차별되는 지점은 바로 공간의 사실적 정보가 가미된다는 점이다. 이산해의 「울릉도설」, 허균의 「관동불가피난설」, 박시원의 「봉성남당설」에서는 주제를 부각하기 위해 그곳 주민들의 언급을 그대로 실었다. 이산해의 「울릉도설」에서는 기성울진 사람들이 본 울릉도의 척박한 환경을,[26] 허균의 「관동불가피난설」에서는 임진왜란 당시 지리적 특성 때문에 사람들이 영동과 영서가 호남이나 영남보다 피난하기 쉽다고 말한 언급을,[27] 박시원의 「봉성남당설」에서는 봉성의 남당이 쓸모없게 된 경위가 나타나 있다.[28] 이러한 언급들은 지명 및 지역의 특성을 생생하게 묘사하면서 주제를 강조하기 위해 동원된 객관적 정보다.

이뿐 아니라 지명 및 지역을 제재로 한 설에서는 지명의 어원과 유래

---

26　이산해, 「蔚陵島說」, 『鵝溪遺稾』 권3, 『한국문집총간』 47, 493면, "箕城人嘗言, 麋鹿蘆竹, 往往浮出於沙渚之間, 禽鳥之不知名者, 亦翩翩渡海而來, 及至海濱, 垂翅自墮, 爲兒童所捕者數矣. 漁人舟子, 或漂到島傍, 見菜根蔬葉隨水出來, 而四面皆蒼巖鐵壁, 只有一洞門, 可捫蘿而入, 慮有防守者, 彷徨躑躅, 不敢近而回棹者有之, 居是島者, 未知爲何許人?"

27　허균, 「關東不可避亂說」, 『惺所覆瓿稿』 권12, 『한국문집총간』 74, 239면, "今爲避兵之許者, 相率而謀所之, 則必曰: '嶺東九邑, 邈在山海之間, 地多穀, 且富魚鹽, 歸者無翳桑患, 而地且僻, 非必爭之地, 此爲第一. 其次莫如嶺西, 山峻而高, 水險而幽, 賊來不可久駐, 而人易以竄伏也. 湖嶺則近於倭, 兩界則迫於胡, 而舟楫有傾覆之患, 舟中敵國之慮, 俱不可恃也.'"

28　박시원, 「鳳城南塘說」, 『逸圃集』 권5, 『한국문집총간』 속107, 615면, "問之則曰: '邑址古盖渴馬形, 故堪輿言局內當貯水在, 七八年前, 前太守爲鑿斯塘以粧鎭, 塘之水嘗美矣. 伊後穢而不治, 爲射鮒无禽之井云.'"

를 사실적으로 밝히려는 언급이 후대로 갈수록 점점 가미되고 있다.

너비는 10리 혹은 5리였고, 길이는 30리였다. 북쪽으로 현등산이 구름 겉면을 뚫고 솟아나 있고, 돌의 색은 곱고 하얬다. 그 삼면이 소라고둥 모양의 상투처럼 산을 둘러쌌고, 큰 시내가 가운데를 가로질렀으니 산수가 현등산에서부터 12개의 여울을 합쳐 흘러가 더욱 커진 것이다. 이에 바위가 시내 동쪽으로 삐죽 솟으니 '조종'이라 이름한 것이다. 우암 선생이 조종이라는 두 글자를 그 위에 크게 써서 새겼다. 한 골짜기를 이렇게 부른 것은 이 때문이다.[29]

심정진의 「가협설」에서는 저자가 가협 안의 조종암으로 가는 여정이 자세히 묘사되어 있는데, 그 사이에 위와 같이 조종이라는 이름의 유래를 따지는 서술이 등장한다. '종宗'에는 '으뜸, 마루'라는 뜻이 있기에 우뚝 솟아 오른 바위라는 의미로 '조종朝宗'이라 일컬은 것으로 예상된다. 이외에도 '조종' 자체에 '작은 물이 큰 물로 흘러듦'이라는 뜻이 있다. 따라서 '현등산에서부터 12개의 여울이 모여 흘러가는 곳에 있는 바위'라는 뜻에서 '조종'이라 이름 붙인 것으로 추측된다.[30] 작품에서 직접적으로 『서경』을 인용하여 지명의 유래를 고증한 것은 아니지만, 조종이라는 이름이 붙은 결정적 풍경을 제시함으로써 기존 지식을 연상케 하는 것은 구체적인 근

---

29　심정진, 「嘉峽說 一」, 『霽軒集』 권3, 『한국문집총간』 속89, 68면, "廣可十里或五里, 長可三十里. 其北懸燈之山, 聳拔雲表, 石色鮮白, 其三面則山環如螺髻然, 大川橫其中, 盖山水自懸燈合十二灘而流益大也. 爰有巖斗起川東, 名曰朝宗. 尤庵先生大書朝宗二字刻其上, 一峽之稱以是也."

30　『서경』 「우공」에 "모든 강물이 동해 바다로 들어가 인사드린다[江漢朝宗于海]"라는 말이 나온다. 조종은 단순히 작은 물이 큰 물로 흘러 들어간다는 것 외에도, 제후가 천자에게 조회하는 것을 비유하여 쓰는 말이다. 본래 제후가 천자를 봄에 알현하는 것을 '朝'라 하고 여름에 알현하는 것을 '宗'이라 한다.

거를 통해 지명의 유래를 밝힌 것이다. 이러한 점은 확실히 이전 시기의 지명 및 지역을 제재로 한 설에서는 보기 어렵다.

남구명의 「신산설」에서는 제주도의 한라산이 왜 '신산'이라는 이름을 지니게 되었는지 나름의 논리로 설명하고 있다.

세속에서는 한라산이 세 개의 신산 중에 하나라 해서 제주의 옛 이름을 동영주라 하였다. 지역의 경계에는 산이 있는데, 그리 높지 않지만 이름이 영주산이다. 이 때문에 호사가들은 견강부회하여 진짜 영주라고 여기는데, 이것은 허실을 판단할 수가 없어 내가 본 것으로 기록한다. 천지의 의도는 깊이 숨겨져 있어 매우 공교하고도 치밀하니 어째서인가? 이름난 산과 큰 산은 일반적으로 보물을 소장해서 알려지지만, 이러한 이유로 깎고 깨트리고 베고 찢어내는 재앙을 자초하게 된다. 그런데 이 산은 보물로는 금·은·동·철이 없기에 망치와 끌이 미치지 않았다. 초목으로는 인삼·도라지·당귀·시호가 없기에 호미와 낫이 침범하지 않았다. 짐승으로는 호랑이·표범·곰·말곰 등 사람들을 해치는 동물이 없기에 사냥 불이 침입하지 않았다. 바다로는 염전과 간척지, 소금을 끓일 만한 곳이 없었고, 땅으로는 벽돌과 기와, 그릇을 구울 만한 흙이 없기에 나무꾼이 엿보지 않았다. 농토로는 보를 쌓고 도랑을 뚫어 먼 곳에서 물을 끌어와 흐르게 할 만한 지세가 없기에 땅이 손상되지 않았다. 돌로는 푸른 옥처럼 단단하여 갈거나 조각할 수가 없어서 끌과 칼이 가해지지 않았다. 어촌에는 큰 노끈과 긴 밧줄, 그물을 치고 투망을 던질 만한 일들이 없기에 등나무와 넝쿨이 상하지 않았다. 농가에는 부엌과 시렁 굴뚝을 만들어 나무를 떼서 온기를 취하는 풍속이 없기에 풀과 나무가 그다지 베어지지 않았다.[31]

---

31　남구명, 「神山說」, 『寓庵集』 권4, 『한국문집총간』 속53, 420면, "世俗傳漢拏山爲三神之一, 蓋州號嘗稱東瀛洲. 旌義界有山, 不甚高者, 名瀛洲山, 以此好事者, 傅會爲眞瀛洲, 此則

　　남구명의 「신산설」은 치밀한 관찰과 세속에서 떠도는 말을 토대로 지명의 어원을 밝히려고 노력하는 태도가 나타난다. 이전에 지명 및 지역을 제재로 한 설은 특정 지역의 풍토와 지리적 특성을 주민의 증언을 토대로 보여주었지만, 지명 자체의 어원을 밝히려는 시도는 없었다. 궁극적 주제를 전달하는 데 지명의 유래를 밝히는 것이 크게 필요하지 않았기 때문이다. 그러나 후대로 올수록 지명의 어원을 객관적으로 살펴 사실 여부를 확인하고, 이를 통해 유가적 주제를 전달하려는 설이 증가했다. 유가적 주제를 전달하려는 것은 산수유기의 오래된 관습이며, 유람 및 여정을 객으로써 동원한 많은 설에서도 그 관습은 드러나고 있다.[32] 다만 후대로 갈수록 주민의 언급이 아닌, 섬세한 관찰과 구체적 서적을 바탕으로 지명의 어원을 객관적으로 실증하려는 태도는 17세기 이후 지명 및 지역을 제재로 한 설에 나타난 특징이다.

　　19세기 성해응의 「풍악설」에서는 앞선 작품과 달리 직접적으로 기존 지식을 인용하여 지명의 유래를 설명하고 있다.

　　풍악산은 동해에 있는데, 산에 단풍나무가 많아서 그렇게 이름한 것이다. 매년 가을이 깊어지면 돌의 색이 드러나기 때문에 한편으로는 '개골산'으로도 불

---

未可辨虛實, 而以余所覩記. 天地之用意慳祕, 極工且密何也? 名山巨嶽, 大抵以寶藏所興, 自招其斲破剗裂之灾, 而是山也, 寶則無金銀銅鐵, 故椎鑿不相及, 草則無人蔘桔梗當歸柴胡, 故鋤鎌不相侵, 獸則無虎豹熊羆害人之物, 故獵火不入, 海則無鹽田斥土可鬻之所, 地則無甄甍瓷瓦可陶之品, 故柴丁不窺, 田則無築堰穿渠遠灌橫注之勢, 故地脈不傷, 石則無靑瑩堅固可磨可鐫之面, 故礱斲不加, 漁戶則無長繩巨索設網施衆之勞, 故藤葛不甚損, 民村則無作竈架埃爇薪取煖之俗, 故薪木不甚伐."

32　보통 산수유기는 산수 간에 노닌 일을 적은 글인데, 중간에 설리적 문자가 개입되어 유가적 표준에 맞춘 유비적 언급이 많다. 즉, 산수의 경관을 마주하면서도 그 경물 자체에 순수하게 몰입하지 못하고 끊임없이 물리의 이치를 탐구하고 인간의 일을 되돌아보는 것은 산수유기의 오래된 관습이라고 할 수 있다. 정민(2007), 158~159면.

린다. '금강산'이라고 부르게 된 것은 선가의 말이다.『한서漢書』「교사지郊祀志」에는 "봉래가 발해에 있어 인간 세계와 멀지 않고, 여러 신선과 불사약이 모두 여기에 있고, 황금과 백은으로 집을 만들었다"고 하니,[33] 중국인들도 믿을까 말까 한다. 그런데 도리어 우리나라에서는 풍악이 여기에 해당하니, 이치상 혹 그럴듯하다. (…중략…) 유독 풍악산은 기이한 이름을 가지고 있으니 이는 봉래라고 이름한 까닭이다.[34]

성해응은 금강산의 이름이 계절별로 다르다는 것과 그 유래를 밝혔다. 이 산은 봄에는 금강산, 여름에는 봉래산, 가을에는 풍악산, 겨울에는 개골산으로 불린다. 「풍악설」에서는 위와 같이 객관적 정보를 밝힌 뒤, 이 글을 쓴 궁극적 목적인 '풍악옹楓嶽翁'을 전송한다. 풍악옹은 40세에 역과에 급제한 김상협金相協, 1766~?으로, 이후 11번이나 금강산을 유람할 정도로 금강산을 사랑했다.[86] 성해응은 '금강'이라는 말이 선가에서 온 것처럼, 산을 즐기며 신선처럼 지내는 김상협을 이 글로써 전송하려는 것이다. 그것이 궁극적 주제이며, 이 작품에서 주主가 된다.

풍악옹이 가장 좋아하니, 어렸을 때부터 늙어서까지 산에 들어간 것이 열 번이나 되었지만 모두 싫어한 적이 없었다. 일찍이 집안 식구들을 이끌고 단발령 아래서 수년간 살다가 돌아왔는데 지금 또 산중에 특별한 곳이 새롭게 열렸다

---

33  실제『한서』에 실린 내용은 다음과 같다.『前漢書』권25 上,「郊祀志」, "自威, 宣, 燕昭使人入海求蓬萊, 方丈, 瀛洲. 此三神山者, 其傳在勃海中, 去人不遠, 蓋嘗有至者, 諸仙人及不死之藥皆在焉. 其物禽獸盡白, 而黃金銀爲宮闕."

34  성해응, 「楓嶽說」, 『硏經齋全集』 권10, 『한국문집총간』 273, 207면, "楓嶽在東海上, 山多楓故名. 每秋深石色呈露, 故一號皆骨, 而其稱金剛者, 禪家之說也. 『漢書』「郊祀志」: '蓬萊在渤海中, 去人不遠, 諸仙及不死之藥皆在, 黃金白銀爲宮闕.' 中國人或信或不信. 東國乃以楓嶽當之, 理或然也. (…중략…) 獨楓岳以奇名, 此蓬萊之所以名也."

는 소식을 듣고 날듯이 가버렸다. 공의 집은 서해가에 있으니, 풍악산과 800여 리 떨어진 곳이었다. 공의 나이는 지금 74세다. 맨 걸음으로 중향의 꼭대기에 자력으로 오를 수 있으며, 얼굴과 머리털이 풍성하니, 보는 사람들이 거의 하늘을 날고 죽지 않는 신선 같은 자로 여겼다.[36]

이 궁극적 주제를 설명하기 위해 성해응은 풍악산의 어원을 구체적으로 고증하는 방법을 택했다. 이를 통해 풍악산의 유래와 역사가 단순하지 않으며, 오랫동안 관습적으로 여겨왔던 신선의 공간과 지금의 풍악산을 어떻게 연결할 수 있는지를 보여주었다. 또한 독자들은 김상협이 풍악산을 유독 좋아했던 이유에 공감할 수 있을 것이다.

이러한 태도는 18세기 이후 조선의 학술계에 박물학적 지식과 고증적 관심이 유행했던 것과 연관된다. 특히 성해응은 방대한 전거를 인용하고 치밀한 고증을 활용하여 학문 방법을 구사했던 명말 청초 고염무顧炎武, 1613~1682로부터 많은 영향을 받았다.[88] 이규경·이덕무·정약용 다음으로 성해응의 문집 『연경재전집』에는 고염무 관련 기록이 가장 많이 나오며, 성해응은 고염무의 고증을 통한 실증적 학문 방법에 기인하여 다양한 문헌을 인용해서 입론의 근거로 삼았다.[38] 이러한 경향이 「풍악설」에도 반

---

35  성해응, 「楓嶽翁金公哀辭」, 『연경재전집』 권17, 『한국문집총간』 273, 405면 참조.

36  성해응, 「풍악설」, 『硏經齋全集』 권10, 『한국문집총간』 273, 207면, "楓嶽翁最好之, 自少至老, 入山者十而不厭, 嘗挈家室居斷髮嶺下數年而返, 今又聞山中有別境新開, 翩然而往. 公家在西海上, 距楓嶽八百餘里. 公年今七十有四, 能徒步自力登衆香之頂, 顏髮郁然, 見者殆以爲羽化不死者也."

37  손혜리(2011), 35면. 고염무의 연구 방법은 양계초, 전인영 역(2005), 43~46면 참조.

38  위의 책, 51면 참조. 예를 들면 성해응의 『연경재외집』 권53 「少華風俗攷」, 『한국문집총간』 277, 468면을 보면, 우리나라의 풍속을 상고하기 위해 다양한 문헌을 제시하여 입론을 도출하고 있다. 그 문헌은 『한서』, 『魏略』, 『三國志』와 같은 역사서부터 고염무의 『日知錄』, 구양수의 『文獻通考』 등에 이르기까지 다양하다.

영된 것이다.

17세기 전, 지명 및 지역을 제재로 한 설에 보이지 않던 경향이 17세기 이후에 나타난다는 것은 주목할 만한 점이다. 지명 및 지역을 제재로 한 설은 기본적으로 주제를 부각하기 위해 여행의 경로와 작가의 정서를 객으로 동원한다. 그러나 17세기 이후에는 이와 더불어 지명과 장소에 대한 정보를 실증적 방법을 통해 고구하려는 태도가 나타난다. 남구명의 「신산설」, 심정진의 「가협설」, 성해응의 「풍악설」은 17세기 후반부터 19세기에 걸친 작품들로, 지명에 대한 해설과 실증적 태도가 작품 속에서 부분적으로 등장하고 있긴 하지만, 고증적 학문의 태도가 유행한 '조선 후기'라는 시대적 배경을 감안한다면, 세 작품 모두 같은 학문적 흐름의 자장 안에서 해석할 필요가 있을 것이다.


지금까지 17~18세기 지명 및 지역을 제재로 한 설의 특징과 변모 양상을 살펴보았다. 설은 보통 주제를 논리적으로 전달하기 위해 관찰이나 대화, 서사 등의 방법을 동원한다. 지명 및 지역을 제재로 한 설 또한 궁극적 주제를 전달하기 위해 객관적 정보와 작가의 정서를 서술한다. 이러한 설은 객관적 정보와 작가의 정서, 궁극적 주제 중 한 가지에 치우친 작품도 있지만, 대체로 이 세 가지가 유기적으로 결합된 경우였다.

지명 및 지역을 제재로 한 설은 17세기 이후에 두 가지 변화를 보인다. 첫째, 유람하는 과정의 서술이 증가하여 유기체 산문의 형식과 비슷해지는 경향이다. 유기는 유람의 여정을 자세히 묘사하면서 작가의 소회와 정서를 보여주는 것이 목적이지만, 설은 유람의 여정조차도 객으로 동원하여 궁극적 주제를 전달하기 위한 극적인 장치로 활용한다. 심지어 특정 지역을 유람한 기록이라고 표시해 놓고, 내용은 이단을 구별하는 방법이라든가 임금의 은혜에 감사하는 것이기도 했다. 이러한 경향은 17~18세기에 두드러진다. 유람의 과정을 자세히 서술한 것은 정사를 보완하려는 의미가 희석되고, 오히려 개별적 삶 자체를 기록 대상으로 삼은 일기류나 잡록류, 유기나 행장 등이 활발하게 창작되던 조선 후기의 경향을 보여준다고 할 수 있다.

둘째, 지명을 객관적으로 해설하고 실증하려는 태도가 나타나기 시작한다. 16세기 전에는 주로 주민들의 발언을 그대로 발췌하여 지역의 풍습과 지리적 특성에 대한 정보를 제시했다면 17세기 이후에는 실제 풍경을 세심하게 관찰하고, 다양한 문헌을 참고하여 지명의 유래와 어원을 실증하려고 노력한다. 이는 조선 후기에 유행했던 고증학적인 학문 태도의 영향을 받은 것이다. 예시로 제시한 「신산설」·「가협설」·「풍악설」은 17세기 후반부터 19세기까지 해당되는 작품들인데, 당대 유행했던 학문적 흐름의 자장 안에서 해석할 필요가 있다.

# 제5장

# 설說에 나타난
# 모티프의 활용과 변주

이 장에서는 설에 활용된 주요 모티프를 알아보고, 그것이 주제·제재·형식 면에서 어떻게 원용되고 변주되는지 분석한다. 작품 속에서 모티프는 전형적인 소재를 끊임없이 환기하면서 동시에 주제를 가리킨다. 이 때문에 작품 속 모티프의 활용 양상을 살피는 작업은 전형을 통해 설의 보편적이고 개성적인 윤곽을 드러내는 한 방법이다.

설에서 살펴볼 만한 모티프는 무궁무진하지만, 본고에서는 우선 5가지 모티프에 집중하기로 한다.


## 1. 가정맹어호苛政猛於虎

가정맹어호苛政猛於虎 고사는 『예기禮記』의 「단궁檀弓 하下」편에 보인다.

공자는 제자들과 태산泰山을 지나가다가 어떤 아낙네가 묘 옆에서 통곡하는 것을 보았다. 이유를 묻자, 그녀는 예전에 호랑이가 시아버지와 남편을 잡아먹었는데 이제 아들까지 잡아먹었다고 했다. 공자가 그렇다면 왜 이곳을 떠나지 않느냐고 묻자, 그녀는 여기는 가혹한 정사가 없어서 떠나지 않는다고 대답했다. 공자가 제자들에게 "너희들은 기억해라. 가혹한 정사는 호랑이보다 사나운 것이니라[小子聽之. 苛政猛於虎]"고 했다. 이 고사는 유종원의 「포사자설」에도 등장한다.

영주의 들에는 특이한 뱀이 생산된다. 그 뱀은 검정 바탕에 흰 무늬가 있으며, 초목에 닿으면 초목이 모두 죽고 사람을 물면 독을 치료할 방법이 없다. 그러나 이것을 잡아 말려서 약으로 만들면 문둥병과 손발이 오그라드는 병, 목에 난 종기 등을 치유하고, 죽은 피부를 제거하며 삼시충三尸蟲을 죽일 수 있다. 처음에는 태의가 왕명으로 이것을 모아 해마다 두 번 세금으로 징수하되, 이 독사를 잡는 자가 있으면 내야 할 조세를 충당시켜 주겠다고 모집하니, 영주 백성들이 다투어 달려갔다. 장 씨라는 자가 삼 대에 걸쳐 그 이익을 독점했다. 내가 묻자 그가 말했다.

"우리 조부께서 이 일로 죽었고, 우리 아버지도 이 때문에 죽었으며, 지금 내가 뒤를 이어 뱀을 잡은 지 12년 동안 거의 죽을 뻔한 일이 여러 번이었습니다."

말하는 모양이 너무 슬퍼 보였다. 내가 마음이 아파서 또 말했다.

"너는 이것을 고통스럽게 여기느냐? 내 장차 일을 담당한 자에게 고하여 너의 뱀 잡는 일을 바꾸어 너의 부세를 회복시킨다면 어떻겠는가?"

장 씨는 크게 슬퍼하여 눈물을 주르륵 흘리면서 다음과 같이 말했다.

"그대가 나를 가엾게 여겨 살려주려고 하신다면 내 이 일의 불행함이 내 부세를 회복하는 불행만큼 심하지는 않습니다. 예전에 내가 이 일을 하지 않았다면 오래전에 이미 병들었을 것입니다. 우리 집안이 삼 대에 걸쳐 이 시골에 산 지 지금까지 60년이 되었는데 이웃들의 살림살이가 날로 빈궁해져서 땅의 소출을 다 탕진하고 집의 수입마저 다 써서 이리저리 울부짖으면서 이사를 다니고 굶주림과 목마름을 이기지 못하여 쓰러지며, 비바람을 맞고 추위와 더위를 겪으며 독한 기운을 들이마셔서 왕왕 죽은 자가 서로 깔려 있을 정도입니다. 예전에 우리 조부와 거주하던 자들이 지금은 열 가구 중의 한 가구도 없고, 우리 아버지와 거주하던 자 중에 지금은 열 가구 중의 두세 집도 없으며 나와 12년 동안 거주하던 자 중에 지금은 열 가구 중의 네댓 가구도 없으니, 이는 죽지 않으면 이사를 간 것입니다. 그런데 나는 뱀 잡는 일로 홀로 살아남았습니다. 사나운 아전이 내 이웃에게 찾아와서 동서로 고함치고 남북으로 뛰어다니며 설쳐대면, 비록 닭과 개라도 편안할 수가 없습니다. 그런데 나는 조심스럽게 일어나 항아리를 보고 내 뱀이 아직 살아있으면 느긋하게 드러눕고, 삼가 잘 먹여서 때에 맞춰 바치고는 물러 나와 그 땅에서 나오는 소출을 달게 먹으면서 내 여생을 마치니, 일 년에 죽음을 무릅쓰는 것은 두 번이요, 그 나머지는 화락하여 즐겁게 지내니, 내 어찌 이웃 사람이 매일 이런 일을 겪는 것과 같겠습니까? 지금 비록 이 때문에 죽더라도 우리 마을의 죽음과 비교하면 이미 늦게 죽는 것이니, 또 어찌 감히 고통으로 여기겠습니까?"

나는 그의 말을 듣고 더욱 슬펐다. 공자께서 "가혹한 정사는 호랑이보다 무섭다"고 하셨다. 나는 예전에 이 말을 의심했었는데 지금 장씨의 일을 보니 오히려 사실임을 믿게 되었다. 아! 누가 세금을 걷는 혹독함이 이 뱀보다 심하다는 것을 알겠는가? 그러므로 나는 이에 대한 설을 지어서 백성의 풍속을 관찰하는 자가 알기를 기다리는 바이다.[1]

---

1  작품의 번역은 성백효 역(2010), 249~251면을 참고하여 필자가 수정 및 보완했다. 유종원, 「포사자설」, "永州之野産異蛇. 黑質而白章, 觸草木盡死, 以齧人, 無禦之者. 然得而腊之以爲餌, 可以已大風, 攣踠, 瘻, 癘, 去死肌, 殺三蟲. 其始太醫以王命聚之, 歲賦其二, 募有能捕之者, 當其租入, 永之人爭奔走焉. 有蔣氏者專其利三世矣. 問之則曰 : '吾祖死於是, 吾父死於是, 今吾嗣爲之十二年, 幾死者數矣.' 言之貌若甚慼者. 余悲之, 且曰 : '若毒之乎? 余將告于莅事者, 更若役, 復若賦, 則何如?' 蔣氏大慼, 汪然出涕曰 : '君將哀而生之乎, 則吾斯役之不幸, 未若復吾賦不幸之甚也. 嚮吾不爲斯役, 則久已病矣. 自吾氏三世居是鄉, 積於今六十歲矣, 而鄉隣之生日蹙, 殫其地之出, 竭其廬之入, 呼號而轉徙, 飢渴而頓踣, 觸風雨, 犯寒暑, 呼噓毒癘, 往往而死者相藉也. 曩與吾祖居者, 今其室十無一焉, 與吾父居者, 今其室十無二三焉, 與吾居十二年者, 今其室十無四五焉, 非死則徙爾, 而吾以捕蛇獨存. 悍吏之來吾鄉, 叫囂乎東西, 隳突乎南北, 譁然而駭者, 雖鷄狗不得寧焉. 吾恂恂而起, 視其缶而吾蛇尙存, 則弛然而臥, 謹食之, 時而獻焉, 退而甘食其土之有, 以盡吾齒, 蓋一歲之犯死者二焉, 其餘則熙熙而樂, 豈若吾鄉隣之旦旦有是哉? 今雖死乎此, 比吾鄉隣之死則已後矣, 又安敢毒耶?' 余聞而愈悲. 孔子曰 : '苛政猛於虎也.' 吾嘗疑乎是, 今以蔣氏觀之, 猶信. 嗚呼! 孰知賦斂之毒, 有甚是蛇者乎? 故爲之說, 以俟夫觀人風者得焉."

「포사자설」은 영주永州 지방에서 뱀을 잡는 일을 하는 장 씨蔣氏의 이야기다. 영주의 들에는 특이한 뱀이 산다. 이 뱀에게 물리면 죽지만, 뱀을 잡아서 나라에 바치면 조세를 면제받을 수 있다. 뱀을 잡는 일은 위험하지만, 영주 사람들은 가혹한 조세를 면제받기 위해 너도나도 뱀을 잡았다. 이 작품은 '나'와 장 씨의 대화를 통해 세금이 죽음보다 무서운 현실을 비판했다.

유종원은 『예기』의 「단궁」에서 아낙네가 "옛날 제 시아버지는 호랑이 때문에 죽고, 내 지아비도 이 때문에 죽었으며 지금 제 아들도 이 때문에 죽었습니다[昔者吾舅死於虎, 吾夫又死焉, 今吾子又死焉]"고 말한 구절을 일부러 원용했다. 그리하여 '나'의 물음에 장씨는 "우리 조부께서 이 일로 죽었고, 우리 아버지도 이 때문에 죽었으며, 지금 내가 뒤를 이어 뱀을 잡은 지 12년 동안 거의 죽을 뻔한 일이 여러 번이었습니다[吾祖死於是, 吾父死於是, 今吾嗣爲之十二年, 幾死者數矣]"라고 말하며 뱀 잡는 일의 위험성을 부연 설명했다.

「포사자설」의 구성과 '가정맹어호'의 주제는 한국 설에도 영향을 미쳤다. 영향을 받은 작품들은 관리 혹은 지식인을 대변하는 '나'와 일반 백성을 대변하는 '특정 인물'이 만나 대화하고, '특정 인물'이 처지를 곡진하게 토로하여 '나'의 통념이 전복되는 식으로 전개된다. 이로써 '나'는 백성의 고통을 마주하고 그에게 크게 연민을 느낀다. 그 고통의 원인은 대개 위정자들의 탐욕과 나태함 때문이다.

가정맹어호라는 주제와 유종원의 「포사자설」에서 구성 및 서술 방식을 계승하고 변주한 작품은 권두인의 「석이설石茸說」, 김춘택의 「잠녀설潛女說」, 강재항姜再恒, 1689~1756의 「재설梓說」, 박전의 「절비자설折臂者說」이다. 먼저 「석이설」을 보자.

권두인은 호號는 하당荷塘이고 자字는 경춘春卿이며 본관은 안동이다.

35세에 진사에 합격했고, 이후 1692년에 영춘永春의 현감이 되어 관련 기록을 많이 남겼다. 그중 하나가 바로 「석이설」이다. 「석이설」은 영춘현 지금의 단양 백성들이 공물로 바칠 석이를 채취하느라 위험을 무릅쓴다는 내용이다. 전문을 보자.

① 석이는 반찬거리 가운데서 맛이 뛰어나다. 그러나 석이는 사람의 발길이 닿지 않는, 반드시 높고 깊은 산골짜기와 깎아지른 벼랑에서 자란다. 석이를 따는 자는 가느다란 노끈을 합쳐서 밧줄을 만들어 암벽 위에다 붙들어 맨 뒤 마치 그넷줄처럼 밑으로 늘어뜨리는데 두 줄 사이에 사다리처럼 가로로 끈을 매어 그곳을 발로 딛고 내려가 암벽을 따라 돌면서 임의로 석이를 딴다. 그 모습은 마치 개미나 이가 붙어 있는 것 같고, 속도는 마치 원숭이처럼 빠르니 목숨을 내버린 자가 아니면 해낼 수 없다. 석이를 다 따고 나면 다시 밧줄을 타고 기어서 올라가는데 위태로움과 고생을 알 만하다. 만일 밧줄이 바위에 닳아 끊어지거나 발을 헛디딜 경우, 만 길 깊은 골짜기로 떨어져 온 몸의 뼈가 문드러지고 부서진다. 그렇게 죽는 사람이 종종 있어 끊이질 않는다. 그러나 석이를 따다가 팔면 그 값을 받을 수 있고 관가에 바치면 부역을 면제받을 수 있기 때문에 비록 죽더라도 꺼리지 않는다. 슬픈 일이다.

② 내가 영춘에 지방관으로 와보니 영춘은 심산협곡에 있는 고을이라 백성들에게 세금을 받을 때마다 이 석이를 가장 우대하여 받아서 음식상을 사치스럽게 하고 사람들의 요구에 응하는 데에 썼다. 아! 이 물건이 비록 그다지 희귀한 것은 아니지만 이 물건을 따는 것이 그토록 위험하고 어려운 줄 누가 알겠는가? 이 일을 통해 비슷한 일을 미루어 보면 백성들을 괴롭

히는 부역이 단지 이것만은 아닐 것이다. 그래서 이 이야기를 설로 지어 스스로 거울삼고 또 세상의 목민관들을 깨우치고자 한다.[2]

①에서는 석이를 채취하는 과정이 매우 위험하다고 설명하며, ②에서는 백성들이 위험을 무릅쓰고 석이를 채취하는 이유를 제시했다. 이 구성은 유종원의 「포사자설」과 유사하다. 「포사자설」에서도 영주의 뱀이 사람을 죽일 수 있음을 설명한 뒤, 영주 백성들이 그 일에 종사하는 이유를 제시했다. 「석이설」의 '나'는 영춘현의 지방관이 되어 석이꾼의 고된 노동을 슬퍼하며, 이를 통해 자신을 돌아보고 다른 목민관을 깨우치려고 한다. 「석이설」과 「포사자설」에서 '석이'와 '뱀'은 위험하면서도 귀한 존재로, '석이꾼'과 '땅꾼장 씨'은 위험을 무릅쓰고 생업에 종사하는 사람으로 등장하여 부역의 고통을 고발한다. 두 작품 속 '나'는 모두 관리로 등장하여 백성의 고통을 목격하고 연민한다.

「석이설」에서 석이꾼의 고통을 '벼랑에서의 추락'에 한정했다면, 김춘택의 「잠녀설」은 생업에 종사하는 백성의 고통을 다방면으로 제시했다.

해녀가 대답했다. "저는 물가로 나가 땔나무를 놓고 불을 피우며, 맨몸으로 가슴에 테왁匏, 해녀가 물질을 할 때, 가슴에 받쳐 몸이 뜨게 하는 공 모양의 기구을 차고, 테왁

---

2 권두인, 「石茸說」, 『荷塘集』 권3, 『한국문집총간』 151, 357~358면, "① 石茸, 菜之美者也. 茸之生, 必在深山窮峽懸崖絶壁無贅緣着足. 摘之者, 合細繩爲條, 縻壁上垂之若鞦韆, 間有橫條若梯, 以身緣條而下, 轉壁廻旋, 隨宜摘取. 附若蟻蝱, 捷若猿猱, 非判命者, 不能也. 摘已, 復攀條而上, 其危苦可知. 萬一繩磨而絶, 足跌而失, 則墜落萬仞深壑, 身骨糜碎. 往往而死者, 相踵也. 然其市於人, 取其直, 納之官, 應其役, 以故, 雖死不憚焉. 哀哉. ② 余宰于永, 永, 峽邑, 每賦於民, 此物最優, 用以侈盤飧, 應人求. 噫! 是物也, 雖若不甚貴, 而孰知其取之之危且艱若是哉? 因此推類, 則凡賦役之毒于民, 不直此也. 故爲之說以自鑑, 又以警世之牧民者."

에 망사리繩囊, 해녀가 채취한 해물 따위를 담아 두는, 그물로 된 그릇를 매고, 예전에 땄던 전복 껍질을 망사리에 가득 채우고, 손으로 빗창鐵尖, 해녀들이 수중에 잠수하여 전복을 채취할 때 사용하는 도구을 잡고 헤엄을 치다가 마침내 잠수합니다. 물 밑에 다다르면 한 손으로 물속의 돌을 만져 전복이 있음을 알아내는데, 돌에 붙은 전복은 단단하게 껍질째 엎어져 있습니다. 단단하기 때문에 즉시 캘 수는 없고, 엎어져 있기 때문에 그 색이 검어서 다른 돌과 혼동됩니다. 그래서 본조갱이舊甲, 표지로 사용하는 작은 전복 껍질를 위로 향하도록 놓아서 그곳이 있는 데를 표시해 두면 그 안쪽이 빛나서 물속에서도 살펴볼 수 있습니다. 이에 숨이 심하게 차면 즉시 나와 그 테왁을 안고 숨을 쉬는데, 찢어질 듯한 소리를 오랫동안 내기를 대체 몇 번이나 하는지 모르니, 그런 뒤에야 살 수 있습니다. 마침내 다시 물에 잠겨 일찍이 표시해 둔 곳으로 가서 빗창으로 전복을 따고, 망사리에 넣고 나옵니다. 물가에 이르면 추위에 얼어 몸이 떨려서 감당할 수 없습니다. 비록 6월이라도 그러하니, 마침내 땔나무를 피워놓은 곳에 가서 따뜻해진 뒤에야 살 수 있습니다. 어떨 때는 한 번 잠수해서 전복을 찾지 못하기도 하고, 다시 잠수해도 결국 전복을 잡지 못하는 경우도 있습니다. 무릇 전복 하나를 잡으려다가 거의 죽을 뻔한 적도 많았고, 또 물밑의 돌은 모가 나서 날카로우니 그것에 찔리면 죽기도 하고, 벌레나 뱀 같은 나쁜 동물이 물면 죽기도 합니다. 그러므로 저와 같은 일을 하는 사람들 중에는 숨이 차서 죽고, 추워서 죽고, 돌과 벌레 때문에 죽는 사람들이 즐비합니다. 저는 비록 다행히도 살아있지만 병으로 고생이니 제 안색 좀 보십시오."³

---

3김춘택, 「潛女說」, 『北軒集』 권13, 『한국문집총간』 185, 185면, "對曰 : '吾就浦邊, 置薪而
爇火, 吾赤吾身, 着匏於胸, 以繩囊繫於匏, 以舊所採者鰒之甲, 盛于囊, 手持鐵尖, 以游以
泳, 遂以潛焉. 及乎水底, 以一手撫其厓石, 知其有鰒, 而鰒之黏於石者, 堅而以甲伏焉. 堅
故不可卽採, 伏故其色黑, 與石混. 乃以舊甲, 仰而置之, 以識其處, 爲其裏面光明, 在水中
可察見也. 於是吾氣甚急, 卽出而抱其匏以息之, 其聲劃然久者, 不知凡幾, 然後得生. 遂復

공물을 바치기 위해 전복을 잡는 해녀는 ① 숨이 차고, ② 춥고, ③ 돌에 찔리고, ④ 벌레나 뱀에게 물려 죽을 위험이 있다. 해녀는 전복을 잡는 과정과 고충을 설명하여 자신의 처지를 생생하게 전달했다.「포사자설」에서 영주의 뱀이 위험한 이유가 단일하게 나온 것과 비교하면, 전복을 따는 해녀는 여러 측면에서 위험한 일을 하고 있다는 인상을 준다.

그렇다면 해녀가 죽음을 무릅쓰고 이 일을 하는 이유는 무엇일까? 부세를 납부해야 하기 때문이다.「잠녀설」은 부세의 고통을 말하기 위해 전복을 따는 자가 전복을 사야 하는 아이러니한 상황을 제시한다.

내가 해녀를 가엾게 여기자 그녀가 또 앞으로 와서 말했다. "공께서는 전복을 잡는 어려움만 알고, 제가 전복을 사는 것이 더 어렵다는 것은 모르십니다." 내가 말했다. "너는 지금 전복을 잡고 사람들은 또 너를 통해 전복을 사는데 어찌 네가 직접 전복을 산단 말이냐?" 해녀가 말했다. "저는 백성이고 전복은 맛좋은 음식입니다. 백성이 맛 좋은 음식을 취하여 상공에 충당하고, 여러 관리의 음식을 대비하며, 또 여러 관리가 다른 사람들에게 보낼 것을 대주는 일은 제 직무입니다. 제가 비록 그것으로 제 옷과 음식을 마련할 수 없더라도 매번 관리들과 그들이 선물을 보내는 사람들이 지위가 가장 낮더라도 응당 나보다는 더함이 있을 것을 생각하면 제가 감히 공손하지 않을 수 있겠으며, 비록 병이 나더라도 감히 원망할 수 있겠습니까? 다만 여러 관리가 몹시 총애하는 바로서, 오직 그 말을 따르지 못할까 그 욕구를 채워주지 못할까 두려워하는 사람은 그 천하고 비루함이 저와 다를 것이 없고, 다만 붉은 분을 바르고 화려한

潛焉, 以赴其嘗識處, 以鐵尖探之, 納於繩囊而出. 至浦邊則寒凍, 戰慄不可堪. 雖六月亦然, 遂就溫於薪火以得生. 或一潛不見鰒, 再潛不果採者有之. 凡採一鰒, 其幾死者多, 且水底之石, 或廉利, 觸之則死, 其虫蛇惡物, 噬之則死. 故與吾同業者, 以急死, 以寒死, 以石與虫物死者相望. 吾雖幸生而苦病焉, 試觀吾容色也.'"

옷을 입는 것만 다를 뿐입니다. 관리들이 그들을 총애하기 때문에 제가 잡은 전복은 늘 그들에게 모이고, 말을 따르기 때문에 징수와 독촉이 더욱 그치지 않아서 반드시 전복을 많이 모아야 욕구에 만족하며, 많이 모았기 때문에 여기 저기서 그것을 팔아서 부를 늘립니다. 제가 만약 병이 나서 전복을 잡으러 가지 못하거나, 혹 잡으러 가도 전복을 얻지 못하여 징수와 독촉의 핍박을 받게 된다면 때때로 전복이 모여드는 곳으로 가서 그것을 사고, 다시 관청에 실어 보냅니다. 무릇 사고파는 것은 각각 원하는 대로 하는 것이니 지금 제 형편이 전복을 사지 않을 수 없다는 것을 알기 때문에 그들은 전복의 가격을 가장 높게 하여 팔고, 저는 이 때문에 파산했습니다. 전복은 하나인데 전복을 잡는 근심은 저에게 그치고, 그 사야 하는 화는 곧 가족을 모두 지킬 수 없게 하니, 제가 어찌 크게 고단하고 몹시 어렵지 않겠습니까?"[4]

해녀는 전복을 일정량 채취하지 못했을 때, 어쩔 수 없이 전복을 사서 부세를 낸다고 말한다. 상인들은 해녀가 전복을 사야만 한다는 것을 알기 때문에 해녀에게 전복을 비싼 값에 판다. 전복을 사느라 해녀는 파산한 것이다. 이 작품은 바쳐야 할 공물을 구하지 못하면 직접 사서 내야하는 백성의 처지를 보여준다.

---

4  김춘택,「潛女說」,『北軒集』권13,『한국문집총간』185, 185면, "余爲之憫然, 又前而言曰：'公知採鰒之難, 不知吾買鰒之甚難.' 余曰：'汝今採鰒, 人且從汝而買, 何汝之自買爲?' 曰：'吾小民也, 鰒美味也. 以小民取美味, 以充上供, 以備諸官人之食, 又以給諸官人之所餽於人者, 是吾職也. 吾雖不得以爲吾衣食之資, 每思官人與其所餽之人者, 雖其最下, 當有加於吾, 吾敢不恭, 雖病敢以恨乎? 惟諸官人之所甚寵, 而惟恐其言之不從, 其欲之不能滿者, 其賤而可鄙, 無以異於吾, 惟塗朱粉被錦綺, 異矣. 而以寵之故, 吾之鰒, 常爲其所聚, 以言之從故, 尤徵督不已, 必其多聚而滿欲, 以聚之多, 故散而賣之, 以益其富. 吾苟病不能採, 或採而無所得, 而被徵督之迫焉, 則時就其所聚而買之, 還以輸於官. 夫賣與買, 各以所欲也, 今知吾之勢, 不得不買, 故極其價之高而售之, 吾於是破産焉. 鰒一也, 而其採之患, 則止於吾身, 其買之禍, 則家族皆且不保, 吾豈不大困而甚難哉?"

내 생각에 이는 '태산의 호랑이'와 '영주의 뱀'과 같구나. 행여 혹독한 정치와 가혹한 세금이 없더라도 지금 그대는 전복을 따고 전복을 사야 하는 괴로움을 아울러 가지고 있으니 진실로 불쌍하구나.[5]

'나'는 가정맹어호의 고사와 「포사자설」의 내용을 언급하여 부세의 가혹함이라는 주제를 다시 한번 강조한다.

「재설」은 강재항이 태백산을 유람했을 때, 벌목꾼과의 대화를 통해 백성의 고통을 고발하는 내용이다. 이 작품은 주제를 말하기 전에, 죽간에 쓰이는 가래나무[梓]의 장점과 서적의 발전 양상을 언급한다.

가래나무는 천하에 아름다운 목재라서 궁실을 짓기도 하고 기명을 만들 수 있으며, 무늬를 새겨서 초목과 여러 생물의 모습을 나타낼 수 있다. 그 재목이 단단하고 날카롭기 때문에 상할까 봐 걱정하는 일 없이 오랫동안 전해질 수 있다. 이 때문에 책을 새기는 데에 쓰인다. 책은 사서육경부터 백가의 여러 기술과 노장과 부도 종류까지 가래나무로 새기지 못하는 것이 없다. 이 때문에 세상에서 책을 새기는 일을 침재錄梓라고 부르니, 그 유래 역시 이미 오래되었다.[6]

가래나무는 글을 새겨 오랫동안 보존하는 데 적합한 재목이다. 그래서 오래전부터 이것으로 책을 만들었다. 비록 한나라 때 분서갱유焚書坑儒를

---

5    김춘택, 「潛女說」, 『北軒集』 권13, 『한국문집총간』 185, 185면, "余以謂泰山之虎, 永州之蛇, 幸無苛政虐賦, 今汝兼有採鰒買鰒之苦, 誠可憫也已."

6    강재항, 「梓說」, 『立齋遺稿』 권17, 『한국문집총간』 210, 293~294면, "梓天下之美材也, 可以爲宮室作器皿, 可以錄刻雕鏤, 以象草木羣生之形. 以其材堅利, 可以傳之久遠, 而無廢缺之患也. 是以用以刻書. 書自六經四子, 百家衆技老莊浮屠之類, 莫不於是焉刻之. 是以世之刻書者, 謂之錄梓, 其來亦已久矣."

계기로 수많은 전적이 없어지고 선왕의 제도가 전해지지 못했지만, 침재
鋟梓가 생겨난 이후로는 책을 읽지 못할 일을 걱정할 뿐이지, 책을 소유하
지 못할까 걱정하는 일은 없었다. 가래나무가 있었기에 문명이 발전할 수
있었다.

그러나 후대 사람들은 책을 쉽게 구할 수 있었음에도 옛사람들보다 지
혜가 더 뛰어나지 못했다. 이유는, 옛사람들은 실천을 위해 글을 읽고, 지
금 사람들은 그저 강론하기 위한 목적으로 글을 읽기 때문이다. 성인도
본래 책을 쓰는 데 목적을 두지 않았다. 다만 도를 밝히는 것에 뜻을 두다
보니, 그 과정에서 자연스럽게 책이 나온 것이다. 그러나 지금은 그 가치
가 전도되었다.

강재항은 도가 쇠퇴한 현재를 비판하면서, 태백산 벌목꾼을 만난 일화
로 글을 끝맺는다.


옛날에 내가 태백에 들어갔는데, 태백은 남주의 진이었고 재목의 창고라고
불렸다. 재목 중 큰 것은 열 아름이나 되었고, 길이는 천 길이나 되었지만 가래
나무는 없었다. 내가 이상하게 여겨 그 사람에게 물어보니 대답하기를 "책을
새겨야 하므로 밤낮으로 벌목하는데 가래나무가 어찌 남아나겠습니까?"라고
했고, 또 "우리 백성은 책을 모르고 책 속의 말이 무슨 뜻인지도 모릅니다. 지금
관직에 있는 자들은 모두 책을 읽지 않는 사람이 없는데, 우리 백성을 그물질
하고 재물을 빼앗아 이로 인해 백성들이 흩어져 사방으로 떠도니 하소연할 곳
이 없습니다. 책 속의 말은 또한 이와 같을 뿐입니까?"[7]


태백산 벌목꾼은 책을 만드는 데 쓰이는 가래나무를 많이 벌목하여 지
금 남아있는 것이 없다고 말한다. 그러나 벌목꾼은 정작 책을 읽을 줄도,

책에 무슨 말이 적혀있는지도 모른다. 오히려 책을 읽는 지식층들의 탐욕 때문에 백성들은 고통을 겪는다. 지식이 생성되고 유통되는 이유는 그 지식으로 세상을 잘 다스리기 위해서다. 그러나 고통 받는 백성을 대변하는 한 벌목꾼의 하소연은, 수많은 책의 공효功效를 다시 생각하게 만든다. 백성은 책 속에 무슨 말이 적혀 있는지 알지 못한 채, 책을 만드는 데 쓰이는 목재를 벌목한다. 관직에 있는 자들은 과거에 급제하기 위해 경서를 읽던 독서인[讀書之人]이지만, 그 지식은 관직을 얻고 교양을 뽐내기 위한 것이었을 뿐 나라를 다스리고 백성을 편안히 하는 데에는 쓰이지 못했다. 벌목꾼의 언급은 지식과 실천의 괴리를 고발하는 것이다.

나는 잠잠히 있다가 한탄하며 말했다. "공자가 '가정맹어호'를 말했고, 양자가 또 '호랑이여! 호랑이여! 호랑이면서 뿔이 달렸구나!'라고 말했으니, 책 속의 말이 과연 이와 같겠구나! 책을 읽는 사람들은 과연 이와 같지 않겠는가! 그렇다면 李斯가 그른 것이 아니다. 「재설」을 짓노라."[8]

'나'는 벌목꾼의 언급으로 인해, 공자가 말한 '가정맹어호'와 양웅揚雄이 앞에서 살펴본 세 작품과 달리, 특정한 생업에 종사하는 인물과 부세를 비유하는 중심 제재가 등장하지 않으면서도 가정맹어호의 주제와 「포사

---

7 강재항, 「梓說」, 『立齋遺稿』 권17, 『한국문집총간』 210, 293~294면, "昔者余入太白, 太白南州之鎭也, 號稱材木之府. 材之大者十圍, 長者千尋, 而梓則無矣. 余怊而詢諸其人, 曰 : '以其刻書耳, 朝晝而伐之, 梓安得存乎?' 且曰 : '余氓也, 不知書, 不知書中之言如何. 今之爲官者, 無非盡讀書之人也, 乃也罔吾民而奪之財, 使吾民散而之四方, 而無所告訴. 書中之言, 其亦若是而已乎?'"

8 강재항, 「梓說」, 『立齋遺稿』 권17, 『한국문집총간』 210, 293~294면, "余嘿然而嘆曰 : '孔子稱苛政猛於虎, 楊子又謂虎哉虎哉! 虎而角者也! 書中之言, 果若是乎哉! 其讀書之人, 其不果若是乎哉! 然則李斯不非. 作「梓說」.'"

자설」의 서술 방식을 계승하고 변주한 작품이 있다. 바로 박전의 「절비자설折臂者說」이다.

이 작품은 '나'와 '팔을 스스로 부러뜨린 사람' 간의 대화로 이뤄져 있다. '절비자折臂者'는 작품에서 제 팔을 스스로 부러뜨려 병역을 피한 사람으로 나온다. 신체 일부를 훼손하여 나라의 임무를 피한 사례는 예부터 있었다.[9] 「절비자설」은 백거이白居易의 「신풍절비옹新豊折臂翁」에서 모티프를 얻었을 것이다.[10]

①-1 백성의 부역 가운데 병역이 가장 고달프다. 나라의 법에 따르면 고칠 수 없는 병을 앓는 자는 병역을 면제해 주니, 병사로 쓸 수 없기 때문이다. 남쪽 고을에 어떤 사내가 살았는데, 백성을 징병할 때가 되자 스스로 팔을 부러뜨려 병사로 쓸 수 없다는 점을 보여주었다. 내가 불쌍히 여겨 물었다. "부모가 주신 몸을 감히 상하지 않게 하는 것이 효의 지극함이다. 지금 너는 군적에 편입되는 것을 면하려고 부모가 주신 몸을 상하게

---

9　『세종실록』을 보면, 林茂라는 사람이 스스로 팔뚝을 끊어 함경도로 가는 것을 피한 일화가 있다. 조선시대 함경도는 변방 지역으로, 일정 시기가 되면 백성 중 일부가 그곳으로 이주하여 살아야 했다. 임무는 이를 피하기 위해 신체 일부를 훼손했고, 세종은 이러한 백성들의 사정까지 감싸주었다. 『세종실록』 76권, 세종 19년 1월 4일 甲午, 다섯 번째 기사 참조. 특히 이 기사에서 세종이 "史冊에 상고하여 보면 자기의 살을 훼손하여 구실을 피한 자가 예전에도 많았다[稽諸史冊, 毀肌膚以避役者, 古亦多矣]"고 언급한 것을 보면, 신체 훼손이 나라의 의무를 회피하는 방법으로 많이 이용되었음을 알 수 있다.

10　「신풍절비옹」에서는 병역을 피하기 위해 젊은 시절에 팔을 스스로 부러뜨렸던 노인이 등장한다. 당시 전쟁에 참여하면 살아 돌아오기 힘들었기 때문에, 노인은 신체 일부를 훼손하여 징병을 피했다. 이 작품은 전쟁으로 고통 받는 백성의 삶을 보여주며 당대를 풍자했다. 「절비자설」도 절비자가 등장하여 병역의 폐단을 고발했다. 그러나 「신풍절비옹」은 신체의 고통과 병역의 의무 사이에서 갈등하는 사람을 그렸다면, 「절비자설」은 부모의 봉양과 병역의 의무 사이에서 갈등하는 것에 초점을 두었다. 「신풍절비옹」의 절비옹이 선택한 것은 개인의 안위이지만, 「절비자설」의 절비자가 선택한 것은 가정의 존속이자 자식으로서의 도리다.

했으니, 어버이에게 불효이고 인지상정과 먼 행동이 아니겠느냐?"[11]

　서두에서는 부역 중 병역이 가장 가혹하다는 일반론을 제시한 뒤, 제 팔을 스스로 부러뜨려 병역을 회피한 한 사내를 클로즈업한다. '나'가 사내를 질책하는 근거는 "몸을 손상하지 않는 것이 효의 시작[不敢毀傷, 孝之始也]"이라는 『효경孝經』의 한 구절이다.[12] 그러나 이 말이 지켜지지 않는 경우가 아래와 같이 사내의 입을 통해 서술된다.

　　①-2 사내가 오열하다가 한참 만에 대답했다. "사람이 차마 할 수 없는 일 중에 제 몸을 스스로 상하게 하는 것보다 심한 일이 없지만, 제 몸을 돌아볼 겨를이 없었습니다. 부모가 주신 몸을 상하게 하는 것보다 큰 불효가 없지만, 부모가 주신 몸을 아까워할 겨를이 없었습니다. 이 역시 불행에서 말미암은 일입니다. 지금 한 지방에서 연수連帥의 직분을 가진 자들은 대부분 탐욕스럽고 포악한 사람이어서 병사를 아끼고 기르는 일이라고는 생각지 않고, 권력자를 잘 섬기는 것만 능사로 압니다. 이 때문에 부역을 자주 일으켜 갖가지 명목으로 거두어들이며, 엄하고 혹독한 형벌을 시행해 이리와 승냥이처럼 사나운 짓을 자행합니

---

11　작품의 번역은 정민·이홍식 편역(2017a), 87~89면을 참고하여 필자가 수정 및 보완했다. 박전, 「折臂者說」, 『松坡逸稿』, 『한국문집총간』 속2, 396~397면, "①-1 民之役, 惟兵最苦. 而國典有廢疾者免, 爲不能用兵也. 南州有一男子, 臨拔民爲兵也, 乃自折其臂, 示不可用. 余悲之, 且問之曰 : '受父母遺體, 不敢毀傷, 孝之至也. 今汝要免兵籍, 自戕遺體, 無奈不孝於親而不近於人情者乎?'"

12　『孝經』, 「開宗明義」에 "신체와 모발과 살은 부모에게서 받았으니, 감히 훼상하지 않는 것이 효의 시작이요, 자신을 바르게 세우고 도를 행하여 후세에 이름을 드날려서 어버이를 드러나게 하는 것이 효의 마지막이다[身體髮膚, 受之父母, 不敢毀傷, 孝之始也, 立身行道, 揚名於後世, 以顯父母, 孝之終也]"라고 되어 있다. 유가에서는 몸을 훼손하는 것을 불효라고 인식했다.

다. 병사들은 그 고달픔을 견디지 못하여 곤장을 맞고 죽은 자가 몇이나 되는지 모르고, 목매어 죽은 자가 몇이나 되는지 알 수 없습니다. 그렇지 않으면 산속으로 도망쳐 승려가 된 자가 또 몇이나 되는지 모르니, 도망간 사람을 잡으려고 새벽부터 출발하고 결원을 보충하라는 명령이 화급해서 그 사람의 부모를 징병하고 일족을 징병하고 이웃을 징병합니다. 그러나 부모와 일족, 이웃인들 어찌 병역이 없겠습니까? 부모에게 아들 하나가 있으면 아들 하나를 징병하고, 아들 일곱이 있으면 아들 일곱을 징병합니다. 일족이 한 집이 있으면 한 집을 징병하고, 열 집이 있으면 열 집을 징병합니다. 이웃이 있으면 서쪽 집에서 징병하고 동쪽 집에서 징병합니다. 그리하여 부모와 처자가 흩어지고 일족이 생업을 잃으며 이웃이 서로 보전하지 못하여, 열 집 가운데 아홉 집이 비고 집에서 기르는 개와 닭조차 편안히 있지 못하는 것은 모두 이 때문입니다.[13]

사내는 현재 병역의 고통이 얼마나 심각한지 설명한다. 가장 큰 문제는 관료들의 횡포다. 관료의 본분은 나라에 병역을 바치는 군사들을 훈련시키는 것이다. 그러나 관료들은 이를 지키지 않고 권귀權貴를 섬기는 것에

---

13 박전, 「折臂者說」, 『松坡逸稿』, 『한국문집총간』 속2, 396~397면, "①-2 男子哽咽, 久乃對曰 : '人所不忍者, 莫甚於自戕其身者, 則其身有不暇顧矣. 不孝有大於毁親之遺體者, 則遺體有不暇恤者. 此亦出於不幸者矣. 方今爲一方連帥之職者, 率多貪戾塵暴之人, 以愛養軍兵爲何事, 以善事權貴爲能. 於是徭役煩興, 徵斂百端, 嚴刑酷罰, 恣豺暴. 兵不堪其苦, 遭杖斃者幾人, 致縊者幾人. 不然逃入山林, 托名空門者, 又不知其幾人也, 則捕亡星發, 徵闕火急, 徵其父母, 徵其一族, 徵其隣里. 然父母也一族也隣里也, 豈有無身役者? 而苟有父母有一子則有一子之徵, 有七子則有七子之徵. 一族有一一族則有一一族之徵, 有十一族則有十一族之徵. 鄰里有西家之徵, 有東家之徵. 於是父母妻子離散, 一族失其業, 隣里不相保, 十室而九空, 雞犬而不相寧焉者皆是也.'"

만 집중하여 병역을 진 백성들에게 신체·경제·정신 면에서 고통을 준다. 이 때문에 많은 병사들이 매 맞아 죽거나 자살하거나 도망갔다.

더구나 병역은 당사자가 죽거나 도망간다고 해서 없어지지 않는다. 한 사내가 병역을 질 수 없으면 그 부모나 친척, 이웃이 부담해야 한다. 세금 징수도 기준이 없다. 병역을 질 수 있는 사람이 있기만 하면 그 사람들에게 병역을 요구한다. 이 때문에 백성이 곤궁해지고 가족끼리 서로 헤어진다. 제 몸을 보살피고 싶어도 그럴 겨를이 없다. 사내는 자신의 처지가 '불행'에서 나왔다고 말하는데, 이는 당대 사회의 구조적 모순을 뜻한다. 사내는 다음 단락에서 자신의 처지로 시선을 좁힌다.

①-3 우리 집에는 늙으신 어머니가 한 분 있고 형제가 넷입니다. 첫째 형은 병사가 된 지 사 년 만에 고달픔을 견디지 못해 도망했고, 둘째 형은 병사가 된 지 삼 년 만에 고달픔을 견디지 못해 군대에서 스스로 목을 매어 죽었습니다. 셋째 형은 병사가 된 지 이 년 만에 곤장을 맞고 집에서 죽은 지 이제 며칠밖에 지나지 않았습니다. 지금 제가 또 병사가 된다면 첫째 형처럼 도망할지, 둘째 형처럼 죽을지 모르겠습니다. 죽지 않으면 귀양 가는 것을 면할 수 없습니다. 다만 늙으신 어머니가 계신데 아들이 넷이나 있으면서 봉양하지 못하니, 제가 충성하기를 원하지 않고 효도하기를 원하는 것은 이 때문입니다. 그러므로 저는 잠시 팔을 상하게 하는 것은 참을 수 있지만 오랫동안 어머니와 헤어지는 것은 참을 수 없고, 몸을 상하게 하는 작은 불효는 저지를 수 있지만 어머니를 봉양하지 못하는 큰 불효를 저지를 수 없는 것은 진실로 이 때문입니다. 가령 제가 병사가 된다면 이 손이 있다 한들 왕상王祥처럼 얼음을 깨고 잉어를 낚아 어머니를 봉양할 수 있겠습니까? 이 팔이

있어봤자 자로子路처럼 쌀을 짊어지고 와서 어머니를 봉양할 수 있겠습니까? 그러므로 저는 병사 노릇 하다가 죽거나 귀양 가는 일을 면하고, 몸을 상하게 하여 효도하려는 것입니다. 다행히 한 손이 온전하니 땔나무를 지고 맛있는 음식을 올려 어머니가 여생을 마칠 때까지 봉양할 수 있을 것입니다. 사지 멀쩡한 사람이 병사 노릇을 하다가 죽거나 귀양 가서 부모처자가 흩어지게 만드는 것과 비교하면 어느 쪽이 낫습니까? 아! 병사 노릇을 하는 고달픔이 제 몸을 스스로 상하게 하는 것보다 심한 줄 누가 알겠습니까?"[15]

병역의 의무를 다하려다가 "매 맞아 죽고[遭杖斃者]", "목매어 죽고[致縊者]", "산속으로 도망쳐 승려가 된 자들[逃入山林, 托名空門者]"은 사내의 형으로 지칭되어 병역의 폐단이 한 인간을 불행하게 했음을 보여준다. 세 명의 형이 모두 병역을 가서 죽거나 도망갔다면, 사내 또한 병역을 가더라도 형처럼 되리라고 쉽게 예상할 수 있다. 이러한 상황에서 하층민이 선택할 수 있는 최선은 병역을 피하는 것이고, 이를 위해서는 신체를 훼손해야 했다.

그런데 「절비자설」에서 신체 훼손은 노모를 위한 것으로 그려진다. 부모 봉양은 자식의 도리를 다하는 것이다. 그러한 점에서, 사내가 제 팔을

---

14　박전, 「折臂者說」, 『松坡逸稿』, 『한국문집총간』 속2, 396~397면, "①-3 余家有一老母, 兄弟四人. 長兄爲兵第四年, 不堪其苦逃之, 次兄爲兵第三年, 不堪其苦自縊軍門死. 次兄爲兵第二年, 遭杖斃於家, 今已數日矣. 今余又爲兵則不知其爲長兄之逃乎, 爲次兄之死乎. 不死則徒, 固所不免. 顧有老母在, 有子四人不得其養焉, 則余所以不願爲忠而願爲孝者也. 余故能忍於暫而不能忍於久, 能不孝於小而不能不孝於大者, 良以此也. 且余爲兵則雖有此手, 能爲王祥之扣冰乎? 雖有此臂, 能爲子路之負米乎? 故余免死徒於彼, 而求孝於此. 一手幸完則猶可以擔荊薪捧甘旨, 以終母年. 豈若他人俱四體而不免死且徒於爲兵, 使父母妻子離散者哉? 嗚呼! 孰知爲兵之苦, 有甚於自戕其身體者哉?"

부러뜨린 행위는 힘든 상황에서도 인간의 도리를 포기하지 않으려는 노력으로 보인다.

신체를 훼손하려는 사내의 선택은 무모해 보인다. 그러나 사내는 행동의 득실을 따져가며 선택했다. 위 인용문에서 사내는 충과 효 중에서 효를 선택하고, 그 효를 다시 "큰 효[孝於大]"와 "작은 효[孝於小]"로 나눈다. "큰 효"는 부모를 끝까지 봉양하는 일이며, "작은 효"는 신체를 온전히 보전하는 것이다. 사내는 "큰 효"를 지키기 위해서 "작은 효"를 포기했다. 이러한 구성은 「포사자설」에도 나타난다. 포사자는 뱀 잡는 일을 하여 죽을 위험에 빠지는 것보다[小], 가혹한 세금에서 벗어나 가족이 함께 사는 것[大]을 택한다. 다만, 「절비자설」에서는 이 대소의 차이를 효에 맞추어 대효大孝와 소효小孝로 나눈 것이다. 「절비자설」은 백성이 겪는 모순을 유가적 가치의 대립으로 확대했다는 점에서 「포사자설」과 다르다.

또, 「절비자설」은 단순히 충효의 갈등만 보여주지 않는다. 관료가 제 역할에 충실하지 않고 권귀들에게 아부하고 백성을 학대하는 일 또한 큰 틀에서는 불충不忠이다. 관료들이 충을 실천하지 못하면, 백성 또한 병역을 피하여 그들의 '충'을 실천하지 못하고, 이는 신체를 훼손하는 불효로 이어진다. 관료들의 불충이 백성의 불충과 불효를 야기하는 것이다.[15]

> ② 나는 말한다. "아! 손가락 하나가 남들과 다르면 아프거나 방해가 되는 것이 아닌데도 사람들은 싫어하여, 손가락을 펴 주는 사람이 있으면 진나라와 초나라도 멀다 않고 달려가는 법이다. 지금 온전한 몸을 가진 사람이

---

15  신체 훼손을 모티프로 한 정경세의 「단지자설」은 부모의 병을 고치기 위해 자기 손가락을 잘라 그 피를 부모에게 먹인 사내의 이야기다. 이 작품은 효를 권면하는 데 그치고 있지만, 「절비자설」은 유가의 충효 가치가 충돌한 상황을 묘사하며 당대 사회를 비판했다는 점에서 주목할 만하다.

감히 몸을 스스로 상하게 하여 부러뜨리고, 백성이 차라리 제 몸을 상하게
할지언정 병사가 되기를 바라지 않으니, 병사의 고달픔을 알 만하다. 만
약 전쟁이 일어나거든 백성이 윗사람을 어버이처럼 가깝게 여기고 어른
을 위해 죽겠다는 마음을 먹는 것이 마치 몸이 팔을 부리고 팔이 손가락
을 부리는 것과 같음을 알게 할 수 있겠는가? 그러므로 나는 이 남자의 말
을 서술하여 병사 노릇의 고달픔을 드러내 정치하는 사람에게 보인다."[16]

마지막 단락에서 박전은 이 글을 쓴 이유를 설명한다. 사내를 통해 병
역의 고통을 드러내고, 위정자를 각성하게 하려는 것이다. 위정자가 나라
를 제대로 다스리지 못하면 백성들은 그 피해를 받아 집안을 다스리기는
커녕 제 한 몸도 지키지 못한다. 충효의 기강을 세우는 이유는 바로 가족
및 국가 공동체를 견고하게 유지하기 위해서다. 그러나 「절비자설」에서
는 나라가 제대로 다스려지지 않자, 하층민의 가족 및 이웃 공동체가 붕
괴되는 현실을 보여준다.


## 2. 의국론醫國論

정치를 '나라의 병을 다스리는 일'로 보는 관점을 '의국론醫國論'이라고
한다. 나라의 폐단을 진단하고 치유하는 것이 마치 의원이 환자를 치료하
는 과정과 유사하다는 논리다. 정치를 의학에 비유한 사례는 『국어國語』

---

16  박전, 「折臂者說」, 『松坡逸稿』, 『한국문집총간』 속2, 396~397면, "② 余曰 : '噫! 一指之
不若人, 非疾痛害事者, 人猶惡之, 苟能有伸之者, 不遠秦楚. 今使其體之身, 乃敢自傷折之,
使爲民者, 寧甘於自戕其體而不願爲兵, 則兵之苦可知也已. 及有緩急, 知有親上死長之心,
而如身之使臂, 臂之使指, 得乎? 余故述男子之言, 著爲兵之苦, 以爲爲政者覽焉.'"

의 「진어晉語」에 나오는 의원 '의화醫和' 고사에서 비롯됐다.

의화는 진평공晉平公의 병이 여색에 빠져서 생긴 것이어서 고칠 수 없다고 말한다. 여색에 빠지는 것은 마음의 뜻을 잃어버렸기 때문에, 음식이나 상처로 인해 생긴 병보다 더 치유하기 어렵다는 것이다. 이에 조문자趙文子가 의화에게 "사람을 치료하는 방법이 나라를 다스리는 데에 미칠 수 있습니까?"라고 묻자 의화는 "상등上等의 의사는 나라를 치료하고, 그다음 등급의 의사는 사람을 치료하는 것이 본디 의사의 직분입니다[上醫醫國, 其次疾人, 固醫官也]"라고 대답했다.

이후 의국론적 관점은 한유의 「잡설」 두 번째 기사에도 반영됐다. 내용을 보자.


병을 잘 고치는 자는 사람의 마름과 살찜을 보는 것이 아니라, 그 맥에 병이 났는지 안 났는지 살필 뿐이다. 천하를 잘 헤아리는 자는 천하가 편안한지 위태한지를 보는 것이 아니라, 그 벼리와 강령이 제대로 다스려지는지 아니면 어지러운지 살필 뿐이다. 천하가 사람이라면, 편안함과 위태로움은 살찌고 마른 것에 해당하며, 벼리와 강령은 맥에 해당한다. 맥이 병들지 않았다면 비록 말랐다 하더라도 해될 것이 없으며, 맥이 병들었다면 살집이 좋은 사람이라도 죽을 수 있다. 이 말을 알아듣는 사람이라면 바로 천하에 해당하는 이치도 알 것이다! (…중략…) 이 때문에 사지에 비록 탈이 없다 해도 믿을 수 없고 다만 맥만 요긴할 따름이다. 온 세상이 비록 무사해도 자랑할 수 없고 다만 벼리와 강령만이 요긴할 따름이다. 그 믿을 만한 데를 우려하고, 그 자랑할 만한 데를 두려워해야 하니, 병을 잘 고치고 일을 잘 헤아리는 자는 하늘이 돕고 함께 하는 법이다. 『주역周易』에 "행동을 살펴보아 길흉을 상고하다[視履考祥]"는 말이 있으니, 병을 잘 고치고 일을 잘 헤아리는 자는 이를 한다.[17]

한유는 병을 잘 고치려면 맥을 살피듯이, 나라를 잘 다스리려면 그 벼리와 강령을 살펴야 한다고 말한다. 사람이든 나라든 핵심을 살피면 문제를 쉽게 해결할 수 있다는 논리다. 의국론적 관점은 이후 송나라 장뢰張耒, 1054~1114의 「약계藥戒」에도 계승되어, 복약의 문제를 치국治國의 영역으로 확장한다.

한국의 경우는, 권근·세조世祖·영조英祖·이익 등의 언급에서 의국론적 관점이 보인다.[18] 한국 설에서는 치병治病 경험이나 의원 등을 등장시켜 병을 진단하고 고치는 일이 나라를 다스리는 일과 유사하다는 논리를 이어간다. 의료 기관이 대중화되지 않았던 조선시대에 의학 지식은 지식인들에게 교양과 같았다. 특히 원리상 국가와 인체가 다르지 않다는 유기체적 관점을 지녔던 유자儒者들에게 의학 용어는 몸을 성찰하고 정치적 입장을 표현하는 수단으로 쓰이기도 했다.[19]

---

17　작품의 번역은 한유, 정태현 역(2010), 261~262면을 참고하여 필자가 수정 및 보완했다. 한유, 「雜說」두 번째 기사, "善醫者, 不視人之瘠肥, 察其脈之病否而已矣. 善計天下者, 不視天下之安危, 察其紀綱之理亂而已矣. 天下者, 人也, 安危者, 肥瘠也, 紀綱者, 脈也. 脈不病, 雖瘠不害, 脈病而肥者, 死矣. 通於此說者, 其知所以爲天下乎! (…중략…) 是故四支雖無故, 不足恃也, 脈而已矣. 四海雖無事, 不足矜也, 紀綱而已矣. 憂其所可恃, 懼其所可矜, 善醫善計者, 謂之天扶與之. 易曰：'視履考祥.' 善醫善計者, 爲之."

18　권근, 「鄕藥濟生集成方序」, 『陽村集』 권17, 『한국문집총간』 7, 182면, "傳曰：'上醫醫國.' 方今明良相逢, 肇開景運, 以拯生民塗炭之苦, 以建萬世盤石之基, 夙夜孜孜, 盡心於治, 益圖所以活民生而壽國脉者, 仁民之政, 裕國之道, 本末兼擧, 大小畢備, 以至醫藥療疾之事, 亦拳拳焉. 調護元氣, 培養邦本, 如此其至, 其醫國也大矣. 仁被一時, 澤流萬世者, 豈易量也哉?"; 『세조실록』 32권, 세조 10년 3월 11일 甲子, 세 번째 기사, "天地不常經, 寒暑代序, 人道不常經, 文武迭用, 理不常經, 吉凶參取. 地理之說, 不過賞善罰惡, 扶弱抑强而已. 猶國之出治, 治無定政, 人之治病, 病無定證也."; 『영조실록』 83권, 영조 31년 3월 13일 丙戌, 세 번째 기사, "上諭參鞫諸臣曰：'予已大處分矣. 凡事快則生弊, 當譬諸病矣. 過補固不可, 過瀉亦不可, 今則用大承氣湯, 其思所以補益之劑, 然後可以調和其元氣, 而又用一貼, 則其過當如何哉?"; 이익, 『星湖僿說』 7권, 「醫國」.

19　박현모(2003), 156면.

의국론적 관점을 보여주는 작품은 성간成侃, 1427~1456의 「병중잡설病中雜說」, 민재남의 「약설藥說」, 김덕겸金德謙, 1552~1633의 「삼출설蔘朮說」, 이민구李敏求, 1589~1670의 「병설病說」, 강재항의 「의설醫說」이 있다.

성간의 「병중잡설」은 한유의 「잡설」 두 번째 기사의 형식과 내용을 모두 원용한 것으로 보인다. 일단, 형식 면에서 한유의 「잡설」은 독립된 네 편의 작품이 동일한 제목 아래 묶여 있는데 성간의 「병중잡설」도 독립된 두 편의 작품을 하나로 묶었다. 내용 면에서 한유의 「잡설」 두 번째 기사는 의술과 치국의 원리가 같다고 보며, 의술에서 맥이 중요하듯 치국에는 벼리와 강령이 관건이라고 말한다. 그런데 성간의 「병중잡설」은 두 편의 기사 모두 의술을 다뤘다는 점에서 한유의 「잡설」과 비슷하지만, 주제는 다르다. 「병중잡설」 첫 번째 기사에서 '나'는 혹자와 대화하며 의술에서 가장 중요한 것은 적의성適宜性이라고 주장한다.

혹자가 성자成子에게 의술을 묻기에 "적합하게 해야 한다"고 했더니 그 자가 상세하게 물어서 성자가 다음과 같이 대답했다. "육기六氣를 살피고 오장五臟을 징험하며 학문學問으로 이유를 밝히고 사려思慮로 정미하게 한다. 인삼과 복령을 임금으로 하고, 범고채와 칡을 신하로 해서 임금이 주장하는 바가 있고, 신하가 맡은 바가 있게 한다. 평온함을 해치지 않고, 조급함을 기르지 않으며 천천히 하되 너무 더디게도 하지 않고, 성급히 하되 너무 빠르게도 하지 않는다. 이것이 역시 '적합함'이 아니겠는가?" 그러자 그가 다음과 같이 말했다. "어찌 유독 의술의 일만 그러하겠는가? 그대의 의술을 가지고 적용한다면 천하를 다스릴 수 있다. 자석은 철을 끌어당기고 호박은 지푸라기를 달라붙게 한다. 물건이란 원래 그러하니 이 때문에 군자는 그 부류로써 서로 구해 천하의 다스림을 이룬다."[20]

‘나’는 적의성이 의술뿐 아니라 다른 일에도 똑같이 적용된다고 말한다. 천하의 다스림이나 사물의 관계에도 상황에 맞게 판단하는 것은 매우 중요하다는 것이다.

「병중잡설」 두 번째 기사는 제후齊侯와 편작扁鵲의 일화를 인용하며 예방의학의 중요성을 강조하고 이를 군자의 도로 확장한다.

아! 삶을 즐기고 죽음을 싫어함은 누구인들 그러한 마음이 없겠는가마는 환후는 어리석어 그 몸을 죽게 만들었다. 그러므로 군자는 미연에 보고 위태롭지 않을 때 방비해야 한다. 미연에 보는 것은 뜻밖의 우환을 없게 함이요, 위태롭지 않을 때 방비하는 것은 구제하기 어려운 폐단을 없게 하는 것이다. 이것이 대중지정大中至正의 도道다.[21]

대중지정이란, 과過함도 불급不及함도 없는 지극히 바른 도리를 말한다. 병을 예방하면 큰 병을 막을 수 있는 것처럼, 사람도 위험을 방지하여 큰 우환을 일으키지 말아야 한다. 나라를 다스릴 때에도, 위험을 미리 대비하면 구제하기 어려운 폐단은 없을 것이다. 「병중잡설」은 한유의 「잡설」의 형식과 ‘의국’이라는 주제는 수용하면서도 적의성과 예방에 초점을 맞춰 서술했다.

---

20　성간, 「病中雜說」, 『眞逸遺稿』 권4, 『한국문집총간』 12, 201면, “或問醫於成子, 對曰:‘宜.’ 請問其詳, ‘察之六氣, 徵之五臟, 學問以明之, 思慮以精之. 參苓以君之, 盧葛以臣之, 君有所主焉, 臣有所任焉. 毋攻其平焉, 毋養其急焉, 勿緩緩其遲焉, 勿齪齪其速焉. 斯不亦宜乎?’ 曰:‘豈獨醫事之爲然哉? 挾子之術以往, 天下可理. 磁石吸鐵, 琥珀拾芥. 夫物亦有然者, 是故君子, 與其類相求, 以成天下之治.’”

21　성간, 「病中雜說」, 『眞逸遺稿』 권4, 『한국문집총간』 12, 201면, “嗚呼! 樂生惡死, 孰無足心, 桓侯迷焉, 以隕厥身. 是故君子, 見於未然, 防於未危. 見於未然, 無意外之患, 防於未危, 無難救之弊. 此大中至正之道也.”

민재남의 「약설」은 똑같은 처방도 사람마다 효과가 다르다는 점을 정치에 적용했다.

혹자가 나에게 말했다. "내가 어떤 병에 걸려서 약을 시험해 봤더니 효과가 있었다. 나와 똑같은 병에 걸린 자가 시험한 바를 물으며 효과가 없었다고 하니 이는 왜 그럴까?" 내가 말했다. "사람의 혈맥과 근골이 모두 비슷한데 어떤 이는 거처와 섭양을 바꾸어 장과 폐의 기질이 강건하고 부드러워 서로 깎이고, 풍한과 서습의 기후가 일정하지 않으면 병이 같더라도 약을 다르게 써야 하니, 그렇지 않겠는가? 그러므로 좋은 의원은 그 같음과 다름을 잘 생각하고 그 극함과 헐함에 따라서 가감을 시험해 보고 완급을 조리해야 한다. (…중략…) 나라를 다스리는 것도 덕교와 형법으로 때에 따라 이롭게 이끌어야 하니, 그렇다면 또한 병을 치료하는 양의良醫와 같은 것이다. 그러므로 장문잠이 「약계藥戒」를 지어 병을 치료하는 방법을 절실히 말한 것이다. 이는 비단 몸을 치료하는 것만 아니라 나라를 치유할 수 있는 것이다."[22]

병을 치료하거나 나라를 다스리는 것은 각각 정해진 처방과 법도가 있다. 그러나 때에 따라 융통성 있게 처리해야 문제를 해결할 수 있는 경우도 있다. 「약설」은 복약服藥의 시의적절성을 정치 영역으로 확장하여 설명한 것이다.

역사 사건을 인용하여 의국을 설명한 작품도 있다. 김덕겸의 「삼출설」

---

[22] 민재남, 「藥說」, 『晦亭集』 권7, 『한국문집총간』 속126, 552면, "或語余曰: '吾有某病, 試藥得效, 有同病者, 問以所試試之無效, 此曷焉?' 余曰: '人之血脉筋骨, 擧相似也, 而或爲居養之所移, 腸肺氣質, 剛柔相截, 風寒暑濕, 氣候不齊, 則病雖同而藥異者, 不其然乎? 故醫之良者, 察其同異, 隨其劇歇, 試有加減, 治有緩急. (…중략…) 治國者亦以德敎刑法, 因時利導, 則亦治病之良醫也, 故張文潛著「藥戒」, 切言治病之方, 此非獨醫身, 亦可以醫國也夫.'"

은 당나라 원담元澹, 653~729과 당시 재상인 적인걸狄仁傑, 630~700의 대화를 모티프로 삼았다.

원담이 적인걸에게 "아랫사람이 윗사람을 섬기는 일은, 비유하자면 부유한 집에서 온갖 것을 비축했다가 그것을 의뢰하는 것과 같으니, 포와 고기 따위를 비축하여 맛난 음식을 공급하고 온갖 약초를 마련하여 질병에 대비합니다. 문하에게는 맛있는 음식은 가득하니, 소인을 하나의 약석으로 비축하기를 바랍니다. 괜찮겠습니까[下之事上, 譬富家儲積以自資也, 脯腊奚胰以供滋膳, 參朮芝桂以防疾疢. 門下充旨味者多矣, 願以小人備一藥石. 可乎]?"라고 하자, 적인걸이 "자네는 바로 나의 약롱 안의 약물이니, 하루도 없어서는 안 된다[君正吾藥籠中物, 不可一日無也]"고 했다.[23] 원담이 언급한 "삼출지계參朮芝桂"는 인삼人蔘·백출白朮·지초芝草·육계肉桂의 좋은 약재를 말한다. 원담은 적인걸에게 자신을 '삼출'에 비유하며 추천하는데, 인재를 등용하여 나라의 병폐를 해결해야 할 재상의 입장에서는 원담이 매우 귀한 인재였다. 그리하여 약재에 자신을 비유한 원담에게 적인걸은 "약롱 안의 약물[藥籠中物]"이라고 칭찬한 것이다.

만약 어떤 사람이 한 몸의 병을 통해 한 나라의 병을 깨우친다면 쇠오줌이나 말똥버섯과 심지어 떨어진 북가죽 같은 천한 약재를 모두 거두어 비축해서 그 효험에 책임을 질 것이니 그 삼출을 버리지 않을 것이 분명하다. 그렇다면 어찌 지금의 적인걸이 아니겠는가? 무릇 한 몸의 병을 공격하는 것은 삼출만한 것이 없고, 한 나라의 병폐를 공격하는 것은 인재만 한 것이 없으니, 나라의 병으로 보면 인재가 곧 삼출이고, 몸의 병폐로 보면 삼출이 곧 인재다. 원행충원담이 적

---

23  『新唐書』 권200, 「元行沖列傳」.

인걸에게 천거를 받고 인걸이 그를 약롱에 저장해둔 것은 진실로 이 때문이다.[24]

　　김덕겸은 "삼출"은 "인재人材"로, "일신지질一身之疾"은 곧 "일국지병一國之病"으로 비유하여 당시 적인걸이 왜 원담을 "약롱 안의 약물"이라고 말했는지 밝히고 있다. 병을 고치는 일은 곧 나라의 병폐를 고치는 일과 유사하다는 논리에서 비롯된 주장이라고 할 수 있다.

　　이민구는 자신이 조카 이석규와 같은 병을 앓고 있지만 증상이 다르다는 것에 주목하여 「병설」을 지었다. 이민구는 한때 '풍비병風痺病'을 앓았다. 이 병은 중풍의 일종으로, 풍기風氣와 한기寒氣·습기濕氣 따위가 몸에 침입하여 팔다리와 몸이 쑤시고 마비가 오는 병이다.[25] 이민구는 병의 증상이 왼쪽에 나타나, 몸을 움직이려고 하면 뻣뻣하고 쓰러질 것 같아 점점 묵직한 군더더기가 몸에 붙어 있는 것처럼 느껴졌다. 반면에, 이석규는 증상이 오른쪽에 나타나, 오른쪽 다리에 힘을 주고 서려고 하면 쓰러지고 감각이 없었다.[26] 원래 신체 부위는 몸에 붙어있는지 없는지 모두 느끼지 못할 만큼 자연스러운 것인데, 한 명은 몸에 무언가가 붙어있다[有]는 느낌을 불편해하고, 다른 한 명은 몸에 감각이 없다[無]는 느낌을 불편해했던 것이다.

---

24　김덕겸, 「參朮說」, 『靑陸集』 권6, 『한국문집총간』 속7, 389면, "如或有人因一身之疾, 而喩一國之病, 牛溲馬勃, 以至敗鼓之皮, 俱收並蓄, 將以責其效, 其不棄參朮明矣. 豈非今世之仁傑乎? 夫攻一身之疾, 莫如參朮, 攻一國之病, 莫如人材, 以國病視之, 則人材卽參朮也, 以身病視之, 則參朮猶人材也. 行沖之薦於仁傑, 仁傑之貯於藥籠者, 良以此也."

25　『靈樞經』 「壽夭剛柔」.

26　작품의 번역은 이민구, 강원모 외 역(2016), 441~442면을 참고하여 필자가 수정 및 보완했다. 이민구, 「病說」, 『東州文集』 권4, 『한국문집총간』 94, 319면, "吾近患風痺. 其病在左, 其名爲緩, 欲有所運用, 則艱澁委墮, 而漸覺其有如贅疣之附吾體焉. 吾姪子碩揆亦遇是病, 病在右, 憑之則欹, 按之則虛, 芒乎忽乎, 常若無半體者."

이민구는 같은 병에 다른 불편을 느낄 수 있다는 것을 역사에 적용했다.

    이를 통해 보면, 진秦나라가 실정失政하자 산동山東이 먼저 배반하여 산동의 36개 군이 모두 진나라의 근심거리가 되었으니, 이것은 근심이 있음[有]에 있는 것이다. 진晉나라가 양자강의 왼쪽에서 국맥을 보존하여 한 모퉁이에서 안일을 도모하려고 회수淮水 이북의 땅을 모두 호갈胡羯에게 주고 차지하지 못했으니, 이것은 근심이 없음[無]에 있는 것이다. 만일 진秦과 진晉이 한가하고 일이 없던 때에 정교政敎를 밝히고, 민심을 따라 국맥을 부지하기를 마치 사람이 일어나고 쉬는 것과 먹고 마시는 것을 마땅하게 하고, 근심과 욕망에 흔들림이 없게 하고, 비바람과 한서가 닿지 못하게 하는 것처럼 했다면, 우환이 어디서부터 생겨났겠는가? 이것은 또 우리 두 사람의 과오이기도 하다.[27]

    위 인용문에서 이민구는 병의 증상이 '있고 없음'을 불편해했던 자신과 조카의 사례를 각각 진秦나라와 진晉나라의 경우로 확대했다. 진秦나라 이세二世 황제인 호해胡亥 때, 빈농 출신인 진승陳勝과 오광吳廣이 폭정을 이기지 못하고 다른 농민들과 산동에서 난을 일으켰다. 산동의 36개 군에서 일으킨 반란은 진나라가 멸망하는 결정적 계기가 되었다. 몸에 군더더기가 붙어있는 느낌이 이민구에게 고통을 준 것처럼, 산동의 36개 군은 진나라의 멸망을 일으킨 군더더기였던 셈이다. 그리하여 이민구는 이 사건을 두고 근심이 있는[有] 경우라고 보았다.

---

27   이민구, 「病說」, 『東州文集』 권4, 『한국문집총간』 94, 319면, "因此而推之, 秦失其政, 山東首畔, 三十六郡, 擧爲秦患, 是患在於有也. 晉保江左, 偸安一隅, 自長淮以北, 擧委之胡羯而莫之取, 是患在於無也. 使秦與晉治其閒暇無事之時, 明其政敎, 順民心扶國脈, 猶人之起居飮食適其宜, 憂愁嗜欲無所感, 風雨陰陽無所觸, 則患何自而生乎? 此又吾二人之過也."

진晉나라는 316년에 흉노에 의해 멸망했지만 그 왕족 중 하나였던 사마예司馬睿가 양자강 이남에 다시 진晉나라를 재건했다. 이를 동진東晉이라고 불렀다. 그러나 이 나라도 재건한 지 100년 정도 되었을 때 내란으로 멸망했다. 다시 과거의 영광을 기억해 나라를 일으켜 세우려고 노력했지만, 근본 문제를 해결하지 못해 다시 멸망한 것이다. 이민구는 이 경우를 두고 아예 감각이 없어진[無] 경우로 보았다. 만약 진秦나라와 진晉나라가 모두 정교를 바로 세우고 민심을 살피기를 마치 사람이 제 몸을 잘 양생하듯이 했다면 멸망하지 않았을 것이다.

강재항의 경우는, 과거와 현재의 의원을 비교하면서 치병의 도와 치국의 도가 같다는 사실을 강조한다. 강재항은 과거 의원의 도를 설명하기 위해 진秦나라 분서갱유 때로 거슬러 올라간다. 당시 유가는 박해받았지만 의가醫家는 백성에게 필요한 지식이라는 이유로 살아남았다. 이후 명의들이 치병의 핵심을 "원기를 보호하고 사기를 물리치는[扶護元氣, 攻除客邪]" 데에 두었기 때문에 효험이 좋았다고 한다.

그런데 강재항은 과거와 현재의 의원이 다르다고 말한다. 현재의 의원은 눈앞의 효험에만 집착하여 근본을 회복하도록 처방하지 않기 때문이다. 강재항은 불분명하고 과도한 처방을 내린 곽선원郭善源·임정任禎과 같은 인물을 예시로 들면서 설득력을 높였다. 강재항은 타당성을 더 높이기 위해, 자신이 보고 들은 동시대 인물 두 명을 추가로 거론한다.

곽선원과 임정은 내가 보진 못했지만 근년에 이생李生이라는 자가 있으니 어디 사람인지는 알 수 없다. 하루는 바람처럼 나타나서 스스로 의술에 능하다고 말했다. 처음부터 질병의 경중은 묻지도 않고 침을 놓는데, 의경에서 1~2푼이라고 했는데 번번이 6~7푼을 놓았으며, 3~4푼이라고 한 것은 번번이 8~9푼이 넘었다. 뜸을 하는 것도 의경에서 7~14장이라고 한 것을 번번이 42~49장을 넘겼으며, 21~28장이면 56~63장을 넘겼다. 그가 침을 놓고 뜸을 하는 혈의 자리가 맞는지도 알 수 없었다. 그런데 적취가 흩어지고 울체된 기운이 흐르게 되어서는 장님이 보게 되고, 절름발이가 걷게 됐다. 주변 사람 중 신기하고 이상하게 생각하지 않는 사람이 없었다. 혹자가 말하기를, 사람의 맥락은 관계되는 바가 매우 미묘하여 비록 효과가 있는 듯하지만 후에 반드시 후회하게 될 것이라고 했다. 이윽고 이생에게서 침을 맞고 뜸을 받은 사람들이 잇달아 죽으면서, 살아남은 사람이 없게 됐다. 또 황생黃生이라는 자가 스스로 처사라고 칭했는데 그의 의술이 이생과 비슷했다. 그가 경솔하게 침을 놓고 뜸을 하는 것이 이생이 조심하는 것에도 미치지 못했고, 사람들이 바쁘게 쫓아가는 것이 이생에 대한 것보다 심했다.[28]

이생과 황생은 뚜렷한 효과를 내려고 과도하게 침과 뜸을 놓았다. 강재항은 단순히 용렬한 의원의 정의만 거론하지 않고, 동시대 인물의 처방 방식을 자세히 서술해 과거와 현재의 의원이 어떻게 다른지 설명했다. 이는 과거의 의원의 도를 치국의 도로 확장해 설명하기 위해서였다. 위정자가 나라를 다스리는 근본 방법은 백성의 타고난 성품을 통해 그들을 이끌어주고 바로잡아주는 것이다. 이렇게 되면 나라는 안정되고 백성은 편해진다.

---

28　강재항, 「醫說」, 『立齋遺稿』 권16, 『한국문집총간』 210, 288면, "郭, 任吾不及見之, 而頃歲, 有李生者, 不詳族里. 而一日飄然而至, 自言能醫. 初不問病之輕重, 鍼人經一二分者, 輒過六七分, 三四分者, 輒過八九分. 炳人經一二七壯者, 輒過六七七壯, 三四七壯者, 輒過八九七壯. 其下穴之當否, 未知其果何如. 而積者潰聚者散, 滯者行淹者流, 盲者視跛者行, 遠近人士, 莫不神且異之. 或曰:'人之脈絡, 關係甚微, 雖似有近效, 後必有悔.' 旣而受鍼炳於李生者, 相繼死, 無復存者. 又有黃生者自稱處士, 而其術似李生. 其輕慢鍼炳, 尤不及李生之愼, 而人奔趨之, 過李生焉."

반면, 법가가 성행하던 시기에는 질서가 잡힌 것처럼 보였지만 백성들은 오히려 각박한 법에 구속당했고, 작은 죄에도 엄한 벌이 내려져 불만이 점점 쌓여갔다. 이로 인해 상앙은 인심을 잃었다. 결국 상앙은 자기가 만든 법 때문에 죽임을 당했고, 국력은 쇠해졌다. 강재항은 천하가 어지러워진 계기를 유가가 없어지고 법가가 성행했기 때문이라고 생각했다. 법가는 인간의 본심을 무시하고 당장 눈에 보이는 질서를 추구했다. 이는 빠른 효험을 추구하는 현재 의원의 도와 같았다. 강재항은 환자를 제대로 치료하지 않는 현재 의원을 비판하면서 이를 치국의 도까지 확장했다.

지금까지 의술을 치국에 확장한 작품 5편을 살펴보았다. 이와 달리, 의국론적 관점을 변주한 작품으로 권재운의 「의학설경학자醫學說警學者」를 들 수 있다. 「의학설경학자」는 작가가 의원이 되어 어리석은 환자를 꾸짖는 내용이다.

①-1 병에 걸린 자가 몇 년간 약을 먹었는데도 효험이 없어서 침상에 엎드려 신음하니 나를 보고 말했다. "세상에 의원이 없으니 저는 이제 죽습니다." 내가 말했다. "대군에 열 명이 있고, 소군에도 한두 명 정도는 있으니 어찌 의원이 없다 하는가?" 병자가 말했다. "내가 없다고 말한 것은 진짜 없다는 말이 아닙니다. 비록 그 이름은 있지만 실상은 없어서 없다고 말한 것이니 맞지 않습니까? 제가 병을 앓은 지 수년이 되는 것을 그대는 압니다. 동서로 다니며 의원을 찾고 약을 천 봉지나 복용했는데도 끝내 효과를 보지 못했습니다." 이로 인해 약록을 꺼내어 보여주자 내가 일일이 열람해 보니 모두 수십백 본이요, 복용한 것 중 열에 여덟아홉은 모두 정해진 수에 맞지 않았다. 어떨 때는 천한 것으로 귀한 것을 대체하기도 하고, 신으로 군을 삼기도 하고, 불기운에 말려서

볶기도 하니, 정해진 법으로 하지 않은 것이 대부분이었다.

①-2 내가 그 약록을 거두며 천천히 말했다. "그대는 아마도 죽을 것이니, 남을 탓하지 마라. 지금 세상에 또한 어찌 의학의 의리를 아는 한두 사람이 없겠는가? 그대가 그 약을 먹을 때 정해진 법칙대로 하지 않아서 약이 효험이 없는 것이니, 그대의 잘못이다."

①-3 그중 한 약을 취하여 그로 하여금 대체물을 쓰지 않고 반드시 좌사左使를 바로잡아 그 방법에 맞게 연이어 낮추게 했더니 그 병이 마침내 반감될 수 있었다. 의가가 그것을 듣고는, 그 약을 배로 첨가하여 복용하지 않는다면 수개월 내로 반드시 다시 처음으로 돌아갈 것이라고 말했다. 한두 달을 지냈더니 과연 다시 그 발병이 심하게 나서 크게 두려워하여 다시 그 약을 먹으니, 그 말대로 병이 다 나았다.[29]

'나'는 의학 소양을 갖추어 병자와 의약 처치를 상의할 수 있는 사람이다. 병자는 '나'에게 몇 년간 약을 먹었는데도 차도가 없다고 한탄한다. '나'는 병자의 약록을 열람해 그 원인을 찾아낸다. 병자가 임의대로 약을

---

29  권재운, 「醫學說警學者」, 『麗澤齋遺稿』 권3, 『한국문집총간』 속78, 204면, "①-1 有病者
積年服藥而未得效, 伏枕涔涔, 見余而言曰 : '世無醫者, 吾今死矣.' 余曰 : '大郡十數, 小郡
亦不下一二, 何謂無醫也?' 病者曰 : '吾所謂無者, 非謂其眞無也. 雖有其名而無其實, 謂之
無也, 不亦宜乎? 吾病之多年, 子之所知也. 求諸東西, 服藥千裹, 而卒未見其效也.' 因出示
藥錄, 余一一考閱, 凡數十百本, 其所服十居八九, 而皆未能準其數. 或以賤代貴, 以臣爲君,
或焙炒, 不以其法者, 亦十八九矣. ①-2 余卷其軸而徐謂之曰 : '子其死矣, 毋咎人爲也. 今
世亦豈無一二知醫理者乎? 子服其藥, 而不以其法, 藥之不效, 子之過矣.' ①-3 取其中一
藥, 使之不用代材, 必正佐使, 依其方連下, 而厥疾乃得半減. 醫家聞之, 以爲若不加一倍服
之, 不過數月, 必復如初. 居一二月, 果復發其劇, 於是大恐懼, 更服其藥, 一如其言, 疾遂已."

먹은 것이 문제였다. '나'는 병자가 약을 원칙대로 먹을 수 있도록 훈계했다. 약을 다른 약으로 대체하지 않고, 한약 처방에서 약재의 작용에 따라 네 가지로 갈라놓은 '군신좌사君臣佐使'에 맞게 약을 복용하도록 했다.[30] '나' 외에 또 다른 의원[醫家]이 작품 중간①-3에 등장해, 약을 배로 첨가해 복용하지 않으면 병이 돌아온다고 알려주자, 병자는 그 말대로 약을 복용해 병이 낫는다.

> ② 내가 이 때문에 꾸짖으며 말했다. "대명이 비록 하늘에 달렸으나 치료법은 사람에게 달렸으니, 하늘에 달린 것은 도모할 수 있는 것이 아니지만 사람에게 달린 것은 진실로 그 도를 다해야 한다. 지금 만약에 그 도를 다하지 않고 하늘에 맡긴다면 괜찮겠는가? 하늘에 귀의하는 것은 불가하니 하물며 세상에 의원이 없다고 말함에 있어서랴? 여기에 어떤 사람이 있다. 그 자제로 하여금 남에게 학문을 전수하게 했는데, 남의 가르침을 따르지 않았으니 그 학문이 이뤄지지 못했다. 이때에도 '가르치는 방법을 알지 못했다'고 말할 수 있겠는가? 어찌 이와 다르겠는가? 아! 일은 다르나 이치는 같으니, 이보다 더 같을 순 없다. 무릇 학자는 이 도로써 구한다면 성취가 어렵지 않을 것이다. 이에 글을 써서 학자를 깨우친다.[31]

---

30　君臣佐使는 본문에서 '左使'라고도 한다. 君은 가장 주된 작용을 하는 약재이고, 臣은 군의 효력을 보조하고 강화하는 약재이며, 佐는 군으로 인해 생기는 독성을 풀어주는 약재이고, 使는 처방의 효과를 아픈 곳으로 유도하는 작용을 하는 약재이다.

31　권재운, 「醫學說警學者」, 『麗澤齋遺稿』, 권3, 『한국문집총간』 속78, 204면, "② 余以是詰之曰 : '大命雖在天, 而治方在人, 其在天者, 非可圖也, 其在人者, 固當盡其道. 今若不盡其道而委之天可乎? 歸之於天不可, 況謂之世無醫乎? 有人於此. 使其子弟授學於人, 而不從其人之敎戒, 及其學不成也. 乃謂之不知敎術可乎? 何以異於是? 噫! 事不同而理同者, 莫此若也. 凡爲學者, 若以此道求之, 其成就不難矣. 於是乎書以警學者.'"

'나'는 이 사연을 큰 비유로 삼아 학자를 깨우치는 방법도 이와 같다고 역설한다. '나'는 수명은 하늘에 달려 있지만 치료는 사람의 노력으로 이룰 수 있기 때문에 최선을 다해야 한다고 말한다. 이를 위해서는 정해진 원칙대로 약을 복용해야 한다. 원칙을 지키지 않으면서 제대로 된 의원이 없다고 투덜댄다면 문제를 영영 극복하지 못할 것이다. 학문도 마찬가지다. 스승의 가르침을 따르지 않으면 학문을 성취할 수 없다.

실제로 권재운은 제자들을 지도할 때 육경六經을 가장 중시했다. 이는 스승 이근부李近夫를 종유하는 과정에서 체득한 교육 방식이었다. 그러나 주위에서 이 방식을 비난하자 상당수 제자가 문하를 이탈했다. 권재운은 이 설을 통해 자신의 교육 방식이 합당하다고 설명하고자 했다.[32] 치국을 의학 원리에 비유한 사례는 많이 있지만 이처럼 학문하는 과정을 의약 처치에 빗대어 학자들을 권면한 사례는 흔치 않다. 그리하여 이 작품을 의국론적 관점에서 변주된 작품으로 보았다.

## 3. 부재지재不材之材

부재지재不材之材는 뛰어나지 않은 나무가 오히려 베어지지 않고 수명을 누린다는 의미다. 『장자』의 제4편 「인간세人間世」 제4장에 다음과 같은 일화가 있다. 장석匠石이 제자와 길을 가다가 거대한 상수리나무를 보았다. 그러나 장석은 그 나무를 거들떠보지도 않고 지나쳤고, 제자는 장석에게 그 이유를 물었다. 그러자 장석이 "이 나무는 쓸모가 없는 나무다.

---

쓸 만한 데가 없기 때문에 이처럼 장수를 누릴 수 있었다[是不材之木也. 無所可用, 故能若是之壽]"고 대답했다.

또, 「인간세」 제9장에는 "산의 나무는 스스로 자신을 해치며, 기름 등잔불은 스스로를 태우며, 계피는 먹을 수 있기 때문에 사람들이 베어 가며, 옻나무는 쓸모가 있기 때문에 사람들이 잘라간다. 사람들은 모두 쓸모 있음의 쓸모만을 알고, 쓸모없음의 쓸모는 알지 못한다[山木自寇也, 膏火自煎也, 桂可食故伐之, 漆可用故割之. 人皆知有用之用, 而莫知無用之用也]"라고 말했다. 쓸모 있는 물건은 용도에 맞게 사용되느라 오래 보전할 수 없는 반면, 쓸모없는 물건은 아무도 사용하지 않기 때문에 오래 보전할 수 있다는 말이다.

「인간세」뿐 아니라 『장자』의 제20편 「산목山木」에서도 '부재지재'와 의미가 통하는 고사가 있다. 장자가 산속을 지나가다가 가지와 잎이 무성한 나무를 보았다. 나무꾼이 그 나무를 베지 않으므로 장자가 그에게 까닭을 물었다. 나무꾼은 그 나무가 쓸모없는 나무이기 때문이라고 말했다. 장자가 또 친구의 집에 들렀는데, 그 친구가 종을 시켜 거위를 잡게 하자 그 종이 "한 놈은 잘 울고 한 놈은 울지 못하는데 어떤 것을 잡을까요[其一能鳴, 其一不能鳴, 請奚殺]?"라고 물었다. 친구는 울지 못하는 놈을 잡게 했다. 다음 날 장자의 제자가 장자에게 묻기를 "어제 산중의 나무는 재목이 아니기 때문에 생명을 보존했고, 지금 저 거위는 재주가 없기 때문에 죽었습니다[昨日, 山中之木, 以不材得終其天年, 今主人之雁, 以不材死]"라며 장자에게 어떻게 처신할지 물었다. 이에 장자는 "재材와 부재不材의 중간에 처하겠다[周, 將處乎材與不材之間]"고 말했다.

『장자』에 나오는 '부재지재'는 한국 설에서 인재의 등용과 선비의 처세를 거론할 때 모티프로 자주 쓰였다. 그러한 설들은 사람이 상황과 쓰임에 따라 재목이 될 수도, 안 될 수도 있다는 상대주의적 관점을 보여준다. 김종직의 「죽락설騶駱說」은 일화를 소개하며 『장자』의 「산목」편의 말뜻을 풀이했고, 윤현尹鉉, 1514~1578의 「목안설木雁說」은 장자의 '부재지재'를 수용하면서도 장자와는 다른 대처를 한다는 점에서 변주가 보인다. 어유봉의 「양저설養樗說」은 가죽나무가 자신의 처지와 유사하다는 점을 드러내기 위해 『장자』의 「인간세」 4장과 9장 내용을 차용했다. 하나씩 살펴보자.

김종직은 「죽락설」 서두에서 『장자』의 「산목」에 나오는 고사와, 장자가 "나는 장차 재材와 부재不材의 중간에 처하겠다[周將處夫材與不材之間]"라고 했던 구절을 직접 인용하며 자신이 3년간 기른 가리온마[騮馬]로 시선을 옮긴다. 주인의 입장에서 이 가리온마는 재材와 부재不材를 동시에 가졌다. 가리온마는 몸집이 크고 잘 울지만, 자세히 보면 뼈가 앙상하고 잘 달리지 못하며 겁이 많았다.

김종직은 어느 날 집안 사정 때문에 이 말을 팔기로 결심한다. 말은 늙고 노둔한 탓에 헐값에 팔린다. 그러나 김종직은 이를 아쉬워하기보다, 말이 나에게는 재목이 아니었지만 누군가에게는 재목으로 여겨져 팔린 것을 보며 '재材'의 상대성을 느낀다.

사람에 따라 재목으로 여기는 기준이 다르기 때문에 누군가를 재목이 있거나 없다고 함부로 단정할 수 없다. 「산목」에서 나무는 재목감이 안 되어서 목숨을 부지했지만, 반대로 거위는 잘 울지 못해 죽임을 당했다. 이처럼 재주가 없다고 해서 반드시 죽임을 당하는 것은 아니며, 반드시 천명을 누리는 것도 아니다.

그러나 나는 느낀 바가 있다. 물物의 헤어지고 만남은 물物의 떳떳한 이치다. 이 말이 처음에는 비록 나에게 버림을 받았으나 끝내는 부잣집으로 팔려 갔고, 또 그 값을 받아서 옛 주인에게 보상했으니, '재材'라고 할 수는 없지만 '부재

不材'라고 할 수도 없는 일이다. 내가 이 때문에 "장주가 자기 몸을 처하고자 한 것이 마치 나의 낙마와 같다"고 한 것이다.[33]

김종직은 위 인용문에서 어떤 상황에서도 재재(材)와 부재不材를 단정할 수 없다며, 장주가 재재(材)와 부재不材 사이에 처하겠다고 말한 의미를 해석했다. 윤현의 「목안설」은 김종직의 「죽락설」과 마찬가지로 『장자』의 「산목」에 나오는 나무와 거위의 생사에 대해 느낀 점을 풀이했다.

『장자』를 읽다가 목안木雁 고사에 이르자 책을 덮고 일어나 다음과 같은 생각을 했다. 이런 경우가 있구나! 세상일이 일정할 수 없다. 산속 나무는 재목이 아니라고 할 수 있고 재목이라고도 할 수 있으며, 주인의 거위는 재목이 아니라고 할 수 없고 재목이라고 할 수도 없다. 재목 중에서 재목이 아닌 것이 있을 수 있고, 재목이 아닌 것 중에서도 재목이 있을 수 있으며, 재목이 아닌 것 중에서도 재목이 아닌 것이 있을 수 있다. 나무와 거위를 재목이 아니라고 말하면 재목이 아닌 것으로 천명을 마칠 것이니, 그 재목을 과연 재목이 아니라고 말할 수 없을 것이다. 이 재목되지 않음이 없었다면 그 재목됨을 이룰 수 있었겠는가? 재목이라고 말하면 재목이되 쓸 만한 데가 없을 것이니, 재목이 되지 않음을 과연 재목이라고 말할 수 없을 것이다. 이 재목됨이 없었다면 그 재목되지 않음을 보전할 수 있었겠는가? 이 재목되지 않음으로 이 재목됨을 이루고, 이 재목됨으로 이 재목되지 않음을 이루니, 그 재목은 애초에 재목이 아니요 또한 재목이 아닌 것도 아니며, 그 재목이 아닌 것은 애초에 재목이 아닌

---

33  작품의 번역은 김종직, 임정기 역(1997), 23~25면을 참고하여 필자가 수정 및 보완했다. 김종직, 「鶖駱說」, 『佔畢齋文集』 권2, 『한국문집총간』 12, 416~417면, "雖然, 吾有所感焉. 物之離合, 物之常也. 是馬始雖見棄於余, 而卒歸富人之家, 又能輸其價, 以償其舊主, 謂之材, 未也, 而謂之不材, 亦未也. 吾故曰 : '周之欲處其身, 類吾駱也.'"

것이 아니요 또한 재목인 것도 아니다. 거위의 죽음은 재목이었기 때문인가? 울 수 없기 때문에 죽은 것이니 재목되지 않음은 그것을 죽일 수 있다. 과연 재목이 아니었기에 죽은 것인가? 그 맛이 좋기 때문에 죽은 것이니 재목됨이 또한 그것을 죽일 수 있다. 맛이 좋은 것은 거위의 재목됨인데 거위는 이 때문에 죽었고, 울지 못하는 것은 거위의 재목되지 못함인데 거위는 이로 인해 죽었으니, 재목되지 못함이 거위를 죽일 수 있었다고 한다면 맛이 좋은 것 또한 거위를 죽이기에 족하고, 재목됨이 거위를 죽일 수 있다고 한다면 울지 못하는 것 또한 거위를 죽일 수 있으니, 슬프다![35]

사람들은 사용 가치가 있는 나무를 벌목하고, 사용 가치가 없는 나무는 벌목하지 않는다. 벌목되지 않은 나무는 재목이 아니기 때문에 천명을 누린다. 따라서 나무는 '재목'이거나 '재목이 아니다'라고 구분하여 말할 수 있다. 그러나 거위는 경우가 다르다. 『장자』의 「산목」편에는 거위가 잘 울지 못한다는 이유로 음식에 쓰였다. 거위가 잘 울지 못한다는 것은 '부재不材'이며, 잘 우는 것은 '재材'이다. 그러나 주인이 잘 울지 못하는 거위를 음식에 사용했다면 맛이 좋기 때문일 것이다. 잘 울지 못하는 거위는 재목이 아니지만, 음식의 재료로 쓰일 만큼 사용 가치가 있다. 즉, 거위는 재목이거나 재목이 아니라고 정확히 구분하여 말할 수 없다. 잘 우는 거위가 음식으로 사용되었을 때 맛이 없다면, 재목이 있는 것 중에서도 재목이 아닌 것이며[材之中, 有不材焉], 잘 울지 못하는 거위가 음식으로 사용되었을 때 맛이 있다면, 재목이 아닌 것 중에서 재목인 것이다[不材之中, 有材焉]. 그러므로 '재材'와 '부재不材'는 상황에 따라서 달라질 수 있다.

---

34    윤현, 「木雁說」, 『菊磵集』 上, 『한국문집총간』 35, 3면, "嘗讀莊周書, 至木雁事, 卽廢書而起曰, 有是哉! 世間事之不可常也. 山中之木, 可謂不材而可謂材也, 主人之雁, 不可謂不材

여기까지 윤현이 목안의 생사에 대한 자기 견해를 풀이한 것이다. 그러나 윤현은 장자가 재材와 부재不材 사이에 처하겠다고 말한 부분을 인용하며, 자신은 어디에 처해야 할지 고민한다. 이 점이 바로 김종직의 「죽락설」과 다른 점이다.

나무로서 장수하는 것은 재목 중에서 재목이 아님이요, 재목이 아닌 것 중에 재목인 것이다. 거위의 죽음은 재목 중에서 재목이 아님이요, 재목이 아닌 것 중에 재목이 아닌 것이다. 나무는 재목이 아니어서 오래 살았고, 거위는 재목이 아니어서 죽었다. 재목과 재목 아닌 것이 똑같이 죽고 재목과 재목 아닌 것이 똑같이 장수하니, 재목은 실로 처할 수 있되 재목이 아닌 것 또한 처할 수 있는 것이다. 재목과 재목 아닌 것이 똑같이 죽는다면 재목은 실로 처할 수 없되 재목 아닌 것 또한 처할 수 없다. 그렇다면 어디에 처해야 하나? 장주의 처함은 재목과 재목 아닌 것 사이였는데 나의 처함은 그렇지 않으니, 나에게 처하는 것이리라! 이른바 나에게 처한다는 것은 재목에 처하는 것이 아니며, 재목이 아닌 것에 처하는 것도 아니며, 또한 재목과 재목 아닌 것 사이에 처하는 것도 아니다. 내가 재목이 되면 재목인 것이고 내가 재목이 되지 않으면 재목이 아닌 것이며, 내가 장수하면 장수인 것이고 내가 죽으면 죽음인 것이다. 재목이 됨은 나의 분수이고 재목이 되지 않은 것은 나의 분수이다. 장수하는 것은 나의 운명이고 죽는 것은 나의 운명이다. 재목이 되는 것과 재목이 되지 않

而不可謂材也. 材之中, 有不材焉, 不材之中, 有材焉, 不材之中, 亦有不材焉者. 木雁, 謂之不材也, 則以不材終其天年, 其材也果不可謂不材也. 不有是不材, 能致其材乎? 謂之材也, 則材而無所可用, 其不材也果不可謂材也. 不有是材, 能保其不材乎? 以是不材, 致是材, 以是材, 保是不材, 其材也初非材也, 而亦非不材也, 其不材也初非不材也, 而亦非材也. 雁之死, 以材乎? 以不能鳴故死, 不材能殺之也. 果以不材死乎? 以其味之美故死, 材亦能殺之也. 味之美, 雁之材也, 而雁由是死, 不能鳴, 雁之不材而雁由是死, 謂之不材能死雁也, 則味之美, 亦足以死雁, 謂之材能死雁也, 則不能鳴, 亦足以死雁. 噫!"

는 것, 장수하는 것과 죽는 것은 분수와 운명일 뿐이며, 분수와 운명 또한 오직 나일 뿐이다. 내가 나를 버리고서 어디에 처한다는 말인가? 그렇다면 과연 나에게 처할 수 있는 것이다![35]

장자는 재목의 여부가 생사를 결정하는 절대 기준이 될 수 없다고 생각하여 "쓸모 있음과 쓸모없음의 사이에 머물 것이다[將處乎材與不材之間]"고 말했다. 이는 난세에 스스로를 보전하기 위한 방법으로 보이지만, 장자는 「산목」에서 이 방법이 "그럴듯해 보이지만 옳지 않은[似之而非也]" 것이어서 세속의 번거로움을 면치 못한다고 말했다.

장자는 도와 덕을 지녀 어디든지 떠돌아다니는 자를 바람직하게 보았다. 이러한 사람은 명예나 비방에 집착하지 않고 때에 따라 변화하며, 한 가지만 고집하지 않는다. 만물이 만물로 존재하고, 어떤 물物에 의해서도 규정 받지 않아 세속의 번거로움도 받지 않는다.[36] 그러나 윤현은 장자의 이 말은 인용하지 않고, 장자가 "쓸모 있음과 쓸모없음의 사이에 머물 것이다[將處乎材與不材之間]"라고 말한 것만 인용하여 자기 의견을 피력한다. 그가 처하기로 결심한 곳은 바로 "분수[分]"와 "운명[命]"이다.

---

35  윤현, 「木雁說」, 『菊磵集』 上, 『한국문집총간』 35, 3면, "木之壽, 材中之不材也, 不材中之材也. 雁之死, 材中之不材也, 不材中之不材也. 木以不材壽, 雁以不材死. 材與不材等死也, 材與不材等壽也, 則材固可處, 而不材亦可處也. 材與不材等死也, 則材固不可處, 而不材亦不可處也. 然則烏乎處? 莊周之處則材與不材之間, 余之處則不然, 其於余處乎! 所謂於余處者, 非處材也, 非處不材也, 亦非處材與不材之間也. 余材則材, 余不材則不材, 余壽則壽, 命死則死. 材, 余之分也, 不材, 余之分也. 壽, 余之命也, 死, 余之命也. 材不材, 壽與死, 分與命而已, 分與命, 亦唯余而已. 余捨余而何處焉? 然則果可以處於余乎!"

36  『莊子』「山木」 1장, "若夫乘道德而浮遊, 則不然. 無譽無訾. 一上一下, 以和爲量, 浮遊乎萬物之祖, 物物而不物於物, 則胡可得而累邪? 此神農黃帝之法則也. 若夫萬物之情人倫之傳則不然. 合則離, 成則毀, 廉則挫, 尊則議, 有爲則虧, 賢則謀, 不肖則欺, 胡可得而必乎哉? 悲夫! 弟子志之. 其唯道德之鄕乎!"

재목이 있는지 없는지 따지는 것은 결국 남의 시선이다. 윤현은 남의 시선과 생사의 문제가 사람의 노력으로 정해지는 것이 아님을 인정하고, 분수와 운명에 따라 주어진 생을 살고자 한다. 이것이야말로 자신이 마음에 두어야 할 진정한 처處라고 생각하는 것이다.

마지막으로 살펴볼 어유봉의 「양저설」은 '가죽나무'라는 제재를 활용하여 『장자』의 「인간세」에 나오는 '부재지재'의 의미를 차용했다. '나'가 가꾸는 기국원杞菊園에는 가죽나무가 있었다. '나'는 가죽나무를 베지 않고 더 북돋아주었고, 그 나무 아래에 대臺를 지어 소요하기도 하고 완상하기도 했다.

이를 이상하게 여긴 어떤 객이 가죽나무는 악목惡木인데 왜 숭상하는지 물었다. '나'는 다음과 같이 대답했다.

나는 본래 자질이 잡초 같고 재주가 썩어 무식하게 아는 바가 없고 천박하여 능한 바가 없으니 진실로 천하의 쓸모없는 사람이다. 초목에 비유하여 구분하자면 나는 아마도 가죽나무일 것이다! 가죽나무는 크게는 기둥으로 쓰기 부족하고 작게는 기물로 쓰기 부족하며, 꽃은 남의 눈을 즐겁게 할 수 없고 열매는 남의 입을 달게 할 수도 없다. 이른바 하나의 장점도 없기 때문에 장석이 지나쳐서 돌아보지 않고, 장사들도 천하게 여겨 거두지 않는다. 만약 내가 아니라면 누가 그 쓸모없음을 용납하겠는가? 나로 하여금 가죽나무가 없게 한다면 또한 장차 어디에다가 그 졸렬함을 의탁하겠는가? 당연히 기쁘게 서로 뜻이 맞지 않을 수 없다. 또 가죽나무의 생장은 우연이 아니다. 처음에 내가 어리석어 스스로 헤아리지 못하여 함부로 당세의 쓰임에 뜻을 두어 번번이 작은 재능으로 유사의 뜰에서 시험을 구한 것이 또한 몇 년째다. 낙척되어 과거에 급제하지 못하고 어그러져 뜻이 맞지 않음에 이르러서는 결코 쓰이는 곳이 없음을 알고 게을리 쉬었다. 이때 가죽나무가 갑자기 내 동산에 나니, 이는 내가 가죽나무를 찾은 것이 아니라 가죽나무가 거의 나를 위해 태어난 것이다. 이 때문에 또 내가 느낀 바가 깊다. 사물의 재주는 사물의 재앙이다. 송백의 재주는 동량을 만드는 자가 베고, 의동의 재주는 금슬을 만드는 사람이 취한다. 가죽나무만이 재주가 없기 때문이 쓰이지 않고, 쓰이지 않기 때문에 살아있어 우로에 흠뻑 젖고 풍상을 잔뜩 맞아 천명을 다할 수 있다. 나 또한 다행히 세상에 쓰이지 못하기 때문에 내 분수를 편안히 여기고 내 본성을 이루며, 면류관에 매이지 않고 도거를 받지 않을 수 있어 여유롭게 노닐고 한가롭게 지내며 늙어서도 수풀에서 죽게 될 것이다. 이는 무용을 귀함으로 삼은 이유요, 물과 내가 함께 즐거워하는 것이니, 그대가 병통으로 여기는 것과 다르지 않겠는가?[37]

'나'는 재주가 없기 때문에, 덕과 절개로 상징되는 소나무나 매화보다 쓸모없다고 여겨지는 가죽나무가 자신과 비슷하다고 말한다. '나'는 위대한 덕이나 절개를 지닌 식물을 본받기보다, 자신과 비슷한 점이 있는 식물을 가꾸며 자기 처지를 연민한 것이다.

가죽나무는 건물의 기둥이나 집안의 기물로 사용되기에 부족하고, 외

---

37  어유봉, 「養樗說」, 『杞園集』 권22, 『한국문집총간』 184, 255면, "余本薪於質而朽於材, 侘
傺然無所識, 讘讘焉無所能, 誠天下之無用人也. 譬諸草木, 區而別之, 吾其爲樗也乎! 夫樗
之爲物, 大之不足以備楨幹, 小之不足器用, 無華以悅人之目, 無實以甘人之口. 乃所謂無
一長者也, 故匠石過之而不顧, 塲師賤之而不收. 苟非余, 孰能容其散? 使余而無樗, 亦將何
所托其拙哉? 宜乎其欣然相得而不能已也. 且夫樗之生也, 亦有不偶然者. 始余愚不自料,
妄有意於當世之用, 輒以薄技寸能, 求試於有司之庭, 亦有年矣. 及夫落拓而不售, 齟齬而
不合, 則決知其无所用, 而倦而休焉. 於斯時也, 而樗忽産於吾園, 是則非我有求於樗, 樗殆
爲我生也. 此又余之所感者深也. 抑物之爲材, 物之灾也. 松柏之爲材也, 而棟梁者伐之, 椅
桐之爲材也, 而琴瑟者取之. 唯樗也不材故無用, 無用故自在, 飽雨露而飫風霜, 乃得以天
年盡. 余亦幸而无用於世也, 故安吾分而遂吾性, 軒冕不能縶, 刀鉅不能加, 優游暇逸, 老且
死於林莽之間. 此无用之所以貴, 而物與我之所同樂也, 吾子病之, 不亦異乎?"

관상 아름답지도, 열매가 맛있지도 않다. 여러모로 쓸모가 없는 가죽나무는, 예기치 못한 사건에 휘말려 과거에 급제하지 못한 어유봉의 처지와 닮았다. 어유봉은 1699년 10월에 초시에 장원으로 합격했지만 문과 복시에서 그의 시권을 바꿔치기한 부정행위자 때문에 과거에 급제하지 못했다. 이 일로 어유봉은 과업을 그만두었고, 이듬해 12월에 내시 교관에 제수되었지만 나아가지 않았다.[38] 세상과 뜻이 맞지 않아 쓰이지 못했다는 '나'의 말은, 아마도 이맘때 그가 느낀 바였을 것이다.

「양저설」에서 가죽나무가 보잘것없기 때문에 장석이 베지 않고 지나친다는 것이나, 재주가 없어 천명을 누릴 수 있다는 언급에서 「양저설」이 『장자』의 「인간세」를 원용했다는 것을 알 수 있다. '나'는 무용無用을 오히려 귀하게 여겨, 면류관이나 도거로 상징되는 환로의 고통 대신 분수에 편안하고 제 본성대로 사는 삶에 만족한 것이다.


## 4. 천리마千里馬와 백락伯樂

한유의 「잡설」 중 네 번째 기사인 '백락과 천리마의 관계'를 모티프로 삼은 한국의 설이 많다. 그러한 작품들은 '인재'를 '말[馬]'에, '위정자'를 '백락'에 비유하여 인재를 제대로 등용하지 못하는 세태를 비판한다. 또는, 말이 아니더라도 인재를 알아보지 못하는 세태를 비판하기 위해 다른 비유를 가져오기도 하는데, 서술 방식이나 제목을 통해 한유의 「잡설」 네 번째 기사를 원용했음을 짐작할 수 있다.

---

38  어유봉, 『杞園先生年譜』 권1, "十月, 中進士狀元. 因文科覆試, 換封彌之變, 遂廢學業. (…중략…) 十二月, 除內侍敎官, 不就."

그런데 한유의 「잡설」 네 번째 기사 역시, 말을 잘 감별했던 진秦나라 백락이 천리마를 알아보면 그 값어치가 올라가고, 그렇지 않으면 아무도 천리마인지 모르는 고사를 원용했다. 그럼에도 본고에서 '한국의 설은 한유의 「잡설」을 원용했다'고 말하는 것은, 서술 방식의 차이 때문이다.

① 소대蘇代가 연燕나라를 위하여 제왕齊王에게 유세하려고 제왕을 뵙기 전에 먼저 순우곤淳于髡에게 말했다. "어떤 사람이 준마駿馬를 팔려고 삼 일 동안이나 시장에 내놓았지만 아무도 그것이 양마良馬인 줄 몰랐습니다. 그래서 그는 백락을 찾아가 '저에게 준마가 있어 이를 팔려고 사흘 동안이나 시장에 내어놓았지만 묻는 자도 없습니다. 그대가 오면서 한 번 둘러봐 주시고, 떠나면서 한 번 되돌아보아 주십시오. 그러면 제가 말 장사로 버는 돈 하루치를 드리겠소'라고 했다. 이에 백락이 정말 가면서 한 번 둘러봐 주고 오면서 한 번 둘러봐 주었더니 하루아침에 말 값이 열 배나 뛰었다는 것입니다. 지금 제가 그 준마가 되어 제왕 앞에 나타났는데, 앞뒤에서 저를 살펴보아 줄 사람이 없습니다. 선생께서 저를 위해 백락과 같은 역할을 해 주실 수 없겠습니까? 제가 성공하면 백옥白璧 한 쌍과 황금 1천 일鎰을 바쳐 말먹이 값 정도를 사례하겠습니다."[39]

② 세상에 백락이 있은 연후에야 천리마가 있는 것이니, 천리마는 항상 있으나 백락은 항상 있지 않다. 그러므로 비록 명마가 있더라도 다만 노예의

---

39 작품의 번역은 임동석 역(2004), 390면을 참고하여 필자가 수정 및 보완했다. 『戰國策』 권30 「燕策」, "蘇代爲燕說齊, 未見齊王, 先說淳于髡曰 : '人有賣駿馬者, 比三旦立市, 人莫之知. 往見伯樂曰 : '臣有駿馬, 欲賣之, 比三旦立於市, 人莫與言. 願子還而視之, 去而顧之, 臣請獻一朝之賈.' 伯樂乃還而視之, 去而顧之, 一旦而馬價十倍. 今臣欲以駿馬見於王, 莫爲臣先後者. 足下有意爲臣伯樂乎? 臣請獻白璧一雙, 黃金千鎰, 以爲馬食.'"

손에서 모욕을 당하며 마구간 사이에서 보통 말과 함께 나란히 죽어가 천리마로 일컬어지지 못하는 것이다. 말 중에 천리를 가는 말은 한 번 먹을 때에 혹 곡식 한 섬을 다 먹어 치우는데, 말을 키우는 자가 그 말이 능히 천리를 간다는 것을 알지 못하고 먹인다. 그러니 이 말이 비록 천리를 달릴 수 있는 재능이 있어도 배불리 먹지 못해서 힘이 부족하여 훌륭한 재능이 바깥으로 드러나지 못하니 비록 일반 말들과 같아지려고 해도 될 수가 없으니, 어찌 능히 천리를 달릴 수 있기를 바라겠는가? 채찍질하기를 그 올바른 방법으로 하지 않고, 먹이기를 그 재능을 다 발휘할 수 없도록 하고, 울어도 그 뜻을 알지 못하고 채찍을 잡고 말에게 다가서서는 "천하에 명마가 없다"고 하니, 아! 참으로 명마가 없는 것인가? 참으로 말을 알아보지 못하는 것인가?[40]

①은 『전국책戰國策』에 실린 백락의 고사다. 소대는 제齊왕을 설득하기 위해 순우곤을 먼저 만난다. 순우곤은 박학다식하기로 유명하기 때문에 그가 미리 제왕에게 소대를 긍정적으로 얘기해 놓는다면, 왕은 소대의 유세에 귀 기울일 것이다. 소대는 이러한 부탁을 하기 위해 백락의 고사를 전략적으로 인용했다. 즉, 백락과 순우곤은 사람들의 결정이나 선택에 영향을 미치는 권위를 상징한다.

반면에 ②에서는 '백락'이 인재를 알아보는 '위정자'로, '천리마'가 '인

---

40　작품의 번역은 한유, 정태현 역(2010), 264면을 참고하여 필자가 수정 및 보완했다. 한유, 「雜說」 네 번째 기사, "世有伯樂, 然後有千里馬, 千里馬常有, 而伯樂不常有. 故雖有名馬, 祇辱於奴隷人之手, 騈死於槽櫪之閒, 不以千里稱也. 馬之千里者, 一食或盡粟一石, 食馬者不知其能千里而食也. 是馬雖有千里之能, 食不飽力不足, 才美不外見, 且欲與常馬等, 不可得, 安求其能千里也? 策之不以其道, 食之不能盡其材, 鳴之不能通其意, 執策而臨之曰: '天下無良馬.' 嗚呼! 其眞無馬耶? 其眞不識馬也?"

재'로 비유되어 인재를 제대로 등용하지 못하는 세태를 비판했다. 이 작품에서 "천리마는 항상 있으나 백락은 항상 있지 않기 때문에 아무리 명마라도 노예에게 곤욕을 당하면서 마구간에서 보통 말들과 나란히 죽어갈 뿐, 천리마로 일컬어지지 못한다[千里馬常有, 而伯樂不常有, 故雖有名馬, 祗辱於奴隷人之手, 骿死於槽櫪之間, 不以千里稱也]"라고 말한 것이 곧 주제다. 이 작품은 설리를 직접 말하지 않지만, 아무리 뛰어난 인재가 있더라도 그를 알아봐주는 사람이 없다면 평범한 사람일 뿐이라는 주제를 담고 있다.

말을 제재로 한 설은 이 작품을 모티프로 삼아 인재를 기르는 방법과 인재를 통해 나라를 잘 다스리는 방법을 논했다.[41] 인재를 중용하는 일은 치국의 관건이다. 조선은 실용 인재의 양성과 등용이 중요했기 때문에, 문학작품에서 말을 인재에 비유하는 내용이 다양한 양상으로 인용됐다. 말을 잘 기르지 못해 한탄하기도 하며, 바람직한 사육 방법을 제시하기도 한다.

우선, 이유원의 「양마설」을 보자. 「잡설」에서는 천리마가 있어도 그것을 알아보는 백락이 없으면 뛰어난 말도 마구간에서 지내다 생을 마감한다고 말했다. 이유원의 「양마설」은 백락이 없는 세태를 비판하기보다, 자라온 환경대로 인물을 길러야 하는데 그렇게 하지 않는 세태를 비판하고 있다. 그 과정에서 한유의 「잡설」에 나온 제재와 장면들을 연상케 한다. 전문을 보자.

① 천사天駟가 흩어져 말이 되었다.[42] 잘 달리는 것은 준마가 되고 잘 달리지 못하는 것은 태마가 되어 함께 목장을 달렸다. 말고삐를 매지 않고 재갈

---

41 이미진(2020), 앞의 책, 108면.
42 천사(天駟)가…되었다 : 28宿 중 東方 7수의 하나인 房星을 가리키는데, 말과 車駕를 맡은 별이라 하여 천사라고도 한다. 『晉書』 권11 天文志上.

을 물지 않은 채 이리저리 오가며, 눕거나 서 있거나 그 본성에 맡기지 않음이 없었다.

② 어느 날, 목인牧人이 한 골짜기 입구에서 말을 몰아넣고, 가려서 취하여 고삐를 매어 임금의 마구간에 바쳤다. 이 말은 갑자기 귀해져 비단 안장을 얹고 진귀한 고삐를 매고 대궐에서 흘러나오는 개천을 떠돌며 끌채와 구유의 구속을 완전히 잊었다. 그러나 콩과 꼴로 길러지던 때를 그리워하며 몸은 편하지만 발이 무거우면 땅바닥에 누워 머리를 숙이고 자다가, 문득 긴 강가와 방초가 자란 둑이 생각나 한 번 길게 울고 말고삐를 끊고 높이 머리를 쳐들어 앞뒤로 날뛰는데 그 행동에는 이유가 없으니 교인校人이 채찍질하면서 "미쳤다"고 한다.

③ 옥경자玉磬子가 말했다. "아! 말 중에 들판에서 자란 놈은 들을 좋아하고, 사람에게서 길러진 놈은 사람에게 익숙하다. 비록 들짐승을 잡아서 사람에게 복종시키려 하나 어찌 그럴 수 있겠는가? 말 중에 8척되는 놈은 준마라고 하는데, 어찌 마구간 속에 매여 있을 수 있겠는가? 천리를 달릴 수 없게 하는 것이로다! 비단 안장에 진귀한 고삐는 말의 해가 되니, 슬프다!"[43]

「양마설」은 짧지만 단락별로 대비가 뚜렷하다. ①에서는 말이 능력에

---

43  이유원, 「養馬說」, 『嘉梧藁略』 11책, 『한국문집총간』 315, 457면, "① 天馬散而爲馬. 善者爲駿, 不善者爲駑, 共逐牧場. 不覊不勒, 自往自來, 臥者立者, 無非任其性而已. ② 一朝牧人驅入於一谷之口, 擇而取之, 縶之維之, 獻于天廐. 是馬也猝然貴之, 錦韉寶靮, 周流御溝, 全忘轅槽之拘束. 但戀豆芻之馴飼, 身逸而足重, 則投地而臥, 垂首而眠, 斗然起想於長河之濱芳草之堤, 一聲長嘶, 絶轡高驤, 前高後低, 容旋無由, 校人鞭之曰: '狂.' ③ 玉磬子曰: '嗟乎! 馬之長於野者好野, 長於人者習人. 雖欲拘野獸而服人, 豈可得乎? 馬之八尺曰駿, 安有拘之於閑閑之中? 使不得展乎千里者哉! 錦韉寶靮, 爲馬之厄也, 悲夫!'"

따라 구별되지만, 이 구별은 하늘에게서 품부 받은 능력의 차이이기 때문에 차별받지 않는다. 준마든 둔마든 함께 들판에서 길러지며, 어떠한 굴레도 없이 자유롭게 지낸다. ②에서는 능력이 뛰어났던 말이 간택되어 궁궐에 들어간다. 간택된 말들은 비단 안장과 진귀한 고삐로 꾸며진다. 그러나 마구간에 갇혀 용도에 맞게 부려지기 때문에 본성에 맞는 삶을 누리지 못한다. 자유롭게 뛰놀던 옛날이 그리워 몸부림치는 말의 행동은, 원치 않는 삶을 사는 말을 단적으로 보여준다. 그러나 그 행동에 이유가 없다고 생각한 교인은 말이 미쳤다고 생각한다. '교인'은 한유의 「잡설」에서 천리마를 알아보지 못하는 "사마자食馬者"와 같은 역할이다.

③에서는 이유원으로 대변되는 "옥경자玉磬子"가 설리를 직접 제시한다. 들판에서 길러진 말이 제 본성을 구속당한다면 화려한 장식이 오히려 그에게 해롭다는 것이다.

바람직한 사육 방법이 제시된 작품에서는, 한유의 「잡설」에서 나온 논의를 더 확장하거나 다른 측면에서 바라보기도 한다. 김도수의 「기설」을 보자.

옛날에 말을 보는 자는 그 상을 보지 않고 상이 없음을 보았고, 눈에는 그 말이 없었다. 다만 그 정신을 보았고, 정신을 얻으면 말 또한 말과 사람이 서로 알아본 것을 알게 되어 말이 스스로 천리를 가게 될 것임을 알았다. 이에 한 번 꼴을 줄 때는 열 마리가 먹을 꼴을 모두 주어야 한 번에 천리를 가는데, 적당한 꼴을 먹지 않으면 잘 달리지 못하여 말은 남은 걸음이 있고 해는 남은 빛이 있다. 여러 번 꼴을 먹이고 여러 번에 걸쳐 달리게 하면 비록 천리마라도 천리를 가지 못한다. 사람과 말이 서로 알아보지 못한다면 말이 어찌 천리를 갈 수 있겠는가?[44]

위 인용문에 따르면, 말이 천리마가 되기 위해서는 외형보다 '정신'이 중요하며, 말은 이것을 알아볼 수 있는 사람을 만나야 한다. 천리마를 알아보는 사람은 말의 상을 보지 않았다. 이는 천리마와 백락의 또 다른 고사에서 비롯된 것이다.

구방고九方皐가 백락의 추천을 받아 진秦나라 목공穆公을 위해 천리마를 찾아내고 '노란 암말[牝而黃]'을 구했다고 했는데, 나중에 보니 '검은 수말[牡而驪]'이었다. 목공이 백락을 책망하자 백락은 "구방고는 능력을 볼 뿐 모양이나 색깔은 보지 않기 때문에 그런 것입니다"라고 했다.[45] 그러나 김도수는 천리마와 백락의 고사에서 더 나아가, 백락이 말의 정신을 보았다면 그 뒤에는 말과 사람이 서로 알아보아야 한다고 말한다. 즉, 말이 천리마로 인정받아 제대로 길러지기까지는, 백락이 일방적으로 천리마를 알아보기만 해서는 안 된다. 말도 자기를 알아주는 사람을 알아보고, 자기 능력을 믿어야 천리를 달릴 수 있다.

임창택林昌澤, 1682~1723의 「백락설伯樂說」도 김도수의 「기설」과 마찬가지로, 천리마가 인정받기까지 백락 한 사람의 능력만 필요한 것이 아니라고 말한다.


백락이 살던 시대에는 천리마가 야위어 죽지 않았다. 그러니 천리마가 백락을 만난 것은 다행이었다. 그 천리마가 불행히도 백락을 만나지 못했다면 과연

---

44 김도수, 「驥說」, 『春洲遺稿』 권2, 『한국문집총간』 219, 46면, "古之相馬者, 不相其相, 而相無相, 目無其馬, 而但見其神而神得焉, 則馬亦知馬與人相知, 馬乃自知其將千里焉. 而乃一秣盡十馬秣, 而一千里而不中秣而不大驟, 而馬有餘足, 日有餘光. 數秣而數驟之, 雖驥不能千里也. 若人與馬不相知, 則馬烏能其千里乎?"

45 『列子』「說符」 참조. 이 고사는 정원용의 「烏驪說」(『經山集』 권13, 『한국문집총간』 300, 289면)에서도 원용되어 타고난 실력이나 화려한 외모가 인재의 기준이 될 수 없음을 말하고 있다.

야위어 죽는 말은 없었을까? 백락이 천하에 이름을 날리자, 천리마를 가진 사람들은 모두 말을 끌고 가서 팔았으니 어찌 백락을 만나지 못한 천리마가 있었겠는가? 끌고 간다는 것은 곧 그런 것이다. 끌고 갈 수 없는 경우가 있다면 말을 누가 끌고 가서 팔겠는가? 천리마를 끌고 간다는 것은, 가고자 하고 거리가 멀지 않을 때는 마땅하지만 가고자 하지도 않고 거리가 멀면 어떤가? 끌고 가거나 끌고 가지 않는 것은 사람에게 달렸고, 또 천리마를 알거나 알지 못하는 것은 또 백락의 진실함과 진실하지 못함에 달렸으니, 여위어 죽거나 여위어 죽지 않는 것을 아직은 알 수 없는 것이다.[47]

천리마가 백락을 만나 천리마로 인정받을 수 있다면 다행일 것이다. 그러나 백락이 천리마를 알아보려면, 주인이 말을 끌고 백락에게 가야 한다. 아무리 천리마라고 해도 주인이 말을 백락에게 데려갈 마음이 없고, 게다가 백락에게 가는 길이 멀다면 말은 영영 백락을 만나지 못할 것이다. 천리마가 천리마로 인정을 받으려면, 백락을 만나기 전에 제대로 된 주인을 만나야 한다. 알아줌을 받아야만 하는 천리마에 주목했던 많은 설과 달리, 「기설」과 「백락설」은 말이 천리마로 인정받기 위한 다른 요소를 언급함으로써 인재가 인재로 성장하기 위해서는 많은 조건이 따라야 한다고 역설한다. 그만큼 인재가 인재로 거듭나려면 본인과 주변의 노력이 필요하다.

---

46  작품의 번역은 양현승 편역(2004), 407면을 참고하여 필자가 수정 및 보완했다. 임창택, 「伯樂說」, 『崧岳集』 권4, 『한국문집총간』 202, 539면, "伯樂之世, 千里馬不瘦死, 然遇伯樂者幸也, 其不幸而不遇伯樂者, 果無瘦死者歟? 伯樂名天下, 有千里馬者, 皆牽而往售焉, 豈復有不遇者耶? 牽而往者, 則然矣. 有不可牽而往者有焉, 孰牽而孰售之耶? 夫牽千里者, 有欲往而不遠者宜矣, 無其欲其有不遠者耶? 然牽不牽在人, 其知其不知, 又在伯樂之眞不眞, 不瘦死瘦死, 未可知也."

권헌의 「어마설」에서는 천리마가 천리를 갈 수 있다는 사실보다, 그 과정에서 법도와 규범을 지키는 것이 중요하다고 본다.

좋은 말은 한 번 움직임에 천리를 가니 다시 어찌 채찍으로 때리겠는가? 천리를 갈 때 달리기를 규범에 맞게 하지 않고 말몰이를 법도에 맞게 하지 않으면 비록 천리를 갈 수 있더라도 양마로 보지 않는다. 그러나 이 말이 조보造父, 주나라 목왕 때 말을 잘 몰았던 사람의 기술을 따르고, 빨리 달려 꺾어 돌아가는 경우에도 규범에 맞으면 비록 편달함이 없더라도 나는 그 말을 불량하다고 말하지 않고, 그 대신 천리를 갈 수 있는데 채찍과 재갈을 하지 않아도 경계하고 굴레를 씌우지 않아도 가지런하다고 말할 것이니, 어떻게 하면 양마라고 할 수 있겠는가?[47]

이 작품은 천리마가 제 능력을 발휘하는 것에 초점을 둔 설과 달리, 능력을 발휘하는 과정에서 법도와 규범을 지키는 것이 중요하다고 강조한다. 말이 아무리 멀리 갈 수 있다 하더라도, 법도와 규범을 지키지 않으면 양마로 인정받지 못한다. 설사 그 말이 온갖 변수를 만나 천리를 가지 못하더라도, 법도와 규범을 지킨다면 남들은 그 변수를 감안하여 말을 평가할 것이고, 또 어떤 상황에서든지 법도와 규범을 지키는 말로 인식할 것이다. 사람도 마찬가지다. 능력을 발휘하는 것에만 몰두하지 말고 법도와 규범을 지킨다면, 능력을 제대로 발휘하지 못한다고 해도 정직함은 인정받을 수 있을 것이다.

---

47　권헌, 「御馬說」, 『震溟集』 권9, 『한국문집총간』 속80, 593면, "馬之良者, 一擧而千里, 復何鞭扑爲哉? 千里之行而馳不得其範, 御不合其軌, 雖千里未見爲良馬也. 然而是馬也服造父之術, 步驟折旋, 中於規矩, 雖無鞭策, 吾弗謂之不良也, 謂之能千里而警之不以箠銜, 整之不以羈勒, 安得爲良馬也?"

## 5. 한유韓愈와 구양수歐陽脩의 「잡설雜說」

한유와 구양수의 잡설은 모두 독립된 기사의 조합으로 이뤄졌다. 조선시대 설에서는 이러한 형식을 의도적으로 원용하여 「잡설」이라고 이름 붙인 작품이 많이 창작되었다.

한문학 연구에서 잡설을 본격적으로 다룬 경우는 거의 없다. 이는 아마도 '잡雜'이라는 글자가 내포하는 '잡박'하고 '번잡'한 특성 때문일 것이다. 잡설은 설의 하위 항으로서 창작되기도 했지만, 문집 체재의 분류 항목으로서 존재하기도 하며 다양한 정보를 집적한 필기잡록류의 저술에도 붙이던 명칭이었다. 광의廣義와 협의狹義의 의미로 광범위하게 사용된 잡설은 정의와 분류가 애매한 저술에 주로 붙이던 이름이었기에 자연히 연구 대상에서도 소외될 수밖에 없었다.[48]

그러나 잡설에 대한 연구가 전무했던 것은 아니다. 홍성욱2001은 조선시대 잡설이 우언 비유를 통해 도리를 설명하고 세태를 풍자하거나, 철리적 주제에 대한 의론을 일관되게 전개한 것이 특징이라고 말했다.[49] 이 연구는 조선시대 잡설의 연원과 특징을 처음으로 밝히고, 우언적 성격 외에 설이 가진 사변적 경향까지 고찰했다는 점에서 의의가 있다. 그러나 이 연구에서 잡설을 연구 대상으로 삼은 이유는, 잡설이 설 문체의 특징

---

48  뿐만 아니라, 한문산문 說을 고찰한 연구서에서 雜說이라는 표현을 쓰기도 했다. 이는 신변잡기를 제재로 한 일부 설을 가리키는 용어로 사용된 것이지 본 절의 '잡설'과는 다르다. 예를 들면, 褚斌杰(1991)은 유종원의 「포사자설」이 傳이나 論이 아닌 설로 지어진 이유는 감정을 나타내기 때문이라고 말하면서, 설은 다른 문체에 비해 생활 체험을 주로 쓰기 때문에 '雜說'로 불린다고 했다. 양현승(2001)은 '일상생활에서 보고 느끼고 들은 바에 대하여 작가의 소신과 예리한 관찰과 비판을 곁들인 잡동사니'를 '雜說'로 분류했다. 褚斌杰(1991), 앞의 책, 350~351면; 양현승(2001), 앞의 책, 28면.

49  홍성욱(2001), 앞의 책, 240면.

적 국면을 고루 갖추었기 때문이다.[50] 이 연구는 잡설이 왜 잡설로 명명되었는지, 또 설 가운데 잡설만의 특징은 무엇인지에 대한 설명은 부족했다고 할 수 있다.

박물학적 분류에서는 분류하기 어려운 것을 편의상 '잡'이라 부른다.[51] 그렇다면 잡설은 설로서 분류와 명명이 어려운 작품으로, 그 낮은 격이라도 인정해야 하는가? 아니면 낙오하지 않고 기록되어 남아있다는 점에서 잡설의 가치를 밝혀내야 하는가?

확실한 것은, 잡설을 격이 낮은 글로만 치부하기에는 충분하지 않다는 것이다. 조선 초기 성간부터 조선 후기 허전許傳, 1797~1886에 이르기까지 '잡설'이라는 제하題下의 글은 꾸준히 창작되었고, 작품 수 또한 적지 않다. 이는 같은 논설류 산문인 논論, 해解와도 다른 점이다. 논, 해의 일종으로 창작된 '잡론雜論', '잡해雜解'는 여러 기사 혹은 의론을 모았다는 점에서 잡설과 유사하지만, 작품 수가 적어 일정한 흐름을 포착하기가 쉽지 않다.[52] 따라서 본 절에서는 '잡설'이라는 제하의 글을 모아, 그 안의 서술 양상과 특징을 밝혀보고자 한다. 그 대상은 앞서 설정한 682편 중에서 '잡설'로

---

50　위의 책, 259면.

51　이용주(2014), 323면.

52　『한국문집총간』을 토대로 살펴보면, '雜論'으로 제명된 글은 정약용의 「雜論」(『與猶堂全書』第二集經集 권46, 『한국문집총간』283, 588면); 「雜論第十」(『與猶堂全書』第七集醫學集 권4, 『한국문집총간』286, 476면)와 이서의 「雜論」(『弘道遺稿』권12下, 『한국문집총간』속54, 459면)이 있다. '雜解'로 제명된 글은 정제두의 「中庸雜解」(『하곡집』권12, 『한국문집총간』160, 341면); 「浩然章雜解」(『하곡집』권15, 『한국문집총간』160, 411면); 「四端章雜解」(『하곡집』권15, 『한국문집총간』160, 415면); 「告子雜解」(『하곡집』권15, 『한국문집총간』160, 421면); 「諸章雜解」(『하곡집』권15, 『한국문집총간』160, 423면)가 있다. 이 작품들이 해당 문체의 본령을 가지고 있는 글인지 따져 보아야 하지만, 본 절에서는 우선 작품의 제명만으로 대략 현황을 살펴보았다.

명명된 설 총 23편에 한정했다.[53] 그 작품을 표로 제시하자면 다음과 같다.

<표 6> 조선시대 잡설

| 연번 | 저자 | 생몰연대 | 제목 | 비고 |
|---|---|---|---|---|
| 1 | 成侃 | 1427~1456 | 病中雜說 | 2首 |
| 2 | 崔忠成 | 1458~1491 | 雜說 | 1首 |
| 3 | | | | 1首 |
| 4 | | | | 1首 |
| 5 | 尹光啓 | 1559~1619 | 雜說 | 3首 |
| 6 | 金友伋 | 1574~1643 | 雜說 | 1首 |
| 7 | 李敏求 | 1589~1670 | 雜說 | 2首 |
| 8 | 李瑞雨 | 1633~1709 | 雜說 | 2首 |
| 9 | 金昌翕 | 1653~1722 | 雜說 | 8首 |
| 10 | 金柱臣 | 1661~1721 | 雜說 | 6首 |
| 11 | 鄭來僑 | 1681~1759 | 雜說 | 5首 |
| 12 | 林象德 | 1683~1719 | 雜說 | 2首 |
| 13 | 韓夢麟 | 1684~1762 | 雜說 | 1首 |
| 14 | 柳宜健 | 1687~1760 | 閑居雜說 | 5首 |
| 15 | 申景濬 | 1712~1781 | 淳園花卉雜說 | 33首 |
| 16 | 徐命膺 | 1716~1787 | 雜說 | 4首 |
| 17 | 安錫儆 | 1718~1774 | 山中雜說 | 2首 |
| 18 | 金若鍊 | 1730~1802 | 雜說 | 1首 |
| 19 | 李義肅 | 1733~1805 | 雜說 | 3首 |
| 20 | 尹愭 | 1741~1826 | 雜說 | 3首 |
| 21 | 南公轍 | 1760~1840 | 雜說 | 2首 |
| 22 | 許傳 | 1797~1886 | 雜說 | 4首 |
| 23 | 張錫龍 | 1823~1908 | 雜說 | 1首 |

---

[53] 물론 제명만으로 특정 문체의 하위 항을 규정할 수 없다. 그리하여 본 절에서는 우선 제명 이외의 잡설의 공통되며 본질적인 속성, 즉 잡설이 '설명'과 '해설'을 목적으로 지어졌다는 점과, 완결성을 갖춘 기사나 의론을 통해 주제를 전달한다는 점을 도출하여 잡설을 정의했다. 간혹 제목인 '雜說' 앞에 '病中'이나 '閑居', '山中'이라는 말이 붙은 경우가 있다. 성간의 「病中雜說」, 유의건의 「閑居雜說」, 安錫儆(1718~1774)의 「山中雜說」 등이 그 예다. 이러한 작품들은 작가가 논설류 산문의 하위 항인 '잡설'로 인식하고 쓴 작품이며, 제목에서 창작 상황을 보충한 것이기에 모두 본 절의 연구 대상에 포함했다.

잡설은 길이에 상관없이, 내용상으로 완결된 기사나 의론이 제시되어 주제를 드러내야 한다. 조선시대 잡설은 완결된 기사 혹은 의론이 2수 이상 '잡설'이라는 제목으로 묶여 있는 경우가 대부분이다. 이는 한유의 「잡설」에 영향을 받은 것으로 추측된다. 논설류 산문으로서 최초의 잡설은 한유의 「잡설」이며, 이 작품은 각자 완결성을 갖춘 기사 4수가 같은 제목 아래 실려 있다. 이외에 중국의 잡설도 대부분 서로 다른 내용의 기사나 의론을 2수 이상 종합한 형태다.[54] 그렇다면 조선시대 잡설에서도 이 영향을 받아 완결성을 갖춘 여러 기사와 의론을 모은 설을 의도적으로 '잡설'이라 명명했을 가능성이 있다.[55]

이의숙의 「잡설」 3수를 보자.[56]

① 동자가 돌을 쌓아 시내를 막았지만 번번이 무너져 막을 수가 없었다. 마을 아이들에게 달려가 부탁하여 함께 풀과 덩굴을 쌓고, 흙을 쌓고 모래로 메우며 노래 부르듯 소리치고 적과 싸우듯 막았다. 쉬지 않고 고생하니 반나절이 지난 뒤에야 시내를 막을 수 있었다. 얼마 지나지 않아

---

54 『사고전서』를 토대로 서명이나 체재가 아닌 '작품'으로서의 중국의 「雜說」을 일별해 본 결과, 총 100여 편의 잡설이 창작되었고, 대부분 여러 기사가 하나의 제목 아래 묶여 있는 형태라는 것을 알 수 있었다. 단, 이 100여 편의 작품들이 논설류 산문으로서 설의 하위 항인 '잡설'인지 아닌지는 별도의 검토가 필요하다.

55 홍성욱(2001)은 제일 오래된 잡설은 한유의 「雜說」이라고 했고, 필자도 이에 동의한다. 한유 이전에 「雜說」이라는 제명의 글은 後魏 賈思勰(?~?)의 『齊民要術』과 西晉 張華(232~300)의 『博物志』에 보이지만, 이는 논설류 산문의 일종으로 보기 어렵다. 한유는 이후 설이 활발하게 창작되는 데에 크게 기여했기 때문에 조선시대 잡설도 한유의 「雜說」에 내용과 형식 면에서 영향을 크게 받았을 것이다.

56 이의숙은 자는 敬命, 호는 頤齋, 본관은 全州다. 廣平大君 李璵의 후손이며, 동지중추부사 李黃中의 아들이다. 형 李商穆에게 수학하여 문장으로 이름이 높았으며, 음보로 개령 현감을 지냈다.

물이 용솟음치면서 둑을 치고 가득 모여졌다가 다시 휘돌아나가니, 서쪽으로 넘치고 동쪽으로 터져 흙이 떠내려가고 풀더미도 무너졌다. 동자는 그 공을 다 잃었는데도 물을 끝내 막을 수 있다고 말했고, 막으면 막을수록 물은 더욱 넘쳤다. 아! 자신의 역량을 헤아리지 못한 것이다.

② 아이들은 종이연이 낮게 날다가 떨어지는 것을 보자, 가서 주우려고 했다. 가까이 있던 한 아이가 먼저 그것을 가져갔다. 아이들은 누군가가 가져간 줄도 모르고 계속 달려가다가 피곤해서 쓰러져 땀을 흘리면서 숨을 헐떡거렸다. 연이 떨어진 곳에 이르러서는 연을 얻지 못하자, 오히려 하늘을 우러러보며 다시 낮게 날다가 떨어진 연을 찾으니, 아! 한갓 헛수고일 뿐이다.

③ 아이들이 모여 시장 놀이를 했다. 깨진 기와 조각과 여러 기물을 진열해 놓고 잎을 따다가 화폐와 음식으로 삼았다. 왕래하며 사고팔면서 웃고 떠드는 것을 즐겼다. 해 질 무렵이 되었는데도 굶주림도 잊고 집으로 돌아가지 않자, 가장들이 잎을 밟고 기와 조각을 던지며 아이를 끌고 집으로 돌아가서 저녁밥을 먹였다. 아이들은 울며 밥을 먹지 않았고, 그 놀이를 망친 부모를 크게 원망했다. 아! 깨진 기와 조각과 잎 때문에 하루 종일 밥을 먹지도 않고 진정 밥 먹는 것도 잊었으니 미혹되도다.[57]

---

57 이의숙, 「雜說」 三首, 『頤齋集』 권8, 『한국문집총간』 속93, 692면, "1) 童子纍石防溪, 輒潰不成. 奔請里中兒, 與俱積草蔓, 築土塡沙, 吳若謠禦若敵. 苦身不息半日然後塞. 須臾水衝撞盈縈, 溢于西決于東, 土流而草泆. 童子盡失其功, 猶謂水終可遏, 愈壅而愈沛. 噫! 不量力矣. 2) 羣兒見帋鳶低且落, 將往攫之. 一兒近者先得. 羣兒不覺已爲人得, 走不已, 疲仆喘汗. 旣至而無得, 猶昂視天, 復求低落者, 噫徒勞爾. 3) 兒曹聚而爲市. 列瓦礫衆器, 擷葉當貨財飮食. 往來販鬻, 驊號爲樂. 日晡忘飢不歸, 家長者蹴葉投瓦去, 驅兒歸與之飱. 兒

이의숙은 아이들의 어리석은 행동을 그린 기사 3수를 「잡설」이라는 제하로 묶었다. 그동안의 노력이 수포가 되었는데도 다시 담을 쌓는 아이, 누군가가 연을 가져갔다는 사실을 모른 채 하늘을 보며 연을 찾는 아이, 시장 놀이를 방해한 부모를 원망하며 밥을 먹지 않는 아이는 모두 지혜롭거나 총명한 인간 군상들과 거리가 멀다. 작가는 이 아이들의 행동을 묘사하고 보이는 대로 평가할 뿐, 그 이면의 새로운 시각을 제시하지 않는다. 그런데 이의숙의 「잡설」은 '어리석은 아이들의 면모'에 집중하여 묘사했다는 점에서 일관성을 갖추고 있다.

이 작품은 소재가 '아이들'이라는 점에서 특별하다. 조선 후기에 동몽童蒙을 형상하는 한문학의 장르가 확대되었다는 점을 고려하면, 이 작품은 그 자장 안에서 해석할 수 있다.[58] 그런데 대체로 조선 후기 한문산문에 나타난 '아이들'은, 작가와 혈연관계로 맺어진 사랑스러운 존재, 위기를 극복하는 비범한 존재, 맹랑하고 철없는 유년기의 인간, 방치되며 버려진 존재로서 해석된다.[59] 조선 후기 한문산문에 나타난 아이들은 작가가 애정이나 연민의 시각으로 바라본 존재들이었다면, 이의숙은 아이들을 그러한 시각으로 조명하지 않았다. 이의숙의 「잡설」에서 아이들은 성숙하지 못해서 어리석은 행동을 하는 존재로 그려질 뿐, 그 이상의 다른 논의를 불러일으키지 않는다.

그러나 '어리석다'는 것은 교화의 대상이라는 말이고, 배움과 성찰을

---

啼不食, 大望敗其事. 噫! 瓦礫與葉, 終日不飽, 乃眞忘飮食, 惑也."

58    김동준(2020), 6면. 이 논문에서는 '아이들', '아동'이 아닌 '童蒙'이라는 표현을 사용하여 '성인 의례가 이뤄지기 전 啓蒙의 대상으로서 학령기 인간'을 다루었다. 이의숙의 「雜說」에 등장하는 "童子"와 "兒"도 "童蒙"으로 볼 수 있지만 작가가 굳이 '童蒙'으로 명명하지 않았으므로 번역과 해석에서 '아이들'이라는 용어를 사용하기로 한다.

59    위의 책, 23~41면 참조.

통해 변화할 수 있다는 것이다. 이의숙은 부친이 니산尼山 현감縣監으로
재직할 때 지은 학교 '교일당敎一堂'에 대해 기문을 쓰면서, 배움의 중요성
을 피력했다.

> 그 자손으로 하여금 배운 바가 없어서 스스로 어리석음에 이르게 하고, 심한
> 경우는 가르치지 않을 뿐만 아니라 다시 생계를 꾸리게 하는 것으로 자손을 위
> 한 계획으로 삼는다. 자손들은 대부분 안일해져 더욱 망가지니 이것이 얼마나
> 어리석고 또 해로운가? 어찌 부끄럽지 않은가?[60]

이의숙은 읍을 다스리는 관리가 자손을 가르치는 것에는 소홀하다는
속세의 말을 경계했다. 일찍이 이를 경계했던 이의숙의 부친은 1765년
노성현魯城縣에 금오랑으로 임명되자, 집안의 어린 자손들과 한직 관료의
자제들을 위한 학교를 만들었다. 이의숙은 부친이 학교를 만든 취지를 설
명하면서 자손에게 황금을 남기는 것보다 가르침을 남기는 것이 더 중요
하다고 말했다. 이처럼 가르침과 그로 인한 변화를 중시했던 이의숙은,
같은 실수를 반복하고 한낱 놀이에 열중하느라 중요한 것은 잊어버리는
아이들을 계몽의 대상으로 여겼다. 그리하여 이들의 어리석은 면모를 묘
사하고, 개선의 필요성을 느꼈던 것이라고 추측할 수 있다.

다음 살펴볼 작품은 유의건의 「한거잡설閒居雜說」이다.

> ①  조비曹조가 한漢나라를 찬탈하고 스스로 선양을 속이며 "순舜과 우禹의

---

60  이의숙, 「敎一堂記」, 『頤齋集』 권4, 『한국문집총간』 속93, 615면, "使厥子孫無所斅學, 自
    至於愚, 甚者不徒無敎, 復營立産業, 以爲子孫計. 爲子孫者, 多怗安益悖, 此豈愚之而又害
    之也? 豈不惜歟?"

일을 내 알도다"라고 했으니, 간적의 속임이 심하다. 어찌 다만 나라를
찬탈하여 그렇게 될 수 있겠는가? 세상에서 진짜라고 말하는 자들은 모
두 이런 부류다. 나아가 그 일에 찬동하는 자도 모두 간적의 무리다. 아!
사람들은 속일 수 있는데 하늘은 속일 수 있을까?

② 사욕의 마음이 있으면 행하는 바가 비록 선하더라도 끝내 또한 극악 대
죄한 짓에 빠지게 된다. 개자추는 임금을 위해 할고를 하고, 호인鄠人은
어버이를 위해 할고를 하니 사람들이 이를 충효라 부른다. 그러나 할고
를 할 때, 충효의 이름을 얻기 위해 이를 하면 이는 사욕이다. 사욕이 처
음 생겼을 때는 아주 미미하지만 나중에는 못할 짓이 없게 된다. 진문공
이 개자추에게 상을 내리지 않고 한창려가 호인을 논척함은 어찌 보이
는 바가 없어서였겠는가?

③ 속담에 '내리사랑은 있어도 치사랑은 없다'고 한다. 이 말은 진실로 그
렇다. 사람들이 자식을 사랑하는 마음으로 어버이를 사랑한다면 누가
효자가 되지 않겠는가? 그러나 이를 아는 경우가 드물다. 나이가 들고
기력이 쇠해지면 자식이 나를 섬기는 것이 뜻대로 안 될 것이다. 그런
뒤에야 비로소 전에 어버이를 섬기는 데에 허물이 컸음을 깨닫지만 후
회해도 소용없다.

④ 세상에서 말하는 효란 '잘 봉양하는 것[能養]'이지만 또한 어버이의 뜻이
어떠한지 잘 살펴야 한다. 어버이의 뜻이 만약 구체口體를 봉양하는 것
을 뜻으로 여기지 않고 학문에 근면하기를 바란다면 진실로 그 뜻에 순
종하여 어버이를 기쁘게 해야 할 것이다. 반드시 맛있는 음식을 바치는

것에 힘써서 학업을 폐하여 어버이의 마음을 상하게 하지 말아야 한다.

⑤  한유의 시에 '자식이 있다고 기뻐하지 말고 자식이 없다고 탄식하지 말
아라'라고 되어 있다. 이것은 비록 맹동야가 자식을 잃어서 말한 것이지
만 자세히 살펴보면 진짜 뜻은 다음과 같다. 사람의 즐거움은 자손이 있
는 것이다. 하나는 부모 생전에 검소한 음식으로 봉양하는 것이고, 또
다른 하나는 부모가 죽었을 때 가업을 잇는 것이다. 불초자는 대부분 행
실이 의롭지 못하여 부모의 봉양을 돌아보지 못할 뿐 아니라 도리어 치
욕이 미치는 경우가 많다. 혹 불손한 말과 불순한 안색으로 어버이의 마
음을 거스른다면 무슨 기쁨이 있겠는가? 심하게는 패역의 일을 행하여
집안을 전복함에 이르니, 진정 '나쁜 자식은 말할 것이 없다'라고 한 창
려의 말을 어찌 믿지 않겠는가?[61]

①과 ②는 모두 역사적 인물에 대한 의견이다. ①은 위나라 조비[187~226]
가 220년에 한나라 헌제[獻帝, 181~234]로부터 선양을 받아 황제에 오르고,

---

61  유의건, 「閒居雜說」, 『花溪集』 권11, 『한국문집총간』 속68, 327면, "1) 曹丕簒漢而自詭于
禪讓曰 : '舜禹之事, 吾知之矣.' 甚矣奸賊之矯誣也, 豈但簒國爲然? 世之以爲眞者, 皆此類
也. 從而贊成其事者, 皆奸賊黨也. 噫人可欺也, 天可欺乎? 2) 苟有私慾之心, 所行雖善, 終
亦陷於極惡大罪. 介推爲君而割股, 鄂人爲親而割股, 人稱忠孝. 然割股之時, 欲得忠孝之
名而爲此, 則是私慾也. 私慾初生甚微, 而末流無所不至. 晉文公之不賞, 韓昌黎之論斥, 豈
無所見哉? 3) 諺曰 : '有下愛而無上愛.' 此語誠然矣. 人若以愛子之心愛親, 孰不爲孝子?
然鮮能知之矣. 及其年老氣衰, 子之事我不如意. 然後始覺其前日事親之多愆, 而悔之無及
矣. 4) 世之謂孝者以其能養, 然亦當視親意之何如耳. 親意若不以養口體爲意, 而欲其勤
於學問, 則固當順其意, 以悅其親. 不必以供甘旨爲務, 而隳廢學業, 以傷親意也. 5) 昌黎詩
曰 : '有子且莫喜, 無子固勿歎.' 此雖爲東野無子而發, 然細究之, 眞箇如此. 人之樂有子孫.
一則爲生前菽水之奉, 一則爲身後箕裘之傳, 而不肖子多行不義, 非但不顧父母之養, 而反
致辱及者多矣. 或有以不遜之語不順之色, 拂戾親心, 何喜之有哉? 甚者作爲悖逆之事, 以
至於覆滅其家, 眞所謂惡子不可說者也, 昌黎之言, 豈不信哉?"

헌제를 산양공山陽公으로 강등시킨 기사에 대한 단상이다.[62] 조비는 신하들의 도움을 받아 한나라를 찬탈한 것에 불과한데, 스스로 선양을 받았다고 자부하며 순임금과 우임금의 경우에 본인의 경우를 비유했다. 조비가 "순과 우의 일을 내 알도다[舜禹之事, 吾知之矣]"라고 말한 것은 『주자어류』 권123에 보인다. 유의건은 주자의 저술을 읽고, 조비의 언행과 그에 동조한 신하를 모두 간적의 무리라 칭하며 비판했던 것이다.

②는 개자추와 호인이 할고한 기사에 대한 단상을 적은 것이다. 개자추는 진 문공을 따라 타지에서 19년간 망명 생활을 했고, 자신의 넓적다리를 잘라 문공에게 먹일 만큼 충성을 다했다. 그러나 문공이 귀국한 후 개자추에게 봉록을 주지 않자, 개자추는 어머니와 함께 면산에 숨었다. 이후 스스로 산에 불을 질러서 숨졌다고 한다.[63] 호인은 중국 섬서성陝西省 호현鄠縣 사람으로, 『한창려집韓昌黎集』 외집外集 권4 「호인대鄠人對」에 그의 행적이 보인다. 호인은 어머니의 병을 고치기 위해 자신의 넓적다리를 베어 어머니에게 먹이고 자신은 죽는다. 한유는 이 작품에서 자식이 몸을 훼손하여 죽음에 이른 것은 효도가 아니라고 말했으며,[64] 유의건도 이에 공감한다. 그리하여 문공이 개자추에게 상을 내리지 않고, 한유가 호인을 비판한 것은 다 이유가 있었다고 한 것이다.

③은 '내리사랑은 있어도 치사랑은 없다[有下愛而無上愛]'는 속담에 공감한다는 내용이다.

④는 내용상 『논어』 「위정」편에 나오는 '능양能養'과 『맹자』 「이루」 상편

---

62 『資治通鑑綱目』 권14에 "冬十月, 魏王曹丕, 稱皇帝, 廢帝爲山陽公"라고 되어 있다.

63 이 기사는 『春秋左氏傳』의 僖公 24年 기사와 『史記』 권39에 보인다.

64 한유, 「鄠人對」, "是不幸因而且致死, 則毁傷滅絶之罪, 有歸矣其爲不孝得無甚乎"라고 되어 있다.

에 나오는 '양구체養口體'를 염두에 둔 것이다.[65] 진정한 효란, 부모님의 구
체를 잘 봉양하는 것이 아니라 부모님의 마음을 잘 헤아리는 것이다.

⑤는 한유가 자식을 잃은 맹동야孟東野를 위로하기 위해 지은 시 「맹동
야실자孟東野失子」의 구절을 자세히 풀이했다.[66] 사람의 즐거움은 결국 자
식을 얻는 데에 있다. 그 자식은 부모가 살아있을 때 봉양하고, 부모가 죽
었을 때 가업을 잇는다. 그러나 자식이 불손하여 부모를 봉양하지 않고
부모의 뜻을 어긴다면 오히려 집안을 치욕스럽게 할 것이다. 유의건은 이
시를 통해 결국 자식의 진정한 도리를 알 수 있다고 말했다.

유의건의 「한거잡설」은 독서한 후에 생각을 간결하게 요약한 것이다.
다섯 수의 기사는 각각 계기와 주제가 다르다는 점에서 잡다하고 번잡해
보인다. 그러나 기사 모두 '충忠'과 '의義', '효孝'라는 유가적 가치를 다뤘
다는 점에서 이「잡설」은 여러 기사를 한데 섞었다고만 볼 수 없다.

게다가 다섯 편의 기사들은 유의건이 평소 생각하던 바의 정수를 담았
다. 그는 「인과설」에서 불교의 '인과응보'에 해당하는 "전생에 저지른 일
을 이번 생에서 받고 이번 생에 저지른 일을 다음 생에서 받는다[前生所作,
今生受之, 今生所作, 來生受之]"를 "예전에 저지른 일을 오늘날 그 갚음을 받고,
오늘날 저지른 일을 나중에 그 갚음을 받는다[前日所作, 今日受其報, 今日所作,
來日受其報]"로 바꾸면 그 영향이 같다고 말했다. 따라서 "도적질을 한 자[作

---

65　『論語』「爲政」편에 子游가 孝에 대해 묻자 공자가 "지금의 효라는 것은 봉양만 잘하는
　　것을 말한다. 그러나 견마에 대해서도 모두 길러줌이 있으니, 공경하지 않으면 무엇으
　　로 구별하겠는가[今之孝者, 是謂能養. 至於犬馬, 皆能有養, 不敬, 何以別乎]?"라고 되어
　　있다. 『孟子』「離婁」上편에는 증자가 부친 曾晳을 봉양할 때의 일과 증자의 아들이 증
　　자를 봉양할 때의 일을 비교하면서, 효행은 비슷하지만 증자는 부모의 뜻을 봉양했고
　　[養志] 증자의 아들은 부모의 몸만 봉양한 것[養口體]이라며 진정한 효도는 뜻을 봉양
　　하는 것이라고 되어 있다.
66　한유의 시는 『昌黎文集』 권4 「孟東野失子」에 서문과 함께 실려 있다.

賊]"는 바로 주벌을 받거나, 뒤늦게 발각되어 나중에라도 주벌을 받는다.[67] 유의건의 인과응보설은 「한거잡설」 첫 번째 기사에서도 드러난다. 한나라를 찬탈했음에도 스스로 선양을 받았다고 한 조비와 그 신하들을 유의건은 "간적의 무리[奸賊黨]"라고 했고, 이들의 죄는 "사람을 속일지언정 하늘은 속일 수 없다[人可欺也, 天可欺乎]"며 반드시 그 죄는 드러나게 되어 있음을 역설했다. 이는 곧 잘못에 대한 벌은 언젠가 받게 되어있다는 유의건의 관점이 반영된 것이다.

유의건은 경상 감사 박문수朴文秀의 포계褒啓를 읽고 쓴 글인 「제박감사포계충효렬장후題朴監司褒啓忠孝烈狀後」에서, 효도는 백행의 근원이기 때문에 효도와 우애의 일을 분리할 수 없다고 말한다.[68] 부모에게 효를 다하는 자는 형제간 우애가 좋고, 형제간 우애가 좋은 사람들은 부모에게도 효를 다할 것이다. 그렇다면 효도로 일컬어지는 자들은 많은 데 비해 형제간 우애가 좋은 자들이 적은 것은 왜 일까?[69] 이에 유의건은 효도의 상징으로 일컬어지는 '할고割股'와 '단지斷指'가 나타나면서 효자가 많아졌고, 이 행위는 백성들을 속인 것이라고 말한다.[70] 이러한 견해는 유의건의

---

67　유의건, 「因果說」, 『花溪集』 권11, 『한국문집총간』 속68, 330면, "故因今日所作之業, 卽受今日之報, 如作賊者甚則卽日受誅, 不甚則發覺遲而受誅於他日."

68　유의건, 「題朴監司褒啓忠孝烈狀後」, 『花溪集』 권10, 『한국문집총간』 속68, 303면, "夫孝者, 百行之源也, 能孝於親則可以忠於君矣, 可以友於兄弟矣, 未有不忠於君不友於兄弟, 而獨能孝於親者也. (…중략…) 若夫孝友則一行也, 孝於親者, 必能友於兄弟, 友於兄弟者, 必能孝於親, 此非兩截事也."

69　유의건, 「題朴監司褒啓忠孝烈狀後」, 『花溪集』 권10, 『한국문집총간』 속68, 303면, "今所稱孝子孝婦孝女合九十二人, 而友兄弟者止一人何也, 豈兄弟友愛, 果有難於孝其親耶?"

70　유의건, 「題朴監司褒啓忠孝烈狀後」, 『花溪集』 권10, 『한국문집총간』 속68, 303면, "割股和藥, 鄕人以孝旌其門, 而天下之割股旌門者紛然矣, 而孝子自此多矣. 吾嘗聞某人孝, 問其所以爲孝, 則曰: '某也親病斷指.'; '某也有如許感應之事.' 夫斷指與割股相類, 而割股事, 朱子及退陶老先生已有定論, 不必多談, 而至於感應之事, 則尤茫昧慌惑而不可知也. 古今稱孝, 以大舜曾子爲至, 而未聞其時有某事感應, 而其所稱者則惟夔夔齊慄也, 啓手啓足也."

「한거잡설」두 번째 기사에서도 나타난다. 개자추와 호인처럼 충효의 이름을 위해 할고를 하는 것은 진정한 충효가 아니라, 사욕에 따른 결과라는 것이다.

이처럼 이의숙과 유의건의 잡설처럼, 조선시대 잡설은 비록 독립된 작품이 연작으로 지어졌지만, 그 내용은 작가의 공통된 주제 및 관점이 잘 반영되어 있다.

한유뿐 아니라 구양수도 「잡설」이라는 형태로 글을 썼는데 그 내용은 다음과 같다.

> **서序** 여름 6월에 더위와 장마가 끝나고 구양자가 나무 사이에 앉아 있으며 ① 하늘을 우러러보면서 달과 별의 운행을 보다가 ② 별이 떨어지는 것을 보았다. 밤은 깊고 이슬은 내리는데 ③ 풀숲에 지렁이 울음소리는 더욱 잦아졌다. 눈과 귀에 느끼는 바가 있어 마음을 움직이는지라 「잡설」을 짓는다.
>
> ① 지렁이는 흙을 먹고 물을 마시니, 그 삶을 영위하는 것이 간단하여 만족하기 쉽다. 그러나 그 구멍을 쳐다보며 울되 부르짖고 소리치는 듯하며 휘파람 불고 노래하는 듯하니, 그 역시 구하는 것이 있어서 그러는가? 아니면 그 구하는 것이 만족하기 쉬워서 스스로 그 즐거움을 우는 것인가? 그 삶의 누추함을 괴롭게 여겨 스스로 그 불행을 슬퍼하는 것인가? 장차 스스로 그 소리를 기뻐하여 동류를 울리자는 것인가? 어찌

不幸王鯉孟筍, 出於經常之外, 而遂爲天下後世之藉口, 以廢其日用常行之道, 而必求其奇 佹異跡, 以證其誠孝之感, 亦足以觀世變矣. 然此可以誑愚蠢村氓."

때가 닥쳐 기운이 발작하여 스스로 그 소이연을 알지 못하면서도 능히 스스로 그치지 못하는 것인가? 어찌 그리 시끄럽게 굴면서 그치지 않는 것인가? 내 이에 느끼는 바가 있노라.

② 별이 땅에 떨어지니 추악하고 볼품없는 나쁜 돌이 되었다. 위에서 빛나 만물이 우러러보던 것이 정기가 모였었는데 땅에 떨어지고 나서는 깨진 기와 조각만 못했다. 사람이 죽으면 골육이 냄새나고 썩고, 땅강아지와 개미의 먹이가 될 뿐이다. 만물 중에 귀한 것은 또한 정기다. 정기가 외물에 빼앗기지 않으면 온축되어 사려가 되고, 발하여 사업이 되고, 드러나 문장이 되고, 백 세의 위를 밝혀 백 세의 아래를 우러러보는 것은 별의 정기만한 것이 없다. 그 죽음을 따라 없어지면 귀하게 여기지 않을 것이다! 살아서 이욕에 혼란해지고 소모되면 죽어서도 냄새나고 썩어버려진다. 의심하는 바가 바야흐로 말했다. "이욕에 만족하면 내 몸을 두텁게 하는 것이다." 내가 이에 느낀 바가 있노라.

③ 하늘이 서쪽으로 운행함에 해와 달과 오성은 모두 동쪽으로 운행한다. 해는 일 년에 한 번 돈다. 달은 해를 싫어해서 한 달에 한 번 돈다. 하늘은 또 달을 싫어해서 하루에 한 번 돈다. 별은 느린 것도 있고 빠른 것도 있고 역행하는 것도, 순하게 따르는 것도 있다. 이 네 가지는 각자 운행하여 마치 서로 도모하지 않는 것처럼 보인다. 움직임에 수고로움이 없고, 운행도 그치지 않는다. 옛날부터 한 번도 쉰 적이 없으니 어째서인가? 이 네 가지는 서로 필요해서 낮과 밤과 사시와 추위와 더위를 이루기 때문이다. 일각이라도 쉰다면 사시는 평정될 수 없고, 만물은 날 수 없으니 맡은 바가 중요하기 때문이다. 사람 중 군자는 그 책임이 또한

막중하다. 만세가 다스려지고 만물이 이로워지기 때문에 자강불식이라고 하고, 또 죽은 뒤에야 그만둘 수 있다고 하는 것이니 그 책임을 알겠다. 그렇다면 군자의 배움은 하루라도 쉴 수 있는가! 내 이에 **느낀 바가 있노라.**[71]

구양수는 늦여름 어느 밤에 앉아 있다가 ① 하늘에 떠 있는 달과 별의 운행, ② 별똥별을 목격하고 ③ 지렁이 울음소리를 듣는다. 구양수가 감각으로 체험한 것은 3수의 기사에서 자세히 서술된다. 첫 번째 수에는 ③에 등장했던 '지렁이 울음소리'가 기쁨과 슬픔 중 어느 면에 해당하는지 궁금증을 털어놓고, 두 번째 수에는 ②에 등장했던 '별똥별'이 하늘에서 떨어지자 볼품없는 돌덩이에 불과했다며, 중요한 것은 외형이 아니라 '정기精氣'라고 말한다. 세 번째 수에는 ①에 등장했던 '하늘·해·달'의 쉬지 않는 운행을 군자의 자강불식自强不息에 비유한다. 이 작품은 구양수가 어

---

71 작품의 번역은 구양수, 이상하 외 역(2016)을 참고하여 필자가 수정 및 보완했다. 구양수, 「雜說」 3首, "夏六月, 暑雨旣止, 歐陽子坐於樹間, ① 仰視天與月星行度, ② 見星有殞者. 夜旣久, 露下 ③ 聞草間蚯蚓之聲益急. 其感於耳目者, 有動乎其中, 作「雜說」. 1) 蚓食土而飮泉, 其爲生也, 簡而易足. 然仰其穴而鳴, 若號若呼, 若嘯若歌, 其亦有所求邪? 抑其求易足而自鳴其樂邪? 苦其生之陋而自悲其不幸邪? 將自喜其聲而鳴其類邪? 豈其時至氣作, 不自知其所以然而不能自止者邪? 何其聒然而不止也. **吾於是乎有感.** 2) 星殞于地, 腥礦頑醜, 化爲惡石. 其昭然在上而萬物仰之者, 精氣之聚爾, 及其斃也, 瓦礫之不若也. 人之死, 骨肉臭腐, 螻蟻之食爾. 其貴乎萬物者, 亦精氣也. 其精氣不奪于物, 則蘊而爲思慮, 發而爲事業, 著而爲文章, 昭乎百世之上而仰乎百世之下, 非如星之精氣. 隨其斃而滅也, 可不貴哉! 而生也利慾以昏耗之, 死也臭腐而棄之. 而惑者方曰: '足乎利慾, 所以厚吾身.' **吾於是乎有感.** 3) 天西行, 日月五星皆東行. 日一歲而一周. 月疾於日, 一月而一周. 天又疾於月, 一日而一周. 星有遲有速, 有逆有順. 是四者, 各自行而若不相爲謀. 其動而不勞, 運而不已. 自古以來, 未嘗一刻息也, 是何爲哉? 夫四者, 所以相須而成晝夜四時寒暑者也. 一刻而息, 則四時不得其平, 萬物不得其生, 蓋其所任者重矣. 人之有君子也, 其任亦重矣. 萬世之所治, 萬物之所利, 故曰自彊不息, 又曰死而後已者, 其知所任矣. 然則君子之學也, 其可一日而息乎! **吾於是乎有感.** (번호 및 강조─인용자)

느 날 밤에 보고 들었던 경험을 토대로 한 것이기 때문에 3수 기사 말미에 각각 "내 이에 느끼는 바가 있노라[吾於是乎有感]"로 표시되어 있다.

이를 원용했다고 일컬어지는 윤기의 「잡설」을 살펴보자.

① 거미는 공중에 그물을 쳐서 날아다니는 것들이 걸리기를 기다리는데, 몸집이 작은 모기와 파리부터 몸집이 큰 매미와 제비에 이르기까지 모두 다 거미줄로 잡아서 배를 채운다. 한 번은 벌이 거미줄에 걸렸다. 그런데 거미가 그 벌을 급히 거미줄로 동이다가 갑자기 땅에 떨어져 배가 터져 죽었다. 벌침에 쏘인 것이다. 어떤 아이가 벌이 거미줄에서 미처 빠져나오지 못한 것을 보고 손으로 풀어 주려고 하는데 벌이 또 침을 쏘았다. 그러자 아이는 화가 나서 벌을 발로 밟아 뭉개 버렸다. 아! 거미는 날아다니는 온갖 것을 다 거미줄로 잡는 솜씨만 믿고 벌이 침을 쏠 수 있다는 생각은 못했고, 벌은 침 쏘는 것만을 능사로 여겨 자신을 해치려는 사람과 구해 주려는 사람을 막론하고 만나는 족족 예외 없이 쏘는 바람에 자신을 구해 주려던 사람이 도리어 자신을 해치게 만들었다. 아이는 거미가 낭패한 것을 다행으로 여길 뿐 벌의 나쁜 점은 생각지 못했고, 벌이 곤경에서 벗어나기만을 바랄 뿐 벌침의 독이 사람을 해칠 수 있음은 헤아리지 못했다. 천하의 일이 어찌 이와 같을 뿐이겠는가?

② 고양이를 좋아하는 어떤 사람이 고양이 세 마리를 키우고 있었다. 그중 한 마리는 낮이면 잠만 자고 밤이면 여기저기 돌아다니며 쥐를 잡았다. 그러나 사람들은 이 고양이가 쥐 잡는 모습을 보지 못했기 때문에 이 고양이는 쥐를 잡을 줄 모른다고 여겼다. 다른 두 마리는 밤이면 사람 곁에서 잠만 자고 낮에 간혹 쥐를 잡으면 반드시 자랑하며 사람 앞에 물어 왔

다. 그러고는 쥐를 가지고 놀며 사람들을 재미나게 해 주었다. 집안사람들은 모두 이런 행동을 기특하게 여겨 두 마리의 고양이가 습관적으로 음식을 훔치고 닭을 물어뜯어도 꾸짖지 않았다. 밤에 사냥하는 고양이 때문에 쥐들이 죽고, 죽지 않은 놈들은 모두 멀리 달아났다. 마침내 집에 쥐가 완전히 사라졌다. 사람들은 이것이 다른 두 마리 고양이의 공이라 생각하고 밤에 사냥하는 고양이를 매질하여 내쫓았다. 그러자 쥐들이 몰려들어 다시 막을 수 없었다. 지혜로운 사람에게 선택하게 한다면 내쫓긴 한 마리를 키우려 할까, 아니면 나머지 두 마리를 키우려 할까?

③　어떤 사람이 남에게서 강아지를 얻어 와 키우기 시작했는데, 강아지가 어리고 또 새로 왔기 때문에 먹이를 자주 주고 늘 어여삐 어루만져 주었다. 그 집에는 본디 늙은 개가 있었는데, 속으로는 새로 온 강아지를 질투하면서도 겉으로는 아껴 주어 볼 때마다 핥아 주고 보듬어 주고 벼룩과 파리를 깨물어 주었다. 이 때문에 주인은 늙은 개를 의심하지 않았다. 그런데 며칠 뒤에 늙은 개가 마침내 주인이 곤히 잠든 밤을 틈타 강아지의 목을 물어 죽이고 대문 밖에 물어다 놓았다. 이튿날 주인이 일어나자 늙은 개는 주인의 옷자락을 끌어당기며 강아지가 있는 곳으로 나가서 슬피 울며 강아지를 가리켜 보였다. 저 늙은 개는 속으로는 죽이고 싶으면서도 겉으로는 아끼는 시늉을 하여 주인이 의심하지 않게 만들고, 악독한 계획을 실행한 뒤에는 또 강아지가 자기 때문에 죽은 것이 아닌 것처럼 꾸몄으니 참으로 교활하다. 개도 이러한데 하물며 사람이랴![72]

---

72　작품의 번역은 강민정 역(2013), 『국역 무명자집』(성균관대 출판부)을 참고하여 필자가 수정 및 보완했다. 윤기, 「雜說三」, 『無名子集』 책5, 『한국문집총간』 256, 249면, "1) 蛛張網于空以伺群飛, 小而蚊蠅, 大而蟬燕, 無不取以充腹. 有蜂胃焉, 蛛急縛之, 忽墮地, 脹

「잡설」은 기사마다 거미·벌·고양이가 등장한다. 이 동물들은 모두 어리석고 교활하여 스스로 위험을 자초하거나, 인간을 속인다. ①에서는 '벌'이 공격할 수 있다는 사실을 간과하고 방심한 '거미'와 '아이', 자기를 구해주는 줄도 모르고 '아이'를 공격한 '벌' 모두 어리석은 사람으로 비유된다. ②에서는 사람이 보는 앞에서만 쥐를 잡는 '고양이' 두 마리를 비판한다. 이를 통해 인재를 등용할 때도 위정자 앞에서만 일을 하고, 아첨하는 이를 경계해야 한다고 강조한다. ③에서는 사람이 있을 때만 '강아지'를 예뻐하고, 사람이 없으면 그 '강아지'를 죽일 계획을 꾸미는 '늙은 개'를 교활한 사람으로 비유한다. 기사 3수는 각각 다른 동물을 동원하면서 어리석고 교활한 사람을 비판하려는 목적을 전하기 위해 서술되었다.

이 작품은 전형적인 동물의 상징을 변용했다는 점, 하나의 기사에서 동종 동물을 대립 관계로 설정했다는 점에서 주목할 만하다. 이는 윤기가 시문에서 동물이라는 소재를 사용하는 한 방식이기도 하다.[73] 일반적인 시문에서는, 동물을 소재로 활용할 때 그 동물이 상징하는 바를 그대로 수용하여 작품의 주제를 전달하려고 하며, 동일한 기사 안에서 한 동물의 상징

---

以死, 蓋爲其所螫也. 童見蜂之未脫也, 欲手解則又螫之, 童怒而蹴靡之. 嗟乎! 蛛徒恃其巧之可以網盡翾飛, 而不知蜂之能螫, 蜂徒以螫爲能, 而不擇害己者與救己者而逢必螫之, 以致救己者之反害己. 童徒幸蛛之見敗而不思蜂之可惡, 欲其脫於困而不虞毒螫之性亦能害人. 天下之事奚但如斯而已也? 2) 人有愛猫者, 畜數三猫. 其一猫晝常眠, 夜輒周行以扼鼠. 人未之見, 以爲無能也. 他猫則夜眠於人側, 晝或得鼠, 必銜致人前, 舞弄之以供翫笑. 家人皆奇之, 雖有竊饌噬鷄之習, 而不之罪也. 鼠以一猫夜獵之故, 不死則皆遠避, 患遂絶. 人以爲他猫之功, 遂笞其一猫而放之. 鼠乃相率而來, 不可復禁. 使知者擇之, 寧畜其一猫耶? 將畜其餘猫耶? 3) 人有得狗兒於人, 將畜之, 爲其小且新來, 頻與之食, 每憐撫之. 家有老狗, 陰恨而陽愛, 見輒舐抱, 且爲之齧蚤蠅. 人不疑之. 居數日, 狗乃夜乘人睡熟, 直牙其吭殺之, 銜以出諸門外. 及明人起, 狗牽人衣, 至狗兒處, 哀鳴指示. 夫內懷欲殺之心而外示憐愛, 使人不疑, 旣售其毒, 又若其死之不由於己, 狡哉! 狗且然, 況人乎?"

73 　김병건(2015), 205면·212면.

은 변하지 않는다.[74] 그러나 윤기는 「잡설」에서 '고양이'의 전형적인 역할을 변용하고 있으며, 한 기사 안에서 동종 동물을 대립 관계로 설정한다.[75]

설에서 고양이는 쥐와 적대 관계가 되어 쥐를 물리치는 해결사 혹은 선한 본성을 지닌 긍정적인 존재로 비유되는 반면, 인간을 괴롭히는 부정적인 존재로도 활용됐다.[76] 그런데 윤기의 「잡설」에서는 하나의 기사 안에 쥐를 잡는 해결사로서의 '고양이'와, 사람에게 온갖 아첨을 떨며 남의 공을 가로채는 탐욕스런 인간으로서의 '고양이'가 동시에 서술되어 있다. 쥐나 개의 상대적인 역할로 고양이가 등장했던 작품들과 차별된다고 할 수 있다.[77] 윤기의 「잡설」은 천하의 일들을 모아 당대 세태를 비판하되, 보편적인 동물 상징을 거부하고 자기만의 독특한 관점으로 동물 상징을 만들어냈다.

다음으로 살펴볼 작품은 서명응徐命膺, 1716~1787의 「잡설」이다. 서명응은 일찍부터 박학으로 이름나 정조 연간 규장각 운영의 기틀을 잡고 각종 편찬 사업에 종사했다.[78] 그는 역학, 그중에서도 상수학의 계열인 소옹邵雍의 선천역先天易을 학문의 중심에 두었고,[79] 이를 서양의 천문학적 사유와 융합하기도 했다. 이러한 성향이 그의 「잡설」에서도 나타난다.

---

74  위의 책, 212면.

75  이를테면, 「雜說」의 두 번째 기사에서 '고양이' 세 마리 중 한 마리는 낮에 잠을 자고 밤에 쥐를 잡으러 다니느라 사람들이 그 공을 모른다. 반면, 나머지 두 마리는 낮에 쥐를 잡고 밤에 자며, 낮에 잡은 쥐를 가지고 사람들 앞에서 재롱을 떤다. 그래서 사람들은 고양이 두 마리만 총애한다. 한 마리가 잡는 쥐가 훨씬 많은데도 불구하고, 사람들은 눈에 보이는 것만 믿기 때문에 그 고양이의 공을 인정하지 않는다.

76  이미진(2020), 앞의 책, 109~110면.

77  위의 책, 109면.

78  신용남(2001), 『保晚齋集』 해제, 『한국문집총간』 233, 민족문화추진회.

79  한민섭(2007), 4~5면.

밤에 뜰을 지나다가 거미가 줄을 짜고 달빛이 흐르고 별이 자리를 옮기는 것을 보았다. 텅 비고 고요한 하늘을 바라보니 눈에 닿고 마음에 느낌이 있었으니, 이것은 평소와 다르기 때문이 아니요, 나의 기가 맑아 마음에 깨달음이 있어서다. 기가 맑으면 이치를 보는 것이 쉽고, 마음으로 깨달으면 말하지 않을 수 없으니, 잡설을 짓는다.[81]

「잡설」의 서문에는 서명응이 이 작품을 짓게 된 계기가 나온다. 서명응은 밤에 뜰을 지나다가 거미줄을 짜는 '거미', '달'과 '별', 텅 비고 고요한 '하늘'을 바라보고 감흥을 느낀다. 이러한 서술은 구양수의 「잡설」을 의도적으로 원용한 것이다.

서명응도 우연히 발견한 자연의 모습에 감흥을 느끼고, 서문에서 언급한 순서대로 거미가 거미줄을 짜는 모습, 달빛, 별자리의 운행, 텅 빈 하늘을 제재로 4수의 기사를 서술했다. 즉, 자신이 본 자연물의 모습과 그로부터 얻은 깨달음을 집합하여 보여주었다. 그중 1~2수만 살펴보자.

① 거미가 거미줄을 치는 것이 괴이하구나! 감춰두어도 가득함을 볼 수 없고 토해내어도 그 다함을 볼 수 없다. 어째서 그러한가? 그 무늬를 이루는 것이 둥글기가 도圖와 같아 혹 그 모양을 형상화한 것 같고, 네모진 것이 괘卦와 같아 혹 그것을 본뜬 것 같다. 먹줄로 헤아리고 자로 재는 것이 아닌데도 큰 벼리와 세세한 조목이 들쭉날쭉하지 않다. 이는 반드시 마음에 오묘하게 깨달음이 있어서이니 알지 못하는 것이 아니다. 그

---

80  이대승(2017), 169면.

81  서명응, 「雜說四首」 幷序, 『保晩齋集』 권9, 『한국문집총간』 233, 250면, "夜行中庭, 見蜘蛛結網, 月流輝星移次. 頗仰空寂, 觸于目而感于中, 非其見之異乎常也, 吾之氣淸而其心有會也. 氣淸則見理易, 心有會則不能無言, 作雜說."

쓰임을 이롭게 함은 동서로 연결해 사다리로 쓸 수 있고, 파리와 모기를 막아 병풍으로 쓸 수 있으며, 처마 끝에 씨줄과 날줄로 엮어 혹 그물로 사용할 수 있고, 무너진 담을 봉합하여 고릉觚稜으로 쓸 수 있다. 이는 반드시 사물을 종합하여 다스린 것으로 의도가 없는 것이 아니다. 고대광실과 작은 초가, 높은 용마루 및 들보와 낮은 창문에서, 큰 것은 크게 펼치고 작은 것은 작게 펼쳐 마치 역말을 두어 전하고 집집마다 알려주는 것 같다. 나는 알지 못하겠다. 누가 이렇게 시켰는가? 스승이 인도한 것인가? 가르치지 않았는데도 교화된 것인가? 하늘에서 받은 천성이 그러한 것인가?[82]

①에서 서명응은 거미가 짠 거미줄을 역학의 도圖와 괘卦에 견주고, 일정한 간격으로 만들어지는 것에 감흥을 느낀다. 그는 여기서 그치지 않고, 거미줄의 이용利用까지 고려한다. 거미줄은 모습도 경이롭지만, 거미에게 사다리·병풍·그물·고릉으로 쓰일 수 있다. 거미줄이 있는 곳이 고대광실이든 작은 초가든, 높은 용마루 및 들보든 낮은 창문이든, 거미줄은 경우에 따라 제 역할을 한다. 서명응은 자연의 이치에 의문을 가지면서도 그 자연의 작용을 경이로워한다. 게다가 서명응은 자연물을 통해 그것의 쓸모를 고민했다는 점에서, 「잡설」의 첫 번째 기사는 서명응의 경세적 태도를 엿볼 수 있다.[83]

---

82  서명응, 「雜說四首」幷序, 『保晚齋集』 권9, 『한국문집총간』 233, 250면, "1) 蜘蛛之爲絲, 怪矣哉! 藏之而不見其盈, 吐之而不見其竭. 何爲其然也? 其成文也, 圓如圖若或象之, 方如卦若或擬之. 非繩之爲絜尺之爲度, 而宏綱細目, 罔或參差. 是必有妙契於心而非無知也. 其利用也, 牽聯東西, 可以梯, 捍禦蠅蚊, 可以屛, 經緯檐角也, 或爲之罘罳, 彌縫墻闕也, 或爲之觚稜. 是必有綜理於物而非無意也. 廣廈之大, 蔀屋之小, 棟樑之崇, 戶牖之低, 大者大其施, 小者小其施, 如置郵而傳之, 家戶而喩之. 吾未知孰令之爲耶? 豈有師而導之耶? 不敎而化耶? 性於天者然耶?"

② 달빛은 달의 빛인 것인가? 햇빛을 달이 받아서 빛이 된다. 달이 받아 빛이 되면 그 빛은 햇빛이지 달빛이 아니다. 저 보름날 밤에 사해와 만국을 비추는 것도 햇빛이 아닌가? 달이 햇빛을 받은 것으로 빛을 삼으면 햇빛이라고 해도 되지만, 해에게서 받아 스스로 사해와 만국을 빛나게 하는 것은 달빛이지 햇빛이 아니다. 달은 해가 아니면 빛을 낼 수 없고, 해는 달이 아니면 비록 빛이 있더라도 밤에 빛을 낼 수 없다. 나는 여기서 해와 달이 서로 기대하는 것을 알겠다. 달은 해에게서 빛을 받으면서 그 빛을 자기 마음대로 하지 않으니 달이 차고 이지러지는 것은 해의 발광 때문이며, 해와 달은 빛을 가지고도 그 빛을 스스로 소유할 수 없으니 그믐은 달의 운행 때문이다. 나는 여기서 해와 달에게 사사로움이 없음을 알겠다. 이 때문에 공이 이뤄지고 교화가 행해진다.[83][84]

②는 달빛과 햇빛의 상관관계를 과학적으로 풀이했다. 달빛은 스스로 발하는 것이 아니라, 햇빛에 반사되어 지구에 비친다. 달빛은 본래 햇빛에서 비롯되었으니 햇빛이라고 불러야 하지만, 해 또한 달의 도움 없이는 밤에 빛날 수 없다. 그렇기에 서명응은 달과 해가 서로 상호의존적이라고 말했다.

달은 자기 마음대로 운용하지 않고 해에게서 빛을 받기 때문에 때로는 가득 차기도 하고, 또 때로는 이지러지기도 한다. 해와 달은 발광하기 위

---

83  한민섭(2007), 앞의 책, 15~16면에서 서명응의 「雜說」의 첫 번째 기사를 통해 서명응의 易學 중심의 학문관과 경세적 태도를 논했다.

84  서명응, 「雜說四首」幷序, 『保晩齋集』 권9, 『한국문집총간』 233, 250면, "2) 月之光, 其月之光耶? 日之光而月受之爲光也. 月受之爲光, 則其光也, 日之光也, 非月之光也. 彼三五之夜, 景于四海, 輝于萬國, 亦日之光乎非歟? 以月之受日光爲光, 則謂日之光也宜, 及其受於日而自爲光於四海萬國, 則月之光也, 非日之光也. 月非日, 無以爲光, 日非月, 雖有光, 不能光于夜. 吾於是知日月之相待也. 月受光於日而不自專其光, 圓缺, 惟日之耀, 日與月以光而不自有其光, 朔晦, 惟月之行. 吾於是知日月之無私也. 是以功成而化行."

해 서로에게 의존한다는 점에서 그 빛을 온전히 소유하지 못한다. 그래서 그믐달이 생기는 것이다. 서명응은 이 과학적 사실을 통해 해와 달의 성질에 사욕이 없음을 배운다. 이 기사는 『예기』에서 공자가 삼왕의 덕을 천지에 견주면서 언급했던 세 가지 무사無私 중 하나인 "일월무사조日月無私照"를 다룬 것이다.[85] 이를 통해 서명응은 자연물 자체를 감상하기보다, 그것을 통해 얻을 수 있는 철리를 궁극적으로 표현하고자 했다. 서명응의 「잡설」은 그가 목도한 자연물의 의미를 취합하면서도, 그의 다양한 학문 영역을 총합한 작품이라고 볼 수 있다.

이상으로 주제와 제재 면에서 설에 나타난 주요 모티프와 그 의미를 알아보고, 이것이 작품에 어떻게 활용되고 변주되는지 살펴보았다. 설에 활용되는 모티프는 셀 수 없이 많지만, 본고에서는 『예기』에 등장하는 '가정맹어호', 의국론적 관점, 장자의 '부재지재', 한유의 「잡설」에 등장하는 천리마와 백락 고사, 한유와 구양수의 「잡설」에서 원용한 형식에 초점을 두었다. 이 다섯 가지 모티프는 한국 설 작품에 영향을 미쳤다. 차례대로 정리하자면 다음과 같다.

첫째, 가정맹어호 고사는 일찍이 유종원의 「포사자설」에 계승되었고, 한국의 경우는 권두인의 「석이설」, 김춘택의 「잠녀설」, 강재항의 「재설」, 박전의 「절비자설」에서 가정맹어호와 유종원의 「포사자설」을 원용했다. 「석이설」·「잠녀설」·「재설」은 각각 전문 직업을 가진 백성을 등장시켜

---

직업과 관련된 중심 제재인 '석이'·'전복'·'가래나무'가 관료들의 탐욕과 허영을 채우기 위해 사용된다는 점을 고발했다. 특히 석이와 전복이 채취하기가 까다롭다는 점을 강조하여 이를 부세로 납부하기 위한 백성들의 고통을 극대화했다. 반면에, 「절비자설」은 전문 직업인이나 부역과 관련된 중심 제재를 등장시키지 않고, '절비자'라는 다른 모티프를 빌려왔다. 이 작품은 단순히 백성의 고통과 관료들의 횡포를 대결시키지 않고, 유가의 주요 가치인 충과 효를 대결시켜 효를 위해 충을 포기한 백성의 고통을 보여주었다.

둘째, 의국론적 관점은 『국어』에서 비롯되어 한유의 「잡설」, 장뢰의 「약계」 등에서 수용한 흔적이 보인다. 의국론적 관점을 활용한 한국 설은, 성간의 「병중잡설」, 김덕겸의 「삼출설」, 이민구의 「병설」, 민재남의 「약설」, 강재항의 「의설」, 권재운의 「의학설경학자」를 꼽을 수 있다. 이 작품에서 거론된 문제는 크게 세 가지다. 법도에 맞게 약을 처방하고 복용하는 '원칙성', 상황에 따라 융통성 있게 약을 처방하는 '적의성', 미연에 병을 막고 몸을 잘 관리하는 '예방성'이다. 이는 몸을 보전하고 치료하는 절대적이고 필수적인 조건이다. 설에서는 이러한 불변의 진리를 치국의 도로 확장하여 설득력을 높였다. 권재운은 이중에서 의술의 '원칙성'을 들어 학자를 경계하기 위한 비유로 삼았다.

셋째, 부재지재 고사는 김종직의 「죽락설」, 윤현의 「목안설」, 어유봉의 「양저설」에서 그 수용 흔적을 볼 수 있다. 「죽락설」과 「양저설」은 『장자』에 나오는 부재지재 고사를 활용하고 주제 또한 수용하여 '쓸모없음의 쓸모'라는 주제를 구현하고 있다. 반면에, 「목안설」은 부재지재 고사에 등장하는 나무와 거위의 생사를 논리적으로 풀이했다. 더 나아가서, 윤현은 자신이 처할 곳이 분수와 운명이라고 말하며 부재지재 고사를 적극적으로 해석하고 자기화했다.

넷째, 천리마와 백락 고사는 일찍이 한유의 「잡설」 네 번째 기사에 원용되었고, 한국의 경우는 이유원의 「양마설」, 김도수의 「기설」, 임창택의 「백락설」, 권헌의 「어마설」에서 모티프로 삼았다. 「양마설」이 한유의 「잡설」에 나오는 말과 사마자를 차용하여 자라온 환경대로 인물을 기르지 않는 세태를 넌지시 풍자했다면, 「기설」과 「백락설」, 「어마설」은 기존 논의를 더 확장하거나 다른 측면을 부각한다. 「기설」과 「백락설」은 천리마가 되기 위한 다른 요소에 초점을 두었다. 이를 통해, 인재가 인재로 거듭나기 위해서는 많은 노력이 필요하다는 사실을 알 수 있다. 한편, 「어마설」은 말이 천리를 달릴 때 지켜야 할 규범과 법도를 강조했다. 이는 능력 발휘에만 초점을 둔 기존 논의와는 다른 새로운 시각을 제시한 것이다.

다섯째, 한유와 구양수의 「잡설」은 독립된 기사가 2수 이상 묶인 형태이며, 조선시대에 이 「잡설」의 형식을 원용한 작품이 총 23편으로 나타났다. 잡설 안의 기사가 독립된 작품이라고 해서 전혀 상관없는 작품이 묶인 것은 아니다. 예를 들면, 이의숙의 「잡설」은 노력이 수포로 돌아갔는데도 다시 담을 쌓는 아이, 누군가가 연을 가져갔다는 사실을 모른 채 하늘을 보며 연을 찾는 아이, 시장 놀이를 방해한 부모를 원망하며 밥을 먹지 않는 아이를 묘사했는데, 이는 당시 아이들의 어리석은 행동을 담았다는 공통점이 있다. 유의건의 「한거잡설」에서는 역사 인물에 대한 논평과 문학 작품에 대한 풀이를 실었는데, 모두 유가의 보편적 가치인 충忠·의義·효孝를 다루었다는 점에서 공통점이 있다. 구양수의 「잡설」은 한유의 「잡설」처럼 독립된 작품이 묶여 있는데, 그 내용에 자연에 대한 섬세한 관찰과 감상이 공통적으로 드러난다. 윤기와 서명응의 「잡설」에서 구양수의 「잡설」을 의도적으로 원용한 흔적이 나타난다.

# 제6장

# 한국 설說 작품 감상

이 장에서는 주제·구성·제재·표현 면에서 읽을 만한 설을 선정하여 작품 전문을 제시한 뒤, 다양한 시각에서 분석을 시도했다.

지금까지 설의 개념과 연원, 구성과 제재, 모티프와 시기별 창작 양상을 살펴보았다면, 이 장에서는 작품 전문을 충분히 읽고, 작가가 주제를 부각하기 위해 동원한 여러 수단을 파악해 보고자 한다.

설은 역사적으로 볼 때, 청탁과 의뢰보다는 작가가 자발적으로 하고픈 말을 하기 위해 창작된 경우가 많다. 그렇다면 작품을 필요한 부분만 발췌하여 바라보는 것보다는, 전체를 충분히 감상하고 이에 대한 최대한의 논의를 해보는 것이 설을 향유하는 가장 바람직한 방법일 것이다. 하나씩 살펴보자.


## 1. 강희맹姜希孟, 「훈자오설訓子五說」

강희맹의 「훈자오설」은 5개의 독립된 설과 서문으로 구성되었다. 이 작품은 강희맹이 1468년 6월, 45세 때 아들 강귀손姜龜孫, 1450~1505을 훈계하기 위해 지었다. 서문에 창작 의도가 보인다.

「훈자오설」은 무위자無爲子가 그의 아들 귀손龜孫을 위해서 지은 것이다. 어째서 훈계하는 것인가 하면, 그 미치지 못한 바를 훈계하기 위한 것이요, 어째서 분수도 모르고 함부로 설을 지었는가 하면, 그 말은 저속하지만 그 뜻은 옛 성현이 남긴 뜻이기 때문이며, 어째서 과감하게 바로 나무라지 못하고 살짝 그

뜻만 보였는가 하면, 부자간이라서 말을 오히려 완곡하게 한 것이다.[1]

서문에 따르면, 강희맹이 이 설을 지은 목적은 두 가지다. 첫째, 쉬운 이야기를 통해 성현의 교훈을 전하기 위해서다. 둘째, 부자 사이가 상할까 봐 일부러 완곡한 이야기를 만든 것이다. 이 의도에 맞게 「훈자오설」은 교훈성을 담보하면서도 귀감이 될 만한 인물과 그렇지 않은 인물들이 대비되어 등장한다. 이 작품은 누대에 걸친 공훈을 자신의 대에서 허물어뜨릴 수 없다는 자각이 큰 동기였다.[2]

강희맹은 친가와 외가 모두 영달한 거족鉅族이었다. 증조부 강시姜蓍는 문하찬성사를, 조부 강회백姜淮伯은 대사헌을, 아버지 강석덕姜碩德은 돈녕부지사를, 강희맹은 의정부 좌찬성을 비롯하여 주요 요직을 역임했다. 또, 강회백의 동생 회계淮季가 공민왕의 사위였으며, 강석덕은 심온沈溫의 딸이자 소헌왕후의 동생과 결혼했다.[3] 이처럼 강희맹의 가문인 진주 강씨 통정공파通亭公派는 능력과 왕실 인척이라는 이유로 당시 상당한 지위를 누렸던 것으로 보인다.

강희맹은 "어려서부터 독서에 전념하여 다른 기예에는 종사하지 않았고 타고난 성품이 총명하여 한번 보면 기억"했고, 벼슬보다는 학문에 뜻을 두어 빨리 출사할 수 있는 길도 마다했다.[4] 강희맹은 가문의 지위를 이

---

1 　작품의 번역은 양주동 역(1969), 292~295면을 참고하여 필자가 수정 및 보완했다. 강희맹, 「訓子五說」 서문, 『私淑齋集』 권9, 『한국문집총간』 12, 129~130면, "「訓子五說」者, 無爲子爲其子龜孫作也. 曷爲訓之, 訓其所不逮也, 曷不自撰而濫爲之說歟, 其言則俚, 而其意則古昔聖賢之遺意也, 何以不敢直斥, 而微示其意歟, 父子之間, 言猶婉也."
2 　홍성욱(2002), 앞의 책, 83면.
3 　蔡壽, 「私淑齋先生文良姜公行狀」, 『私淑齋集』 권11, 『한국문집총간』 12, 156면.
4 　蔡壽, 「私淑齋先生文良姜公行狀」, 『私淑齋集』 권11, 『한국문집총간』 12, 156면, "公自少專意讀書, 不事他技, 性又聰慧, 一覽輒記."; "公雖長紈綺, 不以爵祿介于懷, 年二十四, 猶布

용해서 권세를 부리지 않았고, 실력으로 지위에 올라 가문의 영광을 지켜야겠다고 생각했다. 그리하여 아들에게도 거족의 자제로서 지켜야 할 도리와 조심해야 할 행동을 일러주려고 했다.

「훈자오설」 중에서 집중적으로 살펴볼 작품은 「도자설盜子說」이다. 「도자설」의 개요와 전문을 보자.

①기사 : 아버지 도둑이 아들 도둑을 시험하고, 아들 도둑은 천하제일이 됨

  ①-1 아들 도둑의 오만함과 아버지 도둑의 '자득' 강조

  ①-2 아버지가 아들을 시험하고 아들은 곤경에서 벗어남

  ①-3 자득의 실현과 곤궁의 극복으로 천하제일이 된 아들 도둑

②설리 : 사군자가 도덕 공명을 대할 때에도 곤궁과 자득해야 함을 강조


①-1 백성 중에 도둑질을 직업으로 삼은 자가 있어 그 자식에게 그 술법을 다 가르쳐주니 그 자가 또한 그 재간을 자부하여 자신이 아비보다 훨씬 낫다고 여겼다. 언제나 도둑질할 적에는 그 자식이 반드시 먼저 들어가고 나중에 나오며, 경한 것은 버리고 중한 것을 취하며, 귀로는 능히 먼 데 것을 듣고 눈으로는 능히 어두운 속을 살피어, 도둑들의 칭찬을 받으므로 제 아비에게 자랑삼아 말하기를, "내가 아버지의 술법과 조금도 틀림이 없고 강장한 힘은 오히려 나으니, 이것을 가지고 가면 무엇을 못하오리까" 하니 아비도 역시 말하기를, "아직 멀었다. 지혜란 배워서 되는 것이 아니요, 자득이 있어야 하는데 너는 아직 멀었다" 하였다. 자식이 말하기를, "도적의 도는 재물을 많이 얻는 것으로 공을 삼

衣抱屈. 時國家聚門蔭子弟, 設忠順衛, 仕路頗捷. 戴愍謂公曰 : '汝年踰弱冠, 功名難必, 可屬此衛.' 公對曰 : '皓首窮經, 儒者分內事, 敢爲一資一級, 伍於陞槽之列.'"

는 법인데, 나는 아버지에 비해 공이 항상 배나 많고 또 내 나이 아직 젊으니, 아버지의 연령에 도달하면 마땅히 특별한 수단이 생기게 될 것입니다" 하니, 아비 도적이 말하기를, "멀었다. 내 술법을 그대로 행한다면 겹겹의 성도 들어갈 수 있고, 비장한 것도 찾아낼 수 있다. 그러나 한 번 차질이 생기면 화가 따르기 마련이다. 이를테면 형적이 드러나지 않고 임기응변하여 막힘이 없는 것은, 자득의 묘가 없으면 못하는 것이다. 너는 아직 멀었다" 하였다.

①-2 자식은 그 말을 듣고도 들은 척도 안 하니, 아비 도적이 다음 날 밤에 그 자식과 더불어 한 부잣집에 가서 자식을 시켜 보장寶藏 속에 들어가게 하여 자식이 한참 탐을 내어 보물을 챙기고 있는데, 아비 도적이 밖에서 문을 닫고 자물쇠를 걸고 일부러 소리를 내어 주인으로 하여금 듣게 하였다. 주인이 집에 도적이 든 줄 알고 쫓아 나와 자물쇠를 본즉, 전과 같으므로 주인은 안으로 들어가 버리니, 자식 도적은 보장 속에 들어서 빠져나올 길이 없었다. 그래서 일부러 손톱으로 빡빡 긁어서 쥐가 긁는 소리를 내니, 주인 말이, "쥐가 보장 속에 들어가 물건을 절단 내니 쫓아버려야겠다" 하고는, 등불을 켜고 자물쇠를 끄르니 자식 도적이 빠져 달아났다. 주인집 식구가 모두 나와 쫓으니 자식 도적이 사뭇 다급하여 벗어나지 못할 것을 알고, 못가를 돌아 달아나면서 돌을 집어 물에 던졌다. 쫓던 자가, "도적이 물속으로 뛰어 들어갔다" 하고, 모두 막아서서 찾으니, 자식 도적이 이 틈에 빠져나와 제 아비를 원망하며 하는 말이, "금수도 오히려 제 새끼를 보호할 줄 아는데, 자식이 무엇을 잘못해서 이렇게도 욕을 보입니까" 하였다.

①-3 아비 도적이 말하기를, "이제는 네가 마땅히 천하를 독보할 것이다. 무
릇 사람의 기술이란 남에게 배운 것은 한도가 있고, 마음에서 터득한
것은 응용이 무궁한데, 하물며 괴롭고 가난하고 흔들리고 우울한 것
이 사람의 뜻을 견고하게 하고 사람의 인仁을 무르익게 할 수 있음에
랴? 내가 너를 곤궁하게 만든 것은 바로 너를 편안하게 하자는 것이요,
내가 너를 위험에 빠뜨린 것은 바로 너를 건져 주기 위한 것이다. 네가
보장에 들어가 궁지에 몰려 쫓기는 걱정이 있지 않았다면, 어찌 쥐가
긁는 소리를 내고 돌을 던지는 속임수를 낼 수 있었겠느냐? 너는 곤경
에 빠져 지혜를 쓰고 변수에 임해 속임수를 냈으니, 마음의 근원이 한
번 열려 다시 현혹되지 않을 것이다. 너는 마땅히 천하를 독보할 것이
다" 하였다. 그 뒤에 과연 천하에 적수가 없는 도적이 되었다.

② 도둑질은 나쁜 기술이다. 오히려 반드시 스스로 터득한 뒤에야 비로소 천
하에 적수가 없는 법인데 하물며 사군자가 도덕 공명을 대함에 있어서
랴? 대대로 벼슬하여 국록을 누리던 후손들은 인의의 아름다움과 학문
의 유익함을 모르고 자신이 이미 현달하면 함부로 전대의 선열에 대적하
고 옛 업적보다 앞설 수 있다고 말하니, 이는 바로 도둑의 아들이 제 아비
에게 자기 실력을 자랑하는 때다. 만약 높은 지위를 사양하고 낮은 지위
에 머물며, 잘난 체하는 사람을 멀리하고 담박한 사람을 좋아하며, 몸을
굽혀 학문에 뜻을 두고, 차분한 마음으로 성리性理의 학문을 연구하되 세
속에 동요되지 않는다면 남들과 동등할 수도 있고 공명을 취할 수도 있
으며, 등용되면 행하고 버려지면 재능을 감추는 것이 가는 곳마다 그렇지
않음이 없으니, 이것이 바로 도둑의 아들이 곤경을 통해 지혜를 써서 마
침내 천하를 독보하게 된 이유다. 너도 또한 이와 비슷하니 보장에 갇혀

서 궁지에 몰려 쫓기는 걱정을 꺼리지 말고, 마음에서 스스로 터득함이 있을 것을 생각해야 한다. 소홀히 생각지 말라.[5]

「도자설」은 아버지 도둑과 아들 도둑의 기사가 먼저 제시되고, 작품 말미에 설리가 제시된다. 전형적인 '이객위주以客爲主'의 구성이다.

기사에서는 도둑질로 일가를 이룬 도둑과 그 자식의 대화가 나온다. 아들은 아버지보다 자신의 실력이 낫다고 자부했고, 아버지는 아들에게 '자득自得'을 강조하며 언제나 경계하라고 말한다. 그럼에도 불구하고 아들이 들은 척도 안 하자, 아버지는 아들을 시험하기 위해 일부러 그를 곤궁에 빠뜨린다. 임기응변으로 위기를 모면한 아들은 아버지를 원망했지만,

---

5  작품의 번역은 양주동 역(1969), 앞의 책, 292~295면을 참고하여 필자가 수정 및 보완했다. 강희맹, 「盜子說」, 『私淑齋集』 권9, 『한국문집총간』 12, 130면, "①-1 民有業盜者, 敎其子盡其術, 盜子亦負其才, 自以爲勝父遠甚. 每行盜, 盜子必先入而後出, 舍輕而取重, 耳能聽遠, 目能察暗, 爲羣盜譽, 誇於父曰: '吾無爽於老子之術, 而强壯過之, 以此而往, 何憂不濟?' 盜曰: '未也. 智窮於學成而裕於自得, 汝猶未也.' 盜子曰: '盜之道, 以得財爲功, 吾於老子, 功常倍之, 且吾年尙少, 得及老子之年, 當有別樣手段矣.' 盜曰: '未也. 行吾術, 重城可入, 祕藏可探也. 然一有蹉跌, 禍敗隨之. 若夫無形跡之可尋, 應變機而不括, 則非有所自得者, 不能也. 汝猶未也.' ①-2 盜子猶未之念聞, 盜, 後夜與其子, 至一富家, 令子入寶藏中, 盜子耽取寶物, 盜闔戶下鑰, 攪使主聞. 主家逐盜返, 視鎖鑰猶故也, 主還內, 盜子在藏中, 無計得出. 以爪搔爬, 作老鼠嚙嚙之聲, 主云: '鼠在藏中損物, 不可不去.' 張燈解鑰將視之, 盜子脫走. 主家共逐, 盜子窘, 度不能免, 繞池而走, 投石於水. 逐者云: '盜入水中矣.' 遮躝尋捕, 盜子由是得脫歸, 怨其父曰: '禽獸猶知庇子息, 何所負, 相軋乃爾.' ①-3 盜曰: '而後乃今汝當獨步天下矣. 凡人之技, 學於人者, 其分有限, 得於心者, 其應無窮, 而況困窮咈鬱, 能堅人之志而熟人之仁者乎? 吾所以窘汝者, 乃所以安汝也, 吾所以陷汝者, 乃所以拯汝也. 不有入藏迫逐之患, 汝安能出鼠嚙投石之奇乎? 汝因困而成智, 臨變而出奇, 心源一開, 不復更迷. 汝當獨步天下矣.' 後果爲天下難當賊. ② 夫盜賊, 惡之術也, 猶必自得, 然後乃能無敵於天下, 而況士君子之於道德功名者乎? 簪纓世祿之裔, 不知仁義之美, 學問之益, 身已顯榮, 妄謂能抗前烈而軼舊業, 此正盜子誇父之時也. 若能辭尊居卑, 謝豪縱, 愛淡泊, 折節志學, 潛心性理, 不爲習俗所搖奪, 則可以齊於人, 可以取功名, 用舍行藏, 無適不然, 此正盜子因困成智, 終能獨步天下者也. 汝亦近乎是也, 毋憚在藏迫逐之患, 思有以自得於心可也. 毋忽."

그제야 아버지는 아들에게 자신의 의도를 설명한다. 그때 아버지가 근거로 사용하는 개념이 바로 '궁窮'이다.

화자인 '무위자'는 남에게서 배운 기술은 특정 경우에만 적용할 수 있고, 스스로 터득한 지혜는 언제 어디서든 응용할 수 있다고 말했다. 그 지혜는 바로 위기 상황을 해결하고 모면하려는 절실함에서 비롯한다. 예상대로 일이 흘러가지 않아 곤경에 처했을 때를 '궁窮'이라고 한다. 누구나 이를 피하려고 하지만, 곤궁에 처했을 때 비로소 군자와 소인이 구별되기도 한다. 군자는 곤궁에 처했다고 조급해하거나 성내지 않는다. 오히려 넓은 도량으로 상황을 파악하고 여유 있게 대처한다. 강희맹은 또 다른 설인 「처궁설處窮說」에서 이 '궁'에 대한 개념을 설명한다.

「처궁설」에서는, 곤궁함에 대한 과거와 오늘의 대처가 다르다고 말한다. 곤궁에 처하면 누구나 마음이 조급해지고[熱中], 하늘과 사람을 원망[怨尤]한다. 그러나 공자는 달랐다. 공자가 위나라를 떠나 진나라로 갔을 때, 식량이 떨어져 종자들이 병들자 자로는 "군자도 곤궁할 때가 있습니까?"라고 물었다. 이에 공자는 "군자는 진실로 궁한 것이니, 소인은 궁하면 넘친다[君子固窮, 小人窮斯濫矣]"라고 말했다.[6] 또, 광匡 땅에서 사람들이 공자가 포악한 사람인 양호陽虎인 줄 알고 포위하자, 공자는 "하늘이 장차 문文을 없애려 하셨다면 나는 이에 참여하지 못했을 것인데 문을 없애지 않았으니 광 땅 사람들이 나를 어찌하겠는가?"라고 했다.[7] 이처럼 공자는 일이 잘 풀리지 않고 예기치 못한 불행을 만났을 때에도, 지조를 잃지 않고 여유롭게 대처했다. 이에 강희맹은 "광대한 도량과 차분히 자득한 의행其涵洪廣大之量, 從容自得之趣]"을 지금도 상상할 수 있다고 말했다.

---

6　　『논어』, 「衛靈公」.
7　　『논어』, 「子罕」.

곤궁은 자신의 잘못으로 일어나지 않는다. 다른 사람들의 세勢에 따라 결정되거나, 때의 불우함 때문에 벌어지는 경우가 많다. 곤궁하다고 해서 그 잘못이 온전히 자신에게 있다고 자책할 필요는 없다. 다만 곤궁을 극복하는 데에 공자처럼 '도리'가 있어야 한다. 강희맹은 공자뿐 아니라 순임금·문왕·주공도 이 넓은 도량으로 곤궁한 상황을 극복했다는 점을 들고, 이와 반대로 한신韓信과 팽월彭越,[8] 혜소嵇紹와 예형禰衡[9]은 상황을 극복하지 못해 화를 당했다고 한다.

이처럼, 역사 속 인물들의 행동과 경전 속 곤궁에 대한 언급을 적절히 활용하여 강희맹은 곤궁함에 대처하는 방법을 설명했다. 그는 「처궁설」 말미에 이 글을 쓴 목적을 드러냈다.

구영안丘永安 상사上舍는 몸에 육예六藝를 통달하고 뱃속에 오경五經이 쌓여 있는가 하면 문집과 사서를 두루 열람하고 백가百家를 널리 섭렵하였으므로 앞으로 크게 등용될 것인데 훼방을 당해 억울한 처지에 놓였으니, 이는 정말 마음이 조급할 때이다. 그러나 그 역시 곤궁에 대처하는 도리가 있을 것이다. 더구나 지금 명철한 군주가 위에 계시어 억울한 것을 꿰뚫어 보지 않은 곳이 없으니, 어찌 그대와 같은 재덕으로 끝내 곤궁만 지키겠는가? 얼마 안 되어 형통할 때가 올 것이다. 지금 그가 관동으로 돌아가면서 나에게 들러 고별의 인사

---

8 유방은 항우와의 전쟁에서 이긴 뒤, 한신에게 모반의 혐의가 있다는 걸 알고 그를 경계했다. 유방이 陳豨의 반란을 저지하기 위해 수도를 비운 사이, 한신이 장안에서 반란을 일으키자, 하인이 여후에게 이를 밀고했고, 여후는 한신을 궁궐로 불러들여 살해했다. 『漢書』 권34 「韓信傳」 참조. 彭越은 한신이 죽는 것을 보고 두려워, 병력을 동원하여 자기를 보호하려다가 유방의 노여움을 사 효수됐다. 『史記』 권90 「彭越列傳」 참조.

9 嵇紹는 晉 武帝의 신하로, 河間王 顒 등이 반란을 일으켰을 때 진 무제를 혼자서 지키느라 적의 화살에 맞아 죽었다. 『晉書』 「嵇紹傳」 참조. 禰衡은 후한 말년의 명사로, 불손한 언행 때문에 피살당한다. 『後漢書』 권110 「禰衡傳」 참조.

를 하기에 곤궁에 대처하는 설을 지어 주었는데, 궁벽한 고장 적막한 물가에서 비분한 생각이 밀려올 때 이 설을 한번 읽어보면 필시 조그만 보탬이 없지는 않을 것이다.[10]

구영안丘永安, ?~?은 자字는 중인仲仁이고 호號는 호은壺隱이며 본관은 강릉이다. 기축년1469, 예종 1에 2등으로 생원시에 입격했으나 벼슬에 나아가지 않았다. 풍수·지리·음양·산술 등에 두루 능했다고 한다.[11] 그는 1470년 23세 때, 아내 신 씨申氏를 버리고 다른 여자와 간통을 저지른다. 이 일로 의금부에 추국을 받아 결국 경상도 영일현에 충군充軍된다.[12] 1474년에 성종은 구영안을 해배하라 명하고, 1481년에는 그의 재주를 인정해 과거를 볼 수 있도록 해주었다. 성종은 구영안이 신 씨와 다시 결합했으니 그가 죄를 뉘우친 것이고, 한 번의 실수로 벼슬길을 영영 막는 것은 지나친 처사라고 생각했다. 그러나 대신들은 덕보다 재주가 앞선 이를 경계하며 그에게 과거 응시 자격을 주어선 안 된다고 말한다.[13]

게다가 구영안은 남효온의 문인이라는 사실 때문에, 더욱 구설수에 오르게 되었다. 1478년 4월 15일에 남효온은 천재지변으로 인해 신하들에게 직언을 구하는 성종에게 장문의 상소를 올린다. 그는 여러 안건 중, 문

---

10 강희맹, 「處窮說」, 『私淑齋集』 권9, 『한국문집총간』 12, 125면, "丘上舍永安, 身通六藝, 腹蘊五經, 旁搜子史, 博涉百家, 方且大用, 而遭謗處屈, 此誠熱中之時也. 然亦當有處窮之道矣. 況今大明所照, 無幽不燭, 以君之才之德, 豈可終守窮約哉? 其亨也可翹足待也. 今歸關東, 過辭於余, 乃以處窮說贈之, 窮鄕寂寞之濱, 悲憤念至讀過一遍, 未必無少補云."

11 그에 대한 정보는 남효온, 「사우명행록」, 『추강집』 권7, 『한국문집총간』 16, 141면에 있다.

12 『성종실록』 9권, 성종 2년 3월 24일 丁酉, 두 번째 기사 참조.

13 『성종실록』 45권, 성종 5년 7월 21일 甲戌, 네 번째 기사; 『성종실록』 132권, 성종 12년 8월 12일 甲寅, 첫 번째 기사; 성종 12년 8월 14일 丙辰, 두 번째 기사; 성종 12년 8월 18일 庚申, 첫 번째 기사 참조.

종의 비 현덕왕후의 능인 소릉을 복위할 것을 주장했다.[14] 이는 세조의 즉위와 그 공신들의 명분을 부정한 말로, 많은 반발과 비판을 받았다. 같은 달 20일에 좌승지 손순효는 구영안이 남효온의 문인이며, 처를 버리고 다른 여자와 간통이 난 일에 남효온도 동조했다고 모함한다.[15] 이 언급은 단 한 번 나오지만, 구영안이 남효온의 문인이라는 사실 때문에 특히 더 곤궁함에 처했다는 것을 알 수 있다.

1470년부터 구영안이 처를 버리고 다른 여자와 간통한 사실은 여러 차례 조정에 보고되었고, 그의 죄를 용서한다는 임금의 명을 많은 대신들이 반대했다. 실록에 기재된 구영안을 둘러싼 논의를 보아도 그가 곤궁한 때를 만나 재주를 제대로 펼칠 수 없었다는 것을 알 수 있다. 강희맹이 구영안과 교유한 또 다른 흔적이 없어서 정확히 파악할 수 없지만, 강희맹은 구영안에게 곤궁할 때 처해야 할 자세와 마음가짐을 말하면서, 반드시 형통할 날이 올 것이라고 조언한 것이다.

이처럼 사람은 곤궁할 때 지혜가 한 번 열리면, 다른 위급한 상황에서도 위기를 모면할 수 있다. 이를 통해 「처궁설」이 「도자설」의 이론적 배경이 된다고 할 수 있다. 그렇다면 강희맹은 왜 이 설을 썼을까?

강희맹은 자기 집안을 도둑에 비유해서 주제를 말한다. 도둑 이야기를 우언으로 설정한 것은, 아무리 하찮은 기술도 전심하지 않으면 제대로 쓸 수 없다는 진리를 쉽게 설명하기 위해서다.[16] 도둑이 지혜를 스스로 터득해야 좋은 성과를 내는 것처럼, 사군자도 학문을 하고 벼슬에 나아갈 때

---

14  『성종실록』91권, 성종 9년 4월 15일 丙午, 세 번째 기사 참조.

15  『성종실록』91권, 성종 9년 4월 20일 辛亥, 두 번째 기사 참조.

16  『孟子』「告子上」편에 "지금 바둑의 수는 작은 기예이나, 마음을 오로지 하고 뜻을 다하지 않으면 터득하지 못한다[今夫奕之爲數, 小數也, 不專心致志, 則不得也]"는 말이 있다.

자득해야 한다.

그러나 대대로 현달한 집안에서 자란 후손들은, 선조들의 공업을 업신여기고 자만한다. 그들은 가문의 명예가 수많은 조상의 노력으로 이뤄졌다는 것을 모른다.[17] 태어나면서부터 주어진 집안의 영달과 부귀함을 사양하고, 겸손하게 학문에 열중한다면 자기 실력으로 떳떳하게 공을 이룰 수 있을 것이다. 실제로 강희맹은 영달한 가문의 후손으로서 충군위가 되어 벼슬길에 빨리 오를 수 있었지만, 이를 사양하고 학문에 침잠했다.[18] 성취에 집착하지 않았기 때문에 강희맹은 실력을 인정받아 현달할 수 있었다. 강희맹은 「도자설」을 통해 후손에게 자만하지 말고 스스로 경륜을 체득하라고 말한 것이다.


## 2. 홍성민洪聖民, 「마환우설馬換牛說」·「무염판속설貿鹽販粟說」

홍성민은 자는 시기時可, 호는 졸옹拙翁, 본관은 남양南陽이다. 집안은 고려조 때부터 대대로 문인과 과거급제자를 배출했다.[19] 특히 홍성민을 비롯해 그의 부친인 홍춘경洪春卿과 그의 백형인 홍천민洪天民, 조카 홍서봉洪瑞鳳이 모두 사가독서를 수여받기도 했다.[20]

---

17  강희맹, 「訓子五說」 서문, 『私淑齋集』 권9, 『한국문집총간』 12, 129~130면, "豢養子弟, 日見父兄享富貴, 意必以爲人皆如此也. 彼安知今日紈綺之輕煖, 乃前世䰥疏之驗歟, 今日膏粱之軟美, 乃前世蔬糲之積歟, 今日前呵後擁, 出入榮耀, 乃前日繭足徒步之餘也歟?"

18  蔡壽, 「私淑齋先生文良姜公行狀」, 『私淑齋集』 권11, 『한국문집총간』 12, 156면.

19  신흠, 「輸忠翼謨修紀光國功臣崇政大夫益城君洪公墓誌銘」, 『象村集』 권24, 『한국문집총간』 72, 40~41면.

20  윤근수, 「漫錄」, 『月汀別集』 권4, 『한국문집총간』 47, 376면. 70번째 조에 대제학 柳根이 "지금 독서당에 祖·子·孫 3대가 선발된 집안은 모두 셋이다"라며 홍성민의 가문을

홍성민은 생애 대부분을 관료로 살았다. 26세1561에 진사시에 장원하여 성균관 유생이 되었고, 29세1564에는 명경과에 합격해 승문원권지부정자承文院權知副正字를 시작으로 그 후 30여 년을 관료로 지냈다. 30세1565에 홍문관정자弘文館正字에 임명됐고, 32세1567에 사가독서에 선발됐다. 관료 생활 중, 37세1572와 40세1575에 있었던 대명사행對明使行, 45세1580와 55세1590 때 경상도에서의 외직, 56세1591 때 함경도 부령富寧에서의 유배는 6편의 설을 짓는 중요한 계기가 되었다. 그의 설은 모두 체험과 내면을 객관화하고 환경에 따른 인식의 전환을 보여준다.

홍성민은 유배지에서 가산이 넉넉하지 못한 탓에 가지고 있던 말을 소로 바꿔 쌀을 사고, 소금을 팔아 곡식을 산다. 이 경험을 토대로 한 작품이 「마환우설」과 「무염판속설」이다. 우선 「마환우설」의 개요와 전문을 보자.


① 기사 : 유배지에서 소와 말을 바꾸라는 조언을 거절하여 면박을 받음

　　①-1 유배지에서 소와 말을 바꾸라는 조언을 거절

　　①-2 주민이 융통성 없는 '나'를 나무람

② 설리 : 서글퍼 한탄함

　　②-1 소와 말을 바꾸라는 조언이 맞음을 인정

　　②-2 거래를 해야 하는 상황과 말에게 신의를 지키지 못한 자기 처지

　　　　를 한탄함


①-1 신묘년1591 가을, 견책을 받고 북쪽으로 유배를 갔다. 말이 없기에 가산

　　을 털어 말 여섯 필을 샀고, 뼈만 남은 듯 삐쩍 마른 가족들과 옷과 음

꼽았다. 한집안에 3대째 사가독서에 선발된 사례가 매우 드물었음을 보여준다.

식을 싣고서 삼천 리 떨어진 변방까지 갔다. 그곳은 부령부였다. 짐을 풀자, 주머니에 남은 것이 없어 아이종이 불만스러운 얼굴이었다. 그곳에 사는 사람이 말했다. "내가 당신에게 음식을 얻을 수 있는 방법을 알려주겠소. 변방 읍에는 말이 천하고 소가 귀하니, 소 한 마리를 몇 달 동안 남에게 빌려주면 곡식 몇 섬을 얻을 수 있소. 그러니 그대는 데려온 말을 팔아 소를 사면 그대의 입에 풀칠할 수 있을 것이오." 내가 대답했다. "아니오. 내 걸음을 대신하고 내 짐을 싣고서 험한 산과 바다를 넘어 내가 길가에서 쓰러지지 않고 연명할 수 있게 해 준 것이 이 말들이오. 말이 나를 주인으로 여기고 있는데 내가 이제 와서 데리고 있지 못하고 하루아침에 남에게 팔아 버린다면, 이 말은 내게 도움을 주었는데 나는 말을 저버리는 것이오. 말이 비록 미물이지만 내가 어찌 차마 저버릴 수 있겠소?"

①-2 어떤 이가 달래며 말했다. "당신의 신의가 고루하구려. 천지 사이에 있는 만물은 각기 주인이 있지만, 바꾸기도 하고 옮기기도 하니 그 주인은 일정하지 않소. 말이 남의 말이었지만 당신이 샀고, 말이 당신의 말이었지만 그대는 남에게 팔 수 있소. 소는 남의 소인데 남이 당신에게 파는 것이니, 말은 남에게 가고 소는 당신에게 오는 것이오. 저쪽으로 가면 저쪽이 주인이고 이쪽으로 오면 이쪽이 주인이오. 있는 것을 없는 것으로 바꾸어 어려운 처지를 넘겨야 하는데 어찌 일정한 주인이 있겠소? 그러므로 옛날 군자는 사람에게 신의를 지켰지 감히 동물에게 신의를 지키지 않았소. 동물에게 신의를 지키다 굶어 죽느니, 차라리 이 동물을 바꾸어 살아가는 것이 낫지 않겠소? 당신은 우활한 사람이니 신의를 어디다 쓰겠소?"

②-1 나는 그제야 퍼뜩 깨달았지만 서글피 한탄하며 다음과 같이 생각했다. 소와 말은 천지 사이에 있는 공공의 물건이니, 반드시 내가 주인인 것도 아니고 반드시 남이 주인인 것도 아니다. 저 사람이 주인이면 저 사람의 소유이고, 내가 주인이면 나의 소유다. 주인을 찾기만 한다면야 이 사람 저 사람 가릴 필요가 있겠는가? 이 말이 아니었다면 저 소와 바꾸지 못했을 것이고, 이 소가 아니었다면 이 곡식을 얻을 수 없었을 것이며, 이 곡식을 얻지 못했다면 죽었을 것인데 이것으로 저것을 바꾸어 잠시나마 죽지 않을 수 있었다. 무슨 해가 되겠는가? 혹자의 말이 맞다.

②-2 그렇지만 한탄스러운 점이 있다. 내가 젊었을 적 학문에 뜻을 두어 오로지 독서를 일삼았다. 늙어서는 태평성대에 죄를 짓고 불모지로 유배되었다. 가산을 털어 말을 사고, 말을 소와 바꾸고, 소를 사람에게 빌려주어 마치 장사꾼처럼 매매했으니, 심하다. 먹을 것이 내게 누를 끼치는구나. 말은 나를 주인으로 삼았는데 내가 데리고 있지 못했고, 소는 나를 주인으로 삼았는데 내가 지키지 못하여 이 동물들이 제자리에 편하게 있지 못하게 만들었으니 심하다. 내가 이들을 몹시 그르쳤구나. 이 입 때문에 이 몸에 누를 끼치고 이 동물들을 그르쳤으며, 끝내 보잘것없는 사람이 되고 말았다. 나는 처음에는 부끄럽다가 중간에는 마음이 풀렸으나 결국은 서글퍼져 혀를 차는 소리를 내며 이 글을 짓는다.[21]

---

21 작품의 번역은 정민·이홍식 편역(2017a), 앞의 책, 184~186면을 참고하여 필자가 수정 및 보완했다. 홍성민, 「馬換牛說」, 『拙翁集』 권6, 『한국문집총간』 46, 512~513면, "①-1 辛卯秋, 被恩譴而北. 無馬, 傾家儲, 市得六頭, 載骸骨馱衣食, 行赴關塞三千里之地. 富寧府也. 解裝, 囊無貯, 僮僕色慍之. 居者曰 : '吾將告子以得食之道. 塞邑賤馬而貴牛, 以牛一頭, 貸人數朔, 則直可數斛粟. 君其以馬換牛, 庶可糊君口.' 余應之曰 : '不然. 代我步輸我裝, 踰嶺海之險, 而使不顚仆於路側, 得延其喘息者, 兹馬也. 馬主於我, 而我今有不能,

「마환우설」은 기사와 설리가 거의 대등한 분량이다. '나'가 유배지에서 어느 주민과 대화를 나누는 것이 기사에 해당하며, 이 대화를 통해 '나'가 느낀 점을 풀어낸 부분이 바로 설리다.

홍성민은 유배를 갈 당시에 가산을 털어 말 6필을 구하여 이사했다고 한다. 남은 돈이 없어 생계가 막막하자, 부리던 아이종도 짜증을 냈다. 부령 주민은 '나'에게 변방에는 말이 천하고 소가 귀하니, 말을 팔아 소를 사서 남에게 빌려주면 곡식을 얻을 수 있다고 조언한다.

부령에 말이 천하고 소가 귀한 까닭은, 목장과 관련이 있다. 목장은 보통 내륙이 아닌 바다 근처에 지어졌는데, 함경도에 지어진 조선 초 마목장이 4개였다.[22] 이 목장은 전쟁에 필요한 말과 명나라에 조공을 바칠 말을 생산하고 길렀다. 특히 북방에서 산출한 말은 여진에서 나던 '달단마'의 종이었다. 북방에서 달단마를 매매하는 것이 흔한 일이었다는 기록이 있다.[23] 그만큼 북방에서 말은 흔한 존재였고, 상대적으로 소에 비해 그 값어치가 낮았으리라고 짐작할 수 있다. 그런데 '나'는 이사할 때 큰 도움

---

一朝市諸人, 則是馬德於我, 而我孤於馬也. 馬雖微, 吾焉忍負爲?' ①-2 或者解之曰 : '固矣, 夫子之爲信也. 天地之間, 物各有主, 或貿或遷, 其主不常. 夫馬, 人馬也, 而子市之, 馬, 子馬也, 而子市於人. 牛, 人牛也, 而人市於子, 馬歸於人, 牛歸於子. 歸彼則彼主也, 歸此則此主也. 以有貿無, 要濟其窘, 其主何常焉? 故古君子信於人, 不敢信於物. 與其信於物而餓死, 孰若換此物而生焉? 子之迂也, 奚其信?' ②-1 余於是乎翻然悟, 悄然嘆曰, 牛馬, 天地間公物也, 不必主於我, 不必主於人. 主彼則彼有也, 主我則我有也. 苟得其主, 彼此何擇焉? 非此馬, 無以換彼牛, 非此牛, 無以得此粟, 非此粟則死, 以此換彼, 須臾毋死者. 庸何傷? 或者之言, 信矣. ②-2 所嘆者, 吾少也, 業乎學, 惟讀書是事. 及其老, 得罪明時, 竄身不毛. 以家貲市馬, 以馬而換牛, 以牛而貸人, 貿遷若商賈者然, 甚矣. 口腹之累此身也. 馬主乎吾, 而吾不能有, 牛主乎吾, 而吾不能守, 使此物不得安其所, 甚矣. 吾身之誤此物也. 爲此口而累此身誤此物, 終未免瑣瑣屑屑之歸. 吾始也惄, 中焉釋, 終焉感感然, 咄咄出諸口而爲之說."

22  이홍두(2017), 249~250면.

23  정약용, 「政官之屬」, 『經世遺表』 권2, "獷馬之市於北塞者, 不以爲疑."

을 준 말을 버리는 것은 의리에 어긋나는 행동이라고 생각한다.

또 다른 자가 '나'를 설득한다. 모든 물건은 일정한 주인이 없어 필요에 따라 물건을 교환할 수 있다는 것이다. 또한, 군자가 신의를 지키는 대상은 사람이지 동물이 아니라는 것이다. 동물에게 신의를 지키려다 가족 모두 굶어 죽을 바에야 차라리 필요한 동물을 구해 생계를 유지하는 편이 낫다. ①의 두 단락에서 유학자의 신념이 생계를 유지해야 하는 현실 논리와 대립한다. '나'의 발언은 유학자에게 당연한 논리이지만, 생계를 위해서는 비현실적인 논리로 읽힌다.

②-1에서 혹자의 설득으로 '나'는 인식을 전환한다. 당장 말을 소와 바꾸지 않아서 곡식을 얻지 못한다면 생계가 위험하기 때문이다. 이는 말에게 신의를 지키지 못하는 해로움보다 크다. ②-2에서 '나'는 학문에 뜻을 두어 벼슬에 나아간 관료이자 학자임을 자부한다. 그러나 말년에 유배를 당하고, 생계를 위해 말을 팔아야 했다. 그리하여 동물에게 신의를 지키지 못했다. '나'는 물건을 사고파는 일에 가담하는 것을 부끄러워하다가[慙] 점점 누그러지고[釋], 다시 서글퍼하는[慼慽] 내면을 솔직하게 토로했다.

「마환우설」에서 자기 상황에 대한 한탄이 주를 이뤘다면,「무염판속설」에서는 생계를 위한 경제 활동을 오히려 긍정한다. 그 개요와 전문을 보자.

 

    ① 기사 : 소금으로 경제 활동을 하게 된 사연

       ①-1 소금으로 경제 활동을 하라는 주민의 조언

       ①-2 소금으로 경제 활동을 한 덕에 굶주리지 않음

    ② 설리 : 경제 활동으로 느낀 점

       ②-1 경제 활동을 하면서 생긴 감정의 변화

       ②-2 경제 활동을 할 수밖에 없었던 사정

②-3 선비로서 경제 활동을 하면서 느낀 자괴감

②-4 차라리 농사 짓기를 바라는 마음


①-1 부령에 유배 온 지 몇 달 만에 돈이 다 떨어져 먹을 것이 없었다. 주민에게 의논했더니 이렇게 일러 주었다. "바닷가는 곡식이 비싸고 소금이 싼데, 오랑캐 땅은 곡식이 많고 소금이 부족합니다. 바닷가에서 소금을 사서 오랑캐에게 팔고 곡식을 산다면 그 값이 원래 곡식의 몇 배나 될 것이니, 입에 풀칠할 수 있을 것입니다. 걱정하지 마십시오."


①-2 처음에 이 말을 듣고서 이것은 장사꾼이 하는 일이니 나는 차마 할 수 없다고 한참 동안 주저했다. 배에서 소리가 나고 아이종이 성을 내었다. 잠시나마 죽지 않기 위해 그 방법대로 하려니 얼굴이 붉어지고 마음이 편치 않았다. 그리하여 아이종을 시켜 몇 말 곡식을 가지고 구십 리 떨어진 바닷가에 가서 소금을 사 오게 하니, 소금이 열 말 정도 생겼다. 이 소금을 말에 싣고 백이십 리 떨어진 북관으로 가서 곡식을 사 오라고 하자, 곡식이 스무 말 정도 생겼다. 길을 오가며 사고팔 때마다 반달이 걸리므로 내 말이 지치고 내 아이종도 지쳤지만 내 배는 굶주리지 않았다. 먹을 것이 모자랐을 때는 온 집안사람들이 성을 내고 사람다운 모습을 볼 수가 없었다. 곡식을 가지고 갈 적에는 이렇게 당부했다. "먹을 것이 다 떨어졌으니 너는 이틀 안으로 소금을 사오너라." 소금을 싣고 갈 적에는 이렇게 신신당부했다. "굶주린 지 이미 오래다. 너는 빨리 곡식을 사 와라." 아이종이 떠난 뒤로는 손가락을 꼽아 날을 계산하며 돌아오기를 기다렸다. 아이종이 곡식을 사 오자 집안사람 모두 곡식을 둘러싸 보면서 말했다. "이 곡식을 얻었으니 우리는 조금

이나마 연명할 수 있겠다." 불을 때서 밥을 짓고 숟가락으로 떠서 입에 넣으니 알알이 모두 맛이 있었다. 굶주린 배를 채우고 뼈만 남은 몸에 살이 붙자 화기애애하게 기뻐하며 머리를 맞대고 축하했다. "이렇게 장사를 하지 않았다면 우리는 구덩이에 뒹구는 신세가 되었을 것이다. 이제는 변방의 굶주린 귀신이 되지 않을 것이다."

②-1 처음에는 장사하는 것이 부끄러웠고 중간에는 장사하느라 마음을 쓰고, 끝내는 먹을 것을 얻어 다행으로 여겼다. 얻으면 살고 얻지 못하면 죽는다는 생각에 밤낮으로 약간의 쌀이나마 얻기를 바라며 오직 장사를 잘하지 못할까 걱정했다. 마음에 담은 것은 오직 이 일뿐이었다. 목숨을 건지기에 급급하여 수치를 아는 본심을 죄다 잃어버리고, 시간이 지나자 습관이 되어 마침내 딴사람이 되고 말았다. 때때로 웃으며 고개를 끄덕이다가도 다 웃고 나면 불쌍하고 안타까웠다.

②-2 천지 사이에 사는 백성은 오직 사농상고 넷뿐이다. 나는 젊었을 적 성현의 책을 읽으며 오직 도를 추구했다. 옛일이 아니면 감히 하지 않았으니, 이것이 사士이다. 늙어서는 먹고사는 일이 빌미가 되어 오로지 먹을 것을 추구했다. 장사가 아니면 할 일이 없었으니 이것이 상商이고 고賈이다. 이 몸이 경험하지 못한 것은 농農뿐이다. 농부는 땅을 지키며 김매기를 일삼아 실컷 먹고 배를 두드리며 즐겁게 생업에 종사하는 자다. 백발의 늙은이가 태평성대에 죄를 짓고 변방에 유배되어 갇히는 신세가 되었으니, 한 걸음도 나갈 수가 없다. 비록 농부가 되고자 한들 될 수 있겠는가?

②-3 옛날의 선비는 경전과 역사책을 인용하며 도덕과 이치를 이야기했다. 성인의 무리를 배운다는 생각으로 임금을 성군으로 만들고 백성에게 은택을 베풀어 차츰 삼대 이전의 세상으로 만들고자 했다. 장사꾼에게 침을 뱉고 농부를 멸시하며 감히 입에 올리지도 않고 천지 차이로 여겼다. 지금은 장사하면서도 달게 여기고, 농부로 말하자면 감히 바랄 수도 없다. 사람이 이 세상을 살면서 푸른 하늘에 오르는 것도, 구덩이에 떨어지는 것도 잠깐 사이에 벌어지는 일이다. 몸이 굴복하면 마음도 굴복하는 법, 이 몸으로 장사를 일삼으니 내가 부끄럽고 내가 우습고 내가 불쌍하고 내가 안타까웠다.

②-4 내가 생각하며 바라는 점은 이것이다. 성상의 도량이 하늘과 같으니, 만약 개미처럼 미천한 내가 시골의 농부가 되는 것을 허락해 주신다면, 손에 쟁기를 들고 밭 갈기를 일삼아 위로는 제사를 지내고 다음으로 조세를 바치며 아래로 연명할 수 있을 것이다. 그렇다면 미천한 내가 살 곳을 얻어 태평성대에 성상의 덕을 칭송하는 사람이 될 것이다. 아! 소공이 농사를 강조한 것은 치세에 공을 이룬 뒤의 일이었다. 나는 유배되면서 이런 생각을 했으니, 이 또한 몹시 어리석은 짓이다. 그리하여 혀를 차며 이 글을 짓는다.[24]

---

24 작품의 번역은 정민·이홍식 편역(2017a), 앞의 책, 187~189면을 참고하여 필자가 수정 및 보완했다. 홍성민, 「貿鹽販粟說」, 『拙翁集』 권6, 『한국문집총간』 46, 513~514면, "①-1 謫寧城數月, 囊儲盡, 無以食. 謀諸居人, 居人有曰 : '海濱貴穀而賤鹽, 胡地穀饒而鹽乏. 貿海鹽販胡粟, 則其直倍蓰於本穀, 庶可以糊君口. 君無患焉.' ①-2 余始聞其言, 以爲此商賈所爲, 吾不忍爲此事, 趑趄者久. 及其枯腸鳴而僮僕慍. 欲須臾毋死, 從其計而行之, 顔忸怩而心不寧矣. 於是, 使小僕握數斗粟, 走海濱九十里之地, 貿鹽來, 鹽可一斛. 馱鹽斛, 走北關一百二十里之外, 販粟來, 粟可兩斛. 往來貿販, 動經半月, 我馬瘏矣, 我僕痛矣, 而我腹則庶不枵矣. 方其乏食, 擧屋皆慍, 見若無人色然. 握粟以往也, 戒之曰 : '食已盡, 爾其限

'나'는 유배 온 지 며칠 만에 가산이 다 떨어져 식량을 걱정한다. 주민은 "바닷가는 곡식이 귀하고 소금이 싸다"며 소금을 구해 오랑캐에게 팔고, 그 값으로 곡식을 사라고 일러준다. 그러나 '나'는 「마환우설」에서처럼 상업이 사대부의 업이 아니기에 주저한다.

'나'는 배가 고팠고, 아이종도 화를 냈다. 그런데도 도저히 상업에 종사할 수 없어서 '나'는 아이종을 시켜 소금을 가지고 곡식을 사오게 시켰다. 곡식이 생기자 당장의 허기는 해결할 수 있었지만, 또 식량이 모자라자 가족들이 화를 내고 "사람다운 모습을 잃었다[若無人色然]." 홍성민이 상업을 주저했던 것은, 신분에 따라 정해진 업이 있다고 믿었기 때문이다. 그러나 이보다 더 무서운 것은, 배고픔 때문에 사람다운 모습을 잃어가는 것이다. 가족들의 생기를 지킬 수 있도록 결정을 내려야 하는 사람은 가장인 자신이었다는 것을 '나'는 깨닫는다. 곡식이 생기자 가족 모두 밥알

---

兩日貿鹽來.' 載鹽以往也, 戒之曰: '飢已久, 爾其作急販粟來.' 旣往之後, 屈指計日, 以待其來. 逮其貿粟以來, 擧室之人, 環斛粟以視之曰: '得此粟, 吾其延朝夕命矣.' 火而炊之, 匙而口之, 則粒粒皆有味. 飢腸實而枯骨肉, 融融然欣欣然, 聚首相慶, 曰: '微此貿販, 吾將塡於溝壑中, 而自今以後, 庶不爲塞外之飢鬼矣.' ②-1 始以行商爲愧, 中焉以業商勞心, 終焉以得食爲幸. 以爲得之則生, 不得則死, 日夜望望然冀升米是獲, 唯恐商業之不長, 關此心者, 惟此事. 軀命所急, 喪盡羞恥本心, 而遷延成習, 終作別樣人. 時時發笑自點, 而笑之極, 又自憐且自惜也. ②-2 夫民於天地間者, 惟士農商賈四而已. 吾少也, 讀聖賢書, 惟道是謀. 非稽古, 不敢事, 是爲士焉. 老也, 崇此口腹, 惟食是謀. 非販賣, 無所事, 是爲商焉爲賈焉. 此身之所未嘗者, 惟農耳. 農者, 守田畝, 事鋤穫, 舍哺鼓腹, 生生樂業之謂也. 白髮殘生, 得罪明時, 幽縶荒裔, 局形縮影, 寸步不得出. 雖欲爲農, 其可得乎? ②-3 昔之爲士也, 引經史, 談道理. 妄以身爲學聖人之徒, 將欲致斯君, 澤斯民, 庶幾駸駸然入於三代以上之天. 唾商賈, 睨農夫, 不敢置於齒牙間, 而視若天淵然. 今則爲商爲賈而甘心焉, 至於農則不敢望焉. 人生於世, 登青天, 落溝瀆, 在轉頭之頃, 而身纔屈, 心亦屈也. 以此身業此商, 自懘也, 自笑也, 自憐也, 自惜也. ②-4 而私愚成慮, 有所希覬者, 聖量如天, 若容螻蟻, 許作田巷之一農夫, 則手籽秔, 事耕穫, 上之奉祭祀, 次之供租稅, 下之延軀命. 一物之微, 亦得其所, 庶可爲淸時頌德之人也. 嗚呼! 召公明農, 在於治世功成之後, 而鄙人在拘縶而生此計, 其亦蚩蚩之甚者也. 乃敢呫呫爲之說."

하나하나 음미하며 즐거워했다. 이내 가족의 화목을 찾을 수 있었다. '나'가 현실을 외면하고 유가적 체면만 지키려 했다면, 가장으로서 역할을 하지 못했을 것이다.

'나'는 주민의 조언을 받아들여 상업에 가담했고, 이로 인해 굶주림을 해결했다. 처음에는 상업이 부끄러웠지만 나중에는 오히려 다행으로 여겼다. 「무염판속설」은 상업으로 인한 '나'의 심경 변화가 진솔하게 나타난다. 그러나 사대부 출신이 장사만을 일삼으며 생계에 급급하는 모습은, 스스로도 그리 좋아 보이지 않았다. 그리하여 '나'는 자조하고 자기 연민에 빠진다.

그러나 「무염판속설」은 '나'의 좌절로 끝나지 않는다. '나'는 옛날에 경전과 역사책을 읽으며 도덕과 이치를 논하고 농업과 상업은 멸시했는데, 지금은 장사할 수 있다는 것도 다행으로 여겼다. 오히려 농업은 하고 싶어도 쉽게 할 수 없는 처지였다. 경험하지 못한 농업에 호기심을 가지면서 '나'는 현실에 굴복한 자신을 다시 한번 자조하고 연민한다.

'나'는 이제 농업에 종사하여 제사를 받들고 조세를 부담하기를 기대한다. 주나라 소공召公이 섬서陝西의 서쪽을 맡아 다스릴 때 백성의 농사철을 방해할까 봐 고을에 들어가지 않고 감당나무 아래에서 사무를 처리했다는 고사가 있다. 이에 백성들은 소공의 은덕을 고마워하며 칭송했다.[25] '나'는 농부가 되어 성상의 은덕을 입기를 바라지만, 당시는 태평성대가 아니었기 때문에 스스로 어리석다고 꾸짖으며 글을 끝맺는다.

신세를 좌절하기만 하는 것이 아니라, 오히려 농업에까지 관심을 가지는 장면은 환경에 따른 작가의 인식이 전환된다는 것을 적극적으로 보여

---

25  『詩經』, 「召南 甘棠」 참조.

준다. 생업에 대한 종사는 설뿐만 아니라 「매어옹문답서」에서도 드러난다.[26] 이 작품은 어부와 농부가 각각 한 자 남짓 되는 물고기와 한 되의 곡식을 교환하면서 그 값어치를 흥정한다는 내용이다. 어부와 농부는 서로의 노동과 재화가 더 값지다고 주장한다. 어부는, 고기를 잡기 위해 죽을 위험을 무릅쓰니 그 값어치가 높아야 한다고 말한다. 반대로 농부는, 곡식이야말로 살기 위해 꼭 필요한 양식이니 그 값어치가 생선보다 높다고 말한다. 두 사람의 말을 듣고 '나'는 어부의 편에 선다. 마지막으로 어부는, 죽을지도 모르는 이 험한 일은 결국 "입과 배가 빌미가 된 일[口腹祟之]"이라고 말한다. 즉, 먹고 살기 위해 이 일에 종사할 수밖에 없다는 것이다. '나'는 어부의 말을 듣고, "부끄러워 대답하지 못한다[慙不得對]."

「매어옹문답서」에서 어부가 고기잡이에 종사하는 이유는, 「마환우설」과 「무염판속설」에서 '나'가 상업에 종사한 이유와 같다.[27] 「매어옹문답서」에서 '나'가 차마 대답하지 못하는 이유는, 본인도 먹고사는 일이 빌미가 되었기 때문이다. 그리하여 이 작품에서도 '나'는 부끄러움을 느낀다. 사대부로서 상업에 종사했던 홍성민의 자기 인식은 결국 '부끄러움[慙]'으로 귀결된다. 당대에 사대부가 도덕과 의리를 떠나, 먹고사는 일을 우선적으로 생각하는 일이 얼마나 수치스러운 일이었는지 깨닫게 해준다.

「매어옹문답서」는 신분적 우위에 있는 '나'가 농부와 어부의 논쟁에서 결정을 내려주는 역할이다. 이와 달리 「마환우설」과 「무염판속설」은 홍성민이 실제로 겪은 상거래의 과정을 보여준다는 점에서 체험과 내면이 객관화되어 작가의 생생한 의식 전환을 엿볼 수 있다.

---

26  홍성민, 「賣魚翁問答敍」, 『拙翁集』 권7, 『한국문집총간』 46, 536~538면 참조.
27  「馬換牛說」 "口腹之累此身也."; 「貿鹽販粟說」 "老也, 崇此口腹, 惟食是謀."

# 3. 윤광계尹光啓, 「역려설逆旅說」

윤광계는 자字는 경열景說이고 호號는 귤옥橘屋이며 본관은 해남海南이다. 1589년 31세의 나이로 문과에 합격했고, 이후 예조 좌랑, 공조 좌랑을 역임했다. 윤광계의 「역려설逆旅說」의 개요와 전문을 보자.

① 여관의 주인과 손님

    ①-1 손님이 떠나자 여관의 주인이 슬퍼함

    ①-2 이별에 대한 담담한 반응

② 부모와 자식에 비유

③ 아들을 잃은 친구의 이야기

    ③-1 아들을 잃은 친구

    ③-2 '나'의 위로

    ③-3 결어

①-1 여관을 본 적이 있는가? 아침저녁으로 오가는 사람들이 그 안에서 만나는데 다행히 어떤 한 손님이 용모가 맑고 수려하여 아름답고 사랑스럽다. 그러면 여관 주인은 기뻐하고 좋아하여 아침저녁 정성을 다해 지어서 내고, 술과 음료를 극진히 대접하며 그 사람을 하루라도 붙잡아 두지 못할까 두려워한다. 그러나 손님은 타향살이의 고생이 싫고 집에 돌아가 편안히 쉬고 싶은 마음에 주인을 돌아볼 겨를도 없이 서둘러 떠난다. 그러면 주인은 음식을 넉넉히 싸 주고 노자를 충분히 주어 교외까지 나가 전송하며, 집에 돌아와 슬퍼하고 답답해하며 먹고 자는 것도 잊은 채 끊임없이 눈물을 흘린다.

①-2 모르겠다! 저 손님은 여관에서 부지런히 대접해 준 주인의 온정을 생각하며 그리워할 것인가? 아니면 편안한 집에서 느슨하고 즐겁게 지낼 것인가? 나는 그가 즐겁게 지내지 못하고 주인을 그리워하리라는 것을 안다. 그렇다면 나는 차라리 내 마음을 편하게 하고 내 뜻을 너그럽게 하여 앞으로 올 사람을 기다려야 한다. 이미 떠난 사람은 붙잡을 수 없으니, 앞으로 올 사람이 지금보다 못하다고 어찌 장담하겠는가? 만약 "나는 많은 손님을 겪었는데, 이 손님에 비할 사람은 없었다"고 하면서 날마다 슬피 울며 지나친 감정인 줄도 모른다면 미혹된 것이다.

② 아! 천지는 여관이고 죽음과 삶은 오가는 것이다. 죽음과 삶이 오가며 끝없이 이어지니, 천지 사이에 손님 아닌 것이 없다. 그러나 사람은 천지 사이에 저절로 태어날 수 없고, 반드시 어딘가에 깃들어야 태어난다. 비유하자면 부모는 천지 사이에 큰 주인이다. 자고 먹는 것을 보호받게 하니 주인의 공이 대단하며, 형체가 의탁할 곳이 있으니 부모의 은혜가 크다. 지금 여관에 머무는 사람 중에는 아침에 왔다가 저녁에 돌아가는 사람도 있고, 하루이틀 묵고 떠나는 사람도 있다. 아! 하루이틀 묵고 떠나는 사람도 내 마음에 누가 될 수 없는데, 하물며 아침에 왔다가 저녁에 돌아가는 사람은 어떻겠는가?

③-1 선명善鳴, 백진남에게는 견철堅鐵이라는 아들이 있었다. 견철은 한동안 선명의 손님으로 있다가 하루아침에 홀연 선명을 버리고 떠났다. 지나가는 나그네가 여관을 살펴보는 것보다 못했으니, 선명은 이 때문에 통곡하고 슬퍼하며 장사 지내는 날에는 힘을 다해 준비하여 정성을 쏟았다. 그러나 시간이 지날수록 더욱 잊지 못했다.

③-2 나는 다음과 같이 타일렀다. 살아서는 배부르고 따뜻하게 해주는 은혜를 다했고, 죽어서는 장사를 치르는 정성을 갖췄으니, 선명은 견철에게 한이 없다고 하겠다. 견철은 아무것도 모른 채 아득히 참된 근원으로 돌아갈 것이다. 비록 선명이 슬퍼하더라도 그는 선명이 슬퍼하는지 모를 것이다. 그런데도 선명은 여전히 애달파하고 눈물을 흘리는데, 모습이 날로 초췌해지고 목숨이 날로 깎이는 줄도 모르고 있다. 위로는 어머니에게 심려를 끼치고 아래로는 처자식에게 걱정을 주니, 지나친 일이 아니겠는가? 지금 그대 나이가 아직 젊은데 견철의 뒤에 태어날 자식이 도리어 견철보다 나을 줄 어찌 알겠는가? 그대는 반드시 이렇게 말할 것이다. "나는 아이를 많이 보았는데 견철처럼 사랑스러운 아이는 보지 못했다." 그러나 이 또한 지나친 말이다.

③-3 아! 남을 책망하는 데는 밝다고 했는데,[28] 내가 바로 그렇다. 견철은 선명에게 있어 하루 이틀 묵고 떠난 자와 같고, 견견堅堅은 나에게 있어 아침에 왔다가 저녁에 간 자와 같다. 견견은 신묘년[1591]에 죽었고, 견철은 올해 죽었으니 멀고 가까운 차이가 또 있다. 그러나 나의 슬픔은 아직도 가시지 않았으니 어느 겨를에 선명의 슬픔을 달래 주겠는가?"[29]

---

28 남을…했는데:『宋史』권314의「范純仁列傳」에 나오는 말로,『小學』의「嘉言」에 인용되어 더욱 유명해진 말이다. 전후 문장은 다음과 같다. "사람이 지극히 어리석어도 남을 책망하는 데는 밝고, 총명함이 있어도 자기를 돌이켜 보는 데는 어둡다[人雖至愚, 責人則明, 雖有聰明, 恕己則昏]."

29 작품의 번역은 정민·이홍식 편역(2017a), 앞의 책, 306~309면을 참고하여 필자가 수정 및 보완했다. 윤광계,「逆旅說」,『橘屋拙稿』下,『한국문집총간』속11, 346면, "①-1 盖嘗觀於逆旅乎? 其朝暮往來者, 相接於其中, 而幸而有一人者, 淸揚而秀美, 婉乎其可愛. 於是爲主人者, 懽忻而慕悅之, 饗飧而竭其誠, 酒漿而盡其意, 恐恐然惟懼其人之不得一日留也. 而抑彼人者, 厭羈棲之苦, 樂歸休之逸, 卒卒然不暇顧主人而去. 於是乎優其餼廩, 瞻其資裝, 相與送之乎郊關之外, 而及其歸也, 悲愁欝悒, 忘寢與食, 涕泣而不自已. ①-2 抑

「역려설」은 기사 없이 설리만으로 이뤄졌다. ①에서 '나'는 여관의 주인과 손님이 일시적으로 만났다가 헤어지는 관계에 주목했다. 주인은 지극정성으로 손님을 대접하지만, 손님은 금방 떠나고 주인은 이를 슬퍼한다. 그러나 이미 떠난 사람을 붙잡을 수 없기 때문에 마냥 슬퍼하기보다 앞으로 올 사람을 기대해야 한다.

여관과 손님은 이백李白의 「춘야연도리원서春夜宴桃李園序」에서 "천지는 만물의 여관이요, 세월은 영원한 나그네다[夫天地者, 萬物之逆旅, 光陰者, 百代之過客]"라고 말한 구절을 원용한 것이다. 인간은 '천지'라는 여관에 잠시 머물다 떠나는 '나그네'라는 말이다. 이 구절을 통해 '나'는 인간이 만났다 헤어지는 것이 삶의 이치이기 때문에 너무 슬퍼할 일이 아니라고 말할 수 있었다. 게다가 앞으로 만날 사람이 떠난 사람보다 못하다는 보장도 없다. 그러므로 지금 당장 사람과 이별했다고 해서 크게 상심할 필요가 없다고 말한 것이다.

不知彼客者, 將煦煦然念其館遇之勤乎? 洩洩然樂其居室之安乎? 吾固知其有慕於彼而不及於此也. 然則吾寧平吾心, 寬吾志, 以待其來者. 而已往者不可追, 焉知來者之不如今也? 如曰 : '吾閱客多矣, 未有如玆客之比者也.' 日日鳴鳴然以悲, 而不自知其過於情, 則惑矣. ②嗚呼! 天地逆旅也, 死生往來也. 死生往來, 相尋於無窮, 而天地之間, 無非客也. 雖然, 人不能自生於天地間, 而必有所寓而生焉. 譬則父母者, 天地間之一大主人也. 寢食有所庇, 而主人之功重矣, 形體有所托, 而父母之恩大矣. 今夫寄於逆旅者, 或有朝投而暮返者, 或有一宿再宿而過者. 噫! 於一再宿者, 不足以累吾之情, 而況朝投而暮返者乎? ③-1 善鳴有子曰堅鐵. 堅鐵之爲善鳴客, 幾時矣, 而一朝忽然棄善鳴而去. 不啻如過客之視逆旅, 而善鳴爲之慟哭悲傷, 以之送終之日, 無不極力經營, 以盡其情, 而以至於愈久而愈不能忘. ③-2 余喩之曰, 生而極其飽煖之恩, 死而備其窆送之誠, 善鳴之於堅鉄, 爲無憾矣. 彼將冥然返其眞, 漠然歸其本. 雖善鳴有悲, 而彼不知善鳴之悲也. 然而善鳴尙且悲哀涕泣, 不知形貌之日瘁, 性命之日斲. 而上以貽慈母之慮, 下以遺妻子之憂, 則不亦過乎? 今子年猶少矣, 安知後於堅鐵者, 反加於堅鐵? 而子必曰 : '吾見兒多矣, 未有如堅鉄之可愛.' 則又過矣. ③-3 嗚呼! 責人則明, 於我則有之. 堅鉄之於善鳴, 一宿再宿而過者也, 堅堅之於吾, 則朝投而暮返者也. 堅堅終於辛卯, 而堅鐵逝於今歲, 則遠近又有間矣. 然而吾之哀猶不忘也, 奚暇救善鳴之哀耶?"

②에서 '나'는 여관의 주인과 손님을 부모와 자식의 관계로 확장한다. 천지는 여관이고, 사람이 여관을 드나드는 것은 삶과 죽음을 오가는 것과 같다. 그러므로 세상에서 손님 아닌 사람이 없다. 사람은 누구나 부모가 있고, 반드시 그 부모의 보살핌 속에서 자란다. 그렇다면 부모는 여관의 주인에 비유할 수 있고, 잠시 깃들었다가 독립하는 자식은 손님에 비유할 수 있다. 손님은 주인의 보살핌에 크게 의지하므로 주인에 대한 은혜가 큰 것이다.

'나'는 앞의 비유에 근거해서, 친구 선명善鳴의 아들 견철堅鐵이 죽은 것을, 여관에 손님이 떠난 것으로 표현했다. '선명'은 윤광계가 교유했던 백진남白振南, 1564~1618으로, 백광훈의 아들이다. 백진남은 아들이 죽자, 너무 슬퍼하며 그를 잊지 못한다. '나'는 백진남에게 부모로서 자식에게 사랑과 정성을 다했으니 아쉬울 것이 없으며, 자식은 본래 근원으로 돌아간 것이니 너무 슬퍼하지 말라고 위로한다. 부모를 여관의 주인으로, 자식을 여관의 손님으로 설정하여 자식을 잃은 슬픔에 괴로워하는 친구를 달래려는 '나'의 마음이 느껴진다.

그러나 부모와 자식의 관계를 여관의 주인과 손님으로 비유한 것은 그것대로 타당하더라도, 자식을 잃은 상황에서 그 비유가 부모를 얼마만큼 위로할 수 있을까? 자식이 언젠가 떠날 여관의 손님과 같고, 그 자식보다 훨씬 뛰어난 또 다른 자식을 낳을 수 있더라도 한때 소중한 자식이 자기 곁을 떠나 다시는 볼 수 없게 된다면 그 슬픔은 어떠한 말로도 위로할 수 없을 것이다. 그런데 '나'는 작품 말미에 자신의 경우를 고백함으로써 친구를 위로하려는 본연의 목적을 달성한다. 앞의 논의는 '나'가 친구에게 '너무 슬퍼하지 말라'고 일방적으로 위로하고 당부하는 것이었다면, 다음 인용문부터는 자식을 잃은 또 다른 부모인 '나'의 처지가 부각된다.

‘나’는 자신도 자식을 잃은 부모로서 그 슬픔을 이기기 힘들다고 말한다. 견철의 나이와 견철이 죽은 연도를 찾을 수 없었지만, 「역려설」에 나온 ‘나’의 아들 ‘견견堅堅’이 죽은 연도는 찾을 수 있었다.

윤광계의 「견견애사堅堅哀辭」를 보면, 윤광계가 33세였던 신묘년1591에 병든 아내가 낳은 아들인 ‘견견’이 죽었다고 되어 있다. 무엇보다 자식이 오래 살기를 바라는 마음에, ‘견堅’자를 두 번이나 반복해 지었다는 언급이 있다. 그만큼 자식을 사랑했지만, 한 살밖에 안된 아들은 윤광계가 왕명을 받고 집을 떠나있을 때 죽고 만다.[30] 그리하여 ‘나’는 한 살에 죽은 아들을 “아침에 왔다가 저녁에 간 자[朝投而暮返者]”로 비유했다. 글의 문맥상, 선명의 아들 견철은 견견보다 더 오래 살았기 때문에 “하루이틀 묵고 떠난 자[一宿再宿而過者]”로 비유한 것이다.

③이 친구를 위로하려는 목적에 부합하는 이유는, ‘나’가 친구와 같은 아픔을 경험했기 때문이다. 아무리 그럴듯한 비유를 통해 친구의 마음을 달래려고 한들, 부모 입장에서 자식의 죽음은 받아들이기 힘들다. 그런데 ‘나’가 친구와 같은 경험을 했고, 오랜 시간이 지나도 자식을 잊지 못했다고 솔직하게 고백한 것은, 자식을 잃은 슬픔에 괴로워하고 있는 친구에게 오히려 효과적인 위로가 될 것이다. 어떠한 논리도 통하지 않는 괴로운 상황에서는 자신의 처지를 진정 이해하는 친구의 공감만큼 중요한 것은 없을 것이다. 친구 선명에게는 죽은 자식을 빨리 잊으라는 앞의 말보다, 자식이 죽은 경험을 토로하며 자기 슬픔에 공감해 주는 ‘나’의 언급이 더

---

30  윤광계, 「堅堅哀辭」, 『橘屋拙稿』 下, 『한국문집총간』 속11, 351면, “嗚呼哀哉! 汝爺今年三十三, 只有三兒, 而汝兄病, 汝妹癡, 汝今捨我而去. 吾與汝母, 將何以爲托? 汝母患風痺, 五六載, 本無望於得汝. (…중략…) 常呼之曰堅堅, 旣曰堅而又稱堅, 則欲使汝之壽命, 堅之又堅, 而金石不足固也. (…중략…) 今年秋, 以王父命, 不得已西上, 途中遇疾, 留永平十餘日, 而汝訃至矣.”

위로가 될 것이다. 이 작품은 표면적으로는 여관의 주인과 손님을 통해 부모와 자식 간의 관계를 부각하지만, 그 이면에는 이러한 비유로도 끝내 자식을 잊지 못하는 부모의 애통한 심경을 더 강조한다고 볼 수 있다.

## 4. 김창흡金昌翕, 「낙치설落齒說」

김창흡은 자字는 자익子益, 호號는 삼연三淵, 본관은 안동安東이다. 김창흡은 총 11편의 설을 지었는데, 모두 일상에서 쉽게 접할 수 있는 제재와 사건을 중심으로 서술했다.[31] 그 주제 및 서술 방식 또한 다채로운 편이다. 그중 「낙치설」의 개요와 전문을 보자.

① 기사 : 낙치의 경험

② 설리 : 낙치의 긍정적인 면과 부정적인 면

   ②-1 긍정 : 남들에 비해 오래 살고 있음

   ②-2 부정 : 음식을 제대로 먹지 못하고 발음이 새어 나감

   ②-3 긍정 : 나이에 비해 건강함

   ②-4 부정 : 모양새가 추함

   ②-5 긍정 : 고요하게 정신이 편안함

③ 설리 : 늙어감을 편안하게 인식하는 것이 중요함

① 무술년1718에 나는 예순여섯이 되었다. 앞니 하나가 이유 없이 빠졌다. 갑

---

31　안득용(2009), 앞의 책, 200면.

자기 입술이 일그러지고 말이 새며 얼굴이 비뚤어지는 것을 느꼈다. 거울을 들고 살펴보니 놀랍게도 딴사람 같아 거의 눈물이 줄줄 흘러내릴 것만 같았다.

②-1 다시 곰곰이 생각해 보았다. 사람이 태어나 늙을 때까지, 그사이에 길든 짧든 진실로 많은 단계가 있다. 갓난아이 때 죽으면 이가 아직 나지 않았고, 예닐곱 살에 죽으면 이를 아직 갈지 않은 상태다. 여덟 살부터 예순이나 일흔 사이에 죽으면 영구치를 간 뒤다. 다시 여든 살부터 백 살을 넘기게 되면 이가 다시 난다. 내가 산 햇수를 따져 보니 거의 사분의 삼을 살아 이의 나이 또한 한 갑자가 되었다. 그렇다면 짧다고 말할 수 없다. 더욱이 올해는 사람들이 많이 죽어서 줄줄이 황천길로 돌아간 사람을 이루 다 셀 수가 없지만 능히 이가 빠진 상태로 귀신이 된 사람은 몇이나 되겠는가? 이것으로 스스로를 달래니 또 어찌 슬퍼하겠는가?

②-2 하지만 슬퍼할 만한 점이 있다. 사람이 체력을 기르기 위해 기대는 것 중에 음식만한 것이 없고, 음식을 먹으려면 이가 꼭 필요하다. 하루아침에 이가 빠지거나 맞물린 이가 부러지면 물이 새고 밥은 잘 씹히지 않는다. 이따금 살코기를 씹으려 해도 번번이 고약한 지경을 만나고 만다. 밥상을 마주할 때마다 난처한 근심이 있게 되니, 장차 쇠약해진 몸뚱이를 붙들어 지켜낼 수가 없다. 결국 매미 배처럼 홀쭉하고 거북이 창자처럼 굶주리게 되니 이는 근심할 만하다. 그런데도 오히려 "입과 배에 관한 일은 미뤄 둘 수가 있다"고 말한다. 나는 어려서부터 글을 소리 내어 읽는 것을 좋아했는데 책 중에는 아직 소리 내어 읽어 보

지 못한 것이 수두룩하다. 그러니 이제부터라도 아침저녁으로 시골 풍경을 바라보며 책이나 흥얼거리는 것으로 말년을 보내려 했다. 캄캄한 밤에 등불로 길을 비추듯, 그 근원을 잃고 헤매지 않기만을 바랐던 것이다. 이제 한차례 입을 벌리면 그 소리가 깨진 종과 같다. 빠르고 느림에 가락이 없고 맑고 탁함은 조화에 어긋나 칠음을 구분하지 못하고 팔풍을 알지 못한다. 처음엔 낭랑하게 하려다가도 나중에는 말을 더듬게 되니 이에 서글퍼져서 읽기를 그만두고 만다. 덕성이 나태해져 이 마음을 유지할 수가 없으니 이것이 슬퍼할 만한 것 중 큰일이다.

②-3 또다시 곰곰이 생각해 보았다. 내가 나이는 많지만 몸은 가볍고 건강하다. 걸어서 산을 오르고 먼 길에 종일 말을 타기도 한다. 혹 천 리가 넘는 길에도 다리가 시거나 등이 뻐근한 줄 모른다. 내 연배를 살펴보더라도 나만한 사람은 드물다. 이 때문에 자못 혼자 기분이 좋아졌다. 혼자 즐거워하다 보니 쇠약해진 것을 잊고 아직도 젊었다고 생각하곤 했다. 어떤 일을 만나면 멋대로 행동하고 흥에 겨우면 먼 데까지 갔다가 반드시 몹시 피곤한 지경이 되어서야 돌아오곤 했다. 산만하여 수습을 못하므로 스스로 맹세하기를 자취를 거두고 한가로이 쉬면서 일 년 내내 문을 나서지 않을 작정을 했다. 하지만 예전에 하던 버릇에 얽매여 저녁에 후회하고도 아침이면 되풀이했다. 대개 쇠하고 성함의 경계가 분명치 않아 그때그때 감당해 낼 수 있었기 때문이다.

②-4 이제 느닷없이 형체가 일그러져서 추한 꼴이 드러났다. 이 꼴로 사람 앞에 나서면 놀라 슬퍼하지 않을 이가 없을 것이니, 그렇다면 내가 비록 잠깐이나마 늙음을 잊고자 한들 그럴 수가 없다. 이제부터 비로소

노인으로 자처할 수 있다. 선왕의 제도에 나이가 예순이 되면 마을에서 지팡이를 짚고 군복을 입지 않으며 직접 배우지도 않는다고 했다. 내가 일찍이 『예기』를 읽었어도 이 뜻을 익히지 않았으므로 망령된 행동이 끝이 없었다. 이제 그 잘못을 크게 깨달았으니 날이 어두워지면 들어가 쉴 수 있을 것이다. 이가 나에게 일깨워 준 것이 많은 셈이다.

②-5 주자는 눈이 멀어 존양에 전념하게 되자 도리어 진작 눈이 멀지 않은 것을 안타까워했다. 이렇게 말한다면 내 이가 빠진 것 또한 너무 늦었다. 형체가 일그러지니 고요함에 나아갈 수가 있고, 말이 헛나오니 침묵을 지킬 수가 있다. 살코기를 잘 씹을 수 없으니 담백한 것을 먹을 수가 있고, 경전을 외는 것이 매끄럽지 못하니 마음을 살필 수가 있다. 고요함에 나아가면 정신이 편안해지고 침묵을 지키면 허물이 줄어든다. 담백한 것을 먹으면 복이 온전하고 마음을 살피면 도가 모인다. 그 손익을 따져 보면 편리함이 훨씬 많지 않겠는가?

③ 대개 늙음을 잊은 자는 망령되고 늙음을 탄식하는 자는 천하다. 망령되지도 천하지도 않아야 늙음을 편안히 여기는 것이다. 편안히 여긴다는 말은 쉬면서 자적하는 것을 말한다. 기쁘게 화평함에 처하고 성대하게 조화를 올라타 형상의 밖에서 노닐며 요절과 장수를 마음으로 따지지 않으니 천리를 즐겨 근심하지 않는 사람에 가깝다 하겠다.[32]

「낙치설」은 앞니 하나가 빠진 기사를 간략하게 제시한 뒤, 노화로 인한 부정적인 면과 긍정적인 면을 번갈아 적어 노화의 다양한 측면을 제시하고 있다.

김창흡은 66세에 앞니 하나가 빠진 경험을 기사로 제시하여, 노화를 직접 확인한 이의 슬픔과 체념의 감정을 보여준다.[33] ①에서 '나'는 갑자기 치아가 빠진 경험 때문에 외모가 부쩍 늙어 보인다. 자신이 나이가 들었다는 걸 깨닫는 순간이다. 당혹스럽고 슬퍼서 '나'는 눈물을 흘린다.

②-1에서 '나'는 인식을 전환한다. 일정한 나이가 되면 이가 나기도 하고 이를 갈기도 한다. '나'가 66년을 사는 동안 치아도 제 기능을 한 셈이다. 치아가 오래되어 빠졌다는 것은 곧 '나'가 오래 살았다는 증거다. 주변

32　작품의 번역은 정민·이홍식 편역(2017b), 166~168면을 참고하여 필자가 수정 및 보완했다. 김창흡, 「落齒說」, 『三淵集』 권25, 『한국문집총간』 165, 521~522면, "① 歲戊戌, 余年六十六矣. 板齒一箇無故脫落. 便覺脣頰語訛, 面勢歪戲. 攬鏡視之, 駭若別人, 殆欲汪然出涕. ②-1 更細思之. 人自墮地, 以至耆老, 其間修促, 固多節次矣. 孩而死則齒未生也, 六七歲而死則齒未齔也. 八歲以及乎六七十而死則齔而後也. 更至耄期以外則齒又齀也. 計吾所得年數, 幾占四分之三, 而齒之爲壽, 亦周一甲, 則未可謂夭也. 且今年大殺, 纍纍歸泉壤者, 不知其數, 其能爲落齒鬼者, 有幾人哉? 持以自寬, 又何戚焉? ②-2 然可悶則有之. 人之所待以養體力者, 莫如飮食, 飮食所由, 齒爲要路. 一朝豁焉, 又牙顚倒, 飮滲而飯硬. 間欲囓肥, 輒遇毒焉. 對案有難處之愁, 將無以扶攝衰軀矣. 其將蟬腹而龜腸乎, 是則可悶也. 然猶曰: '事關口腹, 可以忘置.' 余自幼好誦書, 書未上口者尙多. 只擬以桑楡光景, 澗阿晨夕, 伊吾以卒業. 庶乎昏燭之照路, 不迷其源也. 今一呿口聲如破鐘. 疾徐靡節, 淸濁乖調, 七音之莫辨, 八風之未會. 始欲琅琅, 終成艾艾, 於是悵然而輟誦. 德性懈矣, 無可以維持是心, 是爲可哀之大者也. ②-3 昧昧又思之矣. 余旣年侵而輕健則有之. 步屧登山, 終日鞍馬乎長途. 或踰千里, 而未覺其脚酸背墊. 視諸年同者, 罕有及之者. 以是頗自快. 由其自快也, 忘其旣衰而以爲猶壯也. 遇事妄動, 牽興遠適, 必至大倦而歸. 散漫莫收拾, 則自矢以斂迹息影, 終年不出門爲念, 而苟焉因循, 暮悔而朝復然. 蓋未有嶄然衰盛之限, 可以立防故也. ②-4 今突爾形壞, 醜態呈露. 持以向人, 莫不駭且悲, 則余雖欲一刻忘老而不可得矣. 自今始可以老人自處矣. 先王之制, 六十者杖於鄕, 不服戎不親學. 吾嘗讀禮而不講此義, 所以有無限妄作. 今乃大覺其非, 庶可以向晦入息. 是則齒之警乎余多矣. ②-5 朱子因目盲而專於存養, 却恨盲廢之不早. 以此言之, 余之齒落, 其亦晩矣. 夫形之壞也, 可以就靜, 語之訛也, 可以守默. 囓肥之不善, 可以茹淡, 誦經之不暢, 可以觀心. 就靜則神恬, 守默則過寡. 茹淡則福全, 觀心則道凝. 較其損益得便, 顧不多乎? ③ 蓋忘老者妄, 嘆老者卑. 不妄不卑, 其惟安老乎? 安之爲言, 休也適也. 怡然處和, 沛然乘化, 游乎形骸之外, 不以夭壽貳心, 其庶幾樂天而不憂者乎."

33　한문학에서 落齒를 주제로 한 선행연구로는 이종묵(2010), 송혁기(2016).

에는 이가 빠지기도 전에 죽은 사람이 많다. 그에 비해 '나'는 오래 살아 이가 빠지는 경험을 했다고 스스로 달랜다.

그러나 ②-2에서 '나'는 인식이 전환된다. 이가 빠지면 음식을 먹을 때 불편할 뿐 아니라 어려서부터 좋아한 '송독'을 제대로 할 수 없다. 송독을 할 수 없어 독서를 그만두었고, 나태해져서 평정심을 유지할 수 없었던 것이다.

'나'는 또 다음 단락에서 인식을 전환한다. '나'는 동년배에 비해 몸이 가볍고 건강해서 자유롭게 돌아다닐 수 있었고, 그로 인해 나이 듦을 잊을 수 있었다. 한 번 멀리까지 갔다가 돌아오면 몸이 피곤해져서, 이제 더 이상 나가지 않겠노라 다짐하지만 다음날이 되면 다시 또 그 행동을 반복한다. 왜냐하면 몸이 쇠약해졌다고 느끼는 것도 잠시 동안이기 때문이다. 그만큼 몸의 회복이 일정하지 않다 보니 '나'는 스스로 나이 든다는 것도 잊은 채 살았다. 김창흡은 노화로 인한 슬픔과, 그 슬픔을 전복하는 시선을 연이어 배치해서 감정의 빠른 변화를 보여준다. 그리하여 이가 빠졌다는 단편적인 일화를 가지고 풍부한 감정을 보여줄 수 있었다.

②에서 낙치를 긍정적으로 인식하는 측면과 부정적으로 인식하는 측면이 번갈아 나오고, 앞의 논리를 뒤에서 전복하는 서술 방식은, '나'가 거울을 보며 빠진 이에 대한 감정을 현실적으로 보여준다.

②-5에서 늙음을 받아들이자 '나'는 오히려 노화로 인해 생길 수 있는 이점들이 눈에 보였다. 외모가 망가지면 남들과 만나지 않아 혼자만의 시간을 가질 수 있으며, 발음이 새면 말을 아껴 침묵을 지킬 수가 있다. 고기를 잘 씹지 못하면 담백한 음식을 찾게 되고, 송독을 할 수 없으면 대신 글을 마음으로 느끼고 이해한다. 차분하게 지내면 정신이 편안해지고, 말하지 않으면 잘못을 저지르지 않는다. 담백한 음식을 먹으면 건강해지고

마음으로 글을 읽으면 도를 터득한다. 현실을 있는 그대로 받아들이자 우려했던 '노화'에 많은 이점을 발견한다.

③에서 '나'는 망로忘老도 아니고 탄로嘆老도 아닌 "안로安老"를 하기로 다짐한다. 현실을 부정하거나 슬퍼하지 않고, 있는 그대로를 받아들이면 마음이 편해진다. '나'는 처음에 몸의 일부가 갑자기 변하여 당혹스러웠지만, 끝내 그 노화를 수용하는 모습을 보여준다.

「낙치설」은 김창흡이 경험한 일화를 바탕으로 늙음에 당면한 한 사람의 슬픔과 체념을 보여준다. 낙치는 나이가 들면 누구나 겪을 수 있는 당연한 현상이다. 그런데 김창흡은 일상의 변화를 포착하여 자신을 돌아보고, 부정적으로만 여겨질 수 있는 노화의 이면도 함께 살폈다. 현실을 부정하고 슬퍼하기만 하는 것이 아니라, 자신의 처지를 있는 그대로 인정했을 때 비로소 마음이 편안해질 수 있다고 말하고 있다.


## 5. 권재운權載運, 「반시아설搬柴兒說」

권재운은 자字는 경후景厚, 호號는 이택재麗澤齋, 본관은 안동安東이다. 안동에 세거하며 평생 학자로서 독서와 후학 양성에 힘썼다. 향리 출신으로 안동의 많은 명사들과 교유했고, 『안동향손사적통로安東鄕孫事績通路』에서 학문과 행의로 칭송되는 대표적 인물이다.[34] 권재운의 「반시아설搬柴兒說」을 보자.

① 학생들이 땔나무를 옮기는 것을 주인이 구경함

② 학생들이 땔나무를 옮기는 모습 묘사

③ 결미

① 계미년<sup>1763</sup> 가을, 추수가 끝나고 학생들 십여 명을 불러 대거 밭에 들어가
그 뿌리를 캐서 옮기게 하였다. 온돌의 땔나무를 대신하기 위해서였다.
주인은 병이 들고 신발도 없어서 지척인 거리를 가서 볼 수 없었다. 문밖
에 나가 따뜻한 기운이 비추는 곳을 따라서 한가하게 앉아 구경하니, 칠
팔십 보 사이에 섶을 이고 지고 안고 메고 끼고 있는 자들이 계속 끊이지
않았다.

② 왼손으로 받들고 오른손으로 덮어 누르는 자가 있는가 하면 오른손으로
받들고 왼손으로 덮어 누르는 자가 있고, 하나도 떨어뜨리지 않고 온전
히 가져가는 자가 있는가 하면 떨어뜨리고서도 떨어뜨렸는지 알지 못하
는 자가 있고, 그 떨어뜨린 줄 알면서도 힘써 줍지 못하는 자가 있는가 하
면 애초부터 떨어뜨려서 텅 빈 줄만 지고 도착한 자가 있다. 그리고 땀을
흘려 얼굴이 붉어진 자, 옷을 벗은 자, 한 손으로 바지를 쥐고 다른 한 손
으로 얼굴을 닦는 자, 용을 써서 몸을 굽히는 자, 몸을 펴고 양손을 돌리는
자, 섶을 크게 안은 바람에 앞을 살피지 못하는 자, 크게 짐을 메느라 옆으
로 넘어지고 기우는 자, 엎어지는 자, 달리는 자, 섶을 지고 앞사람이 떨어
뜨린 것을 줍는 자, 떨어뜨리고서도 돌아보지 않는 자, 곧바로 앞으로 나
아가는 자, 우회하여 마치 달아날 것만 같은 자, 게으른 자, 부지런한 자,
즐겁게 일하는 자, 억지로 힘써서 우선 따라가는 자가 있으니 천태만상을
다 기록할 수 없었다.

---

34　그의 가계와 학문 및 사회 활동은 김학수(1999), 107~130면에 자세하다.

③ 주인이 이를 보고 즐거워하여 붓을 찾아 위와 같이 기록한다.[35]

「반시아설」은 기사만으로 구성된 작품이다. 권재운이 1763년, 그의 나이 63세 때 지은 작품으로, 그가 문하의 학생에게 땔감을 옮기는 일을 시킨 일화를 바탕으로 했다.

'주인'은 병도 들고 신발도 없어서 멀리 외출하지 못했다. 그는 다만 문 밖 햇볕이 비추는 곳에 앉아서 일하는 사람들을 일일이 살펴보았다. ②에 묘사된 학생들의 모습은 천차만별이다. 일하는 방식이나 실수에 대처하는 방식이 각기 다르다. 그 모습을 속도감 있게 나열하여 노동하는 사람들의 모습이 눈앞에 그려지도록 했다. 권재운도 이를 즐거워하며 기록으로 남겼다.

그렇다면 '주인'이 이 모습을 즐거워한 이유는 무엇일까? 권재운의 행장을 보면, 이 작품을 쓴 4년 뒤에 권재운은 평소 앓던 중풍이 심해져 말도 어눌해지고 손발이 오그라들었다고 한다. 그래서 손님도 거절하고 칩거하면서 독서에만 열중했다.[36] 그렇다면 1763년에도 중풍을 앓고 있었고, 작품에서 말한 '병'도 중풍이었을 것이다. "신발도 없다[無屨]"는 말은,

---

35 권재운, 「搬柴兒說」, 『麗澤齋遺稿』 권3, 『한국문집총간』 속78, 204면, "① 癸未秋, 納禾稼畢, 召學子十數輩大入田, 取其根搬運之, 蓋將以代薪溫堗也. 主人病且無屨, 相去咫尺, 而不能往見. 出戶外, 從陽氣照處, 閒坐而看, 七八十步之間, 負者戴者抱者荷者挾者, 相屬不絶. ② 而有以左手奉持而右手覆而按者, 有以右手奉持而左手覆而按者, 有無一箇遺失而全之者, 有遺之而不知其遺者, 有知其遺而力不能收拾者, 有自初遺落而比到負空索者, 有汗赭者, 有裸體者, 有一手執其袴而一手拭其面者, 有贔屭而曲躬者, 有平身而用左右手翔之者, 有大抱不省前者, 有大荷橫倒仄者, 有仆者, 有走者, 有負而拾前人之遺失者, 有遺失而不顧者, 有直前來者, 有迂回而若叛去者, 有懶者, 有勤者, 有樂爲之者, 有強勉而姑從之者, 千態萬狀, 不可盡記. ③ 主人見而樂之, 索筆書之如右."

36 권재운, 「行狀」, 『麗澤齋遺稿』 권5, 『한국문집총간』 속78, 213면, "丁亥, 雷軒公歿. 先生素有風證, 因過哀添劇, 言語謇澁, 手足不仁, 遂謝絶賓客, 入處屛室, 而於書冊, 披閱不怠."

외출하는 일이 드물었다는 것을 암시한다. 병이 들고 신발도 없어서 가까이 벌어지는 노동 현장에 나가볼 수 없다는 것은 병든 자의 서글픔이 느껴지는 대목이다.

'주인'은 자유롭게 외출하지 못하는 대신, 문밖에서 그 생생한 노동 현장을 관찰한다. 비록 직접 경험하진 못하더라도 다양한 인간 군상을 관찰함으로써 '주인'은 삶의 생동감을 느낀다. 작품에서 묘사된 사람들은 비록 섶을 옮기는 자에 한정했지만, 이것은 결국 삶을 대하는 사람들의 다양한 자세에 견주어 볼 수 있다. 섶을 옮기는 똑같은 작업을 수행하는 데도, 어떤 사람은 짐을 등에 지고, 또 어떤 사람은 짐을 머리에 인다는 것은 저마다 살아가는 방식이 다르다는 점을 보여준다. 또, 실수해서 수습하려는 사람이 있고, 모른 척하고 넘어가는 사람이 있다는 것은 삶에서 맞닥뜨리는 수많은 문제를 해결하는 여러 방식을 보여준다. 일에만 집중해서 행동에 거침이 없는 사람이 있고, 일에 집중하지 못하고 머뭇거리는 사람도 있다는 것은 목표지향적인 사람과 그렇지 않은 사람을 대조해서 보여준다. 일을 즐기는 자와 억지로 따라가는 자가 있다는 것은 주어진 작업을 대하는 전혀 다른 방식을 가진 사람을 보여준다.

중요한 것은, '주인'이 모든 인간 군상에 대해 가치 판단을 하지 않았다는 것이다. 그러므로 이 작품은 설리가 없고 기사만 존재한다. 게으르고, 작업에 서툴고, 실수를 고치지 않는 사람을 비판하거나 질책하지 않고 '주인'은 학생들의 작업 현장을 있는 그대로 묘사한다. 병들어 외출조차 쉽지 않은 주인에게는, 작업에 게으르고 조금 서툴더라도 자신의 의지대로 몸을 움직여 생의 감각을 느낄 수 있다는 것이 더 의미가 있을 것이다. 작업을 수행하는 태도를 평가한다는 것은, 결국 일에 대한 성패를 따진다는 것이다. 학생을 인재로 보고, 섶을 옮기는 일을 직무로 비유했다면 작업에 게으르고 머뭇거리며 실수를 간과하는 사람들은 비판의 대상이 되었을 것이다. 그러나 이 작품은 사람을 평가하지 않고 관찰하기만 했다. 그리하여 작업을 대하는 방식이 사람마다 조금씩 다를 뿐, 어느 하나 틀린 것은 아니라는 점을 말하고 있다.

학생들의 모습에 주인이 즐거워하고 이를 글로 남기고 싶었던 이유도, 바로 일의 성과나 결과가 아니라 과정에 초점을 두었기 때문이다.

설에서 기사와 설리 부분의 양은 천차만별이지만, 되도록 설에서 말하고자 하는 주제는 잘 드러나는 편이다. 반면에, 앞서 설명한 김득신의 설이나 위와 같은 권재운의 「반시아설」은 기사에서 사실적으로 묘사하고, 독자로 하여금 무궁무진한 상상력을 불러일으키게 한다.


## 6. 최천익崔天翼, 「예토자설瘞兎子說」

최천익崔天翼, 1712~1779은 자字는 진숙晉叔, 호號는 농수農叟, 본관은 흥해興海다. 그는 흥해 향리의 아들로 태어나, 1750년에 진사시에 합격했지만 고향에서 인재를 양성하고 시문을 지으며 일생을 보냈다. 「예토자설瘞兎子說」은 1765년에 '나'가 토끼를 기르면서 벌어진 내용으로, '나'의 감정 변화가 두드러진다. 작품의 개요와 전문을 보자.

① 기사 : 토끼를 기르다가 풀어준 사연

①-1 산에서 토끼를 발견하고 집으로 데려옴

①-2 낯선 환경에 적응하지 못하는 토끼

①-3 우리를 만들어 토끼가 편하게 지내도록 함

①-4 토끼의 죽음

② 설리 : 토끼를 죽게 만든 죄책감과 슬픔


①-1 을유년1765 봄에 가동家僮이 나무하러 산에 갔다가 토끼를 잡고 돌아왔
다. 토끼를 뜨락에 풀어놓으니 아이들이 떠들썩대며 서로 안아주고 보
살폈다. 나는 토끼가 시달리다 죽기라도 할까 봐 데리고 마루의 구석
진 곳에 놔주었다. 그 모습을 보니 귀는 길고 쫑긋하며 눈은 우묵하고
날카로우며 몸은 갈색이고 털은 풍성했다. 달리게 하자 깡충깡충 뛰는
데, 아직 미숙하지만 몸체는 다 갖추었다. 내가 등을 어루만지며 말했
다. "네 모습은 내가 예전에 들은 것과 매우 흡사하니 너는 과연 산에서
왔는가? 너는 누ꟙ의 후손인가? 아니면 준ꟙ의 후손인가? 대강 명시明示
의 먼 후예쯤 되는가? 네 선조는 문방에 큰 공이 있었다. 또, 전기를 살
펴보니 신령함과 기이함을 많이 칭송하여 그 종족은 매우 귀했다. 그
러나 너는 태어난 지 얼마 되지도 않았는데 네 어미는 어디로 갔기에
너를 이런 처지에 이르게 했는가?"


①-2 토끼가 대답하지 않고 두려워하면서 쳐다보다가 머리를 움츠리고 몸
을 떨며 엎드렸는데, 그 모습이 마치 털로 만든 공 같았다. 내 생각에
토끼가 사람의 집에 처음 들어와서 걱정과 두려움이 역력하니, 아이들
에게 손짓하여 가까이 가지 않도록 했다. 잠시 뒤에 보니, 토끼가 몸을
날려서 책상 아래에 들어갔는데 마치 책상에 기대 숨으려는 것 같아
물건으로 그 옆을 막아 편하게 해주었다. 밤을 보내고 토끼가 배고플
까 봐 염려되어 토끼를 꺼내서 손바닥에 올려놓고 밥알을 먹게 했다.
그러나 토끼가 떨며 두려워하여 감히 한 낟알도 먹지 못하고서 뛰다가

바닥으로 떨어져 지쳐서 움직이지 못했다. 내가 탄식했다. "내 진실로 망령되었구나. 산림과 고양皐壤이 너의 편안한 거처인데 지금 그것을 대자리로 바꾸고, 풀과 열매, 나무뿌리는 네가 좋아하는 먹이인데 지금 그것을 밥알로 바꾸었으니 네가 초췌하지 않으려 해도 그럴 수 있겠는가? 하물며 너는 네가 있을 자리를 잃은 데다 어미를 그리워하는 슬픔도 겹쳤구나! 머잖아 죽음에 이르지 않겠는가?"

①-3 가동을 불러 빨리 토끼를 옛날 살던 곳으로 돌아가게 했다. 가동이 대답했다. "제가 이놈을 잡을 때 어미는 보이지 않았습니다. 이놈은 필시 어미를 잃어 제 눈에 띈 것입니다. 지금 돌려보내도 반드시 강한 자에게 먹힐 것이니 앞으로 어찌해야겠습니까?" 나 또한 더욱 걱정되어 토끼를 두고 의논했다. "객지에서 죽든 돌아가서 죽든, 죽는 것은 매한가지다. 돌려보내 산기슭에 놓아주면 위에서 까마귀와 솔개가 가로채지는 않겠지만 아래에서는 반드시 오소리와 살쾡이가 탐할 것이니 만에 하나라도 살 수 있는 방법이 없다. 그러나 여기에 머무르게 하면 비록 자기 자리는 아니더라도 또한 새장의 새가 사람에게 익숙해지는 것처럼 길러질 수 있으니 사람에 의해 구차하게 살아남는 것이 죽는 것보다 오히려 낫지 않겠는가?" 동자에게 대나무를 엮어 우리를 만들게 하고, 그 속에 잔풀을 깔게 하면서 토끼가 지낼 것을 상상했다. 토끼는 겨우 우리 안으로 들어가자마자 번번이 위아래로 일어났다가 엎드리며 스스로 편안히 여기는 것 같았다. 배고프고 목마를 때가 되면 먹고 마시게 하니, 사람을 그다지 두려워하지 않고 입을 오물거리고 혀를 움직여 음식을 조금 맛보았다. 그래서 나는 비로소 토끼가 시간이 지날수록 사람과 가까워지고 거의 그 생을 보전하기를 바랐다.

①-4 삼 일 뒤, 동자가 아침에 일어나 나에게 알렸다. "토끼가 죽었습니다. 토끼가 죽었습니다." 놀라서 일어나 살펴보니 울타리는 견고하게 그대로였다. 다른 이유 없이 토끼가 죽은 것이었다.

②아! 어제 뛰어올라 우리를 넘고 벽을 타고 빙빙 돌던 놈이 지금 갑자기 이 지경이 되었구나! 만일 내가 가동의 말을 듣지 않고 너를 일찍 빈산의 달빛 이슬이 있는 고향에 돌아가게 했다면 혹 강한 자에게 삼켜지는 것을 요행히 피하고 그 생을 온전히 할 수 있었을까? 아니면, 원림의 가운데에 너를 두고, 풀과 나무를 이용하여 넓은 울타리로 삼고 너를 마음대로 뛰놀게 하여 객지에 사는 고통을 잊게 했다면 어쩌면 가는 곳마다 맘에 들어 요절하는 데에는 이르지 않았을 것이다. 가엾다! 가엾다! 내 너를 위해 도모한 것이 또한 수고스러웠구나. 그러나 원거鶢鶋를 제단에 올려놓고 종고의 음악을 들려주니 원거가 눈이 어질어질하고 비탄에 젖어 죽음을 면치 못한 것은 오직 기름에 제대로 된 방법이 아니기 때문이다. 그렇다면 내가 너를 위해 살리려고 도모한 것은 다만 너의 죽음을 재촉할 뿐이었구나. 네가 산길과 물가에서 죽은 것을 보았다면 잠시 돌아보고 찡그리는 정도에 불과했을 것이다. 지금 네가 우리 집에 들어온 지 삼 일 동안 숨고 답답해하여 내가 다방면으로 살리고자 했는데 마침내 죽게 되니, 네가 비록 알아주지 않더라도 내 마음에 어찌 슬픔이 없을 수 있겠는가? 내가 그 죽음을 가엾게 여기고 또 차마 땅에 던져 개와 고양이에게 이로움이 되게 할 수 없기에 동자에게 명하여 땅을 깊이 파서 묻어 드러나지 않게 했다. 애오라지 그 일을 기록한다.[37]

---

37 최천익, 「瘞兎子說」, 『農叟集』 下, 『한국문집총간』 속80, 305~306면, "①-1 乙酉春, 家僮爲伐木往于山, 得兎子以歸. 放之庭畔, 羣童嘩然, 相與抱而觀之. 余恐其惱而死也, 收而

「예토자설」은 '나'가 토끼를 기르다가 우리를 만들어 준 사연이 길게 제시된 뒤, 설리에서 토끼를 죽게 만든 죄책감과 후회와 슬픔이 서술되어 있다.

①-1에서 '나'는 토끼의 외형을 설명하고, 한유의 「모영전毛穎傳」에 나오는 구절을 인용해 토끼가 이곳까지 온 경위를 추측한다. 「모영전」에서 토끼는 누䨲・준㕙・명시明示의 후손으로 등장하며, 토끼털로 붓을 만들기 때문에 이 가문은 문명에 도움을 준다고 일컬어진다.[38] 「모영전」을 비롯한

置堂隩. 視其狀, 其耳脩而聳, 其目凹而尖, 褐色而豊毛. 使之走, 其行赳赳然, 盖未充而體則具矣. 余乃摩其背而語之曰 : '爾之狀, 與吾所舊聞酷類, 爾果自山中來耶? 爾是䨲之雲耶? 抑㕙之耳耶? 槩之爲明示之遠裔也耶? 爾之先, 於文房有大功. 且觀傳記, 多稱其靈異, 其族甚貴. 然爾之生爲日未久, 爾母何去, 使爾至於斯耶?' ①-2 兎子不答, 偲然而視, 縮首竦身而伏, 狀若一毛毬然. 余謂其新入人室, 其憂怖固也, 麾童子勿之近. 俄而視之, 跳身而入於床下, 如有依隱之狀, 乃以物障其傍而安之. 經宿而慮其飢也, 出而登諸掌, 食之以飯糜. 兎乃振動悼慄, 不敢食一粒, 跳躑而委於地, 薾然不動. 余乃歎曰 : '吾誠妄矣. 山林皐壤, 是爾之所安, 而今易之以筦簟, 艸實木根, 是爾之所嗜, 而今乃易之以飯糜, 欲爾之無悴, 得乎? 矧爾旣失其所, 重之以懷母之悲乎! 幾何其不至於死也?' ①-3 呼家僮, 使之亟返故處. 僮答曰 : '僮之得也, 不見其母. 是必失其母而露焉者也. 今雖返之, 其必爲強者所呑, 將若之何?' 余尤加愍焉, 爲兎謀曰 : '旅而死, 歸而死, 死等耳. 歸而置之山麓則上不爲烏鳶所攫, 下必爲貛猫所噉, 萬無一生活理. 留於此則縱非其所, 亦當如樊禽之習於人而得養, 依人苟活, 不猶愈於死乎?' 使童子編竹而爲其欄, 藉細艸其中, 以想其居. 兎纔入欄, 輒俛仰起伏, 如有自安之意. 時飢渴而飮食之, 則不甚畏人而搖脣動舌, 微見囓嚼. 余於是乎始冀其日久親人, 庶保其生. ①-4 越三日, 有童子晨起而告余曰 : '兎死矣, 兎死矣.' 驚起而視之, 欄固自若. 無他故而兎死矣. ② 噫! 昨之騰跳出欄, 緣壁而環走者, 今遽至於斯乎! 使我不聽家僮之言, 早歸爾於空山月露之鄕, 或有倖逭於強呑而得全其生耶? 不然而置汝于園林之中, 依艸樹而廣爲之樊, 使汝而主張自肆, 以忘羈寓之苦, 則庶或適其適而不至於夭閼也耶. 憐哉! 憐哉! 吾之爲爾而謀者, 亦云勤矣. 然鶢鶋之登壇坫聽鍾鼓, 卒不免眩視悲憂而死者, 職由於養非其養, 則我之所以爲爾謀生者, 適足以速汝之死也. 見爾之死於山之趾水之涘, 不過乍顧瞎如而已. 今爾之入我室者三日, 隱之悶之, 欲其生多方而竟至於死, 汝雖無知, 於我心, 何能無慨然? 余旣憐其死, 又不忍投之地而爲犬猫所利也, 命童子深其坎而瘞之, 俾勿露. 聊記其事云."

38 「毛穎傳」, "明眎八世孫䨲. 世傳當殷時, 居中山, 得神仙之術, 能匿光使物, 竊姮娥騎蟾蜍, 入月, 其後代, 遂隱不仕云. 居東郭者曰㕙, 狡而善走, 與韓盧爭能, 盧不及, 盧怒, 與宋鵲,

여러 문학 작품에서 토끼는 십이신의 하나로 묘사되거나 달에서 불사약을 찧는 전설 속 토끼로 언급되는 등 상징 동물로 주로 등장하는데, 「예토자설」에서는 상징을 끌어오지 않고 '나'의 눈앞에 있는 토끼에 주목한다.

①-2에서 '나'는 새로운 환경에 적응하지 못하는 토끼를 위해 타인의 접근을 막고, 배고플까 봐 먹이도 준다. 그러나 토끼가 여전히 겁을 내며 먹이를 먹지 않자, '나'는 자신이 진정 토끼를 배려하지 못했다는 사실을 깨닫는다.

①-3에서 '나'는 노비를 시켜 토끼를 산속으로 돌려보내려고 하지만, 토끼가 다시 산짐승에게 잡아먹힐까 봐 걱정한다. 토끼를 위한 결정은 무엇인지 '나'는 계속 고민한다. 결국 '나'는 토끼가 짐승에게 잡아먹히기보다 사람에게 길들여 오래 사는 편이 낫다고 판단한다. 그리하여 토끼에게 숲과 비슷한 환경을 만들어주고, 음식도 제때 공급한다.

①-4에서 토끼가 갑자기 죽는다. 이에 ②에서 '나'는 토끼를 산속에 돌려놓지 않은 것을 후회한다. 토끼를 위한 결정이 오히려 화를 재촉했다고 생각하자, '나'는 크게 슬퍼한다. 인용문에서, 토끼의 죽음은 마치 『장자』 「지락至樂」에 나오는 해조海鳥의 일종인 원거鶢鶋와 닮았다고 한다. 과분한 대접을 받아 사흘 만에 죽은 원거의 고사를 통해, 인위적인 삶이 아닌 천연의 상태로 사는 것의 의미를 되새겨볼 수 있다. 토끼도 제 살 곳이 아닌 곳에 잡혀 와서 죽었다. '나'는 토끼가 다른 짐승에게 먹히지 않도록 잘 묻어주는 것이 최소한의 도리라고 생각하며 토끼를 묻어주고 이 일을 기록한다.

이 작품에서 주목할 것은, 동물을 주제를 전달하기 위한 보조관념으로 사용하지 않고, 오로지 죽은 토끼를 추모하고 애도하는 목적으로 작품을

謀而殺之, 醯其家."

지었다는 점이다. 이전 작품에서 동물의 죽음이나 병듦을 제재로 한 설이 있었지만, 이것은 모두 하나의 큰 주제를 드러내기 위한 비유로 활용됐다. 예를 들면, 박팽년의 「수마설」은 좋은 재주를 가진 말이 제대로 먹지 못하고 주인에게 쉼 없이 부림을 당하다 끝내 죽게 된다는 내용이다. 박팽년은 이를 보조관념으로 삼아, 뛰어난 선비가 벼슬에 얽매여 총명함을 잃게 된다는 주제로 확장한다. 권호문의 「수마설」도 말을 제대로 기르지 못한 자신을 탓하며, 좋은 재주를 가진 사람도 주인을 잘못 만나면 소용없다는 내용이다.

그러나 16세기 말 조경의 「예학설瘞鶴說」을 비롯해서 최천익의 「예토자설」은 동물의 외양과 동물이 죽게 된 과정, 또 동물의 죽음으로 인한 작가의 감정 상태에 초점을 맞춘다. 애도와 추모 자체를 목적으로 한 설이 조선 후기에 점점 나타나기 시작했다는 것은 한문산문사 안에서 설의 시대 변화를 읽을 수 있는 지점이기도 하다.


## 7. 김귀주金龜柱, 「마사설馬死說」

김귀주金龜柱, 1740~1786는 자字는 여범汝範, 호號는 가암可庵, 본관은 경주慶州다. 그는 영조의 장인 김한구金漢耉, ?~1769의 아들로, 부수찬, 강원도 관찰사, 좌승지를 역임했다. 이 작품은 계부季父 김한로金漢老, 1746~1761의 말과 관련된 내용과, '나'가 계부를 위로하는 내용으로 나뉜다. 그 개요와 전문을 보자.

① 기사 : 말이 죽게 된 사연

①-1 계부의 연약하고 노둔한 말 소개

①-2 계부의 말이 연약해진 사연

①-3 계부의 말이 죽자 계부가 슬퍼함

② 설리 : 김귀주의 위로

②-1 말의 죽음은 계부의 잘못이 아님

②-2 말의 죽음에 슬퍼하는 마음을 미루어 사람에게 베풂을 당부


①-1 계부의 집에서 말 한 마리를 사서 키웠다. 말이 너무 약해서 타고 앉으면 말에 탄 사람의 갓이 땅에 서 있는 어른의 키와 같았고, 황색도 검은색도 아닌 조악한 흙색에다 짧은 목과 튀어나온 엉덩이, 혹이 난 등과 부어오른 다리를 갖고 있었으며, 갈기는 거칠고 쭈뼛 섰으며, 눈은 게슴츠레해서 졸린 것 같았으니 말 중에서 지극히 노둔한 놈이었다.


①-2 계부의 집은 너무 가난해서 말을 잘 기르지 못한 데다가 종도 말의 먹이를 슬쩍 줄여서 말은 늘 배불리 먹지 못해 이 때문에 병들었다. 격일마다 한 번 칠팔십 리 밖으로 섶을 옮겼는데 종이 반드시 말에 걸터앉아서 간다. 섶을 높고 무겁게 실어 말이 가려져 보이지 않을 정도였는데 종은 또 그 위에 걸터앉아서 돌아오니 이 때문에 말이 더욱 병들었다. 계부가 출입할 때 오직 이 말을 타고, 또 아침저녁으로 공회에 나갈 때 제시간에 도착하지 못할까 걱정되면 말을 치달리도록 다그쳐서 마구 채찍질하니 말은 헐떡이며 땀을 흘려 이 때문에 말이 또 더욱 병들었다. 말은 피곤하고 야위어서 뼈와 가죽만 남아 늘 마구간에 누워 일어나지 못했고, 사람이 일으켜서 일어나면 번번이 머리를 떨구고 눈을 내리깔아 벌벌 떨었다. 계부가 이를 가엾게 여겨 종에게 섶을 그만

옮기고 특별히 곡식을 사서 말에게 주게 했는데도 말은 다시 먹지 못했다. 계부가 또 종에게 명했다. "남산의 남쪽에 풀이 한창 우거졌으니, 말을 한 번 데려가라."

①-3 종이 가서 오랫동안 돌아오지 않다가 저녁이 되어서야 돌아왔는데 말이 보이지 않았다. 계부가 왜 말이 보이지 않냐고 급히 물으니 종은 말이 죽었다고 말했다. 계부가 놀라서 "아! 무슨 말인가?"라고 묻자 종이 말했다. "말이 죽었습니다. 주인께서 저더러 말을 데려가라고 하셨는데, 말이 길가에 서서 가려고 하지 않았습니다. 아침부터 해가 중천에 뜰 때까지 끌고 밀어서 겨우 남산에 도착해 말을 풀어주고 가는 대로 놔두었는데 말이 방황하며 여러 풀줄기를 먹다가 하늘을 쳐다보고 매우 슬프게 여러 번 울었습니다. 다시 풀을 먹으려고 했는데 갑자기 풀에서 미끄러져 넘어지고 굴러 기세를 몰아 계속 내려가다가 어느덧 골짜기 사이 뾰족한 돌 위에 이르러 말이 죽었습니다." 계부가 그것을 듣고 슬퍼하여 얼굴색이 변하고 식사도 그만두고 탄식하며 말했다. "말이 비록 노둔했어도 말이었을 뿐인데 말에게 무슨 죄가 있길래 다른 사람에게 팔리지 않고 나에게 팔렸는가? 내 집이 가난하여 말을 잘 먹일 수 없었고, 불초한 종이 또 말을 잘 부리지 못했고, 내가 출입할 때 다른 말이 없어서 말을 고통스럽게 치달리게 하고 채찍질하여 헐떡이며 땀을 흘리게 했다. 이제는 말로 하여금 병이 위중해 힘이 다하게 했으며, 떨어져 다쳐서 죽게 했으니, 나는 어질지 못하구나!"

②-1 귀주가 나아가 말했다. "말의 죽음은 말에게 다행이지 불행이 아닙니다." 계부가 말했다. "무슨 말인가?" 귀주가 대답했다. "말은 오래 살지

못해 반드시 한 번은 죽게 되어 있습니다. 죽어도 영예가 있으니 다행히 어찌 이보다 더 크겠습니까? 집이 가난해서 말을 잘 먹이지 못한 것은 집의 가난함 때문이요, 종이 불초하여 말을 잘 부리지 못한 것은 종이 불초하기 때문이요, 출입할 때 말을 치달리게 하고 채찍질한 것은 형편상 어쩔 수 없었으며, 떨어져 다쳐서 죽은 것은 말의 운명이 어쩔 수 없는 것이었으니, 계부에게 무슨 잘못이 있겠습니까? 지극히 노둔한 말인데도 죽어서 그 주인으로 하여금 슬퍼하여 얼굴색이 변하고 식사도 그만두고 탄식하게 한 것은 천하의 양마도 할 수 없는 것이니, 어찌 말의 지극한 영예가 아니겠습니까? 말이 만약 지각이 있다면, 반드시 계부의 말이 된 것을 다행으로 여길 것이요, 자기 죽음을 불행이라고 여기지 않을 것입니다. 천하의 말이 만약 지각이 있다면 반드시 모두 계부의 말이 되어 또한 그 다행에 참여하길 바랄 것이니, 말이 무지하여 그럴 수 없다는 점이 애석합니다.

②-2 그러나 말 위에 또 사람이 있으니, 말의 경우에도 저와 같은데 하물며 사람에게 있어서이겠습니까? 계부가 만일 슬퍼하며 얼굴색이 변하고 식사도 그만두고 탄식한 것을 사람의 죽음에 베풀었다면, 천하의 사람들이 반드시 이를 듣고 계부의 문하에 다투어 귀의하여 작게는 계부의 하인이나 첩이 되려고 할 것이요, 크게는 계부의 빈객이나 친구가 되길 원할 것입니다. 한 마리 말의 죽음에서 인을 미루는 효과가 여기에 이른다면 또한 훌륭하지 않겠습니까? 그러나 말은 기르는 동물입니다. 사람도 동류이지만 동물과는 귀천과 친소의 구분이 현격하기 때문에 공자도 마구간에 불이 났을 때 말에 대해서는 묻지 않으셨고,[39] 『시경』에서도 '길가에 죽은 사람이 있으면 오히려 묻어준다'고 했습니

다.[40] 그렇다면 사람의 경우는 비록 천하의 사람이라고 해도 모두 그 죽음을 슬퍼할 것이지만, 말의 경우는 비록 집안의 말이었다고 해도 간혹 그 죽음을 슬퍼하지 않는 자가 있을 것입니다. 이것은 의당 계부가 때에 따라 저울질하고 재어보는 데에 달려 있습니다." 계부가 이 말을 기록하라고 하셔서 마침내 「마사설」을 짓는다.[41]

---

39 공자도…않으셨고 : 『論語』의 「鄕黨」에서 "마구간이 불탔다. 조정에서 돌아온 공자께서는 '사람이 다쳤는가?'라고 묻고, 말에 대해서는 묻지 않았다[廐焚. 子退朝曰, 傷人乎, 不問馬]"라고 하였다.

40 『시경』에서도…했습니다 : 『詩經』의 「小弁」에 있는 말이다.

41 김귀주, 「馬死說」, 『可庵遺稿』 권19, 『한국문집총간』 98, 330~331면, "①-1 季父家嘗買畜一馬. 馬甚孱, 騎而坐則冠與長人下立者齊, 非黃非黑惡土色, 短脰突尻, 疣背尰蹄, 鬣荒而竦, 目淺而睡, 蓋馬之至駑者也. ①-2 季父家貧甚, 不能善詞, 奴又窃减其食, 食常不飽, 於是馬病矣. 間日一運柴於七八十里之外, 奴必跨而往. 柴載高重, 馬隱不見, 而奴又跨其上以歸, 於是馬益病矣. 季父出入惟此馬, 又早晚赴公會, 慮不及時, 則迫馳亂箠, 喘喘汗流, 於是馬又益病矣. 疲瘖瘠瘦, 骨與皮當, 尋常卧櫪中不起, 人起之而起, 則輒垂首低目, 凜凜慄慄. 季父憐之, 飭奴止運柴, 特買粟粱以與之馬, 亦不復能食. 季父又命奴曰 : '南山之陽草方肥, 可將馬一往也.' ①-3 奴往久不返, 至暮乃返而不見馬. 季父急問何不見馬, 奴曰馬死矣. 季父曰 : '呀! 何言?' 曰 : '馬死矣. 主有命奴將馬往, 馬立路傍不肯行. 且牽且推, 自朝至日中, 始到南山中, 乃放馬任所之, 馬彷徨吃草數莖, 仰天鳴數聲甚悲. 將復吃, 忽爲草所滑, 僵轉墜倒, 逐勢而下, 頓抵于坎谷之間鋸石之上, 馬死矣.' 季父聞之, 戚然變容, 廢食咨嗟曰 : '馬雖駑亦馬耳, 馬何罪乎, 不賣爲他人馬, 而賣爲吾馬? 吾家貧, 不能善飼馬也, 奴無狀, 又不能善使馬也, 吾出入無他馬, 致馬苦馳, 箠喘汗也. 今乃使馬病亟力盡, 以至墜傷以死也, 我其不仁也哉!' ②-1 龜柱進曰 : '馬之死, 於馬幸也, 非不幸也.' 季父曰 : '何謂也?' 對曰 : '馬不長生, 必有一死. 死而有榮, 幸孰大焉? 夫家貧不善飼馬也, 家之貧也, 奴無狀不善使馬也, 奴之無狀也, 出入馳箠馬也, 勢之不得已也, 墜傷以死, 馬命之不奈何也, 於季父何有? 若乃以至駑之馬而死, 而使其主人戚然變容, 廢食咨嗟, 則天下之良馬所不能得也, 豈非馬之至榮乎? 馬若有知, 必幸其爲季父之馬, 而不不幸其死也. 天下之馬若有知, 必皆願爲季父之馬而亦與乎其幸也, 惜乎馬無知, 不能然也. ②-2 然馬之上又有人, 馬猶如彼, 況於人乎? 季父苟以戚然變容, 廢食咨嗟者, 施之於人之死, 則天下之人, 必聞而爭歸於季父之門, 其微者願爲季父之臧獲僕妾矣, 其大者願爲季父之賓客朋交矣. 一馬之死, 而推仁之效, 乃至於此, 不亦大乎? 雖然馬者畜物也. 人者同類也, 貴賤親踈, 其分相懸, 故仲尼之廐焚而不問馬, 『詩』曰 '行有死人, 尙或墐之'. 夫然則於人也, 雖天下之人, 皆可以傷其死, 而於馬也則雖家中之馬, 或有不傷其死者矣. 是宜在季父之隨時而權度之也.' 季父命錄其言,

「마사설」은 기사와 설리가 대등한 분량으로 서술되었다. 기사에서는 계부의 말이 연약하고 병들어 있음을 핍진하게 묘사하였고, 설리에서는 계부가 말의 죽음에 죄책감을 갖고 슬퍼하는 것에 대해 조카인 김귀주가 위로하고 당부하는 내용이다.

①에서 계부는 외양이 초라하고 연약한 말을 산다. 원래 노둔했던 말은, 계부와 노비가 많이 부려 먹고 먹이도 제대로 주지 않아 죽는다. 주인은 말이 죽은 여러 가지 원인을 따져보며 말을 잘 보살피지 못한 자신을 불인不仁하다고 책망한다.

②-1에서 '나'는 말이 계부 때문에 죽은 것이 아니라, 어쩔 수 없는 상황 때문이었다고 위로한다. 집이 가난했고, 노비가 말을 잘 돌보지 못했고, 집에 다른 말이 없어서 부림을 말 혼자 감당할 수밖에 없었다. 더구나 생명이라면 누구나 태어나 한 번쯤 죽기 마련인데 자기가 죽었다고 주인이 슬퍼한다면 말에게는 오히려 영예일 것이다.

②-2에서 '나'는 동물을 향한 측은지심을 사람에게 베푼다면, 계부의 명성이 높아질 것이라고 말한다. 말의 죽음을 슬퍼하며 식음을 전폐하기보다, 이 마음을 보존하여 사람에게 베푼다면 인仁의 단서가 확장되어 사회를 교화시킬 수 있을 것이다.

계부는 김귀주보다 6살이 어렸고, 세사에 뜻을 버리고 산속에서 밭을 가꾸며 지냈다.[42] 자적하며 지냈던 계부와 반대로 김귀주는 평생 관직에서 수기치인修己治人을 목표로 했기 때문에, 계부의 어진 마음을 사람들에

---

遂以爲「馬死說」."

42　김귀주, 「再祭亡弟文」, 『可庵遺稿』 권32, 『한국문집총간』 98, 558~559면에 따르면, 김한로는 어린 나이로 1761년에 죽었다고 한다. 김한로의 평소 기거는 김귀주, 「竹圃齋記」, 『可庵遺稿』 권16, 『한국문집총간』 98, 298면 참조.

게 확장하라고 권한 것이다. 김귀주는 자책감을 느끼는 계부를 위로하면서, 그 감정을 효용성 있게 확장할 수 있는 방법을 제시한 것이다.

그런데 이 작품에서 주의 깊게 보아야 할 것은 구체적인 기사가 나타난 ①이다. 동물을 제재로 한 설 중에서도 「마사설」은 그 동물의 외양과 몸짓이 매우 핍진하게 묘사되어 있다. 작가는 왜소한 말을 설명하기 위해, "말 위에 탄 사람의 갓이 땅에 서 있는 사람의 키와 같고[騎而坐則冠與長人下立者齊]", "어중간한 조악한 색[非黃非黑惡土色]", "짧은 목과 튀어나온 엉덩이[短脰突尻]", "혹이 난 등[疣背]", "부어오른 다리[瘇蹄]", "거칠게 쭈뼛 선 갈기[鬣荒而竦]", "졸린 눈[目淺而睡]"이라고 묘사한다. 이는 노둔한 말을 나타내기에 충분할 만큼 생생하고 구체적이다.

뿐만 아니라 계부가 가난하고 계부의 종이 무심한 탓에 말이 제대로 길러지지 않았다. 이 점을 설명하기 위해 작가는 "격일마다 칠팔십 리 바깥으로 한 번 섶을 옮기는 일을 하는데 종이 반드시 말에 걸터앉아 간다. 그러곤 섶을 가득 무겁게 실어 오니, 말이 가려져 보이지 않을 정도였고, 종은 또 그 위에 앉아 돌아온다[間日一運柴於七八十里之外, 奴必跨而往. 柴載高重, 馬隱不見, 而奴又跨其上以歸]"고 하고, 말이 "뼈와 가죽만 남고[骨與皮當]", "계속 누워 있고[尋常臥櫪中不起]", "고개를 숙인 채 벌벌 떤다[輒垂首低目, 凜凜慄慄]"고 묘사했다. 이러한 표현들은 말이 곧 죽을 것임을 암시한다. 그러나 더 중요한 것은, 이 모든 것을 계부의 눈으로 관찰했다는 것이다. 그것은 동물에 대한 애정과 관심을 나타내며, 이후 계부가 말의 죽음에 죄책감을 느끼는 개연성을 부여한다. 독자는 말의 가엾은 모습을 상상하고, 이를 통해 말의 죽음에 슬퍼하는 계부의 마음에 공감할 수 있다. 기사가 구체적이기 때문에 ②에서 계부가 동물에 대해 느끼는 인(仁)을 사람에게까지 확장할 수 있다는 논의가 성립되는 것이다.

이상으로 총 7명의 작가가 쓴 설 8편을 감상해 보았다. 이 장에서 소개한 작품은 설의 주제·구성·제재·표현 중에서 어느 하나에만 집중하여 설명하지 않았다. 독자들에게 설의 전문을 보여주고, 문학 작품으로 향유될 수 있는 가능성을 가늠해 보고자 이 장을 마련한 것이다. 8편의 설은 주제·구성·제재·표현 면에서 당대 어느 설보다 특이하고 주목할 만한 특징이 있다.

강희맹은 1468년 6월, 45세 때 아들 강귀손을 훈계하기 위해 「훈자오설」을 지었다. 이는 5개의 독립된 설과 서문으로 구성되어 있는데, 본고에서는 「도자설」에 집중했다. 「도자설」은 전형적인 이객위주 구성의 설로, 아버지 도둑과 아들 도둑의 대화가 먼저 등장한다. 도둑 이야기를 보조관념으로 삼아, 강희맹은 군자도 도덕 공명을 대할 때 곤궁과 자득함이 있어야 한다고 강조한다. 도둑을 제재로 삼은 것은, 하찮은 기술도 전심하지 않으면 제대로 쓸 수 없다는 것을 설명하기 위해서다. 이를 통해 강희맹은 집안의 영달과 부귀함을 떠나, 오로지 학문에 열중하여 본인의 실력으로 떳떳하게 살 것을 자식에게 가르치려고 했다.

홍성민은 1591년 함경도 부령으로 유배를 간 경험을 토대로 사대부 출신이 돈을 벌기 위해 교환 및 장사에 가담하게 된 사연을 「마환우설」과 「무염판속설」에 담았다. 두 작품 모두 부령 주민과 홍성민의 대화가 기사이며, 이를 통해 느낀 바를 설리에서 풀어냈다. 홍성민이 유배를 갔을 당시, 집안이 가난하여 교환 및 장사를 할 수밖에 없었다. 두 작품 모두 사대부인 홍성민이 상행위에 가담한 자신의 처지를 비관하고 한탄하는 내용이 주를 이룬다. 이를 통해 당대 사대부가 다른 무엇보다 먹고사는 일을 우선적으로 생각하는 일을 얼마나 수치스럽게 생각했는지 알 수 있다. 다만 「무염판속설」에서는 생계를 위한 경제 활동에 대해 열린 시각을 보여주기도 한다.

윤광계의 「역려설」은 아들을 잃은 친구 백진남을 위로하기 위한 설이다. 이를 통해 특정 사안에 대한 논증과 설명이 주를 이뤘던 설 중에도 위로와 당부의 주제를 담은 작품이 있다는 것을 알 수 있다. 윤광계는 친구를 위로하기 위해 보조관념으로 「춘야연도리원서」에 나오는 "천지는 만물의 여관이요, 세월은 영원한 나그네다"라는 구절을 원용했다. 이 구절을 통해 '나'는 인간이 만났다 헤어지는 것은 삶의 이치이기 때문에 너무 슬퍼할 일이 아니라고 말할 수 있었다. 게다가 윤광계는 백진남보다 먼저 아들 견견을 잃은 경험이 있다. '나'가 오랜 시간이 지나도 자식을 잊지 못했다고 솔직하게 고백한 것은, 자식을 잃은 슬픔에 괴로워하고 있는 친구에게 오히려 효과적인 위로가 될 수 있다. 이 작품은 표면적으로는 여관의 주인과 손님처럼 부모 자식 간의 관계도 영원할 수 없다고 말하지만, 그 이면에는 어떠한 비유로도 자식을 잊지 못하는 부모의 애통한 심경을 담고 있다고 할 수 있다.

김창흡의 「낙치설」은 이가 빠진 경험을 토대로 쓴 것으로, 노화를 받아들이고 이를 긍정적으로 인식하는 과정을 그렸다. 이가 빠진 기사는 간략하게 제시되었지만, 노화의 부정적인 면과 긍정적인 면을 번갈아 제시해 주장에 대한 반론, 또 그 반론을 재반박하는 구조로 논지를 강화하고 있다는 것이 특징이다. 노화로 인한 불편함은 크지만, 최대한 좋은 점을 찾아 그것을 수용하려는 작가의 바람직한 태도를 엿볼 수 있다.

권재운의 「반시아설」은 병이 들어 거동이 불편한 '주인'이 땔감을 옮기는 학생들을 있는 그대로 묘사한 작품이다. '주인'은 자유롭게 움직일 수 없기 때문에 각자 자기만의 방식으로 땔감을 옮기는 학생의 생생한 노동 현장에 감명을 받고, 그것을 묘사했다. 이 작품은 기사만으로 구성되어 작가가 말하려는 바가 무엇인지 명확하게 알 수 없다. 다만, 노동 현장을 관찰하는 '주인'이 이에 어떠한 가치 판단도 하지 않는 것을 보면, 작업 수행의 성패가 아니라 과정이 중요하다는 것에 주목한 것으로 추측된다.

최천익의 「예토자설」은 '나'가 우연히 길에서 토끼를 발견한 뒤에 집으로 데려와 기르고, 그 토끼에게 우리를 만들어 주는 일화가 섬세하게 서술되었다. 미물을 대하는 '나'의 조심스러운 태도를 엿볼 수 있다. '나'가 우리를 만들어 토끼를 놓아준 뒤에 토끼는 죽게 되는데, 이에 '나'는 죄책감을 느낀다. 그리하여 토끼를 묻어주며 애도의 정을 다한다. 보통 동물을 제재로 한 설에서는 동물을 보조관념으로 사용하여 주제를 전달하는데, 이 작품은 오로지 동물의 죽음을 추모하고 애도하는 목적으로 지어졌다는 점에서 주목할 만하다.

김귀주의 「마사설」은 김귀주의 계부가 연약하고 볼품없는 말을 기르게 되는데, 가난한 집에서 너무 일을 많이 한 탓에 말이 죽게 된다. 계부는 이에 자책하고, 김귀주는 그러한 계부를 위로하며 동물에게 베푸는 '인仁'을 사람에게 베풀라고 당부한다. 이 작품의 빼어난 점은 바로 기사에서의 섬세한 묘사이다. 말의 외양과 몸짓을 핍진하게 묘사하여 말에 대한 동정심을 불러일으키고, 곧 말이 죽게 될 것이라는 복선도 깔아 놓는다. 기사가 구체적이어서 계부의 죄책감, 김귀주의 당부가 개연성을 얻을 수 있었다.

# 설說을 통해 본
# 한국 한문산문사

제7장

설說을 통해 본
한국 한문산문사

지금까지 한국 설의 개념과 범주를 규정하고, 이를 제재별·작가별·시기별로 살펴보았다. 이를 통해 한국 설의 특징과 문학사적 흐름을 가늠할 수 있었다.

설은 본래 성현의 이치를 자기 견해에 맞게 풀어 설명하는 문체였으나, 후대로 갈수록 다양한 수단을 동원해 하고 싶은 말을 설명하는 문체로 발전했다. 위진시대 조식의 「촉루설」과 「적전설」이 지어진 이래로 당나라 한유와 유종원, 송나라 소순과 주돈이의 설이 등장하면서 많은 설이 창작되고 향유되었다. 한국의 경우, 설은 고려 후기 이규보부터 구한말 노상직까지 꾸준히 창작되어 질적으로든 양적으로든 한문산문 가운데 큰 비중을 차지하게 되었다.

이와 같은 위상에도 불구하고 설 연구는 우언이나 서사가 등장하는 작품만 연구 대상이 되고, 한문산문으로서 설의 특징과 가치는 크게 주목되지 않았다. 그러나 최근 들어 다양한 방법으로 설을 조명한 연구들이 등장했고, 본고 또한 그 노력의 일환으로 한국의 설 전체를 다루었다.

본고에서는 한국 설을 다른 문체와 비교하여 그 범주를 정하고, 그것의 구성을 설리와 기사의 조합으로 살펴보았다. 또한, 설 작가를 시기별로 개관하고, 제재별·시대별로 설의 창작 양상을 분석했으며, 끝으로 문학적으로 감상할 만한 작품을 제시하기도 했다. 이는 결국 설의 발원과 그 발전을 살펴봄으로써 한문산문의 한 문체를 심도 있게 살펴보고, 아울러 설을 흥미롭게 감상할 수 있는 몇 가지 방법을 제안한 것이다. 이 장에서는 각 장의 주요 논의를 요약하고, 설의 문학사적 흐름과 앞으로의 과제를 통해 한문산문사의 일단을 조망하고자 한다.

앞에서도 말했듯이, 설은 조선 후기까지 다양한 방법으로 주제를 설명하는 문체로 창작되고 향유되었다. 따라서 다른 문체로 변용되기가 쉽다. 그런데 이는 모순으로 보일 수 있다. 문체란 글의 특징적 체재인데, 설만이 가지고 있는 유일한 속성이 약하다면 한문산문의 일종으로서 설을 연구할 필요가 있을까? 그럼에도 불구하고 많은 작품이 '설'이라는 이름으로 기록됐다면 이유는 무엇일까? 제2장은 이 물음에 대한 답을 찾기 위해 설의 연원과 정의를 밝히고 다른 문체와의 접점을 분명히 함으로써 본고의 연구 범위를 정했다. 또한, 다른 문체와 확연히 차이가 날 수 있는 그 '구성'과 '조직' 면에서, 주객법이라는 예술 운용 방법을 가져와 설을 설리와 기사의 구조로 분석했다.

설의 연원과 정의는 기존 문헌을 토대로 요약하고, 이를 한국의 경우에도 적용할 수 있는지 따져보았다. 한국의 설은 창작 동기와 서술 방식이 후대로 갈수록 점차 다양해져 많은 스펙트럼을 가진 문체가 되었다. 즉, 설은 이론만으로 설명하기 어려운 문체다.

그러나 이 점을 설 연구의 한계라고 인식하기보다, 설의 큰 특징으로 인식하기로 했다. 한국 설 전반을 압축적으로 설명하기 어렵지만, 실제 작품들을 비교하여 그 특징들을 하나씩 정립해 가기로 한 것이다. 그리하여 본고에서는 실제 작품들을 비교하여 설과 인접 문체와의 연관성을 검토하고, 경계선을 정했다. 그 결과, 크게 두 가지 결론을 내릴 수 있었다.

첫째, 설은 서술 방식 면에서 논·문대·전·기·증서·서발·유설의 특성을 지닌 경우가 많았다.

둘째, 한국 설 작품에서 큰 비중을 차지하는 경설·성리설·예설·강설·경연설 등은 주석·학술 논고·매뉴얼·강의록 등에 가까운 성질을 지녀서 본고의 연구 대상에서 제외했다. 본고에서는 작가가 구체적인 제재를 이용해 주제를 전달하여 정서적 효과와 사회적 효용을 기대하는 설을 대상으로 했다. 이러한 작품들은 공적 혹은 실용적 목적으로 지은 여타의 한문산문과 달리 작가의 사적·정서적 체험을 부각한다. 이러한 작업을 통해 본고에서는 설 682편을 연구 대상으로 삼을 수 있었다.

제3장에서는 연구 대상으로 삼은 682편을 작가 및 시기별로 조명했다. 한국 설은 고려 후기부터 구한말까지 꾸준히 창작되었기에 어떤 작품이 산생되었는지 전반적으로 살펴볼 필요가 있다. 주목할 만한 작품을 지은 작가를 시기 순서대로 살피니, 고려 후기는 이규보·이곡·권근을, 조선은 강희맹·성현·기준·홍성민·조경·김득신·남구명·유의건·윤기·성해응·김윤식·변종운의 설을 꼽을 수 있었다. 이어서 설의 경향이 현저히 변하는 시점을 17세기로 보고, 17세기를 기점으로 설의 변화를 추적해 보았다. 그 결과, 17세기 이후의 설은 '객'의 서술 비중이 증가하고, 사실에 근거한 정보 서술이 증가한다는 점을 밝힐 수 있었다.

제4장에서는 설을 4개의 제재별로 분류하고, 각 제재별로 특징과 창작 경향을 망라했다. 그 제재는 크게 '인사와 기물', '동물과 식물', '천문과 지리', '역사와 풍속'이다. 이는 이수광의 『지봉유설』과 이익의 『성호사설』의 분류 체계를 참고해서 정한 것이다.

또한 부분적으로, 17~18세기를 중점으로 실존 인물을 제재로 한 설과 지명 및 지역을 제재로 한 설의 작품을 살펴보면서, 설에 일어난 큰 변화를 고구했다. 이전에는 불특정한 인물을 동원한 설이 많았다면 17세기 이후에는 실존 인물을 제재로 한 설과, 그 인물의 인정기술을 제대로 기술한 설, 또 서사를 계속 지연하여 서사의 흥미를 더 보여주려는 작품이 등장한다. 17세기 이후 지명 및 지역을 제재로 한 설에는 작가의 설리보다는, 유람하는 과정 자체에 대한 서술이 증가하고 지명 및 지역의 이름

자체를 역사적으로 실증하려는 시도도 나타난다.

제5장에서는 주제와 제재 면에서 설에 나타난 주요 모티프와 그 의미를 알아보고, 이것이 작품에 어떻게 활용되고 변주되는지 살펴보았다. 본고에서는 『예기』에 등장하는 '가정맹어호', 의국론적 관점, 장자의 '부재지재', 한유의 「잡설」에 등장하는 천리마와 백락 고사, 한유와 구양수의 「잡설」에서 원용한 형식에 초점을 두었다. 이 다섯 가지 모티프는 한국설 작품에 영향을 미쳐, 한국 설은 이것의 비슷한 주제와 형식을 띠며 다양하게 변주됐다.

제6장에서는 총 7명의 작가가 쓴 설 8편을 감상해 보았다. 이 장에서 소개한 작품은 설의 주제·구성·제재·표현 중에서 어느 하나에만 집중하여 설명하지 않았다. 독자들에게 설의 전문을 제시하여, 문학 작품으로 향유될 수 있는 가능성을 가늠해 보게 했다. 작품은 강희맹의 「훈자오설」, 홍성민의 「마환우설」과 「무염판속설」, 윤광계의 「역려설」, 김창흡의 「낙치설」, 권재운의 「반시아설」, 최천익의 「예토자설」, 김귀주의 「마사설」이다. 이 8편은 주제·구성·제재·표현 면에서 당대 어느 설보다 특이하고 주목할 만한 특징이 있는 작품이라고 할 수 있다.

한국 설이 창작되어 온 과정과 변화를 개괄하면서 한국 한문산문사를 조망하자면 다음과 같다. 특이하게도 한국의 경우는, 처음 설을 지었던 이규보부터 다양한 제재와 표현 방식을 실험했고 그 주제 또한 유가의 규범에만 한정하지 않았다. 이후 이곡과 권근 등 많은 작가들이 다양한 주변 제재를 이용해 사소하면서도 의미 있는 깨달음을 담은 설들을 많이 지었다. 이러한 흐름은 조선 초기 강희맹에도 이어졌다. 그는 다양한 제재와 표현 방식을 활용할 뿐 아니라, 이전 시대의 설보다 훨씬 완결성 있고 구체적인 서사를 구축하는 작품들을 보여주었다. 조경의 설에서는, 이

전 시대 작품에서 볼 수 없었던 전쟁·사행·표류와 같은 경험을 생생하게 전했고, 김득신은 특정 제재에 얽힌 일화나 소회를 보여주되, 그 제재에 대한 특별한 애호와 관심을 담았다. 성해응의 설에서는 다양한 분야의 지식을 보여주는 박학적 면모가 나타난다. 김윤식은 외세의 침략과 영향 아래 한국이 처해야 할 태도와 교육을 논했다. 이처럼 구한말이라는 특수한 사회상을 반영한 설도 등장하게 된다. 즉, 설은 다채로운 시대적 변화를 가진 문체라고 할 수 있다.

특히 16세기 후반부터 18세기 전반까지는 실존했던 중인이나 하층민을 제재로 한 설이 집중적으로 지어졌다. 다양한 계급의 실존 인물을 제재로 썼다는 것은 한국 설 전체에서 새로운 흐름이라고 볼 수 있다. 그러나 그 목적이 인물의 행적을 재구하거나 단순한 흥미로 지었다기보다, 유가적 규범을 공고히 하려는 의도가 나타난다는 점에서 한계로 볼 수 있다. 특정 대상이 설에 동원될 때는, 주제를 설명하기 위해 그 대상을 보조 관념으로 활용하는 경우다. 그러나 조선 후기에 인물을 숭상하고 추모하는 목적으로 그 인물의 생애를 조명하는 설이 지어졌다. 이는 실용적 산문의 증가로 '비지류' 창작이 늘어난 것과, 작가의 감정을 솔직하게 토로하는 글쓰기가 증가하기 시작한 조선 후기의 산문 경향과 연결된다.

또, 17세기에서 18세기 전반까지 지명 및 지역을 제재로 한 설이 지어졌다. 특정 시기에 이러한 설이 창작되었다는 사실은 주목할 만하다. 이러한 설은 17세기 이후에 두 가지 변화를 보인다. 첫째, 유람하는 과정의 서술이 증가하여 유기체 산문의 형식과 비슷해지는 경향이다. 유기는 유람의 여정을 자세히 묘사하면서 작가의 소회와 정서를 보여주는 것이 목적이지만, 설은 유람의 여정조차도 객으로 동원하여 궁극적 주제를 전달하기 위한 극적인 장치로 활용한다. 유람의 과정을 자세히 서술한 것은 정사를 보완하려는 의미가 희석되고, 오히려 개별적 삶 자체를 기록 대상으로 삼은 일기류나 잡록류, 유기나 행장 등이 활발하게 창작되던 조선 후기의 경향을 보여준다고 할 수 있다. 둘째, 지명을 객관적으로 해설하고 실증하려는 태도가 나타나기 시작한다. 16세기 전에는 주로 그곳에 사는 주민들의 발언을 그대로 발췌하여 지역의 풍습과 지리적 특성에 대한 정보를 제시했다면 17세기 이후에는 실제 풍경을 세심하게 관찰하고, 다양한 문헌을 참고하여 지명의 유래와 어원을 실증하려는 노력이 나타난다. 이는 조선 후기에 유행했던 고증학적인 학문 태도의 영향을 받은 것이라 추측된다.

이처럼 설은 17세기 이후 조선시대 산문 흐름과 동일하게 목적과 의도, 서술 방식이 확장되고 좀 더 다양해졌다. 그렇다고 설의 본령이 시대적 흐름에 의해 퇴색되거나 매몰되었다는 말은 아니다. 주제를 논리적으로 구현하는 것이 설의 본령이었던 만큼, 주제 구현 방식과 주제 자체의 스펙트럼이 조선 후기로 갈수록 더욱 다채로워졌다고 봐야 할 것이다.

끝으로, 필자의 능력으로는 미처 접근하지 못했던 부분을 추후 과제로 제시하고자 한다. 이는 본고에서 정밀하게 분석하지 못한 부분이기도 하고, 추후에 파생될 수 있는 연구 영역이기도 하다.

첫째, 설의 다양한 기능과 가치에 주목한 연구가 필요하다. 본고에서는 설의 정서적 가치에 더욱 중점을 두었기 때문이다. 한문산문이 서사 및 서정의 산문 뿐 아니라 실용적이고 공적인 문서도 포함하며, 여러 양식과 체제가 중복된다는 것을 감안하면 설을 정서적 측면으로만 바라보는 것은 설의 가치를 반감시키는 것이다. 설은 한문산문의 종합적 성격을 지닌 문체다. 고려 후기에 논論·기記와 인접성을 보이는 설이 등장했고, 조선 중기로 넘어가면서 성리학 및 예학을 풀이하여 학술 논고와 예행의 매뉴얼 성격을 지닌 설이 나타난다. 게다가 설은 과거 시험을 비롯한 각종 시험의 과목인 과제課製로 서술한 작품들도 있다. 이러한 작품을 본고의 분석 방법만으로 해석하는 것은 한계가 있다. 한문학이 정치사회의 변동과 무관하지 않다는 점도 고려한다면 훨씬 다양한 분석의 틀로 설을 바라볼 수 있을 것이다.

둘째, 연구 범위를 확장해야 한다. 본고에서는 『동문선』·『속동문선』·『한국문집총간』에 있는 작품만 살펴보았다. 이 자료 또한 중요한 문헌이지만 현존하는 한국 한문학 자료를 총합한 것은 아니기 때문에 한국 설 전반을 조명하기에 한계가 있다. 기타 문집에 있는 자료까지 살펴본다면 논의가 더욱 다채로워질 것이다. 이 두 가지는 추후 과제로 남긴다.

참고문헌


**원전 자료**

姜樸, 『菊圃集』, 『한국문집총간』 속70, 민족문화추진회.

姜再恒, 『立齋遺稿』, 『한국문집총간』 210, 민족문화추진회.

姜希孟, 『私淑齋集』, 『한국문집총간』 12, 민족문화추진회.

具鳳齡, 『栢潭集』, 『한국문집총간』 39, 민족문화추진회.

權榘, 『屛谷集』, 『한국문집총간』 188, 민족문화추진회.

權近, 『陽村集』, 『한국문집총간』 7, 민족문화추진회.

權斗寅, 『荷塘集』, 『한국문집총간』 151, 민족문화추진회.

權萬, 『江左集』, 『한국문집총간』 209, 민족문화추진회.

權載運, 『麗澤齋遺稿』, 『한국문집총간』 속78, 민족문화추진회.

權攇, 『震溟集』, 『한국문집총간』 속80, 민족문화추진회.

歸有光(1985), 『文章指南』, 광문서국.

金龜柱, 『可庵遺稿』, 『한국문집총간』 98, 민족문화추진회.

金德謙, 『靑陸集』, 『한국문집총간』 속7, 민족문화추진회.

金道洙, 『春洲遺稿』, 『한국문집총간』 219, 민족문화추진회.

金得臣, 『柏谷集』, 『한국문집총간』 104, 민족문화추진회.

金元行, 『渼湖集』, 『한국문집총간』 220, 민족문화추진회.

金宗直, 『佔畢齋集』, 『한국문집총간』 12, 민족문화추진회.

金鎭圭, 『竹泉集』, 『한국문집총간』 174, 민족문화추진회.

金昌翕, 『三淵集』, 『한국문집총간』 165, 민족문화추진회.

金春澤, 『北軒集』, 『한국문집총간』 185, 민족문화추진회.

南九明, 『寓庵集』, 『한국문집총간』 속53, 민족문화추진회.

南漢紀, 『寄翁集』, 『한국문집총간』 속58, 민족문화추진회.

閔在南, 『晦亭集』, 『한국문집총간』 속126, 민족문화추진회.

朴時源, 『逸圃集』, 『한국문집총간』 속107, 민족문화추진회.

朴全, 『松坡逸稿』, 『한국문집총간』 속2, 민족문화추진회.

卜鍾運, 『歠齋文鈔』, 『한국문집총간』 303, 민족문화추진회.

徐命膺, 『保晩齋集』, 『한국문집총간』 233, 민족문화추진회.

徐師曾(1994),『文體明辯』(영인본), 오성사.

成侃,『眞逸遺稿』,『한국문집총간』12, 민족문화추진회.

成海應,『硏經齋全集』,『한국문집총간』273, 민족문화추진회.

申錫愚,『海藏集』,『한국문집총간』속127, 민족문화추진회.

申欽,『象村集』,『한국문집총간』72, 민족문화추진회.

沈定鎭,『霽軒集』,『한국문집총간』속89, 민족문화추진회.

梁憲洙,『荷居集』,『한국문집총간』속131, 민족문화추진회.

魚有鳳,『杞園集』,『한국문집총간』184, 민족문화추진회.

吳訥(1995),『續修四庫全書』권1602, 상해고적출판사.

兪肅基,『兼山集』,『한국문집총간』속74, 민족문화추진회.

柳宜健,『花溪集』,『한국문집총간』속53, 민족문화추진회.

柳楫,『白石遺稿』,『한국문집총간』속22, 민족문화추진회.

尹光啓,『橘屋拙稿』,『한국문집총간』속11, 민족문화추진회.

尹根壽,『月汀集』,『한국문집총간』47, 민족문화추진회.

尹鉉,『菊磵集』,『한국문집총간』35, 민족문화추진회.

李光庭,『訥隱集』,『한국문집총간』187, 민족문화추진회.

李槼,『活齋集』,『한국문집총간』속32, 민족문화추진회.

李沂,『李海鶴遺書』,『한국문집총간』347, 민족문화추진회.

李命培,『茅溪集』,『한국문집총간』속58, 민족문화추진회.

李敏求,『東州文集』,『한국문집총간』94, 민족문화추진회.

李山海,『鵝溪遺藁』,『한국문집총간』47, 민족문화추진회.

李睟光 著,『芝峯類說』(국립중앙도서관 소장 목판본, 한古朝91-50).

李裕元,『嘉梧藁略』,『한국문집총간』315, 민족문화추진회.

李義肅,『頤齋集』,『한국문집총간』속93, 민족문화추진회.

李瀷 著·安鼎福 編,『星湖僿說類選』(국립중앙도서관 소장 필사본, 한古朝 91-1).

林昌澤,『崧岳集』,『한국문집총간』202, 민족문화추진회.

鄭經世,『愚伏集』,『한국문집총간』68, 민족문화추진회.

丁若鏞,『與猶堂全書』,『한국문집총간』286, 민족문화추진회.

鄭元容,『經山集』,『한국문집총간』300, 민족문화추진회.

鄭昌胄,『晩洲集』,『한국문집총간』속30, 민족문화추진회.

趙觀彬,『悔軒集』,『한국문집총간』211, 민족문화추진회.

蔡濟恭,『樊巖集』,『한국문집총간』236, 민족문화추진회.

蔡彭胤,『希菴集』,『한국문집총간』182, 민족문화추진회.

崔天翼,『農叟集』,『한국문집총간』속80, 민족문화추진회.

韓敬儀,『菑野集』,『한국문집총간』속97, 민족문화추진회.

許筠,『惺所覆瓿藁』,『한국문집총간』74, 민족문화추진회.

許穆,『記言』,『한국문집총간』98, 민족문화추진회.

洪聖民,『拙翁集』,『한국문집총간』46, 민족문화추진회.

『CD-ROM 文淵閣四庫全書 電子版』, 迪志文化出版有限公司(2000).

『朝鮮王朝實錄』, http://sillok.history.go.kr(국사편찬위원회)

『韓國文集叢刊』, http://db.itkc.or.kr(한국고전번역원)


## 번역서

강준흠, 민족문학사연구소 한문학분과 역,『삼명시화』, 소명출판, 2006.

구양수, 이상하 외 역,『당송팔대가문초 구양수 4』, 전통문화연구회, 2016.

권구, 권오근 역,『국역 병곡선생문집 上』, 노동서사.(1987)

권근, 장순범 외 역,『(국역)양촌집』, 민족문화추진회.(1979)

김종직, 임정기 역,『(국역)점필재집』3, 민족문화추진회.(1997)

성백효 역,『(현토완역)고문진보 후집』, 전통문화연구회.(2010)

양계초, 전인영 역,『중국 근대의 지식인』, 혜안.(2005)

양주동 역,『(국역)동문선』11, 민족문화추진회.(1969)

양현승 편역,『한국 설 문학선』, 월인.(2004)

왕요남, 신승운 외 역,『주석학개론1』, 한국고전번역원.(2014)

윤기, 강민정 역,『국역 무명자집』, 성균관대 출판부.(2013)

이규보, 김철희 외 역,『(국역)동국이상국집』, 민족문화추진회.(1980)

이민구, 강원모 외 역,『(국역)동주집』6, 문진.(2016)

임동석 역,『(역주)전국책』2, 전통문화연구회.(2004)

장자, 안병주 외 역,『(역주)장자』, 전통문화연구회.(2015)

정경세, 정선용 역『(국역)우복집』, 민족문화추진회.(2005),

정민·이홍식 편역,『한국산문선』3, 민음사.(2017a)

______________,『한국산문선』5, 민음사.(2017b),

진필상, 심경호 역,『한문문체론』, 이회.(1995)

한유, 정태현 역,『(역주)당송팔대가문초 한유』2, 전통문화연구회.(2010)

**국내·외 단행본**

강명관,『열녀의 탄생』, 돌베개, 2009.

김홍경,『조선 초기 관학파의 유학사상』, 한길사, 1996.

褚斌杰,『中國古代文體學』, 臺灣學生書局, 1991.

동방한문학회,『한국한문학의 이론 산문』, 보고사, 2007.

민병수,『한국한문학개론』, 태학사, 1996.

박희병,『한국고전인물전연구』, 한길사, 1992.

______,『조선 후기 전의 소설적 성향 연구』, 성균관대 대동문화연구원, 1993.

송혁기,『고전의 시선』, 와이즈베리, 2018.

심경호,『한문산문의 내면 풍경』, 소명출판, 2001.

______,『한문산문미학』, 고려대 출판부, 2013.

안득용,「16세기 후반~17세기 전반 산문 연구」, 고려대 민족문화연구원, 2015.

양현승,『한국 설 문학 연구』, 박이정, 2001.

윤주필,『한국우언문학사1』, 한국문화사, 2019.

이재선,『한국문학 주제론』, 서강대 출판부, 2012.

이종찬,『한문학개론』, 이우출판사, 1985.

임종욱,『韓國文集所載 ‘論·說·辭·賦’ 作品集 總目次 및 索引』, 역락, 2000.

馮書耕,『古文通論』中篇, 國立編譯館中華叢書編審委員會, 1979.

한용환,『소설학사전』, 문예출판사, 2009.


**연구 논문**

권진옥,「명자설의 문학성 재고」,『동양고전연구』75, 동양고전학회, 225~250면, 2019.

김경,「설에서의 ‘고양이(猫)’ 작품양상과 주제구현 방식」,『민족문화연구』76, 고려대 민족
　　　문화연구원, 181~207면, 2017.

____,「남구명 설의 특징과 이를 통해 본 조선 후기의 제주」,『어문논집』87, 민족어문학회, 2556면,.

김광년,「조선 문인들이 바다를 통해 본 것들-‘관해’를 제재로 한 한문산문에 대한 고찰」,
　　　『한문고전연구』38, 한국한문고전학회, 55~79면, 2019.

김대중,「홍성민 산문과 교환의 문제」,『민족문학사연구』55, 민족문학사학회, 213~239면, 2014.

김동욱,「고려 후기 사대부층의 사물인식과 문학관의 일단」,『도남학보』9, 도남학회, 67~86
　　　면, 1986.

김동준,「조선후기 한문학과 동몽의 관련 양상」,『한국고전연구』50, 한국고전연구학회,
　　　5~48면, 2020.

김묘정, 「만주 정창주의 시세계 연구」, 『한국문학연구』 59, 한국문학연구소, 55~91면, 2019.

김백희, 「강희맹의 성리학적 사유」, 『한국인물사연구』 9, 한국인물사연구소, 39~64면, 2008.

김병건, 「윤기 문학의 동물형상과 우의」, 『동방한문학』 62, 동방한문학회, 199~232면, 2015.

김수일, 「정·기·신과 삼단전에 관한 연구-인체상 상호 배치 문제를 중심으로」, 『도교문화
　　　연구』 31, 한국도교문화학회, 281~310면, 2009.

김종철, 「『동문선』 연구」, 성균관대 박사논문, 2003.

김학수, 「『이택재유고』를 통해 본 조선 후기 향리지식인」, 『장서각』 2, 한국학중앙연구원,
　　　107~130면, 1999.

김혈조, 「한문학을 통해 본 금강산」, 『한문학보』 1, 우리한문학회, 361~411면, 1999.

맹영일, 「국포 강박의 생애와 한시 연구」, 고려대 석사논문, 2007.

박재영, 「고전적 정리의 측면에서 본 『한국문집총간』 편찬의 의의와 향후 과제」, 『민족문화』
　　　42, 한국고전번역원, 253~285면, 2013.

박철완, 「다산 '설'체 산문의 서술양상과 특징 고찰」, 『청람어문교육』 22, 청람어문학회, 225~247
　　　면, 2000.

박현모, 「정조의 탕평정치 연구2-'의국론'의 관점에서 본 정조의 리더십」, 『정신문화연구』
　　　제26권 제1호, 한국학중앙연구원, 153~175면, 2003.

서정화, 「이규보 산문 연구」, 고려대 박사논문, 2008.

손혜리, 「조선 후기 문인들의 고염무에 대한 인식과 수용-연경재 성해응을 중심으로」, 『대
　　　동문화연구』 73, 성균관대 대동문화연구원, 33~62면, 2011.

송혁기, 「한문산문 설 체식의 문학성 재고」, 『한국언어문학』 58, 한국언어문학회, 233~255
　　　면, 2006.

＿＿＿, 「낙치-쇠락하는 신체의 발견과 그 수용의 자세」, 『한문학논집』 44, 근역한문학회,
　　　117~145면, 2016.

신연우, 「이규보의 「설」 읽기의 한 방법」, 『우리어문연구』 11, 우리어문학회, 258~276면, 1997.

심경호, 「조선시대 지식정보 휘집 편찬물의 연구를 위한 초보적 탐색」, 『한국사상사학』 59,
　　　한국사상사학회, 101~131면, 2018.

안득용, 「김창흡의 설에 나타난 주제의식과 글쓰기」, 『어문논집』 59, 민족어문학회, 195~227
　　　면, 2009.

안세현, 「조선중기 누정기 연구」, 고려대 박사논문, 2009.

안장리, 「강희맹의 생애와 문학」, 『열상고전연구』 18, 열상고전연구회, 105~132면, 2003.

양승민, 「고려조 의론체 산문의 우언적 성향과 의미-설과 잡저로 분류된 변체 산문의 장르
　　　론적 접근-」, 『어문논집』 36, 안암어문학회, 73~110면, 1997.

여운필, 「희암 채팽윤의 시세계」, 『한국한시작가연구』 13, 한국한시학회, 237~282면, 2009.

우지영, 「문답식 한문산문에 대한 연구」, 경북대 박사논문, 2013.

유이경, 「목은 이색의 명자설에 나타난 사상」, 『연구논총』 33, 이화여대 대학원, 81~112면, 1997.

______, 「이곡의 설 작품 연구－설 장르 성격 규명을 위한 예비적 고찰-」, 이화여대 석사논문, 2002.

______, 「설 장르 규명을 위한 시론」, 『한국고전연구』 10, 한국고전연구학회, 271~292면, 2004.

윤승준, 「조선시대 동물설에 대한 일고찰－조선전기를 중심으로-」, 『한문학논집』 15, 근역한문학회, 227~259면, 1997.

윤인현, 「이규보 '설'에서의 작가의식」, 『우리어문연구』 51, 우리어문학회, 239~273면, 2015.

이강엽, 「'설'의 장르성향과 소설적 변개 가능성」, 『국어국문학』 112, 국어국문학회, 137~168면, 1994.

이강옥, 「야담의 꿈에 나타난 욕망의 실현과 반조」, 『한국문학논총』 65, 한국문학회, 2013, 59~88면, 2013.

이대승, 「서명응 선천학의 스펙트럼과 초점」, 『한국실학연구』 33, 한국실학학회, 151~185면, 2017.

이대형, 「변종운의 산문 연구」, 『동양한문학연구』 23, 동양한문학회, 339~366면, 2006.

이동재, 「한국 한시에 나타난 국화의 의미」, 『동방한문학』 56, 동방한문학회, 247~276면, 2013.

이미진, 「인물을 제재로 한 설의 특징과 작품 양상」, 고려대 석사논문, 2016.

______, 「의원설에 나타난 주제 구현 방식 고찰」, 『한국문학연구』 61, 한국문학연구소, 169~197면, 2019.

______, 「설에 나타난 동물에 대한 인식과 문학적 형상」, 『한국언어문화』 113, 한국언어문학회, 103~127면, 2020.

이용주, 「동아시아 분류 사유와 '잡'의 상상력」, 『분류와 합류－새로운 지식과 방법의 모색』, 이학사, 301~330면, 2014.

이은영, 「축사와 자설을 통해 본 관례－17세기 양상을 중심으로」, 『정신문화연구』 29, 한국학중앙연구원, 67~98면, 2006.

이재복, 「백곡 김득신론」, 『단국어문논집』 2, 단국어문연구회, 91~128면, 1998.

이종묵, 「이가 빠진 일에 대한 단상」, 『문헌과해석』 53, 문헌과해석사, 13~25면, 2010.

이지양, 「권헌의 묘지명 서술태도와 그 인물상의 특징」, 『한국한문학연구』 16, 한국한문학회, 303~323면, 1993.

이홍두, 「조선 초기 마목장 설치 연구」, 『동북아역사논총』 55, 동북아역사재단, 227~262면, 2017.

임동철, 「김득신의 생애와 문학적 배경」, 『중원문화연구』 8, 충북대 중원문화연구소, 1~15면, 2004.

임영길, 「17세기 산문발달의 원인과 추이 연구」, 『한문고전연구』 18, 한국한문고전학회, 59~79면, 2009.

정경주, 「한문학에 나타난 부산지역 문화전통의 특성」, 『동방한문학』 26, 동방한문학회, 77~116면, 2004.

정난영, 「조선후기 인물기사 연구」, 동국대 박사논문, 2020.

정용수, 「사숙재 강희맹 문학 연구」, 성균관대 박사논문, 1990.

정우봉, 「한문수사학 연구의 한 방법」, 『어문논집』 49, 민족어문학회, 62~84면, 2004.

정진권, 「주뢰설, 경설, 이옥설 고―이규보의 「설」과 수필문학」, 『국어교육』 59, 한국국어교육연구회, 391~404면, 1987.

조용호, 「고전소설 속 서사적 지연의 제 양상」, 『한국고전연구』 42, 한국고전연구학회, 113~149면, 2018.

주재우, 「설 양식을 활용한 설득적 글쓰기 교육 연구」, 서울대 박사논문, 2011.

한민섭, 「보만재 서명응 산문의 일고찰」, 『한자한문교육』 18, 한국한자한문교육학회, 639~664면, 2007.

홍성욱, 「잡설 연구―설 문체의 장르적 특징과 관련하여―」, 『한국학논집』 19, 근역한문학회, 237~259면, 2001.

______, 「강희맹의 훈자오설 고」, 『대동한문학』 16, 대동한문학회, 77~107면, 2002.

| 연번 | 저자(생몰연대) | 제목 | 제재 | 분류 | 비고 |
|---|---|---|---|---|---|
| 1 | | 鏡說 | 거울 | 인사와 기물 | |
| 2 | | 舟賂說 | 배 | 인사와 기물 | |
| 3 | | 忌名說 | 오세재 | 인사와 기물 | |
| 4 | | 虱犬說 | 이·개 | 동물과 식물 | |
| 5 | | 壞土室說 | 토실 | 인사와 기물 | |
| 6 | 李奎報 | 理屋說 | 집 | 인사와 기물 | |
| 7 | (1168~1241) | 雷說 | 천둥 | 천문과 지리 | |
| 8 | | 塊擊貪臣說 | 최홍렬 | 인사와 기물 | |
| 9 | | 七賢說 | 죽림고회 | 인사와 기물 | |
| 10 | | 天人相勝說 | 운명 | 인사와 기물 | |
| 11 | | 夢說 | 꿈 | 인사와 기물 | |
| 12 | | 杯羹說 | 杯羹의 고사 | 역사와 풍속 | |
| 13 | | 借馬說 | 말 | 동물과 식물 | |
| 14 | 李穀 | 師說 贈田正夫別 | 스승 | 인사와 기물 | |
| 15 | (1298~1351) | 臣說 送李府令歸國 | 신하 | 인사와 기물 | |
| 16 | | 市肆說 | 시장 | 인사와 기물 | |
| 17 | 息影庵 淵鑑 | 劍說 | 칼 | 인사와 기물 | |
| 18 | (1280?~1360?) | 禵庵禪翁木苽木杖說 | 지팡이 | 인사와 기물 | |
| 19 | 李詹 | 鷹鷄說 | 닭 | 동물과 식물 | |
| 20 | (1345~1405) | 蜜蜂說 | 벌 | 동물과 식물 | |
| 21 | 鄭以吾 (1347~1434) | 阻風說 | 바람 | 천문과 지리 | |
| 22 | | 舟翁說 | 배 | 인사와 기물 | |
| 23 | 權近 | 三友說 | 삽·낫·칼 | 인사와 기물 | |
| 24 | (1352~1409) | 金公經驗說 | 治病 | 인사와 기물 | |
| 25 | 朴彭年 (1417~1456) | 瘦馬說 | 말 | 동물과 식물 | |
| 26 | 申叔舟 (1417~1475) | 稼織說 書送尹生員詩卷 | 농사·길쌈 | 인사와 기물 | 尹子濚 |

| 연번 | 저자(생몰연대) | 제목 | 제재 | 분류 | 비고 |
|---|---|---|---|---|---|
| 27 | 姜希孟<br>(1424~1483) | 忌蚤說 | 벼룩 | 동물과 식물 | |
| 28 | | 升木說 | 나무 | 동물과 식물 | |
| 29 | | 盜子說 | | 인사와 기물 | 「訓子五說」 |
| 30 | | 啗蛇說 | 뱀 | 동물과 식물 | 「訓子五說」 |
| 31 | | 登山說 | 등산 | 인사와 기물 | 「訓子五說」 |
| 32 | | 三雉說 | 꿩 | 동물과 식물 | 「訓子五說」 |
| 33 | | 溺桶說 | 요통 | 인사와 기물 | 「訓子五說」 |
| 34 | 成侃<br>(1427~1456) | 病中雜說 | 병 | 인사와 기물 | 2首 |
| 35 | 金宗直<br>(1431~1492) | 驪駱說 | 가리온마 | 동물과 식물 | |
| 36 | 金時習<br>(1435~1493) | 人才說 | 인재 | 인사와 기물 | |
| 37 | | 生財說 | 재화 | 인사와 기물 | |
| 38 | | 名分說 | 명분 | 인사와 기물 | |
| 39 | | 常變說 | 常·變 | 인사와 기물 | |
| 40 | | 神鬼說 | 귀신 | 천문과 지리 | |
| 41 | | 生死說 | 생사 | 인사와 기물 | |
| 42 | 李陸<br>(1438~1498) | 義犬說 | 개 | 동물과 식물 | |
| 43 | | 貓相舐說 | 고양이 | 동물과 식물 | |
| 44 | 成俔<br>(1439~1504) | 惰農說 | 농부 | 인사와 기물 | |
| 45 | | 神堂退牛說 | 퇴우(풍속) | 역사와 풍속 | |
| 46 | | 庭蓼說 | 여뀌 | 동물과 식물 | |
| 47 | | 黑牛說 | 검은 소 | 동물과 식물 | |
| 48 | | 鵲巢說 | 까치 | 동물과 식물 | |
| 49 | 崔忠成<br>(1458~1491) | 雜說 | 화씨벽 | 역사와 풍속 | |
| 50 | | 雜說 | 재목 | 인사와 기물 | |
| 51 | | 雜說 | 이무기·용 | 동물과 식물 | |
| 52 | 金馹孫<br>(1464~1498) | 聚散說 贈李師聖 | 聚散 | 인사와 기물 | |
| 53 | | 教化說 送權子汎 | 교화 | 인사와 기물 | |
| 54 | 鄭希良<br>(1469~1502) | 散隱說 | 은거 | 인사와 기물 | |
| 55 | 沈義<br>(1475~?) | 夢說 戲答柳學源 | 꿈 | 인사와 기물 | 柳仁洙 |

| 연번 | 저자(생몰연대) | 제목 | 제재 | 분류 | 비고 |
|---|---|---|---|---|---|
| 56 | 金安老<br>(1481~1537) | 治田說 | 밭 | 천문과 지리 | |
| 57 | 申光漢<br>(1484~1555) | 蜾蠃化螟蛉說 | 나나니벌 | 동물과 식물 | |
| 58 | | 圃田合歡瓜說 | 오이 | 동물과 식물 | |
| 59 | 奇遵<br>(1492~1521) | 畜獐說 | 노루 | 동물과 식물 | |
| 60 | | 養魚說 | 물고기 | 동물과 식물 | |
| 61 | 周世鵬<br>(1495~1554) | 筆墨家說 | 문방구 | 인사와 기물 | |
| 62 | 成運<br>(1497~1579) | 蛇說 | 뱀 | 동물과 식물 | |
| 63 | 崔演<br>(1503~1549) | 雁奴說 | 기러기 | 동물과 식물 | |
| 64 | | 猫捕鼠說 | 고양이·쥐 | 동물과 식물 | |
| 65 | 柳希春<br>(1513~1577) | 觀水說 | 물 | 천문과 지리 | |
| 66 | 朴全<br>(1514~1558) | 折臂者說 | 절비자 | 인사와 기물 | |
| 67 | 尹鉉<br>(1514~1578) | 木雁說 | 나무·기러기 | 동물과 식물 | |
| 68 | 柳景深<br>(1516~1571) | 獻鏡說 | 獻鏡 고사 | 역사와 풍속 | |
| 69 | | 張橫渠養蕉說 | 파초 | 동물과 식물 | |
| 70 | 李之菡<br>(1517~1578) | 大人說 | 대인 | 인사와 기물 | |
| 71 | | 避知音說 | 지음 | 인사와 기물 | |
| 72 | | 寡欲說 | 과욕 | 인사와 기물 | |
| 73 | 黃俊良<br>(1517~1563) | 五月五日獻鏡說 | 獻鏡 고사 | 역사와 풍속 | |
| 74 | 盧禛<br>(1518~1578) | 張橫渠養蕉說 | 파초 | 동물과 식물 | |
| 75 | 康惟善<br>(1520~1549) | 酒蜂說 | 벌 | 동물과 식물 | |
| 76 | 具鳳齡<br>(1526~1586) | 蜀犬吠日說 | 蜀犬吠日 고사 | 역사와 풍속 | |
| 77 | 權好文<br>(1532~1587) | 瘦馬說 | 말 | 동물과 식물 | |
| 78 | | 畜猫說 | 고양이 | 동물과 식물 | |

| 연번 | 저자(생몰연대) | 제목 | 제재 | 분류 | 비고 |
|---|---|---|---|---|---|
| 79 | 李濟臣 | 倭躑躅說 | 철쭉 | 동물과 식물 | |
| 80 | (1536~1583) | 蠟牧丹說 | 蠟牧丹 | 동물과 식물 | |
| 81 | | 蜀犬吠日說 | 蜀犬吠日 고사 | 역사와 풍속 | |
| 82 | 洪聖民 | 忘說 | 忘 | 인사와 기물 | |
| 83 | | 石戰說 | 石戰(풍속) | 역사와 풍속 | |
| 84 | (1536~1594) | 馬換牛說 | 말·소 | 동물과 식물 | |
| 85 | | 貿鹽販粟說 | 소금·곡식 | 인사와 기물 | |
| 86 | 李珥 (1536~1584) | 護松說 | 소나무 | 동물과 식물 | |
| 87 | 金誠一 (1538~1593) | 副官請樂說 | 음악 | 인사와 기물 | |
| 88 | 李山海 (1539~1609) | 蔚陵島說 | 울릉도 | 천문과 지리 | |
| 89 | 崔岦 (1539~1612) | 豹說 | 표범 | 동물과 식물 | |
| 90 | 洪可臣 (1541~1615) | 蘭蕙說 | 蘭蕙 | 동물과 식물 | |
| 91 | 金德謙 (1552~1633) | 參尤說 | 參尤 고사 | 역사와 풍속 | |
| 92 | 韓百謙 (1552~1615) | 接木說 | 나무 | 동물과 식물 | |
| 93 | | 病竹說 | 대나무 | 동물과 식물 | |
| 94 | | 老杏說 | 살구나무 | 동물과 식물 | |
| 95 | | 柳木說 | 나무 | 동물과 식물 | |
| 96 | | 蜜蜂說 | 벌 | 동물과 식물 | |
| 97 | 河受一 | 大小說 贈曺汝吉 | 대소 | 인사와 기물 | |
| 98 | (1553~1612) | 草堂三巡說 | 국화 | 동물과 식물 | |
| 99 | | 劍說 贈崔君 | 칼 | 인사와 기물 | |
| 100 | | 稼說 贈鄭子循 | 농사 | 인사와 기물 | |
| 101 | | 射說 | 활쏘기 | 인사와 기물 | |
| 102 | | 異同說 贈姜景允 | 貴賤 | 인사와 기물 | |
| 103 | 張顯光 | 皮帒說 | 가죽가방 | 인사와 기물 | |
| 104 | (1554~1637) | 海說 | 바다 | 천문과 지리 | |
| 105 | | 觀海說 | 바다 | 천문과 지리 | |

| 연번 | 저자(생몰연대) | 제목 | 제재 | 분류 | 비고 |
|---|---|---|---|---|---|
| 106 | 車天輅 (1556~1615) | 伯夷死名說 | 백이 | 역사와 풍속 | |
| 107 | 裵龍吉 (1556~1609) | 義犆說 | 소 | 동물과 식물 | |
| 108 | 黃汝一 (1556~1622) | 不移說 | 不移 | 인사와 기물 | |
| 109 | 尹光啓 (1559~1619) | 逆旅說 | 여관 | 인사와 기물 | |
| 110 | | 移樹說 | 나무 | 동물과 식물 | |
| 111 | | 雜說 | 개·효자 | 동물과 식물 인사와 기물 | 3首 |
| 112 | 孫起陽 (1559~1617) | 嘲雲說 | 구름 | 천문과 지리 | |
| 113 | | 風神說 | 風神 | 천문과 지리 | 與芝山先生 |
| 114 | | 掃除說 | 掃除 | 인사와 기물 | |
| 115 | 金尙容 (1561~1637) | 記夢說 | 꿈 | 인사와 기물 | |
| 116 | 曺友仁 (1561~1625) | 蟠松說 | 소나무 | 동물과 식물 | |
| 117 | 李睟光 (1563~1628) | 禱雨說 | 비 | 천문과 지리 | |
| 118 | | 二貓說 | 고양이 | 동물과 식물 | |
| 119 | | 畜貓狗說 | 고양이·개 | 동물과 식물 | |
| 120 | | 物化說 | 동물의 변화 | 동물과 식물 | |
| 121 | | 里婦說 | 마을아낙네 | 인사와 기물 | |
| 122 | 鄭曄 (1563~1625) | 菖蒲說 | 창포 | 동물과 식물 | |
| 123 | | 朽木說 | 나무 | 동물과 식물 | |
| 124 | 鄭經世 (1563~1633) | 斷指者說 | 단지자 | 인사와 기물 | |
| 125 | 姜籀 (1566~1650) | 蝨說 | 이 | 동물과 식물 | |
| 126 | | 金氏子抱瓜說 | 오이 | 동물과 식물 | |
| 127 | 金中淸 (1566~1629) | 舌織說 | 길쌈 | 인사와 기물 | |
| 128 | | 鼠猫說 | 고양이 | 동물과 식물 | |
| 129 | 全有亨 (1566~1624) | 猗蘭說 | 난초 | 동물과 식물 | |
| 130 | 李慶全 (1567~1644) | 梳說示童子 | 빗 | 인사와 기물 | |

| 연번 | 저자(생몰연대) | 제목 | 제재 | 분류 | 비고 |
|---|---|---|---|---|---|
| 131 | 郭嶸<br>(1568~1633) | 枯竹說 | 대나무 | 동물과 식물 | |
| 132 | 李彦英<br>(1568~1639) | 種西瓜說 | 수박 | 동물과 식물 | |
| 133 | 許筠<br>(1569~1618) | 任老人養生說 | 任世績 | 인사와 기물 | |
| 134 | | 關東不可避亂說 | 관동 | 천문과 지리 | |
| 135 | 權韠<br>(1569~1612) | 倉氓說 | 창고 옆 백성 | 인사와 기물 | |
| 136 | | 從政圖說 | 종정도 | 인사와 기물 | |
| 137 | 鄭蘊<br>(1569~1641) | 起荒田說 | 전답 | 천문과 지리 | |
| 138 | 李民宬<br>(1570~1629) | 辨蘘荷說 | 양하 | 동물과 식물 | |
| 139 | 朴弘美<br>(1571~1642) | 舌織說 | 길쌈 | 인사와 기물 | |
| 140 | | 夢飽說 | 꿈 | 인사와 기물 | |
| 141 | 趙纘韓<br>(1572~1631) | 伯夷死名說 | 백이 | 역사와 풍속 | |
| 142 | | 大隱隱心說 | 마음 | 인사와 기물 | |
| 143 | | 舌織說 | 길쌈 | 인사와 기물 | |
| 144 | | 圈豚說 | 돼지 | 동물과 식물 | |
| 145 | 朴知誡<br>(1573~1635) | 治圃說 | 채마밭 | 천문과 지리 | |
| 146 | 金友伋<br>(1574~1643) | 記夢說 | 꿈 | 인사와 기물 | |
| 147 | | 雜說 | 쥐 | 동물과 식물 | |
| 148 | 任叔英<br>(1576~1623) | 東海風波說 | 동해 | 천문과 지리 | |
| 149 | 高用厚<br>(1577~1652) | 夢先大夫說 | 꿈 | 인사와 기물 | |
| 150 | 鄭克後<br>(1577~1658) | 石假山說 | 석가산 | 천문과 지리 | |
| 151 | 趙翼<br>(1579~1655) | 愛梅說 | 매화 | 동물과 식물 | |
| 152 | | 不爲酒困說 | 술 | 인사와 기물 | |
| 153 | 金堉<br>(1580~1658) | 玉龜說 | 옥귀 | 인사와 기물 | |
| 154 | 鄭弘溟<br>(1582~1650) | 大覺知大夢說 | 꿈 | 인사와 기물 | 課作 |

| 연번 | 저자(생몰연대) | 제목 | 제재 | 분류 | 비고 |
|---|---|---|---|---|---|
| 155 | 柳袗 (1582~1635) | 杜鵑說 | 두견 | 동물과 식물 | |
| 156 | 朴弘中 (1582~1646) | 河上翁說 | 하상옹 | 인사와 기물 | |
| 157 | 尹新之 (1582~1657) | 捕蚤說 | 벼룩 | 동물과 식물 | |
| 158 | | 擊蛇者說 | 뱀 | 동물과 식물 | |
| 159 | 朴絪 (1583~1640) | 閒說 | 학문 | 인사와 기물 | 甲寅 |
| 160 | | 責猫說 | 고양이 | 동물과 식물 | |
| 161 | | 種菊說 | 국화 | 동물과 식물 | |
| 162 | | 貸麥說 | 보리 | 인사와 기물 | |
| 163 | 李植 (1584~1647) | 矮松說 | 소나무 | 동물과 식물 | |
| 164 | 柳楫 (1585~1651) | 賣斗翁說 | 매두옹 | 인사와 기물 | |
| 165 | | 貴賤爭優說 | 貴賤 | 인사와 기물 | |
| 166 | | 松竹菊爭長說 | 소나무·대나무·국화 | 동물과 식물 | |
| 167 | 趙絅 (1586~1669) | 丙子難 溫陽有校生救母說 | 병자난 | 인사와 기물 | |
| 168 | | 瘞鶴說 | 학 | 동물과 식물 | |
| 169 | | 病說 | 병 | 인사와 기물 | |
| 170 | | 通川海尺飄風說 | 표류 | 인사와 기물 | |
| 171 | | 畫樓船說 | 배 | 인사와 기물 | |
| 172 | 林眞怤 (1586~1657) | 香川寓居說 | 자족 | 인사와 기물 | |
| 173 | | 乳鳶說 | 솔개 | 동물과 식물 | |
| 174 | 尹善道 (1587~1671) | 馬踐犬說 | 말·개 | 동물과 식물 | |
| 175 | 張維 (1587~1638) | 筆說 | 붓 | 인사와 기물 | |
| 176 | | 海鷗不下說 | 기러기 | 동물과 식물 | 課作 |
| 177 | | 曲木說 | 나무 | 동물과 식물 | |
| 178 | | 靑白眼說 | 청백안 | 역사와 풍속 | |

| 연번 | 저자(생몰연대) | 제목 | 제재 | 분류 | 비고 |
|---|---|---|---|---|---|
| 179 | 李敏求<br>(1589~1670) | 伊尹說 | 이윤 | 역사와 풍속 | 壬午以後 |
| 180 | | 周公說 | 주공 | 역사와 풍속 | |
| 181 | | 病說 | 병 | 인사와 기물 | |
| 182 | | 雜說 | 사람 | 인사와 기물 | 2首 |
| 183 | | 屈原說 | 굴원 | 역사와 풍속 | |
| 184 | 吳翻<br>(1592~1634) | 鵝說 | 거위 | 동물과 식물 | |
| 185 | 愼天翊<br>(1592~1661) | 靑白眼說 | 청백안 | 역사와 풍속 | 課製 |
| 186 | 河弘度<br>(1593~1666) | 讀書說示人 | 독서 | 인사와 기물 | |
| 187 | 沈東龜<br>(1594~1660) | 柳與梅爭春說 | 버들·매화 | 동물과 식물 | |
| 188 | 李景奭<br>(1595~1671) | 疑墓說 | 박팽년의 무덤 | 인사와 기물 | |
| 189 | 趙克善<br>(1595~1658) | 庚申守夜說 | 守歲(풍속) | 역사와 풍속 | |
| 190 | | 不食瓜說 | 참외 | 동물과 식물 | |
| 191 | | 酒說 | 술 | 인사와 기물 | |
| 192 | 洪宇定<br>(1595~1656) | 鄭子修失杖說 | 지팡이 | 인사와 기물 | |
| 193 | 柳元之<br>(1598~1674) | 名說 | 이름 | 인사와 기물 | 辛酉 |
| 194 | | 愛竹說 | 대나무 | 동물과 식물 | |
| 195 | 鄭杭<br>(1601~1663) | 飮漿說 | 음료 | 인사와 기물 | |
| 196 | | 種南靈草說 | 남령초 | 동물과 식물 | |
| 197 | | 作薔說 | 묵정밭 | 천문과 지리 | |
| 198 | | 愛菊說 | 국화 | 동물과 식물 | |
| 199 | 李起浡<br>(1602~1662) | 誤學說 | 학문 | 인사와 기물 | |
| 200 | 姜栢年<br>(1603~1681) | 鷦子說 | 鷦子 | 인사와 기물 | 辛巳秋<br>月課魁 |
| 201 | | 鷗友說 | 기러기 | 동물과 식물 | |
| 202 | 黃㦿<br>(1604~1656) | 愛菊說 | 국화 | 동물과 식물 | |

| 연번 | 저자(생몰연대) | 제목 | 제재 | 분류 | 비고 |
|---|---|---|---|---|---|
| 203 | 金得臣<br>(1604~1684) | 沙杯說 | 사배 | 인사와 기물 | |
| 204 | | 麥餠說 | 보리떡 | 인사와 기물 | |
| 205 | | 醫說 | 의원 | 인사와 기물 | |
| 206 | | 竹筒說 | 죽통 | 인사와 기물 | |
| 207 | | 猧說 | 발바리 | 동물과 식물 | |
| 208 | | 雄鴨爲狗所噬說 | 오리·개 | 동물과 식물 | |
| 209 | 洪宇遠<br>(1605~1687) | 木根枕說 | 목침 | 인사와 기물 | |
| 210 | | 角說 | 뿔 | 동물과 식물 | |
| 211 | | 老馬說 | 말 | 동물과 식물 | |
| 212 | 鄭昌冑<br>(1606~1664) | 瘴霧說 | 장기 | 천문과 지리 | |
| 213 | | 遊仙說 | 부산 | 천문과 지리 | |
| 214 | 洪錫箕<br>(1606~1680) | 紙說 | 종이 | 인사와 기물 | |
| 215 | 兪㯙<br>(1607~1664) | 治脚腫說 | 각기병 | 인사와 기물 | 丁丑 |
| 216 | 石之珩<br>(1610~?) | 夢說 | 꿈 | 인사와 기물 | |
| 217 | | 一姓無二本說 | 姓 | 인사와 기물 | |
| 218 | 鄭必達<br>(1611~1693) | 溪上小說 | 유람 | 인사와 기물 | |
| 219 | 朴長遠<br>(1612~1671) | 說遊送李生敏采 | 遊 | 인사와 기물 | |
| 220 | | 治忘說 | 忘 | 인사와 기물 | |
| 221 | | 灌盆梅說 | 분매 | 동물과 식물 | |
| 222 | | 博奕說 | 博奕 | 인사와 기물 | |
| 223 | | 治井說 | 우물 | 인사와 기물 | |
| 224 | 洪柱世<br>(1612~1661) | 盆菊說 | 국화 | 동물과 식물 | |
| 225 | 李榘<br>(1613~1654) | 補網說 | 그물 | 인사와 기물 | |
| 226 | | 遊四佛山說 | 사불산 | 천문과 지리 | |
| 227 | | 盲者說 | 맹인 | 인사와 기물 | |
| 228 | 兪瑒<br>(1614~1690) | 甘羅說 | 羅 | 인사와 기물 | |
| 229 | 吳以翼<br>(1618~1666) | 大小說 | 신체 | 인사와 기물 | |
| 230 | | 貴說贈金生 | 貴 | 인사와 기물 | |

| 연번 | 저자(생몰연대) | 제목 | 제재 | 분류 | 비고 |
|---|---|---|---|---|---|
| 231 | 洪汝河<br>(1620~1674) | 志願說 | 유람·독서 | 인사와 기물 | |
| 232 | | 諫說 上 | 諫 | 인사와 기물 | 己卯 |
| 233 | | 諫說 下 | 諫 | 인사와 기물 | |
| 234 | | 貧婦說 | 아낙네 | 인사와 기물 | |
| 235 | | 城池說 | 城池 | 천문과 지리 | |
| 236 | 吳益升<br>(1620~1679) | 將攝說 | 將攝 | 인사와 기물 | 與權時甫 |
| 237 | | 談農說 | 농사 | 인사와 기물 | 與吳平仲 |
| 238 | 申混<br>(1624~1656) | 鶴說 | 학 | 동물과 식물 | |
| 239 | 金如萬<br>(1625~1711) | 人人說贈李盛而 | 사람 | 인사와 기물 | |
| 240 | 申晸<br>(1628~1687) | 蚊蝱說 | 모기 | 동물과 식물 | |
| 241 | 李之濂<br>(1628~1691) | 朋友說 | 친구 | 인사와 기물 | 丁巳 |
| 242 | 南龍翼<br>(1628~1692) | 酒小人說 | 술 | 인사와 기물 | |
| 243 | 南九萬<br>(1629~1711) | 釣說 | 낚시 | 인사와 기물 | |
| 244 | 金壽恒<br>(1629~1689) | 聽蛙說 | 개구리 | 동물과 식물 | |
| 245 | 宋奎濂<br>(1630~1709) | 地水說 | 地水 | 천문과 지리 | |
| 246 | 朴世采<br>(1631~1695) | 矯病說 | 병 | 인사와 기물 | |
| 247 | 吳始壽<br>(1632~1681) | 盆梅說 | 분매 | 동물과 식물 | |
| 248 | 申厚載<br>(1633~1699) | 號牌說 | 호패 | 인사와 기물 | |
| 249 | | 放鶻說 | 송골매 | 동물과 식물 | |

| 연번 | 저자(생몰연대) | 제목 | 제재 | 분류 | 비고 |
|---|---|---|---|---|---|
| 250 | 李瑞雨 (1633~1709) | 立契夢龍說 | 용꿈 | 인사와 기물 | |
| 251 | | 投錢說 | 투전 | 인사와 기물 | |
| 252 | | 幻胡說 | 요술 부리는 오랑캐 | 인사와 기물 | |
| 253 | | 土像說 | 흙인형 | 인사와 기물 | |
| 254 | | 山櫻說 | 산앵두 | 동물과 식물 | |
| 255 | | 雜說 | 해·달·꿩·매 | 천문과 지리 동물과 식물 | 2首 |
| 256 | 申翼相 (1634~1697) | 硯說 | 벼루 | 인사와 기물 | |
| 257 | 金兌一 (1637~1702) | 犬吠雞聲說 | 개·닭 | 동물과 식물 | |
| 258 | 權斗寅 (1643~1719) | 義狗說 | 개 | 동물과 식물 | |
| 259 | | 石茸說 | 석이 | 동물과 식물 | |
| 260 | 李聃命 (1646~1701) | 景福宮遺址說 | 경복궁 | 인사와 기물 | 癸酉 |
| 261 | 李玄錫 (1647~1703) | 平屐子說 | 평나막신 | 인사와 기물 | |
| 262 | | 江都問答說 | 강화도 축성 | 인사와 기물 | |
| 263 | | 知己老人對說 | 좌천 | 인사와 기물 | 甲戌冬 |
| 264 | | 淸風病太守解嘲說 | 관리 | 인사와 기물 | |
| 265 | | 記夢說 | 꿈 | 인사와 기물 | |
| 266 | 徐宗泰 (1652~1719) | 守拙說 | 拙 | 인사와 기물 | 辛亥 |
| 267 | | 治圃說 | 채마밭 | 천문과 지리 | |
| 268 | 金昌翕 (1653~1722) | 殪獍說 | 獍 | 동물과 식물 | |
| 269 | | 落齒說 | 落齒 | 인사와 기물 | |
| 270 | | 鳥說 | 새 | 동물과 식물 | |
| 271 | | 鶴說 | 학 | 동물과 식물 | |
| 272 | | 韭說 | 부추 | 동물과 식물 | |
| 273 | | 羊說 | 양 | 동물과 식물 | |
| 274 | | 雜說 | 나비·개구리·제비·소나무·보리 | 동물과 식물 | 8首 |
| 275 | | 止蚓說 | 코피 | 인사와 기물 | 癸巳七月 |

| 연번 | 저자(생몰연대) | 제목 | 제재 | 분류 | 비고 |
|---|---|---|---|---|---|
| 276 | 金鎭圭 | 沒人說 | 잠수부 | 인사와 기물 | |
| 277 | (1658~1716) | 聞䨓說 | 개구리 | 동물과 식물 | |
| 278 | 趙德鄰<br>(1658~1737) | 政院盆蓮說 | 연꽃 | 동물과 식물 | |
| 279 | 權綌<br>(1658~1730) | 江亭小說 | 바둑 | 인사와 기물 | |
| 280 | 成晚徵 | 繼後說 | 후계자 | 인사와 기물 | 壬申 |
| 281 | (1659~1711) | 賑恤說 | 구휼 | 인사와 기물 | 庚寅 |
| 282 | | 神山說 | 한라산 | 천문과 지리 | |
| 283 | 南九明 | 義鴉說 | 까마귀 | 동물과 식물 | |
| 284 | (1661~1719) | 猫說 | 고양이 | 동물과 식물 | |
| 285 | | 馬說 | 말 | 동물과 식물 | |
| 286 | | 蛇說 | 뱀 | 동물과 식물 | |
| 287 | | 雜說 | 賢·不肖·새 | 인사와 기물<br>동물과 식물 | 6首 |
| 288 | 金柱臣 | 二傭說 | 품팔이꾼 | 인사와 기물 | |
| 289 | (1661~1721) | 天說 | 하늘 | 천문과 지리 | |
| 290 | | 葬說 | 화복 | 인사와 기물 | |
| 291 | 李觀命<br>(1661~1733) | 買書畵說 | 서화 | 인사와 기물 | |
| 292 | 李健命<br>(1663~1722) | 補網說 | 그물 | 인사와 기물 | |
| 293 | 李萬敷 | 名說 | 이름 | 인사와 기물 | |
| 294 | (1664~1732) | 富貴說 | 부귀 | 인사와 기물 | |
| 295 | 孫命來<br>(1664~1722) | 蟾說 | 두꺼비 | 동물과 식물 | |
| 296 | 梁得中<br>(1665~1742) | 譬曉說 | 射亭友 | 인사와 기물 | |
| 297 | 洪重聖<br>(1668~1735) | 鷰巢說 | 제비 | 동물과 식물 | |
| 298 | | 盜說 | 도둑 | 인사와 기물 | |
| 299 | 蔡彭胤 | 縶鶴說 | 학 | 동물과 식물 | |
| 300 | (1669~1731) | 過白鷺洲說 | 백로주 | 천문과 지리 | |
| 301 | | 懷兒說 | 아이 | 인사와 기물 | |

| 연번 | 저자(생몰연대) | 제목 | 제재 | 분류 | 비고 |
|---|---|---|---|---|---|
| 302 | 崔昌大<br>(1669~1720) | 疢疾說 贈李尙輔 | 병 | 인사와 기물 | |
| 303 | 金春澤<br>(1670~1717) | 夢說贈宋景徽 | 꿈 | 인사와 기물 | |
| 304 | 魚有鳳<br>(1672~1744) | 養樗說 | 가죽나무 | 동물과 식물 | |
| 305 | 申益愰<br>(1672~1722) | 以路喻道說 | 길 | 인사와 기물 | 辛巳 |
| 306 | | 鬼神說 | 귀신 | 천문과 지리 | |
| 307 | 權榘<br>(1672~1749) | 種藍說 | 쪽 | 동물과 식물 | |
| 308 | | 枝谷廢池說 | 지곡의 연못 | 천문과 지리 | 辛丑 |
| 309 | | 醫說 | 의원 | 인사와 기물 | |
| 310 | | 心說 | 마음 | 인사와 기물 | 4首 |
| 311 | | 鬼神魂魄說 | 귀신혼백 | 천문과 지리 | |
| 312 | 李命培<br>(1672~1736) | 蘆兒說 | 蘆兒(기녀) | 인사와 기물 | |
| 313 | | 鸛山說 | 황새 | 동물과 식물 | |
| 314 | 李光庭<br>(1674~1756) | 復讎說 | 복수 | 인사와 기물 | |
| 315 | 南漢紀<br>(1675~1748) | 兪生子章掩骸說 | 兪子章 | 인사와 기물 | |
| 316 | 金夏九<br>(1676~1762) | 木瓜杖說 | 木瓜杖 | 인사와 기물 | |
| 317 | | 改火說 | 改火(풍속) | 역사와 풍속 | |
| 318 | | 觀畫說 | 그림 | 인사와 기물 | |
| 319 | 李柬<br>(1677~1727) | 師說 上 | 스승 | 인사와 기물 | 辛丑 |
| 320 | | 師說 下 | 스승 | 인사와 기물 | |
| 321 | 李夏坤<br>(1677~1724) | 媚狐說 | 여우 | 동물과 식물 | |
| 322 | | 伐木說 | 나무 | 동물과 식물 | |
| 323 | 朴泰茂<br>(1677~1756) | 盤松說 | 소나무 | 동물과 식물 | |
| 324 | | 劍說 | 칼 | 인사와 기물 | |
| 325 | 鄭來僑<br>(1681~1759) | 雜說 | 군자·소인 | 인사와 기물 | 5首 |

| 연번 | 저자(생몰연대) | 제목 | 제재 | 분류 | 비고 |
|---|---|---|---|---|---|
| 326 | 林昌澤<br>(1682~1723) | 神像說 | 미신 | 천문과 지리 | |
| 327 | | 伯樂說 | 백락 | 역사와 풍속 | |
| 328 | | 種樹說 | 나무 | 동물과 식물 | |
| 329 | | 柳說 | 버들 | 동물과 식물 | |
| 330 | | 古老說 | 무덤 | 인사와 기물 | |
| 331 | 安命夏<br>(1682~1752) | 家藏畫屛說 | 화병 | 인사와 기물 | |
| 332 | | 臘梅說 | 매화 | 동물과 식물 | |
| 333 | 蔡之洪<br>(1683~1741) | 華陽洞異蹟說 | 매화·소나무 | 동물과 식물 | 己未 |
| 334 | | 送痘神說 | 천연두 | 인사와 기물 | |
| 335 | | 鷺絲說 | 백로 | 동물과 식물 | |
| 336 | | 竹說 | 대나무 | 동물과 식물 | |
| 337 | | 菊說 | 국화 | 동물과 식물 | |
| 338 | | 愛蓮說 | 연꽃 | 동물과 식물 | |
| 339 | 林象德<br>(1683~1719) | 瘤石說 | 瘤石 | 인사와 기물 | |
| 340 | | 雜說 | 닭·호랑이 | 동물과 식물 | 2首 |
| 341 | 安重觀<br>(1683~1752) | 去朋黨說 | 붕당 | 인사와 기물 | |
| 342 | | 觀碁說 | 바둑 | 인사와 기물 | |
| 343 | | 求友說 | 벗 | 인사와 기물 | |
| 344 | 韓夢麟<br>(1684~1762) | 天君說 論治心工夫 | 心(假傳) | 인사와 기물 | |
| 345 | | 天君居安宅說 | 心(假傳) | 인사와 기물 | |
| 346 | | 雜說 | 학문 | 인사와 기물 | |
| 347 | 任適<br>(1685~1728) | 科擧說 贈洪弟仲經 | 과거 | 인사와 기물 | 洪濟猷 |
| 348 | | 扇說 | 부채 | 인사와 기물 | |
| 349 | 申昉<br>(1686~1736) | 白集說 贈白淵愼叔敬所赴燕 | 白集 | 인사와 기물 | |
| 350 | 黃㝎厚<br>(1687~1737) | 畜蜂說 | 벌 | 동물과 식물 | |
| 351 | 姜必愼<br>(1687~1756) | 自計說 | 일과 | 인사와 기물 | |
| 352 | | 巢燕說 | 제비 | 동물과 식물 | |

| 연번 | 저자(생몰연대) | 제목 | 제재 | 분류 | 비고 |
|---|---|---|---|---|---|
| 353 | 柳宜健<br>(1687~1760) | 寓中說 | 喪事·병·전갈·집·개구리·제비·꿩 | 인사와 기물<br>동물과 식물 | 5首 |
| 354 | | 烏鶴相訟說 | 까마귀·학 | 동물과 식물 | |
| 355 | | 夢說 | 꿈 | 인사와 기물 | |
| 356 | | 報應說 | 인과응보 | 인사와 기물 | |
| 357 | | 子時說 | 子時 | 천문과 지리 | 乙丑 |
| 358 | | 閒居雜說 | 잠언 | 역사와 풍속<br>인사와 기물 | 5首 |
| 359 | | 赤兎說 | 정유년 | 천문과 지리 | |
| 360 | | 羅陵眞說 | 신라 왕릉 | 역사와 풍속 | |
| 361 | | 蠅說 | 파리 | 동물과 식물 | |
| 362 | | 報應說 | 제비·뱀 | 동물과 식물 | |
| 363 | | 因果說 | 제비·뱀 | 동물과 식물 | |
| 364 | | 解憂說 | 근심 | 인사와 기물 | |
| 365 | | 三才說 | 天地人 | 인사와 기물 | |
| 366 | 權萬<br>(1688~1749) | 妙香僧說 | 묘향승 | 인사와 기물 | |
| 367 | 姜再恒<br>(1689~1756) | 復讐說 | 복수 | 인사와 기물 | |
| 368 | | 事功說 | 功 | 인사와 기물 | |
| 369 | | 工師說 | 장인 | 인사와 기물 | |
| 370 | | 葵說 | 해바라기 | 동물과 식물 | |
| 371 | | 養鷹者說 | 매 | 동물과 식물 | |
| 372 | | 山水說[上] | 산수 | 천문과 지리 | |
| 373 | | 山水說[下] | 산수 | 천문과 지리 | |
| 374 | | 醫說 | 의원 | 인사와 기물 | |
| 375 | | 元首說 | 元首 | 인사와 기물 | |
| 376 | | 梓說 | 가래나무 | 동물과 식물 | |
| 377 | | 檜說 | 전나무 | 동물과 식물 | |
| 378 | 姜樸<br>(1690~1742) | 牆說 | 담장 | 인사와 기물 | |
| 379 | 李喆輔<br>(1691~1770) | 鵂鶹說 | 부엉이 | 동물과 식물 | |

| 연번 | 저자(생몰연대) | 제목 | 제재 | 분류 | 비고 |
|---|---|---|---|---|---|
| 380 | 趙觀彬<br>(1691~1757) | 殪惡鳥說 | 새 | 동물과 식물 | |
| 381 | | 夢見陶庵李公說 | 꿈 | 인사와 기물 | |
| 382 | | 追憶南忠壯說 | 남충장 | 인사와 기물 | |
| 383 | | 感木梳說 | 빗 | 인사와 기물 | |
| 384 | 沈師周<br>(1691~1757) | 與定鎭天然几說 | 几案 | 인사와 기물 | |
| 385 | 鄭榦<br>(1692~1757) | 竹帶說 | 죽대 | 인사와 기물 | |
| 386 | | 七事說 題松沙舊侯小屏 | 수령 | 인사와 기물 | |
| 387 | 趙龜命<br>(1693~1737) | 不苟說 | 不苟 | 역사와 풍속 | 癸巳 |
| 388 | | 倭驢說 | 당나귀 | 동물과 식물 | 庚子 |
| 389 | | 張公藝百忍說 | 張公藝 | 역사와 풍속 | 代時晦兄作<br>辛丑 |
| 390 | 南有容<br>(1698~1773) | 蘭說 | 난초 | 동물과 식물 | |
| 391 | | 猫說 | 고양이 | 동물과 식물 | |
| 392 | 金道洙<br>(1699~1733) | 竹說 | 대나무 | 동물과 식물 | |
| 393 | | 驥說 | 말 | 동물과 식물 | |
| 394 | 徐宗華<br>(1700~1748) | 堂說 | 堂 | 인사와 기물 | |
| 395 | 權載運<br>(1701~1778) | 觀海說 | 바다 | 천문과 지리 | |
| 396 | | 書齋夜遊說 | 서재 | 인사와 기물 | |
| 397 | | 搬柴兒說 | 아이들 | 인사와 기물 | |
| 398 | | 醫學說警學者 | 의학 | 인사와 기물 | |
| 399 | 權濂<br>(1701~1781) | 菖蒲說 | 창포 | 동물과 식물 | |
| 400 | 柳正源<br>(1702~1761) | 兒駒說 | 망아지 | 동물과 식물 | |
| 401 | 金樂行<br>(1708~1766) | 織席說 | 자리 | 인사와 기물 | |
| 402 | | 殺蜈蚣說 | 지네 | 동물과 식물 | |
| 403 | | 南草說 | 남초 | 동물과 식물 | |
| 404 | | 孝狗說 | 개 | 동물과 식물 | |
| 405 | 李用休<br>(1708~1782) | 好問說 | 問 | 인사와 기물 | |
| 406 | 趙普陽<br>(1709~1788) | 鵲巢說 | 까치 | 동물과 식물 | |

| 연번 | 저자(생몰연대) | 제목 | 제재 | 분류 | 비고 |
|---|---|---|---|---|---|
| 407 | 任聖周<br>(1711~1788) | 蟬說 | 매미 | 동물과 식물 | 甲辰 |
| 408 | 申景濬<br>(1712~1781) | 瓦棺說 | 와관 | 인사와 기물 | |
| 409 | | 淳園花卉雜說 | 화훼 | 동물과 식물 | |
| 410 | 崔天翼<br>(1712~1779) | 瘈兔子說 | 토끼 | 동물과 식물 | |
| 411 | 安鼎福<br>(1712~1791) | 啞器說 | 啞器 | 인사와 기물 | 丁巳 |
| 412 | | 破啞器說 | 啞器 | 인사와 기물 | 丁巳 |
| 413 | 權撼<br>(1713~1770) | 御馬說 | 말 | 동물과 식물 | |
| 414 | | 犬貓乳說 | 개·고양이 | 동물과 식물 | |
| 415 | | 潘世紀說 | 반세기 | 인사와 기물 | |
| 416 | 李光靖<br>(1714~1789) | 科擧說 | 과거 | 인사와 기물 | |
| 417 | 林光澤<br>(1714~1799) | 捕蟬說 | 매미 | 동물과 식물 | |
| 418 | | 宦侍碑碣說 | 비갈 | 인사와 기물 | |
| 419 | | 神仙說 | 신선 | 천문과 지리 | |
| 420 | 徐命膺<br>(1716~1787) | 雜說 | 거미·달빛 | 동물과 식물<br>천문과 지리 | 4首 |
| 421 | 安錫儆<br>(1718~1774) | 山中雜說 | 약초·산간 | 인사와 기물 | 2首 |
| 422 | 李獻慶<br>(1719~1791) | 二劍說 | 칼 | 인사와 기물 | |
| 423 | | 土蓮說 | 연꽃 | 동물과 식물 | |
| 424 | 蔡濟恭<br>(1720~1799) | 玉鷺說 | 옥로 | 인사와 기물 | |
| 425 | | 食性說 | 식성 | 인사와 기물 | |
| 426 | | 案花說 | 비단꽃 | 인사와 기물 | |
| 427 | 金鍾厚<br>(1721~1780) | 敬蓮說 | 연꽃 | 동물과 식물 | 丁亥 |
| 428 | 柳道源<br>(1721~1791) | 捕蝎說 | 전갈 | 동물과 식물 | |
| 429 | 金履安<br>(1722~1791) | 落齒說 | 落齒 | 인사와 기물 | |
| 430 | 高裕<br>(1722~1779) | 伯牙說 | 백아 | 역사와 풍속 | |

| 연번 | 저자(생몰연대) | 제목 | 제재 | 분류 | 비고 |
|---|---|---|---|---|---|
| 431 | 金鍾正<br>(1722~1787) | 橋梁說 贈金稚五 | 교량 | 인사와 기물 | 金相定 |
| 432 | 丁範祖<br>(1723~1801) | 悼蜂說 | 벌 | 동물과 식물 | |
| 433 | 金熤<br>(1723~1790) | 論脉說 | 맥 | 인사와 기물 | |
| 434 | 金宗德<br>(1724~1797) | 梅榴說 | 석류 | 동물과 식물 | 辛丑 |
| 435 | 申國賓<br>(1724~1799) | 睡說 | 졸음 | 인사와 기물 | |
| 436 | | 觀水說 | 물 | 천문과 지리 | |
| 437 | | 騎牛說 寄示黃山督郵柳雲羽 | 소 | 동물과 식물 | |
| 438 | 柳長源<br>(1724~1796) | 診脈說 | 진맥 | 인사와 기물 | |
| 439 | | 金剛杖小說 | 지팡이 | 인사와 기물 | |
| 440 | 沈定鎭<br>(1725~1786) | 出處說贈趙景瑞 | 출처 | 인사와 기물 | |
| 441 | | 松說 | 소나무 | 동물과 식물 | |
| 442 | | 借居李貞翼公故宅說 | 貞翼公 李浣 | 인사와 기물 | |
| 443 | | 嘉峽說[一] | 가협 | 천문과 지리 | |
| 444 | | 嘉峽說[二] | 가협 | 천문과 지리 | |
| 445 | | 嘉峽說[三] | 가협 | 천문과 지리 | |
| 446 | | 嘉峽說[四] | 가협 | 천문과 지리 | |
| 447 | | 魂魄說 | 혼백 | 천문과 지리 | |
| 448 | 鄭忠弼<br>(1725~1789) | 蒲席說 | 부들자리 | 인사와 기물 | |
| 449 | 金奎五<br>(1729~1791) | 左祖說 | 주공 | 역사와 풍속 | |
| 450 | | 友說 | 友 | 인사와 기물 | |
| 451 | | 水火說 | 水火 | 천문과 지리 | |
| 452 | 李森煥<br>(1729~1813) | 忍飢說 | 굶주림 | 인사와 기물 | |
| 453 | 金若鍊<br>(1730~1802) | 敎子以身說 | 가정교육 | 인사와 기물 | |
| 454 | | 人雞說 | 닭 | 동물과 식물 | |
| 455 | | 買草說 | 담배 | 인사와 기물 | |
| 456 | | 灌水說 | 농사 | 인사와 기물 | |
| 457 | | 雜說 | 까치·까마귀 | 동물과 식물 | |

| 연번 | 저자(생몰연대) | 제목 | 제재 | 분류 | 비고 |
|---|---|---|---|---|---|
| 458 | 李種徽 (1731~1797) | 曲几說 | 曲几 | 인사와 기물 | |
| 459 | 南溟學 (1731~1798) | 北說 | 북방 | 천문과 지리 | 6條 |
| 460 | 兪漢雋 (1732~1811) | 別號說 | 별호 | 인사와 기물 | 辛丑 |
| 461 | | 棄蛇說 | 뱀 | 동물과 식물 | |
| 462 | 李義肅 (1733~1805) | 雜說 | 아이들 | 인사와 기물 | 3首 |
| 463 | | 范蜜說 | 벌 | 동물과 식물 | |
| 464 | | 蹲鴟子起富說 | 준치자 | 인사와 기물 | |
| 465 | | 諱說 | 휘 | 인사와 기물 | |
| 466 | 朴胤源 (1734~1799) | 髢說 | 다리 | 인사와 기물 | |
| 467 | | 興學校說 | 학교 | 인사와 기물 | |
| 468 | 金養根 (1734~1799) | 掃塵說 | 먼지 | 인사와 기물 | |
| 469 | 朴永錫 (1735~1801) | 菊花說 | 국화 | 동물과 식물 | |
| 470 | | 送人鄕居說 | 낙향 | 인사와 기물 | |
| 471 | 金相進 (1736~1811) | 寒宵讀書說 | 독서 | 인사와 기물 | 丙子 |
| 472 | | 刲股說 | 刲股 고사 | 역사와 풍속 | 丁巳 |
| 473 | 朴趾源 (1737~1805) | 筆洗說 | 붓 씻는 그릇 | 인사와 기물 | |
| 474 | 李令翊 (1738~1780) | 論葬說 | 매장 | 인사와 기물 | |
| 475 | | 桃源說 | 무릉도원 | 인사와 기물 | |
| 476 | 朴準源 (1739~1807) | 土爐說 | 土爐 | 인사와 기물 | |
| 477 | | 射說 | 활쏘기 | 인사와 기물 | |
| 478 | 李樹仁 (1739~1822) | 殺龜放龜說 | 거북이 | 동물과 식물 | |
| 479 | | 後說 | 거북이 | 동물과 식물 | |
| 480 | | 移居說 | 거처 | 인사와 기물 | |
| 481 | 韓敬儀 (1739~1821) | 武及第朱顯道復讎說 | 주현도 | 인사와 기물 | |
| 482 | | 庶民韓天得反葬說 | 한천득 | 인사와 기물 | |
| 483 | 金龜柱 (1740~1786) | 馬死說 | 말 | 동물과 식물 | |
| 484 | | 烏梟說 | 까마귀·올빼미 | 동물과 식물 | |
| 485 | 權訪 (1740~1808) | 孝狗說 | 개 | 동물과 식물 | |

| 연번 | 저자(생몰연대) | 제목 | 제재 | 분류 | 비고 |
|---|---|---|---|---|---|
| 486 | 尹愭<br>(1741~1826) | 觀市說 | 시장 | 인사와 기물 | 己卯 |
| 487 | | 買刀說 | 칼 | 인사와 기물 | |
| 488 | | 觀舟說 | 배 | 인사와 기물 | |
| 489 | | 飮說 | 술 | 인사와 기물 | |
| 490 | | 雜說 | 거미·고양이·<br>강아지 | 동물과 식물 | 3首 |
| 491 | | 種瓝說 | 호박넝쿨 | 동물과 식물 | |
| 492 | | 剛柔說 | 혀·물 | 인사와 기물<br>천문과 지리 | |
| 493 | | 病說 | 병 | 인사와 기물 | |
| 494 | | 消日說 | 여가 | 인사와 기물 | |
| 495 | | 錢說 | 돈 | 인사와 기물 | |
| 496 | | 諂說 | 아첨 | 인사와 기물 | |
| 497 | | 蔘說 | 인삼 | 동물과 식물 | |
| 498 | | 鋤菜說 | 채소·잡초 | 동물과 식물 | |
| 499 | | 貧富說 | 빈부 | 인사와 기물 | |
| 500 | | 夢說 | 꿈 | 인사와 기물 | |
| 501 | | 觀人說 | 남의 집 자제들 | 인사와 기물 | |
| 502 | | 利說 | 이익 | 인사와 기물 | |
| 503 | | 抒厠者說 | 똥 푸는 자 | 인사와 기물 | 丙戌八月初<br>七日 |
| 504 | 李德懋<br>(1741~1793) | 饋虎說 | 호랑이 | 동물과 식물 | |
| 505 | | 怡心說 | 怡 | 인사와 기물 | |
| 506 | | 學說 | 배움 | 인사와 기물 | |
| 507 | 李槙國<br>(1743~1807) | 禍福說 | 화복 | 인사와 기물 | |
| 508 | | 貢擧說 | 인재 | 인사와 기물 | |
| 509 | | 九容說 | 용모 | 인사와 기물 | |
| 510 | 鄭來成<br>(1744~1835) | 鳩雛說 | 비둘기 | 동물과 식물 | |
| 511 | 柳範休<br>(1744~1823) | 奴心說 | 奴心 | 인사와 기물 | 丙子 |
| 512 | 李元培<br>(1745~1802) | 養子說 | 자식 | 인사와 기물 | |
| 513 | | 感匏說 | 박 | 동물과 식물 | 幷詩 |

| 연번 | 저자(생몰연대) | 제목 | 제재 | 분류 | 비고 |
| --- | --- | --- | --- | --- | --- |
| 514 | 李采 | 靑牛問答說 | 소 | 동물과 식물 | 癸卯 |
| 515 | (1745~1820) | 鑿井說 | 우물 | 인사와 기물 | |
| 516 | 柳得恭 (1748~1807) | 義雞說 | 병아리 | 동물과 식물 | |
| 517 | 南景羲 (1748~1812) | 全昌尉相馬說 | 말 | 동물과 식물 | |
| 518 | 黃德吉 (1750~1827) | 三不幸說 | 불행 | 인사와 기물 | 癸未 |
| 519 | 朴齊家 (1750~1805) | 嗇說贈趙君 | 嗇 | 인사와 기물 | |
| 520 | 金羲淳 (1757~1821) | 牛山之木說 | 우산의 나무 | 동물과 식물 | |
| 521 | 宋穉圭 (1759~1838) | 二墨贈琴家二童子說 | 먹 | 인사와 기물 | |
| 522 | 南公轍 (1760~1840) | 雜說 | 거미·擊毬 | 동물과 식물 인사와 기물 | 2首 |
| 523 | | 爲人難說 贈南童子漢寧 | 三難 | 인사와 기물 | |
| 524 | | 楓嶽說送楓嶽翁 | 금강산 | 천문과 지리 | |
| 525 | | 師說 | 스승 | 인사와 기물 | |
| 526 | | 緯書說 | 위서 | 인사와 기물 | |
| 527 | | 藷說 | 감자 | 동물과 식물 | |
| 528 | | 種蓮說 | 연꽃 | 동물과 식물 | |
| 529 | | 棗說 | 대추 | 동물과 식물 | |
| 530 | 成海應 (1760~1839) | 菊說 | 국화 | 동물과 식물 | |
| 531 | | 薙髮說 | 삭발 | 인사와 기물 | |
| 532 | | 玉堂鶴說 | 학 | 동물과 식물 | |
| 533 | | 松芝說 | 송이 | 동물과 식물 | |
| 534 | | 大明紅說 | 대명홍 | 동물과 식물 | |
| 535 | | 孔子墓蓍說 | 점대 | 인사와 기물 | |
| 536 | | 丹心菊說 | 단심국 | 동물과 식물 | |
| 537 | 趙秀三 (1762~1849) | 不可說說 | 不可說 | 동물과 식물 | |
| 538 | | 賣盆松者說 | 분송 | 동물과 식물 | |
| 539 | 丁若鏞 (1762~1836) | 觀雞雛說 | 병아리 | 동물과 식물 | |

| 연번 | 저자(생몰연대) | 제목 | 제재 | 분류 | 비고 |
| --- | --- | --- | --- | --- | --- |
| 540 | 朴時源 (1764~1842) | 鳳城南塘說 | 南塘 | 천문과 지리 | |
| 541 | 金祖淳 (1765~1832) | 御賜面鑑手槃說 | 거울 | 인사와 기물 | |
| 542 | | 風雨說 | 풍우 | 천문과 지리 | |
| 543 | | 竹說 | 대나무 | 동물과 식물 | |
| 544 | | 虎毛筆說 | 붓 | 인사와 기물 | |
| 545 | 李勉伯 (1767~1830) | 碑誌說 | 碑誌 | 인사와 기물 | |
| 546 | 李升培 (1768~1834) | 牧丹說 | 모란 | 동물과 식물 | |
| 547 | | 象戲說 | 장기 | 인사와 기물 | |
| 548 | 李學逵 (1770~1835) | 尾翼足說 復鄭馨善 | 꼬리·날개·발 | 동물과 식물 | |
| 549 | | 戒馬弔說 | 투전 | 인사와 기물 | |
| 550 | 朴允默 (1771~1849) | 庭草說 | 제초 | 인사와 기물 | |
| 551 | | 沸湯說 | 끓는 물 | 인사와 기물 | |
| 552 | 李載毅 (1772~1839) | 捉猫說 | 고양이 | 동물과 식물 | |
| 553 | | 義鵲說 | 까치 | 동물과 식물 | |
| 554 | 姜至德 (1772~1832) | 硯說 示李童子弗億 | 벼루 | 인사와 기물 | |
| 555 | 柳栻 (1755~1822) | 斬梅說 | 매화 | 동물과 식물 | |
| 556 | 金相日 (1756~1822) | 大桃源說 | 무릉도원 | 인사와 기물 | 丙寅 |
| 557 | | 一說 | 一 | 인사와 기물 | 丁卯 |
| 558 | 金邁淳 (1776~1840) | 鵲鴟說 | 까치·올빼미 | 동물과 식물 | |
| 559 | 李漢膺 (1778~1864) | 木匜說 | 주전자 | 인사와 기물 | |
| 560 | | 圓冠說 | 원관 | 인사와 기물 | |
| 561 | | 蛛網說 | 거미줄 | 인사와 기물 | |
| 562 | 鄭在褧 (1781~1858) | 怪石說 | 괴석 | 인사와 기물 | |
| 563 | | 白炭說 | 백탄 | 인사와 기물 | |
| 564 | | 愛菊說 | 국화 | 동물과 식물 | |
| 565 | 金應夏 (1783~1830) | 泥谷移居說 | 니곡 | 천문과 지리 | |
| 566 | 鄭元容 (1783~1873) | 烏驢說 | 오류마 | 동물과 식물 | |
| 567 | | 碁說 | 바둑 | 인사와 기물 | |

| 연번 | 저자(생몰연대) | 제목 | 제재 | 분류 | 비고 |
|---|---|---|---|---|---|
| 568 | 金正喜 | 人才說 | 인재 | 인사와 기물 | |
| 569 | (1786~1856) | 適千里說 | 千里 | 인사와 기물 | |
| 570 | 梁進永 | 魚菜說 | 부추 | 동물과 식물 | |
| 571 | | 曆說 | 역법 | 천문과 지리 | |
| 572 | (1788~1860) | 採藥說 | 약초 | 동물과 식물 | |
| 573 | 李是遠 (1789~1866) | 瘦狗說 | 개 | 동물과 식물 | |
| 574 | | 質狂說 | 狂 | 인사와 기물 | |
| 575 | 卞鍾運 | 知己說 | 知己 | 인사와 기물 | |
| 576 | | 談命說 | 命 | 인사와 기물 | |
| 577 | (1790~1866) | 長城說 | 장성 | 천문과 지리 | |
| 578 | | 滹沱河說 | 滹沱河 고사 | 역사와 풍속 | |
| 579 | 純祖 (1790~1834) | 萬波息笛說 | 만파식적 | 역사와 풍속 | |
| 580 | 宋來熙 (1791~1867) | 吳氏三隱說 | 隱 | 인사와 기물 | 己酉 |
| 581 | 李源祚 (1792~1871) | 海說 | 바다 | 천문과 지리 | 耽羅志 |
| 582 | 金翊東 (1793~1860) | 詩筒說 | 시통 | 인사와 기물 | |
| 583 | 南公壽 (1793~1875) | 狗相乳說 | 개 | 동물과 식물 | |
| 584 | 李章贊 (1794~1860) | 續師說 | 스승 | 인사와 기물 | |
| 585 | | 灾異說 | 災異 | 천문과 지리 | |
| 586 | 許傳 | 力說 | 力 | 인사와 기물 | |
| 587 | (1797~1886) | 女媧氏說 | 여와씨 | 역사와 풍속 | |
| 588 | | 雜說 | 개·이 | 동물과 식물 | 4首 |
| 589 | 奇正鎭 | 吾師說贈崔卿五 | 스승 | 인사와 기물 | 崔宗衡 |
| 590 | (1798~1879) | 歡歌說贈車庸汝 | 노래 | 인사와 기물 | |
| 591 | 鄭嶠 (1799~1879) | 文石說 | 문석 | 인사와 기물 | |
| 592 | 姜命奎 (1801~1867) | 熊皮褥說 | 熊皮褥 | 인사와 기물 | |

| 연번 | 저자(생몰연대) | 제목 | 제재 | 분류 | 비고 |
|---|---|---|---|---|---|
| 593 | 閔在南 | 藥說 | 약 | 인사와 기물 | |
| 594 | (1802~1873) | 蓮沼說 | 연꽃 | 동물과 식물 | |
| 595 | | 烏哺說 | 까마귀 | 동물과 식물 | 癸亥 |
| 596 | | 醉說 | 술 | 인사와 기물 | |
| 597 | 趙冕鎬 | 輪鍾說 | 輪鍾 | 인사와 기물 | |
| 598 | (1803~1887) | 咬封說 | 순무 | 동물과 식물 | |
| 599 | | 賀朴處士說 | 박처사 | 인사와 기물 | |
| 600 | | 梅說 | 매화 | 동물과 식물 | |
| 601 | 李在永 (1804~1892) | 古查說 | 나무토막 | 동물과 식물 | |
| 602 | 申錫愚 | 海說 | 바다 | 천문과 지리 | 丙辰 |
| 603 | (1805~1865) | 虎鄕所說 | 호랑이 | 동물과 식물 | 戊午 |
| 604 | 申弼欽 (1806~1866) | 義雞說 | 닭 | 동물과 식물 | |
| 605 | 張之琬 | 應擧說 與柳生 | 과거 | 인사와 기물 | |
| 606 | (1806~?) | 疆理說 送大行人 | 청나라 | 천문과 지리 | |
| 607 | 南皐 | 畜猫說 | 고양이 | 동물과 식물 | |
| 608 | (1807~1879) | 枯竹說 | 대나무 | 동물과 식물 | 丁未 |
| 609 | | 養竹說 | 대나무 | 동물과 식물 | |
| 610 | 閔胄顯 (1808~1882) | 心田說 | 田 | 천문과 지리 | |
| 611 | 朴性陽 | 盆梅說 | 분매 | 동물과 식물 | |
| 612 | (1809~1890) | 南靈草說 | 남령초 | 동물과 식물 | |
| 613 | | 木硯說 | 벼루 | 인사와 기물 | |
| 614 | 權璉夏 | 立籍說 | 호적 | 인사와 기물 | |
| 615 | (1813~1896) | 養蜂說 | 벌 | 동물과 식물 | |
| 616 | | 乙未記夢說 | 꿈 | 인사와 기물 | |
| 617 | | 培松說 | 소나무 | 동물과 식물 | |
| 618 | 李裕元 | 放鼠說 | 쥐 | 동물과 식물 | |
| 619 | (1814~1888) | 養馬說 | 말 | 동물과 식물 | |
| 620 | | 種櫻櫚者說 | 종려나무 | 동물과 식물 | |
| 621 | | 畜猫者說 | 고양이 | 동물과 식물 | |
| 622 | 梁憲洙 (1816~1888) | 惻棄兒說 | 기아 | 인사와 기물 | |

| 연번 | 저자(생몰연대) | 제목 | 제재 | 분류 | 비고 |
|---|---|---|---|---|---|
| 623 | 南秉哲<br>(1817~1863) | 奕說 | 바둑 | 인사와 기물 | |
| 624 | 金基洙<br>(1818~1873) | 海舟說 | 배 | 인사와 기물 | |
| 625 | 姜瑋<br>(1820~1884) | 愛蕉說 贈朴碉广 | 파초 | 동물과 식물 | 朴致翰 |
| 626 | 李象秀<br>(1820~1882) | 墨說 | 먹 | 인사와 기물 | 辛丑 |
| 627 | | 畜鷹說 | 매 | 동물과 식물 | 癸卯 |
| 628 | | 惟靑莊說 | 청장·도하 | 동물과 식물 | 甲寅 |
| 629 | | 廣鷄鳴說 | 닭 | 동물과 식물 | |
| 630 | | 憂患說 | 우환 | 인사와 기물 | 庚申 |
| 631 | | 自愛說贈吳輔一 | 현인의 후손 | 인사와 기물 | 吳弼泳<br>戊辰 |
| 632 | | 蛛說 | 거미 | 동물과 식물 | 辛未 |
| 633 | 張錫龍<br>(1823~1908) | 雜說 | 용 | 동물과 식물 | |
| 634 | 安敎翼<br>(1824~1896) | 報師說 | 스승 | 인사와 기물 | |
| 635 | | 遼薊可居說 | 국난 | 인사와 기물 | |
| 636 | 朴致馥<br>(1824~1894) | 臘梅說 | 납매 | 동물과 식물 | 癸巳 |
| 637 | 李志容<br>(1825~1891) | 移葡種柏說 | 포도나무 | 동물과 식물 | |
| 638 | | 遷喬說 | 거처 | 인사와 기물 | |
| 639 | 徐贊奎<br>(1825~1905) | 排憂說 | 근심 | 인사와 기물 | 庚戌五月望 |
| 640 | 金永壽<br>(1829~1899) | 馬說 | 말 | 동물과 식물 | |
| 641 | | 碑說 | 비석 | 인사와 기물 | |
| 642 | 吳宖默<br>(1834~1906) | 浴智島開拓說 | 욕지도 | 천문과 지리 | |
| 643 | | 對鄕長論邑事說 | 邑事 | 인사와 기물 | |
| 644 | | 有所感於心者作五蟲說 | 곤충 | 동물과 식물 | |
| 645 | | 鹿循石說 | 친영 | 인사와 기물 | |
| 646 | | 務安郡自防浦追錄說 | 자방포 | 인사와 기물 | |
| 647 | 黃在英<br>(1835~1885) | 畫蘭說 | 난초 | 동물과 식물 | |

| 연번 | 저자(생몰연대) | 제목 | 제재 | 분류 | 비고 |
|---|---|---|---|---|---|
| 648 | 金允植<br>(1835~1922) | 剪綵者說 | 비단꽃 | 인사와 기물 | 甲寅 |
| 649 | | 乘海舟說 | 배 | 인사와 기물 | |
| 650 | | 苦蚊說 | 모기 | 동물과 식물 | |
| 651 | | 弓鞋說 | 가죽신 | 인사와 기물 | 辛巳冬 |
| 652 | | 虎豹說 | 호랑이·표범 | 동물과 식물 | 壬辰正月 |
| 653 | | 時務說 送陸生鍾倫遊天津 | 시무 | 인사와 기물 | 壬辰閏六月 |
| 654 | | 灾異說 | 災異 | 천문과 지리 | |
| 655 | | 新學六藝說 | 육예 | 인사와 기물 | 丁未 |
| 656 | 許薰<br>(1836~1907) | 礮說 | 礮 | 인사와 기물 | |
| 657 | | 車說 | 수레 | 인사와 기물 | |
| 658 | | 書裵翁說 | 배옹 | 인사와 기물 | |
| 659 | | 鹽說 | 소금 | 인사와 기물 | |
| 660 | 宋秉璿<br>(1836~1905) | 虎溪鴨脚樹說 | 나무 | 동물과 식물 | |
| 661 | 李壽瀅<br>(1837~1908) | 族君洛瑞記夢說 | 꿈 | 인사와 기물 | |
| 662 | 田愚<br>(1841~1922) | 石田說 | 석전 | 천문과 지리 | 丁酉 |
| 663 | | 靧面說 | 세수 | 인사와 기물 | |
| 664 | | 梳髮說 | 빗 | 인사와 기물 | |
| 665 | 柳麟錫<br>(1842~1915) | 直木說 | 나무 | 동물과 식물 | 壬戌 |
| 666 | 奇宇萬<br>(1846~1916) | 舊柏說 | 측백나무 | 동물과 식물 | |
| 667 | | 煮丹說 贈朴純汝 | 단약 | 인사와 기물 | |
| 668 | | 養苗說 贈安公三 | 싹 | 동물과 식물 | |
| 669 | | 止酒說 寄李尤山舜熙 | 술 | 인사와 기물 | |
| 670 | | 狗乳說 | 개 | 동물과 식물 | |
| 671 | | 浮海說 | 바다 | 천문과 지리 | |
| 672 | 李沂<br>(1848~1909) | 東醫說 | 병 | 인사와 기물 | 壬寅 |
| 673 | | 釣魚者說 | 낚시 | 인사와 기물 | 丁卯 |
| 674 | 金澤榮<br>(1850~1927) | 節婦說 | 절부 | 인사와 기물 | 甲辰 |

| 연번 | 저자(생몰연대) | 제목 | 제재 | 분류 | 비고 |
|---|---|---|---|---|---|
| 675 | 李建昌 (1852~1898) | 過說 | 허물 | 인사와 기물 | 十七歲作 |
| 676 | | 鷹說 | 매 | 동물과 식물 | |
| 677 | | 傳說 | 그림 | 인사와 기물 | |
| 678 | | 雷說 | 우레 | 천문과 지리 | |
| 679 | | 除草說 | 제초 | 인사와 기물 | |
| 680 | 李南珪 (1855~1907) | 盜說 | 도둑 | 인사와 기물 | |
| 681 | 盧相稷 (1855~1931) | 聽溪說 | 시내 | 천문과 지리 | |
| 682 | | 哀竹說 | 대나무 | 동물과 식물 | |

## 3. 작품명

# (재)한국연구원 신진한국학연구총서 목록




# (재)한국연구원 신진한국학연구총서 목록

1. 강혜정, 한국 고시조 영역의 태동과 성장(2024)
2. 송소라, 20세기 창극의 문화사(2025)
3. 김태웅, 18세기 후반에서 19세기 초중반 가집의 전개(2025)
4. 송영대, 『통전』의 한국고대사 인식 연구(2025)
5. 김도민, 냉전의 진영 너머로(2025)
6. 김예진, 이도영, 한국 근대미술의 설계자(2026)
7. 이미진, 한국 한문산문 설(說) 연구(2026)